Platons Insel Atlantis

Ulrich Hofmann wurde 1967 in Kronberg i.Ts. geboren. Er ist Physiker und arbeitet als Wissenschaftler an einem deutschen Forschungsinstitut. Abseits seiner beruflichen Tätigkeit setzt er sich seit über 8 Jahren mit der Untersuchung von Platons Atlantis-Erzählung und der Geschichte des Alten Ägypten auseinander.

Ulrich Hofmann

Platons Insel Atlantis

Bibliographische Information Der Deutschen Bibliothek:
Die Deutsche Bibliothek verzeichnet diese Publikation in der Deutschen Nationalbibliographie; detailierte bibliographische Daten sind im Internet über http://dnb.ddb.de abrufbar.

Grafik des Umschlags: Computer-Grafik einer rein fiktiven Landschaft
Konzeption, Text, Layout und Umschlaggestaltung: Ulrich Hofmann
Herstellung und Verlag: Books on Demand GmbH, Norderstedt
Printed in Germany

ISBN 3-8334-1412-X

Inhalt

Einleitung

Es wird geschätzt, daß bisher bis zu 5.000 Bände erschienen sind, die sich mit dem Thema ATLANTIS befassen, jener geheimnisvollen, angeblich vor über 11500 Jahren untergegangenen Insel also, von der uns der griechische Philosoph PLATON (427-347 v.Chr.) in seinen Werken TIMAIOS und KRITIAS berichtet. Es würde nicht viel Sinn ergegeben, diesem Überfluß einen weiteren Band hinzuzufügen, wenn ein solches Buch allein wieder nur die Darlegung bloßer Theorie ohne jede Chance auf Überprüfbarkeit zum Inhalt hätte. Eben gerade diese Situation, daß sich viele der zu diesem Thema vorgetragenen Theorien und Erklärungsversuche aus den verschiedensten Gründen einer objektiven und wissenschaftlichen Überprüfung entziehen, war seit jeher der Grund dafür, daß Platons ATLANTIS eben auch eine Spielwiese darstellt, auf der sich Wunschvorstellungen und Sehnsüchte zu konstruierten "Realitäten" fixieren dürfen. Da ich selbst der Faszination, die von Platons Atlantis-Bericht ausgeht, erlegen bin, kann meine Haltung hierzu nicht allzu vorwurfsvoll sein. Aber als bedauerlich ist die Konsequenz dieser Spekulationsfreiheit insofern anzusehen, daß es anscheinend nur wenig Anreize für Wissenschaftler der Vor- und Frühgeschichtsforschung geben kann, sich diesem Thema ernsthaft anzunehmen. Angesichts der zahlreichen, nicht selten absurden Atlantis-Theorien, die man bis heute aufgestellt hat, wäre es doch wünschenswert und nach rund 2400 Jahren wohl auch an der Zeit, daß Experten der Altertumsforschung dem ganzen Spuk ein Ende bereiten, in dem sie mit Fakten eine einstige Existenz von Atlantis entweder erklären oder diese mit entsprechend schlagkräftigen Argumenten ein für alle mal widerlegen. Daß bislang tatsächlich kein Zustand erreicht ist, mit dem man sich zufrieden geben dürfte, zeigt sich schon allein daran, daß man Platons Atlantis-Erzählung eigentlich nirgends einen eindeutigen Platz einräumt. So findet sie häufig nicht einmal Erwähnung in Nachschlagewerken der griechischen Mythologie, in der Philosophie findet sie ebenso wenig Beachtung und schon gar nicht möchte man sie als geschichtliche Quelle einer wahren Begebenheit einreihen.

Ausschlaggebend dafür, das Ergebnis einer nun schon acht Jahre andauernden Auseinandersetzung mit diesem Thema in dem vorliegenden Buch zu veröffentlichen, war letztendlich das Auftauchen eines überprüfbaren Indizes für die tatsächliche Existenz und die, zumindest meiner subjektiven Einschätzung nach, richtige Lokalisierung von Platons Insel Atlantis. Die Beschaffenheit dieses entdeckten Hinweises bringt es mit sich, daß die angesprochene Überprüfung und eine eventuell detailliertere Ausarbeitung zunächst nicht einmal der Zuarbeit der Altertumsexperten bedürfen sollte, sondern eher in den Händen entsprechend interessierter Naturwissenschaftler liegen wird.

Das vorliegende Buch ist in zwei große Abschnitte unterteilt. Der erste Teil beschäftigt sich, nach einer Vertrautmachung des Lesers mit Platons Atlantis-Erzählung, mit der geographischen Suche nach Atlantis anhand dieser und anderer alter Quellen. Nach konsequenter Verfolgung aller darin enthaltenen Hinweise wird das bereits angesprochene Indiz am Ende dieses Abschnittes stehen. Der zweite Teil verfolgt die Aufgabe, nach der genauen geographischen Lokalisierung von Atlantis nun auch die zeitliche Einordnung und die Identifizierung des Volkes der Atlanter durchzuführen, welche keinesfalls vollkommen im Dunkeln liegt.

1 Der erste Kontakt mit Platons Atlantis-Erzählung

Ich sollte der folgenden Ausführung vielleicht als Information vorausschicken, daß ich von meiner Ausbildung her Physiker bin und so kann man nicht gerade behaupten, daß eine Berührung mit dem zentralen Thema dieses Buches schon von Berufes wegen naheliegend gewesen wäre. Mir erscheint es daher angebracht, kurz den Beginn der langjährigen Beschäftigung mit diesem Thema zu schildern:
Die Auseinandersetzung mit Atlantis begann für mich im Sommer 1996. Eher zufällig sah ich im Fernsehen den Beitrag eines Wissenschafts-Magazins über die ägyptischen Pyramiden und die Sphinx von Gizeh. Fernseh-Berichte zu den ägyptischen Pyramiden gibt es nicht gerade selten und ich erwartete nicht unbedingt, daß es irgendetwas neues darüber zu berichten gäbe. In der Sendung war auf einmal jedoch von Sternen-Konstellationen, insbesondere nämlich von den sogenannten Gürtelsternen des Sternbildes Orion die Rede. Wieso kommt man ausgehend von den Pyramiden nun auf die Sterne zu sprechen, fragte ich mich. Man vertrat die These, die alten Ägypter hätten beim Bau der drei Gizeh-Pyramiden die Anordnung und Ausrichtung der drei Gürtelsterne des Orion übernommen. Das Sternbild des Orion wiederum hätten die Ägypter mit dem Gott Osiris assoziiert. Mir erschien diese Theorie zwar als sehr gewagt, aber anhand einer Luftaufnahme wurde die Besonderheit der Anordnung der drei Pyramiden von Gizeh verdeutlicht, die darin besteht, daß sie nicht vollkommen entlang einer gemeinsamen Verbindungsgeraden ausgerichtet sind. Stattdessen ist die zuletzt erbaute und kleinste der drei Pyramiden geringfügig seitlich zu der gedachten Verbindungsgeraden versetzt. Die Luftaufnahme machte klar, daß es durchaus berechtigt war, die Frage nach der Bedeutung dieser eigenartigen geometrischen Abweichung in der Ausrichtung der ansonsten so perfekten Gesamtanlage zu stellen. Tatsächlich besitzen die drei Sterne, die den "Gürtel" des Orions bilden, eine auffallend ähnliche Anordnung. Mich machte dies sehr neugierig, um so mehr als es der Film verstand, der Theorie mit Hilfe von geeigneten Computer-Animationen Plausibilität zu verleihen. Um die Konstellationen von Pyramiden und Sternenhimmel zu optimaler Übereinstimmung zueinander zu bringen, wurde eine virtuelle Reise in die Vergangenheit angetreten, indem man am Computer die Sternenhimmel vergangener Jahrtausende zurückrechnete. Man glaubte schließlich herausgefunden zu haben, daß die gesamte Gizeh-Anlage auf ein Datum in ferner Vergangenheit lange vor dem Beginn der Pharaonenzeit hinweise. In Zusammenhang mit dem ermittelten Datum von 10.400v.Chr. tauchte zum

erstenmal das Werk TIMAIOS des griechischen Philosophen Platon und der Hinweis auf die in diesem Dialog enthaltene Beschreibung des Unterganges der Insel ATLANTIS auf, der etwa 9500v.Chr. stattgefunden haben soll. Auch wenn ich diesen Schlußfolgerungen heute sehr viel kritischer als damals gegenüberstehe, kann ich mich dennoch sehr gut an die durch den Film vermittelte Faszination zurück erinnern. Das Ergebnis war, daß ich mir einige Wochen später das dem Film zugrunde liegende Buch *"Das Geheimnis des Orion"* [1] der Autoren Bauval und Gilbert besorgte. In der folgenden Zeit beschäftigte ich mich in meiner Freizeit recht intensiv mit dem Inhalt dieses Buches und der darin aufgeworfenen Frage nach der eigentlichen Bedeutung der Pyramiden. Irgendwann jedoch sorgte Bauvals zweites Buch zur gleichen Thematik dafür, daß das Interesse daran, diesen Gedankengängen zu folgen, bei mir schwand. Stattdessen begann mich mehr und mehr die Frage zu beschäftigen, wie Platon wohl in seinem Werk TIMAIOS den geheimnisvollen Untergang dieser Insel beschrieben haben könnte. Irgendetwas mußte ja darin enthalten sein, das diese Geschichte von der reinen Mythologie entrückt und mehr als andere Erzählungen der griechischen Sagenwelt den Eindruck von Authentizität vermittelt, so daß die nunmehr seit Jahrhunderten, ja sogar seit Jahrtausenden andauernde Suche nach der verschollenen Insel zu erklären wäre.

1 Platon (427-347v.Chr.)[2]

Schließlich gelangte ich in den Besitz eines Auszugs der entsprechenden Stellen aus dem TIMAIOS. Platon läßt in diesem in Dialogform abgefaßten Werk einen Mann namens KRITIAS darüber berichten, wie der berühmte griechische Staatsmann SOLON aus Athen zu Besuch ist bei den ägyptischen Priestern in Sais, einer Stadt im Nildelta:

" 'Es gibt in Ägypten', versetzte Kritias, 'in dem Delta, um dessen Spitze herum der Nilstrom sich spaltet, einen Gau, welcher der saïtische heißt, und die größte Stadt dieses Gaus ist Saïs, von wo ja auch der König Amasis gebürtig war. Die Einwohner nun halten für die Gründerin ihrer Stadt eine Gottheit, deren Name auf ägyptisch Neith, auf griechisch aber wie sie angeben, Athene ist; sie behaupten daher, große Freunde der Athener und gewissermaßen mit ihnen stammverwandt zu sein. Als daher Solon dorthin kam, so wurde er, wie er erzählte, von ihnen mit Ehren überhäuft, und da er Erkundigungen über die Vorzeit bei denjenigen Priestern einzog, welche hierin vorzugsweise erfahren waren, so war er nahe daran zu finden, daß weder er selbst noch irgend ein anderer Grieche, fast möchte man sagen, auch nur irgend etwas von diesen Dingen wisse. Und einst habe er, um sie zu einer Mitteilung über die Urzeit zu veranlassen, begonnen, ihnen die ältesten Geschichten Griechenlands zu erzählen, ihnen vom Phoroneus, welcher für den ersten Menschen gilt, und von der Niobe, und wie nach der Flut Deukalion und Pyrrha übrig blieben, zu berichten und das Geschlechtsregister ihrer Abkömmlinge aufzuzählen und habe versucht, mit Anführung der Jahre, welche auf jedes Einzelne kamen, wovon er sprach, die Zeiten zu bestimmen. Da aber habe einer der Priester, ein sehr bejahrter Mann, ausgerufen: 'O Solon, Solon, ihr Hellenen bleibt doch immer Kinder, und einen alten Hellenen gibt es nicht!'
Als nun Solon dies vernommen, habe er gefragt: 'Wieso? Wie meinst du das?'
'Ihr seid alle jung an Geiste', erwiderte der Priester, 'denn ihr tragt in ihm keine Anschauung, welche aus alter Überlieferung stammt, und keine mit der Zeit ergraute Kunde. Der Grund hiervon aber ist folgender: Es haben schon viele und vielerlei Vertilgungen der Menschen stattgefunden und werden auch fernerhin noch stattfinden, die umfänglichsten durch Feuer und Wasser, andere, geringere aber durch unzählige andere Ursachen. Denn was auch bei euch erzählt wird, daß einst Phaëton, der Sohn des Helios, den Wagen seines Vaters bestieg und, weil er es nicht verstand, auf dem Wege seines Vaters zu fahren, alles auf der Erde verbrannte und selber vom Blitze erschlagen ward, das klingt zwar wie eine Fabel, doch ist das Wahre daran die veränderte Bewegung der die Erde umkreisenden Himmelskörper und die Vernichtung von allem, was auf der Erde befindlich ist, durch vieles Feuer, welche nach dem Verlauf gewisser großer Zeiträume eintritt. Von derselben werden dann die, welche auf Gebirgen und in hochgelegenen und wasserlosen Gegenden wohnen, stärker betroffen als die Anwohner der Flüsse und des Meeres, und so rettet auch uns der Nil, wie aus allen anderen Nöten, so auch alsdann, indem er uns auch aus dieser befreit. Wenn aber wiederum die Götter die Erde, um sie zu reinigen, mit Wasser überschwemmen, dann bleiben die, so auf den Bergen wohnen, Rinder- und Schafhirten, erhalten; die aber, welche bei euch in den Städten leben, werden von den

Flüssen ins Meer geschwemmt; dagegen in unserem Lande strömt weder dann noch sonst das Wasser vom Himmel herab auf die Fluren, sondern es ist so eingerichtet, daß alles von unten her über sie aufsteigt. Daher und aus diesen Gründen bleibt alles bei uns erhalten und gilt deshalb für das Älteste. In Wahrheit jedoch gibt es in allen Gegenden, wo nicht übermäßige Kälte oder Hitze es wehrt, stets ein bald mehr, bald minder zahlreiches Menschengeschlecht. Nur aber liegt bei uns alles, was bei euch oder in der Heimat oder in anderen Gegenden vorgeht, von denen wir durch Hörensagen wissen, so fern es irgendwie etwas Treffliches oder Großes ist oder irgend eine andere Bedeutsamkeit hat, insgesamt von alters her in den Tempeln aufgezeichnet und bleibt also erhalten. Ihr dagegen und die übrigen Staaten seid hinsichtlich der Schrift und alles anderen, was zum staatlichen Leben gehört, immer eben erst eingerichtet, wenn schon wiederum nach dem Ablauf der gewöhnlichen Frist wie eine Krankheit die Regenflut des Himmels über euch hereinbricht und nur die der Schrift Unkundigen und Ungebildeten bei euch übrigläßt, so daß ihr immer von neuem gleichsam wieder jung werdet und der Vorgänge bei uns und bei euch unkundig bleibt, so viel ihrer in alten Zeiten sich ereigneten. Wenigstens eure jetzigen Geschlechtsverzeichnisse, lieber Solon, wie du sie eben durchgingst, unterscheiden sich nur wenig von Kindermärchen. Denn erstens erinnert ihr euch nur einer Überschwemmung der Erde, während doch so viele schon vorhergegangen sind; sodann aber wißt ihr nicht, daß das trefflichste und edelste Geschlecht unter den Menschen in eurem Land gelebt hat, von denen du und alle Bürger eures jetzigen Staates herstammen, indem einst ein geringer Stamm von ihnen übrig blieb; sondern alles dies blieb euch verborgen, weil die Übriggebliebenen viele Geschlechter hindurch ohne die Sprache der Schrift ihr ganzes Leben hinbrachten. Denn es war einst, mein Solon, vor der größten Zerstörung durch Wasser der Staat, welcher jetzt der athenische heißt, der beste im Kriege und mit der in allen Stücken ausgezeichnetsten Verfassung ausgerüstet, wie denn die herrlichsten Taten und öffentlichen Einrichtungen von allen unter der Sonne, deren Ruf wir vernommen haben, ihm zugeschrieben werden.'

Als nun Solon dies hörte, da habe er, wie er erzählte, sein Erstaunen bezeugt und angelegentlichst die Priester gebeten, ihm die ganze Geschichte der alten Bürger seines Staates in genauer Reihenfolge wiederzugeben.

Der Priester aber habe erwidert: 'Ich will dir nichts vorenthalten, mein Solon, sondern dir alles mitteilen, sowohl dir als eurem Staate, vor allem aber der Göttin zu Liebe, welche euren so wie unseren Staat gleichmäßig zum Eigentume erhielt und beide erzog und bildete, und zwar den euren tausend Jahre früher aus dem Samen, den sie dazu von der Erdgöttin Ge und dem Hephaistos empfangen hatte, und später ebenso den unsrigen. Die Zahl der Jahre aber, seitdem die Einrichtung des letzteren besteht, ist in unseren heiligen Büchern auf achttausend angegeben. Von euren Mitbürgern, die vor neuntausend Jahren entstanden, will ich dir also jetzt in kurzem berichten, welches ihre Staatsverfassung und welches die herrlichste Tat war, die sie vollbrachten; das Genauere über dies alles aber wollen wir ein andermal mit Muße nach der Reihe durchgehen, indem wir die Bücher selber zur Hand nehmen. Von ihrer Verfassung nun mache dir eine Vorstellung nach der hiesigen: denn du wirst viele Proben von dem, was damals bei euch galt, in dem, was bei uns noch jetzt gilt, wiederfinden, zuerst eine Kaste der Priester, welche von allen anderen gesondert ist, sodann die der Gewerbetreibenden, von denen wieder jede Klasse für sich arbeitet, und nicht mit den anderen zusammen, samt den Hirten, Jägern und Ackerleuten; endlich wirst du auch wohl bemerkt haben, daß die Kriegerkaste hierzulande von allen andern gesondert ist und daß ihr nichts anderes, außer der Sorge für das Kriegswesen, vom Gesetze her auferlegt ist. Ihre Bewaffnung ferner besteht aus Spieß und Schild, mit denen wir zuerst unter den Völkern Asiens uns ausrüsteten, indem die Göttin es uns, ebenso ebenso wie in euren Gegenden euch zuerst, gelehrt hatte. Was sodann die Geistesbildung anlangt, so siehst du wohl doch, eine wie große Sorge das Gesetz bei uns gleich in seinen Grundlagen auf sie verwandt hat, indem es aus allen auf die Naturordnung bezüglichen Wissenschaften bis zu der Wahrsagekunst und der Heilkunst zur Sicherung der Gesundheit hin, welche alle göttlicher Natur sind, dasjenige, was zum Gebrauche der Menschen sich eignet, heraussuchte und sich dergestalt alle diese Wissenschaften und alle andern, welche mit ihnen zusammenhängen, aneignete. Nach dieser ganzen Anordnung und Einrichtung gründete nun die Göttin zuerst euren Staat, indem sie den Ort eurer Geburt mit Rücksicht darauf erwählte, daß die dort herrschende glückliche Mischung der Jahreszeiten am besten dazu geeignet sei, verständige Männer zu erzeugen. Weil also die Göttin zugleich den Krieg und die Weisheit liebt, so wählte sie den Ort aus, welcher am meisten sich dazu eignete, Männer, wie sie ihr am ähnlichsten sind, hervorzubringen, und gab diesem zuerst seine Bewohner. So wohntet ihr denn also dort im Besitze einer solchen Verfassung und noch viel anderer trefflicher Einrichtungen und übertraft alle anderen Menschen in jeglicher Tugend und Tüchtigkeit, wie es auch von Sprößlingen und Zöglingen der Götter nicht anders zu erwarten stand. Viele andere große Taten eures Staates nun lesen wir in unseren Schriften mit Bewunderung, von allen jedoch ragt eine durch ihre Göße und Kühnheit hervor:

Unsere Bücher erzählen nämlich, eine wie gewaltige Kriegsmacht einst euer Staat gebrochen hat, als sie übermütig gegen ganz Europa und Asien zugleich vom Atlantischen Meere heranzog. Damals nämlich war das Meer dort fahrbar: denn vor der Mündung, welche ihr in eurer Sprache die Säulen des Herakles heißt, hatte es eine Insel, welche größer war als Asien und Libyen zusammen, und von ihr konnte man damals nach den übrigen Inseln hinübersetzen, und von den Inseln auf das ganze gegenüberliegende Festland, welches jenes recht eigentlich so zu nennende Meer umschließt. Denn alles das, was sich innerhalb der eben genannten Mündung befindet, erscheint wie eine bloße Bucht mit einem engen Eingange; jenes Meer aber kann in Wahrheit also und das es umgebende Land mit vollem Fug und Recht

Festland heißen. Auf dieser Insel Atlantis nun bestand eine große und bewundernswürdige Königsherrschaft, welche nicht bloß die ganze Insel, sondern auch viele andere Inseln und Teile des Festlandes unter ihrer Gewalt hatte. Außerdem beherrschte sie noch von den hier innerhalb liegenden Ländern Libyen bis nach Ägypten und Europa bis nach Tyrrhenien hin. Indem sich nun diese ganze Macht zu einer Heeresmacht vereinigte, unternahm sie es, unser und euer Land und überhaupt das ganze innerhalb der Mündung liegende Gebiet mit einem Zuge zu unterjochen. Da wurde nun, mein Solon, die Macht eures Staates in ihrer vollen Trefflichkeit und Stärke vor allen Menschen offenbar. Denn vor allen andern an Mut und Kriegskünsten hervorragend, führte er zuerst die Hellenen, dann aber ward er durch den Abfall der Anderen gezwungen, sich auf sich allein zu verlassen, und als er so in die äußerste Gefahr gekommen, da überwand er die Andringenden und stellte Siegeszeichen auf und verhinderte so die Unterjochung der noch nicht Unterjochten und gab den andern von uns, die wir innerhalb der herakleischen Grenzen wohnen, mit edlem Sinne die Freiheit zurück. Späterhin aber entstanden gewaltige Erdbeben und Überschwemmungen, und da versank während eines schlimmen Tages und einer schlimmen Nacht das ganze streitbare Geschlecht bei euch scharenweise unter die Erde, und ebenso verschwand die Insel Atlantis, indem sie im Meere unterging. Deshalb ist die dortige See jetzt unfahrbar und undurchforschbar, weil der sehr hoch aufgehäufte Schlamm im Wege ist, welchen die Insel durch ihr Untersinken hervorbrachte.' " [3]

Obwohl diese Erzählung sicherlich meine Neugierde geweckt hatte, war es mir dennoch unverständlich, wie man sich basierend auf einer derart knappen Beschreibung von Atlantis jemals ernsthaft auf dessen Suche begeben haben sollte. Zu dieser Zeit war mir noch nicht bekannt, daß Platon in einem weiteren Werk, dem Dialog KRITIAS, wieder auf die Thematik Atlantis zu sprechen kommt. Als ich jedoch einige Tage darauf hiervon erfuhr und schließlich den Dialog vor mir liegen hatte, war ich in höchstem Maße auf diese Fortsetzung gespannt. Die Person Kritias wird in Platons Dialog von den Gefährten Sokrates,Timaios und Hermokrates darum gebeten, nun auch ganz im Detail zu berichten, welche Geschichte Solon in Ägypten erfahren hatte:

"Vor allem nun wollen wir uns zunächst das ins Gedächtnis zurückrufen, daß es im ganzen neuntausend Jahre her sind, seitdem, wie angegeben worden, der Krieg zwischen denen, welche jenseits der Säulen des Herakles und allen denen, welche innerhalb derselben wohnten, entstand, welchen ich jetzt vollständig zu erzählen habe. Nun wurde schon angeführt, daß an der Spitze der letzteren unsere Stadt stand und den ganzen Krieg zu Ende führte, während über die ersteren die Könige der Insel Atlantis herrschten, welche, wie ich bemerkt habe, einst größer war als Libyen und Asien zusammen, jetzt aber durch Erderschütterungen untergegangen ist und dabei

einen undurchdringlichen Schlamm zurückgelassen hat, welcher sich denen, die in das jenseitige Meer hinausschiffen wollen, als Hindernis ihres weiteren Vordringens entgegenstellt. Ein Bild nun der vielen übrigen ungriechischen Völker und sämtlicher Hellenenstämme, welche es damals gab, wird der Verfolg unserer Erzählung im einzelnen, wie es gerade die Gelegenheit mit sich bringt, entrollen; dagegen die Verhältnisse der alten Athener und ihrer Gegner, mit denen sie Krieg führten, das heißt die Macht und die Staatseinrichtungen von beiden, ist es nötig sogleich voraufzuschicken. Unter ihnen selber aber verdient die Schilderung der hiesigen Zustände den Vorrang.

Die Götter nämlich verteilten einst die ganze Erde nach ihren einzelnen Gegenden unter sich, und zwar ohne Streit, denn es würde keinen vernünftigen Sinn haben anzunehmen, daß die Götter nicht gewußt haben sollten, was einem jeden von ihnen zukäme, oder aber, daß einige von ihnen das, was sie vielmehr als anderen zustehend erkannt, dennoch diesen abzustreiten und in ihren eigenen Besitz zu bringen versucht hätten. Durch rechtlich bestimmte Verteilung also erhielten sie, was ihnen lieb war, und wählten hiernach ihre Wohnsitze, und nachdem dies geschehen war, so zogen sie uns als ihre Besitztümer und Pfleglinge auf wie die Hirten ihre Herden, nicht so jedoch, daß sie mit körperlicher Gewalt unsere Körper lenkten, wie die Hirten ihr Vieh mit Schlägen, sondern sie führten und leiteten das ganze Menschengeschlecht, als das lenksamste aller lebendigen Wesen, gleichsam nur wie mit einem Steuerruder vom Schiffshinterteile aus, indem sie sich vermöge ihrer höheren Einsicht durch Überredung der Seelen bemächtigten. So nahmen denn nun, was andere Gegenden anlangt, andere Götter dieselben in Besitz und statteten sie aus, Hephaistos aber und Athene hatten, so wie sie von Natur zusammengehören, teils als Geschwister von väterlicher Seite her, teils wegen ihrer gleichen Liebe zur Wissenschaft und Kunst, so auch beide unser Land zum gemeinsamen Eigentume empfangen, weil dasselbe von Natur eine ihnen verwandte und angemessene Tüchtigkeit und Einsicht hervorzubringen geeignet war, und sie pflanzten daher wohlgeartete Männer als Eingeborene auf diesen Boden und legten darauf in ihren Geist die Anordnung der Staatsverfassung. Von diesen sind die Namen erhalten, ihre Taten aber wegen des Unterganges derer, die sie von ihnen überkamen, und der Länge der Zeit in Vergessenheit geraten. Denn das jedesmal übrigbleibende Geschlecht pflegt, wie schon früher bemerkt wurde, das auf den Bergen lebende und der Schrift unkundige zu sein, welches bloß die Namen der Herrscher im Lande gehört hat und dazu etwas Weniges von ihren Taten. Sie mußten sich daher damit begnügen, ihren Nachkommen diese Taten zu überliefern; die Tugenden und die Staatseinrichtungen ihrer Vorfahren aber aber kannten sie nicht, es sei denn einige dunkle Gerüchte über Einzelnes, und da sie überdies zusamt ihren Abkömmlingen viele Geschlechter hindurch an dem Notwendigen Mangel litten und daher vielmehr auf die Ausfüllung dieses Mangels ihren Sinn richten mußten, so sprachen sie auch vielmehr hierüber mit einander und vernachlässigten das einst bei ihren Vorfahren und vor Alters Geschehene. Denn die

Erzählung alter Sagen und die Erforschung der Vorzeit tritt erst mit der Muße in den Staaten ein, wenn sie die Sorge um die Notdurft des Lebens bei manchen als eine schon überwundene vorfindet, und nicht früher. Darum also sind uns die Namen der Alten ohne ihre Taten erhalten geblieben. Dies aber nehme ich daraus ab, weil Solon erzählte, die Priester hätten über den damaligen Krieg dergestalt berichtet, daß sie jene alten Athener meistens mit allen denjenigen Namen benannten – nämlich mit dem des Kekrops, Erechtheus, Erichthonios, Erysichthon und den meisten anderen – wie ein jeder auch wirklich von den Vorgängern des Theseus im Umlauf ist, und eben so sei es mit denen der Frauen gewesen. Und eben so ist auch die Gestalt und das Bild der Göttin – denn wie damals die Geschäfte des Krieges Frauen und Männern gemeinsam waren, so sollen diesem Brauche entsprechend die damaligen Athene die gewappnete Göttin als Tempelbild geweiht haben – ein Beweis dafür, daß alle lebendigen Wesen, welche sich paarweise finden, weiblich und männlich, von Natur imstande dazu sind, die beiden Geschlechtern zukommende Tüchtigkeit auch beiderseits gemeinschaftlich in Ausübung zu bringen.

Es wohnten nun damals in diesem Lande mit einander die übrigen Klassen der Bürger, welche sich mit den Gewerben und mit dem Gewinne von den Früchten der Erde beschäftigten; das Geschlecht der Krieger aber, welches durch gottbegeisterte Männer gleich im Anfang von ihnen ausgesondert war, wohnte getrennt von ihnen, ausgerüstet mit allem, was zur Erziehung und Bildung erforderlich ist, und keiner von ihnen hatte ein ausschließliches Eigentum, sondern alle sahen das Eigentum aller als ihnen gemeinsam an, so wie sie denn auch über den erforderlichen Unterhalt hinaus irgend etwas von den übrigen Bürgern anzunehmen verschmähten, und überhaupt alle diejenigen Bestrebungen wirklich verfolgten, welche gestern den bloß vorausgesetzten Wächtern zugeschrieben wurden. Aber auch was sodann in Betreff unseres Landes erzählt wurde, ist glaubwürdig und wahr, zuerst, daß sich damals seine Grenzen bis an den Isthmos und gegen das übrige Festland bis zu den Höhen des Kithairon und Parnes ausgedehnt, und daß sich diese Grenzen dergestalt abwärts gezogen hätten, daß sie das Gebiet von Oropos zur Rechten hatten, zur Linken aber den Asopos vom Meere abgrenzten; sodann aber, daß an Fruchtbarkeit die ganze Erde von unserem Lande übertroffen wurde, weshalb denn dasselbe auch imstande gewesen wäre, ein großes Heer von Einwohnern zu ernähren. Ein bedeutender Beweis aber für diese Güte des Bodens ist der Umstand, daß auch sein gegenwärtiger Überrest in Ergiebigkeit an jeglicher Frucht und an Nahrung für jede Art lebender Wesen es noch mit allen anderen Ländern aufnimmt; damals aber gar trug er dies alles in Schönheit und reichlicher Fülle. Wie nun aber möchte dies noch näher als glaubwürdig erscheinen, nämlich inwiefern dies gegenwärtige Land mit Recht ein Überrest des damaligen heißen? Das Ganze, so wie es vom übrigen Festlande ab sich langhin in das Meer erstreckt, liegt da wie ein Vorgebirge; denn das Meeresbecken, welches es umgibt, ist hart an seinen Gestaden überall von großer Tiefe; und da nun viele bedeutende Überschwemmungen während der neuntausend Jahre stattgefunden haben

– denn so viele sind ja deren seit jener Zeit bis auf die gegenwärtige verstrichen –, so hat die Erde, welche während dieser Zeit und unter diesen Einwirkungen von den Höhen herabgeflossen ist, nicht, wie in anderen Gegenden, einen Damm, welcher der Rede wert wäre, aufgeworfen, sondern ist jedesmal im Kreise herumgeflossen und so in der Tiefe verschwunden. So sind denn, wie es auch bei kleinen Inseln zu geschehen pflegt, im Vergleich zu dem damaligen Lande in dem gegenwärtigen gleichsam wie von einem durch Krankheit dahingeschwundenen Körper nur noch die Knochen übriggeblieben, indem die Erde, so weit sie fett und weich war, ringsherum abgeflossen und nur das magere Gerippe des Landes zurückgelassen ist. Damals aber, als es noch unversehrt war, waren seine Berge hoch und mit Erde bedeckt, und ebenso waren seine Ebenen, welche jetzt als Steinboden bezeichnet werden, voll fetter Erde; auch trug es vieles Gehölz auf den Bergen, von welchem es auch jetzt noch deutliche Spuren gibt. Denn von den Bergen bieten zwar einige jetzt nur noch den Bienen Nahrung dar, es ist aber noch nicht gar lange Zeit her, als noch Dächer, welche aus den Bäumen verfertigt waren, die man dort als Sparrenholz für die größten Gebäude fällte, unversehrt dastanden. Es gab aber auch noch viele andere hohe Bäume, und zwar Fruchtbäume, und für die Herden brachte das Land unglaublich reiche Weide hervor. Ferner genoß es einer jährlichen Bewässerung von Zeus, und verlor diese auch nicht wieder, wie jetzt, wo sie von dem dünnen Fruchtboden ins Meer abfließt, sondern wie es diesen damals reichlich besaß, so sog es auch den Regen in ihn ein und bewahrte ihn in einer Umschließung von Tonerde auf, indem es das eingesogene Wasser von den Höhen in die Tiefen hinabfließen ließ, und bereitete so an allen Orten reichhaltige Quellen und Flüsse, von denen auch noch jetzt da, wo einst ihre Ursprünge waren, heilige Merkzeichen für die Wahrheit meiner gegenwärtigen Erzählung über unser Land geblieben sind.

Also war nun das übrige Land von Natur beschaffen und ward auch in gehöriger Weise angebaut von Ackerleuten, die in Wahrheit diesen Namen verdienten und sich eben nur hiermit beschäftigten und dabei pflichteifrig und von tüchtigem Schlage waren, so wie ihnen denn auch der schönste Boden und Wasser in reicher Fülle und in der Luft die trefflichste Mischung der Jahreszeiten zuteil geworden war. Die Stadt aber war in der damaligen Zeit auf folgende Weise angelegt: Die Burg zuvörderst befand sich damals in anderen Umgebungen als jetzt. Denn jetzt hat eine besonders regnerische Nacht die Erde rings herum aufgelockert und von ihr weggespült, indem zugleich Erdbeben und eine gewaltige Wasserflut, die dritte vor der Zerstörung zu Deukalions Zeit, entstanden waren. Sodann zog sich ihre Ausdehnung in früherer Zeit bis zum Eridanos und Ilissos hinab, faßte die Pnyx in sich und hatte der Pnyx gegenüber den Berg Lykabettos zur Grenze; auch war die ganze Höhe mit Erde bedeckt und mit wenigen Ausnahmen eben auf ihrer Oberfläche. Es wurde aber die Gegend außerhalb derselben, unmittelbar unter ihren Abhängen, von den Handwerkern und denjenigen Landleuten, welche den nahe gelegenen Acker bebauten, bewohnt; die Höhe selbst aber war um das Heiligtum der Athene und des

Hephaistos herum von dem Geschlecht der Krieger gesondert für sich in Besitz genommen, indem sie dasselbe wie den Garten eines gemeinsamen Hauses mit einer einzigen Mauer umgeben hatten. Sie bewohnten nämlich den nördlichen Teil der Burg, wo sie mit gemeinschaftlichen Häusern und Speisesälen für den Winter und überhaupt mit allem, was in ihrem Gemeinwesen zur Einrichtung von Gebäuden für sie selbst und die Priester erforderlich war, ausgerüstet waren, jedoch nicht mit Gold und Silber, denn dessen bedienten sie sich niemals in irgendwelcher Art; und wie sie vielmehr überhaupt zwischen Übermut und unfreiem Sinne die Mittelstraße verfolgten, so waren auch ihre Wohnungen von mäßig guter Einrichtung, in denen sie selbst und noch ihre Kindeskinder alt wurden, und wie das eine Geschlecht stets dem anderen ähnlich war, so übergab es ihm diese auch immer in dem gleichen Zustande. Was aber den südlichen Teil der Burg anlangt, so gebrauchen sie denselben zu dem gleichen Zwecke, wenn sie, wie dies im Sommer zu geschehen pflegte, ihre besonders dazu eingerichteten Gärten, Übungsplätze und Speisesäle verließen. Es gab ferner damals nur einen einzigen Born an dem Punkte, wo jetzt die Burg steht, nach dessen Versiegen in Folge von Erdbeben noch die kleinen Wässerchen von ihm übrig geblieben sind, welche sich rings um sie herumziehen; er gewährte aber eine völlig zureichende Wassermenge für alle, die damals lebten, und besaß im Winter wie im Sommer das richtige Wärmeverhältnis. In dieser Weise also wohnten sie dort, als Beschützer ihrer eigenen Mitbürger, sowie als frei gewählte Führer aller andern Hellenen, und wachten nach Möglichkeit dafür, daß die Zahl ihrer eigenen kriegstüchtigen Mitglieder – an Männern und Weibern – für ewige Zeiten dieselbe bleibe, welche auch damals bereits sich auf ungefähr zwanzigtausend belief.

Da sie nun also von solcher Beschaffenheit waren und etwa in der beschriebenen Weise ihren eigenen Staat, so wie ganz Griechenland, mit Gerechtigkeit lenkten, so waren sie in ganz Europa und Asien sowohl wegen ihrer Körperschönheit als auch ihrer mannigfachen geistigen Vorzüge angesehen, ja die namhaftesten unter allen damals lebenden Völkern. Doch nun will ich auch die Verhältnisse ans Licht stellen, wie sie bei ihren Gegnern bestanden und wie sie sich von Anfang an bei denselben entwickelten - wenn anders mich mein Gedächtnis nicht bei dem, was ich bereits als Knabe gehört habe, im Stich läßt - um auch euch, meinen Freunden die Kunde hiervon mitzuteilen. Indessen muß ich meinem Berichte noch die Bemerkung unmittelbar voraufschicken, daß ihr euch nicht etwa wundern möget, wenn ihr ungriechischen Männern griechische Namen geben hört: denn ihr sollt den Grund davon erfahren. Da nämlich Solon ja diese Erzählung zu einem Gedichte zu verwenden bezweckte, so forschte er nach der Bedeutung der Namen, und da fand er nun, daß jene alten Ägypter, welche sie zuerst aufgezeichnet, sie in ihre eigene Sprache übersetzt hatten, und so nahm er seinerseits gleichfalls wieder den Sinn jedes Namens vor und schrieb ihn so nieder, wie er, in unsere Sprache übertragen, lautete. Und diese Aufzeichnungen befanden sich denn auch bei meinem Großvater, und ich besitze sie noch und sie sind von mir in meinen Knabenjahren sorgfältig durchgelesen

worden. Wenn ihr daher ebensolche Namen hört, wie hierzulande, so laßt euch das nicht Wunder nehmen, denn ihr wißt jetzt die Ursache davon. Von der langen Erzählung lautete der Anfang nun damals ungefähr folgendermaßen:
Wie schon im Obigen erzählt wurde, daß die Götter die ganze Erde unter sich teils in größere, teils in kleinere Teile verteilt und sich selber ihre Heiligtümer und Opferstätten gegründet hätten, so fiel auch dem Poseidon die Insel Atlantis zu, und er verpflanzte seine Sprößlinge, die er mit einem sterblichen Weibe erzeugt hatte, auf einen Ort der Insel von ungefähr folgender Beschaffenheit: Ziemlich in der Mitte der ganzen Insel, jedoch so, daß sie an das Meer stieß, lag eine Ebene, welche von allen Ebenen die schönste und von ganz vorzüglicher Güte des Bodens gewesen sein soll. Am Rande dieser Ebene aber lag wiederum, und zwar etwa sechzig Stadien vom Meere entfernt, ein nach allen Seiten niedriger Berg. Auf diesem nun wohnte einer von den daselbst im Anfang aus der Erde entsprossenen Männern, Namens Euenor, zusamt seiner Gattin Leukippe, und sie hatten eine einzige Tochter, Kleito, erzeugt. Als nun dies Mädchen in das Alter der Mannbarkeit gekommen war, starben ihr Mutter und Vater, Poseidon aber ward von Liebe zu ihr ergriffen und verband sich mit ihr. Er trennte deshalb auch den Hügel, auf welchem sie wohnte, rings herum durch eine starke Umhegung ab, indem er mehrere kleinere und größere Ringe abwechselnd von Wasser und Erde um einander fügte, und zwar ihrer zwei von Erde und drei von Wasser, und mitten aus der Insel gleichsam herauszirkelte, so daß ein jeder in allen seinen Teilen gleichmäßig von den anderen entfernt war; wodurch denn der Hügel für Menschen unzugänglich ward, denn Schiffe und Schiffahrt gab es damals noch nicht. Für seine Zwecke aber stattete er die in der Mitte liegende Insel, wie es ihm als einem Gotte nicht schwer ward, mit allem Nötigen aus, indem er zwei Wassersprudel, den einen warm und den anderen kalt, dergestalt, daß sie aus einer gemeinsamen Quelle flossen, aus der Erde emporsteigen und mannigfache und reichliche Frucht aus ihr hervorgehen ließ. An männlicher Nachkommenschaft aber erzeugte er fünf Zwillingspaare und zog sie auf, zerlegte sodann die ganze Insel Atlantis in zehn Landgebiete und teilte von ihnen dem Erstgeborenen des ältesten Paares den Wohnsitz seiner Mutter und das umliegende Gebiet, als das größte und beste, zu und bestellte ihn auch zum König über die anderen Söhne; aber auch diese machte er zu Herrschern, indem er einem jeden die Herrschaft über viele Menschen und vieles Land verlieh. Auch legte er allen Namen bei, und zwar dem ältesten und dem Könige den, von welchem auch die ganze Insel und das Meer, welches ja das Atlantische heißt, ihre Benennungen empfingen; nämlich Atlas ward dieser erste damals herrschende König geheißen. Dem nach ihm geborenen Zwillingsbruder ferner, welcher den äußersten Teil der Insel, von den Säulen des Herakles bis zu der Gegend welche jetzt die gadeirische heißt und von der damals so genannten diese Bezeichnung empfangen hat, als seinen Anteil erhielt, gab er in der Landessprache den Namen Gadeiros, welcher auf griechisch Eumelos lauten würde und auch jene Benennung des Landes hervorrufen sollte. Von dem zweiten Paare sodann nannte er den einen

Ampheres und den anderen Euaimon, von dem dritten den erstgeborenen Mnaseas und den folgenden Autochthon, von dem vierten den ersten Elasippos und den zweiten Mestor, von dem fünften endlich empfing der Frühgeborene den Namen Azaës und der letztgeborene den Namen Diaprepes. Diese alle nun samt ihren Abkömmlingen wohnten hier viele Geschlechter hindurch und beherrschten auch noch viele andere Inseln des Meeres, überdies aber, wie schon vorhin bemerkt wurde, auch noch die hier innerhalb Wohnenden bis nach Ägypten und Tyrrhenien hin.
Vom Atlas nun stammte ein zahlreiches Geschlecht, welches auch in seinen übrigen Gliedern hochgeehrt war, namentlich aber dadurch, daß der jedesmalige König die königliche Gewalt immer dem ältesten seiner Söhne überlieferte, viele Geschlechter hindurch sich den Besitz dieser Gewalt und damit auch des Reichtums von solcher Fülle bewahrte, wie er wohl weder zuvor in irgend einem Königreiche bestanden hat, noch so leicht künftig wieder bestehen wird, und war mit allem versehen, was in der Stadt und im übrigen Lande herbeizuschaffen nötig war. Denn vieles ward diesen Königen von auswärtigen Ländern her in Folge ihrer Herrschaft über diese zugeführt; das meiste aber bot die Insel selbst für die Bedürfnisse des Lebens dar, zunächst alles, was durch den Bergbau gediegen oder in schmelzbaren Erzen hervorgegraben wird, darunter auch die Gattung, welche jetzt nur noch ein Name ist, damals aber mehr als dies war, nämlich die des Goldkupfererzes, welches an vielen Stellen der Insel aus der Erde gefördert und unter den damals lebenden Menschen nächst dem Golde am höchsten geschätzt ward. Ferner brachte sie alles, was der Wald zu den Arbeiten der Handwerker darbietet, in reichem Maße hervor und nährte reichlich wilde und zahme Tiere. Sogar die Gattung des Elefanten war auf ihr sehr zahlreich; denn nicht bloß für die übrigen Tiere insgesamt, welche in Sümpfen, Teichen und Flüssen, so wie die, welche auf den Bergen und welche in den Ebenen leben, war reichliches Futter vorhanden, sondern in gleichem Maße auch selbst für diese Tiergattung, die die größte und gefräßigste von allen ist. Was überdem die Erde jetzt nur irgend an Wohlgerüchen nährt, sei es von Wurzeln oder Gras oder Hölzern oder hervorquellenden Säften oder Blumen oder Früchten, das Alles trug und hegte die Insel vielfältig; nicht minder die „milde Frucht“ (den Wein) und die trockene, deren wir zur Nahrung bedürfen (Getreide), und alle, deren wir sonst uns zur Speise bedienen und deren Arten wir mit dem gemeinsamen Namen der Gemüse bezeichnen; ferner die, welche baumartig wächst und Trank und Speise und Salböl zugleich liefert; ferner die schwer aufzubewahrende Frucht der Obstbäume, welche uns zur Freude und zur Erheiterung geschaffen ist, und was wir zum Nachtisch aufzutragen pflegen als erwünschte Reizmittel des angefüllten Magens für die Übersättigten, – dies alles brachte die Insel, die damals durchweg den Einwirkungen der Sonne zugänglich war, in vortrefflicher und bewundernswerter Gestalt und in der reichsten Fülle hervor. Indem nun Atlas und seine Nachkommen dies alles aus der Erde empfingen, gründeten sie Tempel, Königshäuser, Häfen und Schiffswerfte, und richteten auch das ganze übrige Land ein, wobei sie nach folgender Anordnung verfuhren:

Zuerst schlugen sie Brücken über die Ringe von Wasser, welche ihre alte Mutterstadt umgaben, um sich so einen Weg von und zu der Königsburg zu schaffen. Diese errichteten sie nämlich gleich im Anfange eben auf jenem Wohnsitze des Gottes und ihrer Vorfahren, und so empfing sie der eine von dem anderen, indem ein jeder ihre Ausstattung erweiterte und nach Kräften seinen Vorgänger darin überbot, bis sie denn endlich diesen Wohnsitz durch die Größe und Schönheit ihrer Werke zu einem staunenswerten Anblicke gemacht hatten: Zuerst nämlich gruben sie einen Kanal von drei Plethren Breite, hundert Fuß Tiefe und fünfzig Stadien Länge vom Meere aus bis zu dem äußersten Ringe hin, und machten so eine Einfahrt von der See in denselben wie in einen Hafen möglich, indem sie die Einmündung in ihn weit genug zum Einlaufen für die größten Schiffe brachen. Sodann durchbrachen sie aber auch die Kreiswälle von Erde, welche die Wasserringe von einander trennten, unterhalb der Brücken in einer solchen Breite, daß für einen einzelnen Dreiruderer die Durchfahrt von dem einen durch den anderen möglich ward, und überbrückten dann wieder den Durchstich, so daß die Schiffahrt hier eine unterirdische war; die Ränder der Erdwälle hatten nämlich eine Höhe, welche hinlänglich über das Meer emporragte. Es war aber der weiteste von den Ringen, welche einst aus dem Meere gebildet waren, drei Stadien breit, und eben so der zunächst auf ihn folgende Wallring, von den beiden nächsten Ringen aber der aus Wasser bestehende zwei, und eben so war ihm wiederum der aus Erde aufgehäufte an Breite gleich, endlich der unmittelbar um die Insel herumlaufende ein Stadium, und die Insel selbst, auf welcher die Königsburg stand, hatte fünf Stadien im Durchmesser. Diese selber nun umgaben sie rings herum, und ebenso die Ringe und die Brücke, welche ein Plethron breit war, von beiden Seiten mit je einer steinernen Mauer, und errichteten bei den Brücken nach beiden Seiten hin Türme und Tore gegen die Durchfahrten vom Meere zu. Die Steine dazu aber, welche teils weiß, teils schwarz und teils rot waren, brachen sie unten an den Abhängen der in der Mitte gelegenen Insel ringsherum, und eben so unten an den Wallrändern nach außen und nach innen zu, und dadurch, daß sie sie dort herausschlugen, erlangten sie zugleich innerhalb derselben auf beiden Seiten Höhlungen zu Schiffsarsenalen, welche den Felsen selber zur Decke hatten. Auch andere Gebäude errichteten sie aus jenen Steinen, und zwar teils einfarbige, teils auch bunte, indem sie sie aus verschiedenfarbigen Steinen zum Genuß für das Auge zusammensetzten und denselben dadurch ihren vollen natürlichen Reiz gaben. Die Mauer endlich, welche um den äußeren Wall herumlief, faßten sie ihrem ganzen Umfange nach mit Erz ein, indem sie dieses gleichsam wie ein Salböl anwandten; die um den innern aber umschmolzen sie mit Zinn, endlich die Burg selbst mit Goldkupfererz, welches einen feuerähnlichen Glanz hatte. Die königliche Wohnung innerhalb der Burg selbst aber war folgendermaßen eingerichtet: Inmitten der letztern befand sich ein der Kleito und dem Poseidon geweihter Tempel, welcher nur von den Priestern betreten werden durfte und mit einer goldenen Mauer umgeben war, derselbe, in welchem sie einst das Geschlecht der zehn Fürsten erzeugt und hervorgebracht hatten. Dahin schickte man auch jedes Jahr aus allen zehn Landgebieten die Erstlinge als Opfer für einen jeden von diesen. Ferner stand dort ein besonderer Tempel des Poseidon, von einem Stadium Länge, drei Plethren an Breite, und von einer Höhe, wie sie einen dementsprechenden Anblick gewährte, hatte aber ein etwas barbarisches Ansehen. Den ganzen Tempel nun überzogen sie von außen mit Silber, mit Ausnahme der Zinnen, die Zinnen aber mit Gold. Was aber das Innere anbetrifft, so konnte man die elfenbeinerne Decke ganz mit Gold und Goldkupfererz verziert sehen, alles andere aber an Mauern, Säulen und Estrichen überkleideten sie mit Goldkupfererz. Auch stellten sie goldene Bildsäulen darin auf, nämlich den Gott selber, wie er, auf seinem Wagen stehend, sechs geflügelte Rosse lenkt, und der seinerseits so groß gebildet war, daß er mit dem Haupte die Decke berührte, rings um ihn herum aber die hundert Nereiden auf Delphinen; denn so viel, glaubte man damals, seien ihrer; außerdem befanden sich aber auch noch viele andere Bildwerke als Weihgeschenke von Privatleuten im Tempel. Außerhalb aber standen rings um ihn die Bildsäulen von allen insgesamt, nämlich von den zehn Königen selbst und ihren Weibern und allen, welche von ihnen entsprossen waren, und viele andere große Weihgeschenke von den Königen wie von Privatleuten teils aus der Stadt selbst, teils aus allen von ihnen beherrschten Gebieten außerhalb derselben. Auch der Altar entsprach an Größe sowie an Arbeit dieser Ausstattung, und ebenso war auch die königliche Wohnung ebensosehr der Größe der Herrschaft, wie andererseits dem auf die Heiligtümer verwandten Schmucke angemessen. Von den beiden Quellen aber, sowohl der von kaltem als der von warmen Wasser, welche dessen eine reiche Fülle enthielten und es beide an Wohlgeschmack und Güte zum Gebrauche in ganz bewundernswerter Vortrefflichkeit darboten, zogen sie Nutzen, indem sie Gebäude und Baumpflanzungen, wie sie zu den Wassern sich schickten, ringsumher anlegten und ferner Wasserbehälter teils unter freiem Himmel, teils zu warmen Bädern für den Winter in bedeckten Räumen in der Umgebung einrichteten, und zwar deren besondere für die Könige und besondere für die Untertanen, ferner noch andere für die Weiber und wieder für die Pferde und die übrigen Zugtiere, und einem jeden von diesen allen die ihm angemessene Ausstattung gaben. Das abfließende Wasser aber leiteten sie in den Hain des Poseidon, welcher Bäume von mannigfacher Art und von ganz vorzüglicher Höhe und Schönheit in Folge der Güte des Bodens umfaße, teils aber auch durch Kanäle über die Brücken weg in die äußeren Ringe hinein. In der Nähe dieser Wasserleitungen wurden denn auch Heiligtümer vieler Götter, ferner viele Gärten und Übungsplätze angelegt, und zwar besondere für die auf den menschlichen Körper beschränkten Übungen und besondere für die mit dem Wagengespann aus jeder von beiden aus den Wällen bestehenden Inseln, und überdies besaßen sie auch in der Mitte der größeren Insel eine ausgesuchte Rennbahn, welche ein Stadion breit und deren Länge im ganzen Umkreise zum Wettkampfe für die Rosse eingerichtet war. Um dieselbe herum lagen auf beiden Seiten die Wohnungen für die Mehrzahl der Trabanten. Die zuverlässigeren unter ihnen aber hatten ihre Wache auf

dem kleineren und näher an der Burg gelegenen Wallring; den vor allen anderen an Zuverlässigkeit ausgezeichneten endlich waren ihre Wohnungen auf der Burg selber um den Königspalast herum gegeben. Die Schiffsarsenale aber waren voll von Dreiruderern und von allem, was zu der Ausrüstung von Dreiruderern gehört, wovon alles in reichem Maße in Bereitschaft gehalten wurde.
Solches war nun also die Ausrüstung der königlichen Wohnung. Wenn man aber die drei außerhalb derselben befindlichen Häfen hinter sich hatte, so traf man auf eine Mauer, welche vom Meere begann und im Kreise herumlief, von dem größten Ringe und zugleich Hafen aber überall fünfzig Stadien entfernt war und an derselben Stelle bei der Mündung des Kanals in das Meer wieder abschloß. Dieses Ganze aber war mit vielen und dichtgedrängten Wohnungen umgeben, und die Ausfahrt sowie der größte Hafen wimmelten von Schiffen und Kaufleuten, welche aus allen Gegenden hieher kamen und bei Tage wie bei Nacht Geschrei, Getümmel und Getöse mannigfacher Art wegen ihrer Menge verursachten.
Über die Stadt und jenen einstigen Wohnsitz der Könige habe ich nun so ziemlich das, was mir damals erzählt wurde, mitgeteilt; nun muß ich aber auch noch versuchen, über die natürliche Beschaffenheit des übrigen Landes und die Art seiner Verwaltung zu berichten. Zunächst nun wurde mir das Land im ganzen als sehr hochgelegen und steil aus dem Meere aufsteigend geschildert, die Gegend um die Stadt her dagegen durchweg als eine Ebene, welche dieselbe umschloß, ihrerseits aber wieder ringsherum von Bergen eingeschlossen wurde, die sich bis zum Meere hinabzogen, und zwar als eine ganz glatte und gleichmäßige Fläche, die in ihrer Gesamtausdehnung eine längliche Gestalt hatte, indem diese nach der Seite zu dreitausend Stadien, in der Mitte aber vom Meere aufwärts nur zweitausend betrug. Von der ganzen Insel nämlich lag dieser Teil nach der Südseite zu, indem er sich von Norden nach Süden erstreckte. Die Berge aber, welche ihn umgaben, wurden damals als solche gepriesen, welche an Menge, Größe und Schönheit alle jetzt vorhandenen übertrafen, indem sie viele Flecken mit einer reichen Zahl von Bewohnern, ferner Flüsse, Seen und Auen, welche allen möglichen zahmen und wilden Tieren hinreichendes Futter darboten, so wie endlich Waldungen in sich faßten, welche in bunter Menge und in der größten Mannigfaltigkeit aller Gattungen einen reichhaltigen Stoff zu den Arbeiten jeder Art, im Großen wie im Kleinen, lieferten. Auf diese Weise war die Ebene von der Natur ausgestattet, und viele Könige hatten nicht minder an ihrer weiteren Ausstattung gearbeitet. Zum größten Teile bildete sie nämlich wirklich bereits ein vollständiges Rechteck; wo es aber noch an der vollen Regelmäßigkeit dieser Gestalt fehlte, war ihr diese dadurch gegeben worden, daß sie auf allen Seiten einen Graben herumgezogen hatten. Was mir nun von dessen Tiefe, Breite und Länge erzählt ward, das könnte unglaublich erscheinen für ein von Menschenhänden gearbeitetes Werk; es könnte unglaublich erscheinen, daß sie zu ihren vielen anderen Arbeiten auch noch diese von so gewaltiger Ausdehnung unternommen hätten; dennoch muß ich darüber berichten, wie ich es gehört habe.

Nämlich ein Plethron tief ward er gegraben und überall ein Stadion breit, und als er nun die ganze Ebene herumgezogen war, da ergab sich für ihn eine Länge von zehntausend Stadien. Er nahm auch die von den Bergen herabfließenden Wasser auf, und da er rings um die Ebene herumgeführt war und die Stadt auf beiden Seiten berührte, so ließ er dieselben auf folgende Weise ins Meer abfließen: Von seinem oberen Teile her wurden nämlich von ihm ungefähr hundert Fuß breite Kanäle in gerader Linie in die Ebene geleitet, welche wieder in den großen vom Meere aus gezogenen Kanal einmündeten und von einander hundert Stadien entfernt waren. Auf ihnen brachten sie denn auch das Holz von den Bergen in die Stadt, aber auch alle anderen Landeserzeugnisse holten sie zu Wasser heran, indem sie wieder Überfahrten aus den Kanälen in einander nach der Quere zu und ebenso nach der Stadt hin gruben. Auch ernteten sie in Folge dessen zweimal des Jahres ein, indem ihnen im Winter der Regen des Zeus dazu verhalf, im Sommer aber die Bewässerung, welche das Land selber in sich trug, dadurch daß sie sie aus den Kanälen herzuleiteten.

Was aber die Zahl der Bewohner anbetrifft, so bestand die Anordnung, daß in der Ebene selbst an kriegstüchtigen Männern jedes Grundstück einen Anführer zu stellen hatte; die Größe eines jeden Grundstückes aber betrug gegen hundert Quadratstadien, und die Zahl von ihnen allen sechzigtausend; auf den Gebirgen dagegen und im übrigen Lande zählte man eine unsägliche Menschenmasse, alle jedoch waren nach ihren Ortschaften und Flecken je einem dieser Grundstücke und Führer zugeteilt. Die Führer nun aber hatten die Verpflichtung zum Kriege ihrer sechs zusammen einen Kriegswagen zu stellen, so daß deren insgesamt zehntausend wurden, ferner ein jeder zwei Rosse und Reiter, dazu noch ein Zwiegespann ohne Sessel, welches mit einem Krieger bemannt war, der einen kleinen Schild trug und auch herabsteigend zu Fuße kämpfte, außer diesem Wagenkämpfer aber mit einem Lenker für die beiden Rosse; ferner zwei Schwerbewaffnete und an Bogen- und Schleuderschützen je zwei, und ebenso an Stein- und Speerwerfern ohne Rüstung je drei; endlich vier Seeleute zur Bemannung von zwölfhundert Schiffen. So war das Kriegswesen in dem königlichen Staate angeordnet; in den andern neun Staaten aber auf verschiedene Weise, deren Erörterung zu lange Zeit in Anspruch nehmen würde.

Die Verhältnisse der obrigkeitlichen Gewalt und der Staatswürden aber waren vom Anbeginn her folgendermaßen geordnet. Von den zehn Königen herrschte ein jeder in dem ihm überkommenen Gebiete von seiner Stadt aus über die Bewohner und stand über den meisten Gesetzen dergestalt, daß er strafte und hinrichten ließ wen immer es ihm gut dünkte. Die Herrschaft über sie selbst aber ward gegenseitig und gemeinschaftlich geführt nach den Anordnungen des Poseidon, wie sie ein Gesetz ihnen überlieferte, welches von ihren Vorfahren auf eine Säule von Goldkupfererz eingegraben war, die in der Mitte der Insel, nämlich im Heiligtum des Poseidon, stand. Hieher kamen sie denn auch abwechselnd bald jedes fünfte und bald jedes sechste Jahr zusammen, um der geraden und der ungeraden Zahl ein gleiches Recht angedeihen zu lassen, und berieten sich auf diesen Zusammenkünften teils über die gemeinsamen Angelegenheiten, teils hielten sie Nachforschung danach, ob einer von ihnen irgend eine Übertretung begangen, und saßen darüber zu Gericht. Wenn sie aber zum Gerichte schritten, so gaben sie einander zuvor folgendes Unterpfand der Treue: Nachdem sie zu dem Gotte gebetet, daß es ihnen gelingen möge, das Opfertier, welches ihm genehm sei, zu fangen, stellten sie zehn ganz allein unter den Stieren, die da frei im Heiligtume des Poseidon weideten, eine Jagd ohne Eisen bloß mit Knitteln und Stricken an, und denjenigen von den Stieren, welchen sie fingen, brachten sie oben auf die Säule hinauf und schlachteten ihn dort unmittelbar über jener Inschrift. Auf der Säule befand sich aber außer dem Gesetze noch eine Schwurformel, welche gewaltige Verwünschungen über diejenigen aussprach, welche ihm nicht gehorchten. Wenn sie nun so nach ihren Bräuchen beim Opfer dem Gotte alle Glieder des Stieres geweiht hatten, so richteten sie einen Mischkessel zu und warfen in diesen für jeden einen Tropfen geronnenen Blutes; alles übrige aber warfen sie ins Feuer, nachdem sie die Säule rings herum gereinigt hatten. Hierauf schöpften sie mit goldenen Trinkschalen aus dem Mischbecher, und während sie dann aus denselben die Spenden ins Feuer gossen, schwuren sie dabei, nach dem Gesetze auf der Säule zu richten und es zu strafen, wenn einer von ihnen zuvor einen Frevel begangen, und eben so wiederum in Zukunft keine von jenen Vorschriften absichtlich zu verletzen und weder anders zu herrschen, noch einem andern Herrscher zu gehorchen, als dem, welcher nach den Gesetzen des Vaters regierte. Nachdem ein jeder von ihnen dies für sich selbst und für sein Geschlecht gelobt hatte, trank er und weihte sodann die Becher als Geschenk für das Heiligtum des Gottes, und sodann wandten sie sich zum Mahle, um auch den Anforderungen ihres Körpers Genüge zu tun. Sobald es aber dunkel ward, und das Opferfeuer verglomm, dann kleideten sich alle sofort in ein blaues Gewand von der allerhöchsten Schönheit, und so, bei der Glut der Eidesopfer auf der Erde sitzend, indem sie gänzlich das Feuer im Heiligtume auslöschten, empfingen und sprachen sie Recht bei der Nacht, wenn etwa der eine von ihnen den andern irgend einer Übertretung anklagte. Nach vollzogenem Urteil aber schrieben sie die Richtersprüche, sobald es Tag ward, auf einer goldenen Tafel auf und weihten diese samt jenen Gewändern zum Denkzeichen. Es gab aber noch viele andere Gesetze, welche die Rechte der Könige für einen jeden im besonderen bestimmten; über allen jedoch stand dies, daß sie niemals gegen einander die Waffen führen, vielmehr einander insgesamt Hilfe leisten sollten, wenn etwa einer von ihnen in irgend einer Stadt das königliche Geschlecht auszurotten versuchte, und daß sie nach gemeinsamer Beratung, gleichwie ihre Vorfahren, ihre Beschlüsse über den Krieg und alle anderen Angelegenheiten fassen und ausführen, den Vorsitz und Oberbefehl dabei aber dem Geschlechte des Atlas überlassen sollten. Die Vollmacht, einen seiner Verwandten hinrichten zu lassen, sollte ferner einem Könige nicht zu Gebote stehen, es sei denn, daß über die Hälfte von den zehn es genehmigt hätte.

Diese Macht von solcher Art und Ausdehnung, wie sie damals in jenen Gegenden bestand, führte der Gott, indem er sie zusammentreten ließ, nun auch gegen unser

Land, wozu, wie es heißt, ungefähr folgende Verhältnisse Anlaß gaben: Viele Geschlechter hindurch, so lange noch irgend die Natur des Gottes in ihnen wirksam war, waren sie den Gesetzen gehorsam und zeigten ein befreundetes Verhalten gegen das ihnen verwandte Göttliche. Denn sie besaßen wahrhafte und durchgehends große Gesinnungen, indem sie eine mit Klugheit gepaarte Sanftmut allen etwaigen Wechselfällen des Schicksals gegenüber sowie gegen einander an den Tag legten; und da sie eben deshalb alles andere außer der Tugend für wertlos ansahen, so achteten sie alle vorhandenen Glücksgüter gering und betrachteten mit Gleichmut und mehr wie eine Last die Masse ihres Goldes und ihrer übrigen Besitztümer; und nicht kamen sie, berauscht von dem Schweigen in ihrem Reichtum, so daß sie durch ihn die Herrschaft über sich selbst verloren hätten, zu Falle, sondern erkannten mit nüchternem Scharfblick, daß dies alles nur durch die gemeinsame Freundschaft im Verein mit der Tugend sein Gedeihen empfängt, durch den Eifer und das Streben nach ihm dagegen nicht bloß selber entschwindet, sondern auch jene mit sich zu Grunde richtet. Infolge dieser Grundsätze und der fortdauernden Wirksamkeit der göttlichen Natur in ihnen gedieh ihnen denn das alles, was ich euch vorhin mitgeteilt habe. Als aber ihr Anteil am Wesen des Gottes durch die vielfache und häufige Beimischung des sterblichen in ihnen zu schwinden begann, und die menschliche Art überwog, da erst waren sie dem vorhandenen Reichtum nicht mehr gewachsen und entarteten und erschienen dem, welcher es zu erkennen vermochte, niedrig, indem sie von allem, was in Ehren zu stehen verdient, gerade das Schönste zu Grunde richteten; denen aber, die ein wahrhaft zur Glückseligkeit führendes Leben nicht zu erkennen imstande waren, schienen sie damals erst recht in aller Herrlichkeit und Seligkeit darzustehen, als sie ungerechten Gewinn und ungerecht erworbene Macht im Überflusse besaßen. Der Gott der Götter aber, Zeus, welcher nach den Gesetzen herrscht und solches wohl zu erkennen vermag, beschloß, als er ein treffliches Geschlecht so schmählich herunterkommen sah, ihnen Strafe dafür aufzuerlegen, damit sie, durch dieselbe zur Besinnung gebracht, zu einer edleren Lebensweise zurückkehrten. Er berief daher alle Götter in ihren erwürdigsten Wohnsitz zusammen, welcher in der Mitte des Weltalls liegt und eine Überschau aller Dinge gewährt, welche je des Werdens teilhaftig wurden, und nachdem er sie zusammenberufen hatte, sprach er – – – – –" [4]

An dieser Stelle bricht die Atlantis-Erzählung ab und zugleich endet damit auch der Dialog "KRITIAS". Niemand weiß warum Platon dieses Werk unvollendet ließ. Die beiden Dialoge "TIMAIOS" und "KRITIAS" jedenfalls sind die einzigen Quellen, die uns von dem Krieg zwischen den Bewohnern der Insel Atlantis und den frühen Griechen erzählen. Die angeführten Auszüge aus diesen Werken sind der immer wiederkehrende Ausgangspunkt für eine seit Jahrhunderten andauernde Suche nach der scheinbar verschollenen Insel - für manche ist es gar die Suche nach einem untergegangenen Kontinent.

2 Die Frage der Glaubwürdigkeit

Natürlich scheiden sich die Geister an einer Beurteilung der Glaubwürdigkeit dieser Erzählung. Die unter Kritikern verbreitetste Meinung dürfte sein, daß es sich bei der Atlantis-Erzählung um pure Fiktion handele, die Platon geschickt benutzte, um seine Vorstellung des IDEALEN STAATES zu verbreiten[5]. Dies ist eine beneidenswert einfache Lösung, denn sie ist zweifellos schlagkräftig und erfordert erst gar keine tiefere Auseinandersetzung mit den zahlreichen in der Erzählung enthaltenen Details. Man wird eine solche Auffassung stets als das Ergebnis einer nüchternen und "vernünftigen" Betrachtungsweise ansehen wollen – zumindest unter dem Gros der Geisteswissenschaftler[6]. Platons Erzählung beinhaltet genau zwei wesentliche Informationen, die mit einiger Berechtigung den Grund aller Skepsis und Kritik darstellen:

1. Das frühe Datum:
Der Krieg zwischen Atlantern und Griechen habe 9000 Jahre vor Solons Besuch in Ägypten stattgefunden – demnach also etwa um 9600 v.Chr.
Dieses Datum liegt in der Mittelsteinzeit (Mesolithikum) und markiert zugleich etwa das Ende der letzten Eiszeit. Die Menschen dieser Zeit gelten dem gegenwärtigen Kenntnisstand nach als nichtseßhafte Jäger, Fischer und Sammler. Sie besitzen noch keine Keramik und erst recht keine Kenntnisse über Metallgewinnung. Dies jedoch steht im krassen Widerspruch zu dem hohen Entwicklungsgrad der Atlanter, wie er uns von Platon geschildert wird. Das Vorhandensein einer Schrift etwa, ein durchorganisiertes Staats- und Militärwesen, eine weitentwickelte Metallverarbeitung, Schifffahrt, herausragende bautechnische Leistungen, Handelswesen und viele andere Details in der Beschreibung der Atlanter sind die Eigenschaften einer frühen Hochkultur, ähnlich der Ägyptens, jedoch erst etwa 6000 Jahre später.

2. Das spurlose Verschwinden der Insel:
Die Insel sei schließlich im Meer untergegangen. Die ganze Insel Atlantis beschreibt Platon als größer als Asien und Libyen zusammen. Damit kommt Atlantis die Größe eines Kontinentes zu. Das Versinken eines ganzen Kontinentes innerhalb kürzester Zeit (laut Platon innerhalb von 24 Stunden) hätte gleichzeitig die Auslöschung aller sich in Reichweite befindlichen Bevölkerungen –

somit also der gesamten Mittelmeerbevölkerung inklusive der Ägyptens zur Folge haben müssen und führt deshalb ebenso zu einem Wiederspruch, da es somit keine Überlieferung hätte geben können.

Diese beiden angeführten Punkte werden später ihrer Bedeutung entsprechend in aller Ausführlichkeit zu behandeln und zu erläutern sein. An dieser Stelle jedoch geht es zunächst nur darum, sie als Ursache für die vermeintliche Notwendigkeit und Grundlage aller Kritik an Platons Erzählung herauszustellen.
Ein großer Teil der Leser dieses Buches, die vielleicht zum erstenmal mit Platons Atlantis-Erzählung in Berührung gekommen sind, wird jedoch im Gegensatz zu den Kritikern einer ganz unmittelbaren und vielleicht nicht auf Anhieb erklärbaren Empfindung folgend der Meinung sein, daß diese Geschichte vollständig oder zumindest größtenteils der Wahrheit entsprechen wird und daß diese Atlantis genannte Insel tatsächlich einmal existiert haben muß. Ohne der tieferen psychologischen Erklärung dafür auf den Grund gehen zu wollen, können wir davon ausgehen, daß sich viele, wenn nicht die allermeisten unter uns die Existenz einer solchen wie bei Platon beschriebenen Hochkultur wünschten. Vielleicht der Macht und des Reichtums wegen, vielleicht des imponierend hohen technischen Entwicklungsstandes wegen, vielleicht aber auch einfach nur wegen der zugleich beschriebenen Zufriedenheit eines scheinbar so riesigen Staates.

Platon wurde 427v.Chr. geboren. Sein richtiger Name war eigentlich Aristokles. Die Bezeichnung "Platon" (plátos, griech. breit) gab man ihm anscheinend seiner breiten Stirn wegen[7]. Er war der Sohn des Ariston und der Periktione und entstammte damit einem alten und angesehenen athenischen Adelsgeschlecht. Väterlicherseits leitete sich dieses von Kodros ab, der Sage nach der letzte König Attikas, noch zu mykenischer Zeit. Mütterlicherseits gehörte Dropides, ein Verwandter Solons (ca. 640-560v.Chr.) zu den Vorfahren Platons. Platon wächst in Athen auf zur Zeit des Pelleponesischen Krieges (431-404v.Chr.), in dem Athen und Sparta um die Vorherrschaft in Griechenland kämpfen. Im Alter von 20Jahren lernt er Sokrates kennen und wird von diesem in Philosophie unterrichtet. Nur wenig später erlebt Platon, wie der Krieg gegen Sparta verloren geht und im unmittelbaren Anschluß daran die Staatsmacht von einer kleinen Gruppe von Aristokraten, mit denen er zum Teil verwandt ist, an sich gerissen wird. Anders als Platon es sich erhofft, verschlechtern sich die Verhältnisse unter dieser Führung jedoch wesentlich, und so sieht er, durch das herrschende Unrecht enttäuscht, davon ab, sich selbst politisch zu engagieren. Die Aristokratenherrschaft währt nicht lange und es kommt zum demokratischen Umbruch. Erneut denkt Platon darüber nach, sich der Politik zu widmen, doch er wird auch von der Demokratie enttäuscht und erschreckt, als man um 399v.Chr. Sokrates, seinen Lehrer und Freund zum Tode verurteilt. Platon ist entsetzt, wendet sich daher von seiner Heimat ab und unternimmt in den nun folgenden Jahren ausgedehnte Reisen nach Ägypten, Kyrene und Italien, auf denen er sich philosophisch wie auch mathematisch und naturwissenschaftlich weiterbildet. Er kehrt nach Athen zurück und gründet dort im Jahre 386v.Chr. seine eigene Philosophenschule, die "AKADEMIE". In späten Jahren versucht Platon am Hofe des Dionysius von Syrakus auf Sizilien seine zuvor entwickelte Theorie eines idealen Staates zu verwirklichen, doch seine Bemühungen scheitern[8]. Im Jahre 347v.Chr. stirbt Platon.

Platons philosophisches Werk ist vollständig in 36 Schriften überliefert, davon ist der größte Teil in Dialogform verfaßt. Bevor Platon etwa um 360v.Chr. den Dialog TIMAIOS schrieb, hatte er gerade das insgesamt zehn Bände umfassende Hauptwerk "POLITEA" (griech. "DER STAAT") erstellt. In diesem Dialog beschreibt Platon seinen IDEALEN STAAT - sicherlich als Antwort auf die umfassende politische Krise des damaligen Athens. Eine wesentliche Eigenschaft des idealen Staates war nach Platons Vorstellung die Trennung der Stände nach Philosophen, die an der Spitze des Staates sein und diesen lenken sollten, ferner nach Kriegern, Handwerkern, Bauern und Hirten[9]. Am Dialog TIMAIOS nun sind dieselben Personen wie zuvor in POLITEA beteiligt. Der TIMAIOS beginnt zudem mit der Rekapitulation eines Gespräches, das am Vortage stattgefunden haben soll. Inhalt dieser Rekapitulation ist wieder der Idealstaat mit der bereits erwähnten Trennung der Stände. Damit knüpft Platons TIMAIOS also direkt wieder an POLITEA an. Somit wird verständlich, warum das von den Kritikern angeführte Argument, es handele sich bei Platons Atlantis-Erzählung um pure Fiktion zur Propagation des Idealstaates, anfangs als "schlagkräftig" bezeichnet wurde: Es muß zweifellos anerkannt werden, daß die Atlantis-Erzählung tatsächlich die Aufgabe besitzt, den Idealstaat zu veranschaulichen. Eine Stelle aus Platons TIMAIOS, die dies besonders deutlich macht ist die folgende, in der Sokrates zu Hermokrates, Timaios und Kritias spricht:

"Hört nun ferner, wie es mir in Bezug auf diesen Staat, [gemeint ist der zuvor in "Politea" erläuterte Idealstaat] wie wir ihn entwickelt haben, geht: Ich habe nämlich ungefähr dieselbe Empfindung dabei, wie wenn einer schöne Tiere sieht, sei es bloß gemalte, sei es auch wirklich lebende, die sich aber in Ruhe verhalten, und ihn dann das Verlangen ankommt, sie auch in Bewegung zu erblicken und etwas von den Eigenschaften, welche belebten Körpern zukommen, im Kampfe erproben zu sehen.

Ebenso also geht es mir mit dem eben entwickelten Staate. Denn gerne möchte ich jemanden darstellen hören, wie er diejenigen Kämpfe, welche einem Staate zukommen, gegen andere Staaten bestehen würde, indem er auf eine würdige Weise zum Kriege geschritten wäre [...]" [10]

An diese Einleitung schließt sich kurz darauf die von KRITIAS vorgetragene erste Erwähnung von Atlantis an, die wir zuvor bereits kennengelernt haben. Das bedeutet, die Atlantis-Erzählung dient tatsächlich, wie es die Mehrheit auch der Kritiker behauptet, der lebendigen Veranschaulichung des Idealstaates aus POLITEA. Dies impliziert aber noch lange nicht, daß es sich bei dem Inhalt der Erzählung deshalb um pure Fiktion handeln muß. Daß es einige gute Gründe gibt, die indes dafürsprechen, daß Platons Erzählung durchaus auf eine wahre Begebenheit zurückzuführen sein könnte, soll nun im folgenden dargelegt werden:
Zunächst einmal ist festzuhalten, daß Platon an mehreren Stellen sowohl im TIMAIOS wie auch im KRITIAS immer wieder betont, es handele sich um eine wahre Geschichte, wie beispielhaft im folgenden Auszug:

" So höre denn, Sokrates, eine gar seltsame, aber durchaus wahre Geschichte, wie sie einst Solon, der Weiseste unter den Sieben, erzählt hat. Er war nämlich, wie bekannt, ein Verwandter und vertrauter Freund meines Urgroßvaters Dropides, [...]." [11]

Von ganz unmittelbarer Wirkung auf den Leser ist sicherlich auch der ungewöhnliche Detailreichtum in Platons Beschreibung von Atlantis, der einem Schwierigkeiten bereitet, sich vorzustellen, Platon habe dies alles nur erfunden.
Darüber hinaus wird auffallen, daß Platons Atlantis-Erzählung ganz unerwartet unvollkommen und inkonsequent ist in Bezug auf sein Hauptanliegen, nämlich das Herausstellen und Verherrlichen des Idealstaates. Seine Beschreibungen der beiden Staaten selbst sind diesbezüglich so wenig eindeutig, daß es erst des Zitats einer ganz anderen Stelle des TIMAIOS bedarf, um zu klären, welcher der beiden Staaten der Atlantis-Erzählung den Idealstaat aus Platons POLITEA überhaupt darstellen soll. Daß der Idealstaat der Atlantis-Erzählung nämlich nicht etwa im Inselreich Atlantis sondern in Ur-Athen zu sehen ist, dies teilt uns Platon explizit im folgenden Auszug aus dem TIMAIOS mit, in dem Kritias zu Sokrates spricht:

"[...] alles, wie ich es gehört habe, vorzutragen, und die Bürger und den Staat, welche du gestern uns gleichsam nur wie in einer Dichtung geschildert hast, werde ich jetzt in die Wirklichkeit, und zwar hierher (nach Athen) versetzen, indem ich annehme, daß jener Staat der unsrige gewesen ist, und werde behaupten, daß die Bürger, wie du sie

dir dachtest, jene unsere leibhaftigen Voreltern gewesen sind, von welchen der Priester sprach." [12]

Wenn aber Ur-Athen den Idealstaat verkörpern soll, wäre dann nicht zu erwarten, daß dessen Schilderung mindestens genauso detailiert und umfangreich ausfällt, wie die des Gegners Atlantis? Tatsächlich jedoch ist die Schilderung von Atlantis etwa doppelt so lang wie die Schilderung des angeblichen Idealstaates Ur-Athen. Auch durch die Wahl des Titels weist Platon dem angeblichen Idealstaat Ur-Athen keine übergeordnete Bedeutung zu. Das Gegenteil ist der Fall, denn der Dialog, welcher meist verkürzt als KRITIAS bezeichnet wird, läßt sich vollständig übersetzen als: "KRITIAS ODER ATLANTISCHER" [13].

Viel schwerer wiegt jedoch das Phänomen, daß die Beschreibung Ur-Athens eine Ähnlichkeit mit dem Idealstaat der POLITEA nur darin erkennen läßt, daß die Krieger einen für sich abgesondert lebenden Stand bilden. Völlig unklar hingegen bleibt, wer den Staat regiert und wie die Staatsführung ihre Macht ausübt. Platon soll also die ganze Geschichte erfunden haben, um dann die eigentliche Organisation des angeblichen Idealstaates Ur-Athen und seine Gesetze zu verschweigen und ferner eine der wichtigsten Eigenschaften des idealen Staates, nämlich die Führung des Staates durch die Philosophen vollends unerwähnt zu lassen?

Ganz im Gegensatz dazu informiert er uns recht genau über die gemeinsame Herrschaftsausübung der Könige von Atlantis, über die Organisation der Streitkräfte und auch darüber, daß es einen Stand der Priester gab, der als einziges das der Kleito und dem Poseidon geweihte Heiligtum betreten durfte[14]. Sie mögen wohl am ehesten an die Philosophen aus Platons POLITEA erinnern, aber da wir sonst nichts näheres über ihre hierarchische Bedeutung erfahren, geschweige denn, daß sie es gewesen wären, die den Staat lenkten, scheitert auch der Versuch, den Idealstaat mit Atlantis zu identifizieren. Es wird auch kaum Platons Vorstellungen entsprochen haben, daß die Könige von Atlantis hinrichten lassen konnten, wen auch immer sie wollten[15], oder etwa daß in jedem Jahr die Erstlinge eines jeden Landes geopfert wurden[16].

Die Atlantis-Erzählung endet im TIMAIOS mit der Beschreibung des Unterganges beider Staaten, also auch mit dem Untergang des Idealstaates[17]. Ferner gibt uns Platon in den letzten Worten vor dem abrupten Ende des Dialoges KRITIAS den Hinweis, daß dieser Untergang dem Urteil der Götter entsprach[18]. Es ist sehr fraglich, in welcher Weise dieses Ende für die Absicht Platons, den Idealstaat zu verherrlichen und zu propagieren, dienlich gewesen sein konnte. Reine Fiktion einmal vorausgesetzt, hätte es doch eigentlich genügt, Atlantis allein untergehen zu lassen. Wozu die Bestrafung des angeblich idealen Staates Athen durch die Götter?

Insgesamt gesehen muß also festgestellt werden, daß die Atlantis-Erzählung nur wenig dazu geeignet ist, den Idealstaat Platons, wie er in POLITEA hergeleitet wurde, zu veranschaulichen. Andernfalls würde dem Dialog KRITIAS unter den Werken Platons eine viel größere Bedeutung zukommen als dies tatsächlich der Fall ist. Wir müssen also die Frage stellen, wie diese offensichtliche Unvollkommenheit und Inkonsequenz zu erklären ist. Ich bin der Meinung, daß uns Platon die entsprechende Erklärung dafür mitteilt. Ihm selbst war die Unvollkommenheit dieser Geschichte nämlich sehr bewußt. An einer Stelle im TIMAIOS heißt es aus dem Munde von Hermokrates:

"Da trug uns denn nun unser Wirt [gemeint ist hier Kritias, der die drei anderen Teinehmer des Dialogs beherbergt] eine Geschichte aus alter Überlieferung vor, und – dieselbe, lieber Kritias, könntest du nun auch dem Sokrates mitteilen, auf daß auch er mit uns prüfe, ob sie zur Erfüllung des uns Aufgetragenen etwas Geeignetes enthält oder nicht." [19]

An einer anderen Stelle sagt Kritias zu Sokrates:

"[...] und es ist eben deshalb vorher zuzusehen, lieber Sokrates, ob dieser Stoff nach unserem Sinne ist, oder ob wir noch erst einen anderen an seiner Stelle zu suchen haben." [20]

Es scheint also, daß Platon die Atlantis-Erzählung selbst für unvollkommen, aber zumindest teilweise für geeignet hielt. Indem er in dieser Weise vorwarnt, kommt er aller Kritik zuvor. Er läßt uns aber auch nicht im Unklaren darüber, womit er die Verwendung seiner nicht idealen Überlieferung vor sich selbst und vor anderen rechtfertigt, indem er Sokrates sagen läßt:

"Und welchen anderen, mein Kritias, sollten wir wohl lieber an seiner Stelle nehmen,[...]? Und dazu ist auch wohl noch das an ihm ein großer Vorzug, daß er kein bloß erdichtetes Märchen, sondern eine wahre Geschichte enthält. Denn wie und woher sollten wir denn andere Stoffe nehmen, wenn wir diesen verschmähen wollten? Wir würden vergebens suchen; [...]" [21]

Die Rechtfertigung besteht demzufolge in der <u>wahren</u> Begebenheit, die Platons Ansicht nach der Atlantis-Erzählung zu Grunde lag. Es scheint daher offensichtlich, daß Platon einer wahren Erzählung den Vorzug gab vor einer frei erfundenen Geschichte, wissentlich, daß letztere den Idealstaat auf perfekte Weise hätte illustrieren können. Somit erklärt sich sein wiederholtes Hinweisen auf den wahren Inhalt der Geschichte, auf daß dieser Vorzug auch auf angemessene Weise Bewertung finden mochte.

Neben der Rechtfertigung durch den wahren Inhalt läßt Platon aber noch eine weitere, vermutlich sehr wesentliche Komponente seines Motivs dafür, die Atlantis-Erzählung in seinem Werk zu verwenden, erkennen: Daß ein scheinbar so nüchtern denkender und seine Ziele verfolgender Philosoph wie Platon eine Erzählung in sein Gesamtwerk einbringt, die dort so unvollkommen, unangebracht und rätselhaft wirkt, wird möglicherweise sehr viel verständlicher, wenn man in Betracht zieht, daß Platon diese Geschichte bereits in seiner frühen Kindheit kennenlernte, zu tiefst davon beeindruckt war und jene empfundene Faszination bis ins hohe Alter bewahrt hatte. Tatsächlich scheint es nämlich, als brächte Platon in der Person Kritias zum Teil seine eigene Empfindung und Erinnerung hierzu zum Ausdruck. Im TIMAIOS finden wir die folgenden beiden Stellen, die uns über die Bewunderung informieren, die Platon als Kind empfunden haben mag:

"So will ich denn diese alte Geschichte erzählen, die ich von einem nicht mehr jungen Manne vernommen. Es war nämlich damals Kritias, wie er sagte, schon beinahe neunzig Jahre, ich aber so ungefähr zehn alt." [22]

"Und in der Tat, es ist wahr, was das Sprichwort sagt: 'Was man als Knabe lernt, das merkt sich wunderbar.' Ich meinerseits wenigstens weiß es nicht, ob ich, was ich gestern hörte, mir so alles im Gedächtnis wieder vergegenwärtigen könnte; von dem eben Erzählten aber, was ich vor so langer Zeit gehört habe, sollte es gar sehr mich wundernehmen, wenn mir irgend etwas davon entschwunden wäre. Ich hatte aber auch schon damals, als ich es hörte, nach Kinderart viel Freude daran, weshalb ich denn den Alten, der auch stets bereit war, mir Rede zu stehen, wiederholt immer von neuem danach fragte, so daß es wie mit unauslöschlichen Zügen sich mir eingebrannt hat." [23]

Die Atlantis-Erzählung paßte offenbar nicht richtig in das Schema, das Platon selbst vom IDEALEN STAAT entworfen hatte, aber sie enthielt die Erinnerung an eine bessere Zeit mit einem besseren Staate Athen, als zu Platons Gegenwart. Und so erscheint es plausibel, daß Platon einen Kompromiß einging, nicht zuletzt um diese bedeutende Erinnerung und Überlieferung zu bewahren und weiterzugeben.
Welche weiteren Fakten sprechen noch gegen eine fiktive Erzählung?
Wie zuvor bereits erwähnt, sind die zahlreichen Details, die uns Platon über die Geographie, über die Tier- und Pflanzenwelt, über die natürlichen Ressourcen und die Anlage der Mutterstadt von Atlantis berichtet, für sich allein schon als Indiz einer wahren Überlieferung zu deuten, ebenso, wie einige Stellen, an denen Platon sich nicht scheut, Details zu erwähnen, die noch nicht einmal eine eindeutige Identifizierung zulassen, jedoch dadurch

erklärbar wären, daß es sich dabei um die originalgetreue Abschrift einer Platon zur Verfügung stehenden schriftlichen Überlieferung handelt. Ein Beispiel hierfür ist der folgende Auszug:

" [...] das alles trug und hegte die Insel vielfältig; nicht minder die „milde Frucht" [...] und die trockene, deren wir zur Nahrung bedürfen [...]; ferner die, welche baumartig wächst und Trank und Speise und Salböl zugleich liefert [...]" [24]

Die Dialoge TIMAIOS und KRITIAS sind die einzigen Texte Platons, die explizit von Atlantis berichten, jedoch sollte es für uns ebenso von Bedeutung sein, wenn Platon in seinem vermutlich letzten Werk, dem Dialog "NOMOI" (griech. "DIE GESETZE") wieder auf Einzelheiten der Atlantiserzählung zu sprechen kommt. So erwähnt er z.B. das wiederholte Auftreten von Überschwemmungen, die jedesmal nur einen geringen Teil des Menschengeschlechts übrig ließen, insbesondere hebt er die eine große Überschwemmung heraus, die nur die Hirten auf den Gebirgen übrig ließ[25]. Er beschreibt den Verlust der Schrift, den Verlust der Kenntnisse zur Metallgewinnung und zum Bau von Fuhrwerken. Von ganz besonderer Bedeutung ist jedoch eine Textstelle, in der er abermals, nun aber in ganz anderem Zusammenhang, auf Zeitalter in der Geschichte Ägyptens zu sprechen kommt, die ähnlich weit zurückliegen wie das von ihm genannte Datum für den Krieg der Atlanter mit den Griechen:

"Schon längst ist nämlich bei den Ägyptern [...] als richtig anerkannt, man müsse die jungen Männer in den Staaten an schöne Tanzbewegungen und Tonweisen gewöhnen. [...] Wenn man also die daselbst vor zehntausend, ich meine das nicht so wie man wohl so unbestimmt diesen Ausdruck gebraucht, sondern buchstäblich vor zehntausend Jahren gearbeiteten Gemälde und Bildsäulen betrachtet, so wird man finden daß sie weder irgendwie schöner noch häßlicher als die jetzt gelieferten, sondern mit derselben Kunst gearbeitet sind." [26]

Die Skeptiker neigen zu der Behauptung, daß Platon den Untergang von Atlantis willkürlich mehr als 9000 Jahre zurückverlegte, um diese Erzählung jeder Überprüfbarkeit zu entziehen[27,28]. Doch wie wir hier sehen, erwähnt Platon ein solches Datum fernster Vergangenheit auch im Dialog NOMOI, obwohl es in diesem Werk nicht um Atlantis geht und es auch keinen Anlaß geben kann, irgendetwas einer Überprüfbarkeit zu entziehen. Die Argumentation der Kritiker führt damit in eine Sackgasse. Wenn Platon dieses Datum fernster Vergangenheit auch in NOMOI für erwähnenswert hielt, so läßt sich dies sinnvoll nur dadurch erklären, daß er selbst tatsächlich von einem entsprechenden zeitlichen Zurückreichen des ägyptischen Staates überzeugt war. Es ist naheliegend anzunehmen, daß Platon selbst während eines Aufenthaltes in Ägypten Nachforschungen anstellte, um den Wahrheitsgehalt der Überlieferung Solons zu überprüfen. Bei dieser Gelegenheit könnten ihm die ägyptischen Priester in Saïs glaubhaft gemacht haben, daß bestimmte Bildsäulen auf das genannte Alter zurückgehen. Warum sollte er sonst noch einmal ausdrücklich darauf hinweisen, daß die "zehntausend Jahre" nicht einfach nur daher geredet, sondern wörtlich zu nehmen seien? Wenn wir annehmen, daß Platons Atlantis-Erzählung tatsächlich der Wahrheit entspricht, Solon also zu seiner Zeit ein zurückreichendes Alter von mehr als 9000 Jahren überlieferte und Platon mehr als 200 Jahre danach ein Alter von 10.000 Jahren nennt, dann ist es nicht unwahrscheinlich, daß Platon sich in NOMOI auf die gleiche Säule im Tempel der Neith in Saïs bezieht, auf welcher der Atlantis-Bericht vermutlich festgehalten war und diese Säule offenbar selbst in Augenschein genommen hat. Von Proclus (411-484n.Chr.), einem Mitglied der neuplatonischen Athener Schule, erfahren wir in seinen ausführlichen Kommentaren zu Platons TIMAIOS von den Nachforschungen eines Griechen namens Crantor (etwa um 260v.Chr). Dieser habe die Priester in der ägyptischen Stadt Saïs aufgesucht, um Platons Erzählung zu überprüfen und man habe ihm im Tempel der Neith eine vollständig mit Hieroglyphen versehene Säule gezeigt, auf der sich die entsprechende Aufzeichnung befunden habe. Die Übersetzung dieser Hieroglyphen hätte erbracht, daß der Inhalt in vollkommener Übereinstimmung mit der Atlantis-Erzählung Platons gewesen sei[29]. Man kann an dieser Stelle nun die Vermutung äußern, daß es sich bei der "Bildsäule" aus NOMOI um nichts anderes handelte, als die von Crantor in Augenschein genommene Säule im Tempel der Neith zu Saïs – die "Bilder" somit also Hieroglyphen oder von Reliefs verzierte Hieroglyphen waren. Die schmuckvoll ausgearbeiteten Säulen in diesem Tempel der Neith zu Saïs waren auch dem oft als "Vater der Geschichtsschreibung" bezeichneten Herodot von Halikarnassos (484-424v.Chr.) aufgefallen, wie er uns im zweiten Buch seiner "HISTORIEN" schildert. Indem er diesen Tempel der Neith als *"Athenatempel"* bezeichnet[30], liefert uns Herodot zugleich eine Bestätigung dafür, daß die Ägypter tatsächlich, wie es Platon im TIMAIOS berichtet, die Göttin Neith mit der griechischen Göttin Athene gleichsetzten. Von Herodot ist weiter zu erfahren, daß der ägyptische König Amasis (569-525v.Chr.) dem seinerzeit bereits uralten Tempel der Neith eine neue Vorhalle von bewundernswerter Größe erbaut haben soll. Auch das ist nicht uninteressant, denn dadurch hätte Platon beim Besuch dieses Heiligtums tatsächlich die Möglichkeit zum Vergleich der aller ältesten und jüngsten Bildsäulen unmittelbar an einem Ort nebeneinander gehabt und hätte dadurch zu jener Aussage kommen können, die er in NOMOI einbrachte[31].

Eine vorläufige Bewertung dessen, was für und gegen einen wahren Hintergrund der Atlantis-Erzählung spricht, erfordert natürlich auch eine Betrachtung darüber, ob die von Platon geschilderte Überlieferung nach unserem heutigen Kenntnisstand überhaupt stattgefunden haben kann. Beginnen wir daher mit der Reise Solons nach Ägypten: Eine Bestätigung dafür, daß diese stattgefunden haben muß, liefert uns wiederum Herodot:

"So kam auch Solon aus Athen, der den Athenern auf ihren Wunsch Gesetze gegeben hatte und nun auf zehn Jahre außer Landes ging. [...] Aus diesem Grunde also und auch, um die Welt zu sehen, war Solon in der Fremde und reiste nach Ägypten zu Amasis [...]" [32]

In einer weiteren Stelle heißt es:

"Auch traf Amasis die Einrichtung, daß jeder Ägypter dem Verwalter seines Gaues jährlich sein Einkommen angeben mußte. Wer es nicht tat und keine rechtmäßigen Einkünfte nachweisen konnte, wurde mit dem Tode bestraft. Solon übernahm dies Gesetz von den Ägyptern und führte es in Athen ein." [33]

Von Herodot ist ferner zu erfahren, daß der damalige König Amasis (er regierte von 569-525v.Chr.) den Hellenen besonders freundlich gesonnen war. Schon zuvor unter der Regierung eines seiner Vorgänger, Psammetich II. (593-588v.Chr.), dessen Regierungssitz sich bereits in der Stadt Saïs befand, entstand mit der Stadt Naukratis, nahe Saïs im Nildelta gelegen, eine griechische Kolonie, in der sich zunächst griechische Handwerker und Kaufleute niederlassen durften[34,35]. Dieser sich mit der Zeit verstärkende Kontakt zwischen Griechen und Ägyptern wird die Reise Solons nach Ägypten überhaupt erst ermöglicht haben. Daß die Einreise nach Ägypten nämlich keine Selbstverständlichkeit war, davon erfahren wir durch den griechischen Geschichtsscheiber Diodor von Sizilien (ca.80-29v.Chr.):

"Daher haben die berühmtesten Gelehrten [Griechenlands] eine Ehre darin gesucht, nach Ägypten zu reisen, und mit den dortigen Gesetzen und Einrichtungen wegen ihrer Merkwürdigkeit sich bekannt zu machen. Denn, so schwer auch ehemals das Land ... für Fremde zugänglich war, so haben sie doch gewetteifert, es zu besuchen; im höchsten Alterthum Orpheus und der Dichter Homer; in den späteren Zeiten sehr Viele, namentlich Pythagoras von Samos und der Gesetzgeber Solon [...]" [36]

Aber eben diese Tatsache, daß ägyptische Städte wie Saïs und Naukratis in dieser Zeit nicht mehr wie anfangs nur von griechischen Handwerkern, Söldnern und Kaufleuten aufgesucht wurden, sondern nun auch von

Philosophen, Dichtern und Geschichtsschreibern wie Solon und Herodot, sollte für uns nicht ohne Bedeutung sein - und zwar aus dem folgenden Grund: Platon mußte davon ausgehen, daß man seine Atlantis-Erzählung jederzeit "vor Ort" in Saïs überprüfen könnte. Das von Kritikern angeführte Argument, Platon habe das Datum der Erzählung willkürlich in die fernste Vergangenheit gelegt und die Insel Atlantis schließlich untergehen lassen, um die Geschichte damit jeder Überprüfbarkeit zu entziehen[37,38], verliert damit an Plausibilität, denn die Überprüfbarkeit der ägyptischen Quelle scheint angesichts der damaligen Öffnung Ägyptens gegenüber den Griechen durchaus gegeben gewesen zu sein. Wer trotz dieser soeben dargelegten geschichtlichen Situation weiterhin davon ausgeht, daß Platon die Atlantis-Erzählung nur frei erfunden haben kann, muß Platon zwangsläufig ein hohes Maß an Ignoranz einräumen.
Es ist bekannt, daß während dieser, nach dem Regierungssitz als "Saïten-Zeit" bezeichneten, 26.Dynastie eine ägyptische Renaissance stattgefunden hat, indem man wieder vermehrt die Kunst und Religion der ägyptischen Frühzeit aufleben ließ und sich mit den Ereignissen der Anfänge Ägyptens auseinandersetzte, etwa durch das Sammeln und Übersetzen alter Dokumente[39]. Ebenso die Verehrung und der Kult der Göttin Neith, welche eine der ältesten Gottheiten des alten Ägyptens darstellte, ist in diesem Zusammenhang zu sehen. Der bereits erwähnte Bau einer Vorhalle zum Tempel der Neith unter Amasis' Herrschaft ist ein Beispiel hierfür. Die Auseinandersetzung der ägyptischen Priester mit dem Neith-Kult selbst und dessen Ursprung mußte zwangsläufig auf die Geschehnisse in ältesten Zeiten führen. Daher ergibt es Sinn, wenn die Priester in Saïs, wie Platon berichtet, besonders gut mit der ältesten Geschichte Ägyptens vertraut gewesen seien. Die Voraussetzungen für die tatsächliche Existenz einer solch alten ägyptischen Überlieferung, von der Solon berichtet haben soll, müssen deshalb als sehr günstig bezeichnet werden. Solons Reise nach Saïs jedenfalls muß, da sie von mehreren Autoren der Antike belegt wird, zwischen 569 und 560v.Chr. stattgefunden haben.

Platon teilt uns im Dialog TIMAIOS mit, wie auch die weitere Überlieferung stattgefunden haben soll:

"KRITIAS: So höre denn, Sokrates, eine gar seltsame, aber durchaus wahre Geschichte, wie sie einst Solon, der Weiseste unter den Sieben, erzählt hat. Er war nämlich, wie bekannt, ein Verwandter und vertrauter Freund meines Urgroßvaters Dropides, wie er auch selber wiederholt in seinen Gedichten sagt; meinem Großvater Kritias aber erzählte er bei irgendeiner Gelegenheit, wie es dieser als Greis wiederum

mir mitteilte, daß es viele vor Alters von unserem Staat vollbrachte bewunderungswürdige Taten gäbe, [...]
So will ich denn diese alte Geschichte erzählen, die ich von einem nicht mehr jungen Manne vernommen. Es war nämlich damals Kritias, wie er sagte, schon beinahe neunzig Jahre, ich aber so ungefähr zehn alt." [40]

2 Porträtkopf des Königs Amasis, (569-525v.Chr.)[41]

SOLON → **DROPIDES**
↓
KRITIAS D. ÄLTERE
↓
KRITIAS D. JÜNGERE
(DIE AM DIALOG BETEILIGTE PERSON)
↓
PLATON

3 Überlieferungs-Kette nach Platons Schilderung

Solon berichtet demnach, was er vom ägyptischen Priester vernommen hat, seinem Freund und Verwandten Dropides. Dieser teilt die Atlantis-Erzählung seinem Sohn Kritias dem Älteren mit, welcher die Geschichte wiederum am "Knabentag der Apaturien"[42] an dessen Enkel, Kritias den Jüngeren weitergibt. Letzterer berichtet hierüber in Platons Dialogen TIMAIOS und

KRITIAS. Dies ist zunächst die Überlieferungskette, die Platon in seinem Dialog schildert. Daß sie sich tatsächlich so ereignet haben kann und Platon schließlich selbst von Atlantis erfahren konnte, das zeigt der Vergleich seiner Schilderung mit dem heute nachgewiesenen Stammbaum Platons:

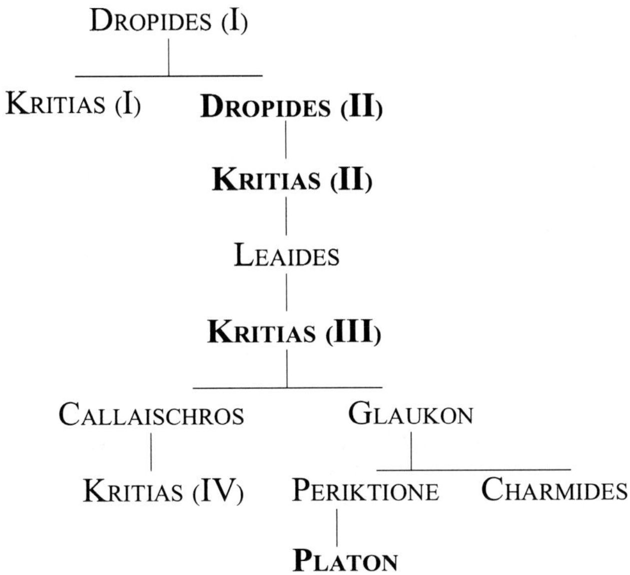

4 Platons Stammbaum (nach Welliver[43]). Die an der Überlieferung beteiligten Personen sind fett gedruckt.

Aus dem Stammbaum geht hervor, daß der Vortragende in Platons Dialogen Kritias (III) zugleich der Urgroßvater Platons war[24,44]. Wie bereits zuvor erwähnt wurde, wirkt die von Kritias im TIMAIOS zum Ausdruck gebrachte Bewunderung und Freude "*nach Kinderart*" so glaubhaft, daß es den Anschein hat, daß Platon an dieser Stelle seine eigene Kindheitserinnerung wiedergibt. Denn wenn Platon tatsächlich durch seinen Urgroßvater Kritias (III) von Atlantis erfahren haben sollte, dann ist es sehr wahrscheinlich, daß sich eine nahezu identische Situation wie zuvor bei der Weitergabe von Kritias (III) auf Kritias (II) ereignet hat: Platon bekam demnach ebenso als etwa zehnjähriger Knabe die Geschichte von einem über neunzigjährigen Greis erzählt, wie zuvor Kritias (III) von dessen Großvater. Zwar ist diese angenommene Wiederholung identischer Ereignisse zunächst nur eine Mutmaßung, jedoch können wir ganz einfach eine chronologische Rückrechnung anstellen und sehen, ob wir mit diesem Ansatz überhaupt in der Zeit Solons landen:
Wenn die obige Annahme richtig ist, dann hat Platon im Alter von etwa zehn Jahren zum erstenmal vom Kampf zwischen Athenern und Atlantern erfahren. Platon wurde 427v.Chr. geboren, demnach erzählte ihm sein bereits über

neunzig jähriger Urgroßvater Kritias (III) diese Geschichte etwa im Jahre 417v.Chr..
Kritias (III) wiederum hatte die Geschichte ebenfalls im Alter von zehn Jahren von seinem damals über neunzig Jahre alten Großvater Kritias (II) erzählt bekommen. Das heißt, diese Erzählungen mußten 80 Jahre zuvor, also etwa im Jahr 497v.Chr. stattgefunden haben.
Daraus ließe sich ableiten, daß Kritias (II) bereits etwa achtundzwanzig Jahre alt gewesen sein muß als Solon 559v.Chr. starb. Daß Kritias (II) zu Lebzeiten Solons bereits das Erwachsenenalter erreicht hatte, würde uns erklären, weshalb er in der Lage war, Solons Dichtkunst einzuschätzen und darüber hinaus von den politischen Wirren aus der Zeit nach Solons Rückkehr aus Ägypten berichten zu können. Im TIMAIOS lauten seine dazu überlieferten Worte:

"[...] wenigstens, Amynandros, wenn er die Dichtkunst nicht bloß als Nebensache betrieben, sondern, wie Andere seinen ganzen Fleiß auf dieselbe verwandt und die Erzählung, welcher er aus Ägypten mit hieher brachte, vollendet und nicht wegen der Unruhen und durch alle anderen Schäden, welche er hier bei seiner Rückkehr vorfand, sich gezwungen gesehen hätte sie liegen zu lassen, dann wäre, wenigstens nach meinem Dafürhalten, weder Homeros noch Hesiodos noch irgend ein anderer Dichter je berühmter geworden als er." [45]

Dieser tiefen geäußerten Bewunderung nach zu urteilen, ist es wahrscheinlich, daß Kritias (II) die Atlantis-Erzählung direkt von Solon erfuhr und es nicht erst einer weiteren Station über Kritias Vater Dropides bedurfte. Jedoch erst die freundschaftliche Beziehung zwischen Solon und Dropides ermöglichte vermutlich, daß Kritias (II) Kenntnis erhielt von jener Erzählung aus ferner Vergangenheit. Die Überlieferungskette könnte sich demnach so ereignet haben, wie sie uns von Platon geschildert wird.
Wir wollen hiermit die "Frage nach der Glaubwürdigkeit" abschließen, denn auch eine noch so lange und aufwendige Durchforschung der Dialoge TIMAIOS und KRITIAS kann uns keinen endgültigen Aufschluß darüber geben, ob die Atlantis-Erzählung auf einer wahren Begebenheit beruht oder nicht. Letztendlich kann nur eine erfolgreiche Suche den notwendigen Beweis oder eine entsprechende Aufschlüsselung liefern.

3 Die Suche nach Platons Atlantis beginnt

Angesichts der vielen Stationen, die der Bericht durchlaufen hat, müßte man damit rechnen, daß die Geschichte bei rein mündlicher Weitergabe stark verfälscht worden sein sollte. Kritias berichtet jedoch von den Aufzeichnungen Solons, die neben der mündlichen Überlieferung weitergegeben wurden. Nur darauf also kann sich die Annahme einer weitgehend unverfälschten Wiedergabe des ursprünglichen Berichtes stützen:

"Da nämlich Solon ja diese Erzählung zu einem Gedichte zu verwenden bezweckte, so forschte er nach der Bedeutung der Namen, und da fand er nun, daß jene alten Ägypter, welche sie zuerst aufgezeichnet, sie in ihre eigene Sprache übersetzt hatten, und so nahm er seinerseits gleichfalls wieder den Sinn jedes Namens vor und schrieb ihn so nieder, wie er, in unsere Sprache übertragen, lautete. Und diese Aufzeichnungen befanden sich denn auch bei meinem Großvater, und ich besitze sie noch, und sie sind von mir in meinen Knabenjahren sorgfältig durchgelesen worden." [46]

Eine Suche nach Atlantis zu beginnen, bedeutet jedoch nicht nur, das von Platon geschilderte Treffen Solons mit dem ägyptischen Priester als geschichtliches Ereignis ernst zu nehmen und trotz der vielen anschließenden Stationen der Überlieferungskette an eine weitgehend unverzerrte Wiedergabe in Platons Dialogen zu glauben, sondern darüber hinaus setzt man mehr oder weniger blauäugig voraus, daß die Überlieferung des Atlantis-Berichts auch vor jenem Gespräch in Saïs ohne allzu große Verfälschungen vonstatten gegangen war. Wir wissen nicht wie die allererste Aufzeichnung zu den ägyptischen Priestern gelangt ist, erfahren jedoch aus der soeben zitierten Textstelle aus Platons KRITIAS, daß die Ägypter die Atlantis-Erzählung bereits aus einer fremden Sprache in die ihre übersetzt hatten. Man kann auf die zahlreichen Möglichkeiten einer Verfälschung daher nur hinweisen, nichts desto trotz werden wir im folgenden davon ausgehen müssen und darauf angewiesen sein, daß jene Aufzeichnungen der ägyptischen Priester in Saïs trotz allem ein realistisches Bild der ursprünglichen Ereignisse und insbesondere der damaligen Geographie wiedergaben. In jedem Fall hat man es bei dieser Überlieferung mit einem Kuriosum zu tun, angesichts einer derart detailierten Schilderung eines Feindlandes wohlgemerkt. Wenn auch an dieser Stelle noch keine Antwort darauf gegeben werden kann, drängt sich dennoch die Frage auf, unter welchen ganz besonderen Umständen eine solch detailierte Information über das Heimatland des Feindes überhaupt nach Ägypten gelangen konnte?

Welchen Grund könnte es gegeben haben, diese vielen Details über Atlantis in einem ägyptischen Tempel schriftlich festzuhalten? Eine Antwort auf diese Fragen wird am Ende dieses Buches gegeben werden.

4 Die geographischen Hinweise des Priesters

Der ägyptische Priester berichtete Solon von den großen Taten des Staates Athen, unter denen er den Kampf gegen die Streitmacht der Herrscher von Atlantis als die größte und kühnste hervorhob. In diesem Zusammenhang erfahren wir die ersten Details über die Größe und die geographische Lage von Atlantis:

"Unsere Bücher erzählen nämlich, eine wie gewaltige Kriegsmacht einst euer Staat gebrochen hat, als sie übermütig gegen ganz Europa und Asien zugleich vom Atlantischen Meere heranzog. Damals nämlich war das Meer dort fahrbar: denn vor der Mündung, welche ihr in eurer Sprache die Säulen des Herakles heißt, hatte es eine Insel, welche größer war als Asien und Libyen zusammen, und von ihr konnte man damals nach den übrigen Inseln hinübersetzen und von den Inseln auf das ganze gegenüberliegende Festland, welches jenes recht eigentlich so zu nennende Meer umschließt. Denn alles das, was sich innerhalb der eben genannten Mündung befindet, erscheint wie eine bloße Bucht mit einem engen Eingange; jenes Meer aber kann in Wahrheit also und das es umgebende Land mit vollem Fug und Recht Festland heißen. Auf dieser Insel Atlantis nun bestand eine große und bewunderungswürdige Königsherrschaft, welche nicht bloß die ganze Insel, sondern auch viele andere Inseln und Teile des Festlands unter ihrer Gewalt hatte. Außerdem beherrschte sie von den hier innerhalb liegenden Ländern Libyen bis nach Ägypten und Europa bis nach Tyrrhenien hin. [...] Späterhin aber entstanden gewaltige Erdbeben und Überschwemmungen, [...] und ebenso verschwand die Insel Atlantis, indem sie im Meere unterging. Deshalb ist auch die dortige See jetzt unfahrbar und undurchforschbar, weil der sehr hoch aufgehäufte Schlamm im Wege ist, welchen die Insel durch ihr Untersinken hervorbrachte." [47]

Atlantis war demnach eine Insel und zwar von gewaltigen Ausmaßen – "*größer als Libyen und Asien zusammen*". Libyen war für die alten Ägypter das westlich von ihnen gelegene Gebiet Nordafrikas, während unter Asien am ehesten das heutige Kleinasien und die weiter südlich bis hin nach Ägypten gelegenen Gebiete des Nahen Osten zu verstehen waren. Ägypten selbst bezeichnete der Priester bereits als zu Asien gehörig. Atlantis befand sich im jenseitigen Meer, welches als das *"Atlantische Meer"* bezeichnet wurde. Das Atlantische Meer war vom Mittelmeer durch eine Meerenge getrennt, welche der Priester ferner als die *"Säulen des Herakles"* der Griechen identifizierte. Im griechischen Altertum wurde mit den SÄULEN DES HERAKLES im allgemeinen die Meerenge von Gibraltar bezeichnet, welche zugleich das westliche Ende der damals bekannten Welt darstellte. Es ist daher nur allzu naheliegend, wenn man im ersten Ansatz Atlantis in dem Meer vermutet, welches wir auch heute noch als "Atlantischen Ozean" bezeichnen.

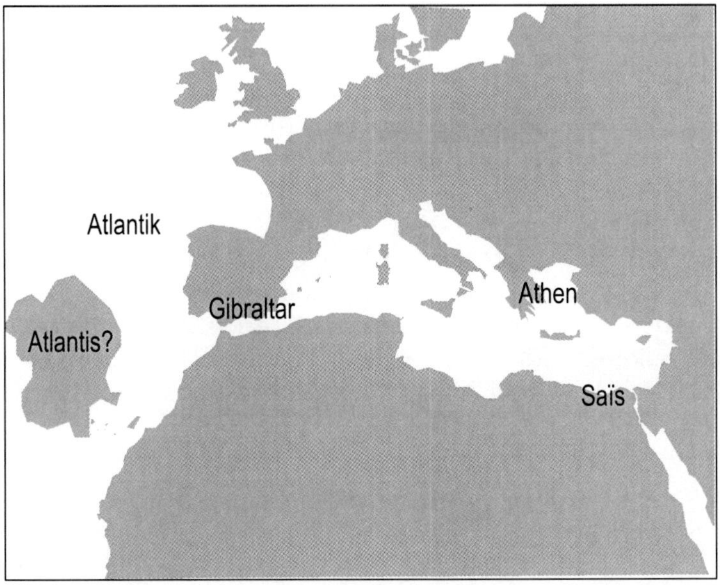

5 Die häufigste und scheinbar naheliegendste Vorstellung: Atlantis im Atlantik. Aber war mit den *"Säulen des Herakles"* tatsächlich die Meerenge von Gibraltar gemeint?

Platons Atlantis wurde daher in der Vergangenheit immer wieder jenseits von Gibraltar gesucht[48,49,50]. So gibt es kaum eine Insel im Atlantik, die nicht mit Atlantis bzw. den Überresten der untergegangenen Insel in Verbindung gebracht worden wäre. Doch die auf den ersten Blick scheinbar so einleuchtende Lösung "Atlantis im Atlantik" läßt sich bei genauerer Betrachtung nicht mehr in Einklang bringen mit der uns von Platon geschilderten Beschreibung. Die allermeisten Inseln im Atlantik entsprechen hinsichtlich ihrer Größe kaum der Beschreibung von Atlantis und so versuchte man dies dadurch zu erklären, daß Atlantis ganz entsprechend Platons Bericht untergegangen und daher in seiner wahren Größe auf dem Meeresboden zu suchen sei. Die angeführten Inseln, wie etwa die Azoren oder die Kanaren, seien lediglich die noch aus dem Meer ragenden Überreste von Atlantis[51]. Die Inseln im Atlantik sind jedoch vulkanischen Ursprungs, sie

haben sich überhaupt erst durch ihre vulkanische Aktivität vom Meeresboden an die Wasseroberfläche absetzen können. Geologische Untersuchungen der Sedimente an zahlreichen Stellen des Atlantiks ergaben zudem, daß sich innerhalb des uns interessierenden Zeitraumes von maximal 11500 Jahren keine Senkung des Meeresbodens im heutigen Atlantik ereignet hat, welche den Untergang einer Insel von kontinentalem Ausmaß würde möglich erscheinen lassen. Die Untersuchungen ergaben indes ganz im Gegenteil, daß die Inseln des Atlantiks vielfach einer allmählichen Anhebung unterworfen sind[52]. Hinzu kommt, daß die allermeisten Inseln erst sehr spät besiedelt wurden, so daß sie für einen Zusammenhang mit Atlantis auch aus diesem Grund nicht in Betracht kommen. Ebenso muß man fragen, für welche der Atlantik-Inseln wir zutreffend behaupten können, daß es einen Übergang zu den *"übrigen Inseln [...] und von den Inseln auf das ganze gegenüberliegende Festland"* [53]gäbe?
Mehr noch als alle zuvor genannten Gründe gilt jedoch: Welche Insel auch immer man anführen mag, keine der Theorien, die davon ausgehen, daß Atlantis einst jenseits von Gibraltar im heutigen Atlantik gelegen hätte, kann eine Erklärung liefern für den ausdrücklichen Hinweis des ägyptischen Priesters, daß das Meer dort infolge des Schlammes unbefahrbar geworden sei:

"Deshalb ist auch die dortige See jetzt unfahrbar und undurchforschbar, weil der sehr hoch aufgehäufte Schlamm im Wege ist, welchen die Insel durch ihr Untersinken hervorbrachte". [54]

Es kann somit nicht der heutige Atlantik gewesen sein, denn niemand wird diesen als schlammig oder gar unbefahrbar bezeichnen wollen. Welches Meer auch immer damit gemeint war, die Beschreibung jenes Meeres, das in Platons Text den Namen "Atlantisches" trägt, legt die Vermutung nahe, daß man es heutzutage auf einer Karte nicht mehr unter der Bezeichnung "Meer" wird finden können. Trotz des hohen Schlammes und der daraus folgenden Unbefahrbarkeit sprach der ägyptische Bericht jedoch noch von der *"dortigen See"*. Überreste des einstigen Meeres waren also demnach zu der Zeit, als der Bericht aufgezeichnet wurde, noch existent. Wenn man zu der Einsicht gelangt ist, daß der heutige Atlantik nicht das "Atlantische Meer" aus Platons TIMAIOS sein kann, stellen sich die beiden Fragen, wo sich ursprünglich das wahre Atlantische Meer befunden haben mag und ferner, wie der heutige Atlantik zu seinem Namen gekommen sein konnte. Letztere Frage läßt sich recht schnell beantworten: Bereits etwa einhundert Jahre vor Platons Niederschrift der Atlantis-Erzählung taucht die Bezeichnung "Atlantisches Meer" zum allererstenmale bei Herodot auf. Bemerkenswerter Weise stimmt diese Beschreibung recht genau mit der Schilderung in Platons Text überein. Herodot schreibt nämlich:

"Die anderen Meere, also das von den Hellenen befahrene und das jenseits der Säulen des Herakles beginnende sogenannte atlantische und ferner das Rote Meer sind alle nur ein einziges Meer" [55]

Auch hier sind also Mittelmeer und das Atlantische Meer durch die SÄULEN DES HERAKLES voneinander "getrennt", bzw. stehen über diese miteinander in Verbindung. Die Benennung unseres heutigen Atlantiks geht letztendlich auf dieses Atlantische Meer Herodots zurück. Wie aber ist diese Übereinstimmung der beiden Beschreibungen zu werten? Da Herodots HISTORIEN älter sind als Platons Dialoge und zudem dem Volke Athens zu Platons Zeit wohlbekannt waren[56], müßte man die Möglichkeit in Betracht ziehen, daß Platon diese geographische Beschreibung von Herodot übernommen haben könnte. Wir wissen jedoch, daß sich auch Herodot lange Zeit in Ägypten und dabei auch in Saïs aufgehalten hat. Ebenso wie zuvor Solon und später vermutlich auch Platon selbst, hatte auch Herodot die ägyptischen Priester in Saïs befragt[57]. Daher ist es eher wahrscheinlich, daß ihm, basierend auf der gleichen ägyptischen Quelle, ähnliche, wenn auch vielleicht weniger detailierte Auskünfte über ein Atlantisches Meer gegeben wurden, wie dies bereits zuvor Solon gegenüber geschehen war. Solon hatte seinerzeit die Priester nach den frühesten geschichtlichen Ereignissen befragt und war daher über die Auseinandersetzung zwischen Atlantern und den Ländern des Mittelmeeres sehr detailiert unterrichtet worden. Herodots Befragung des Priesters mochte hingegen eher geographischer Ausrichtung gewesen sein und hatte dabei vielleicht ebensolche Kunde von einem Atlantischen Meer jenseits der Säulen des Herakles zur Folge. Ein deutlicher Hinweis darauf, daß Herodots Wissen über dieses Meer aus Ägypten stammt, ist der gleichzeitige Bezug auf das "Rote Meer". Ürsprünglich abgeleitet vom roten Wüstensand "tescher" (ägyptisch, "das rote"), taucht der Name "Rotes Meer" erstmals in der 11. Dynastie (ca. 2000v.Chr.) in Ägypten auf[58]. Rotes Meer und Atlantisches Meer waren also den Griechen fremde, aus Ägypten stammende Begriffe.

Insgesamt erwähnt Herodot in seinem umfangreichen Werk den Begriff der "SÄULEN DES HERAKLES" an elf verschiedenen Stellen. Seltsamerweise taucht dabei nur an dieser einzigen Stelle das Atlantische Meer mit auf. Es ist schon sehr merkwürdig, daß Herodot mehrere Reiseberichte wiedergibt, in denen eine Durchsegelung der SÄULEN DES HERAKLES explizit erwähnt wird, aber kein einziges mal gelangt dabei jemand in das Atlantische Meer oder umgekehrt erreicht von diesem aus das mittelländische Meer. Wie aber ist

dieses Phänomen zu erklären? Die Antwort ist vermutlich sehr einfach, denn wir kennen sie bereits: Jenseits der SÄULEN DES HERAKLES befand sich einst das Atlantische Meer, welches plötzlich durch eine Katastrophe verschwand, indem es verschlammte und unbefahrbar wurde. Da die Durchfahrt durch diese ursprünglichen SÄULEN DES HERAKLES unmöglich geworden war, ging der Bezug und die Kenntnis ihrer Lokalisierung verloren, nicht jedoch der Name, welcher sich in der griechischen Mythologie erhielt. Die Bezeichnung "SÄULEN DES HERAKLES" ging schließlich über an eine andere verbliebene Durchfahrt in ein anderes jenseitiges Meer, welches wir heute, wie ich behaupte, fälschlicherweise als "Atlantik" bezeichnen. Daß den Griechen das Atlantische Meer nicht wirklich bekannt war, können wir nicht nur aus den fehlenden näheren Informationen hierzu entnehmen, sondern auch aus Herodots eigener Formulierung, indem er indirekt sagt, daß das Atlantische Meer von den Hellenen nicht befahren wird. Das Meer, das sich tatsächlich jenseits von Gibraltar befindet und die verschiedenen Erdteile umgibt, wird von Herodot dagegen als "Okeanos" wiedergegeben und scheint die damals gängige Bezeichnung dafür gewesen zu sein. Später folgende Geschichtsschreiber und Geographen haben Teile von Herodot übernommen und aus den separaten Schilderungen nämlich eines Atlantischen Meeres und eines die Erdteile umfließenden "Okeanos" schließlich einen "Atlantischen Ozean" werden lassen[59]. Herodot hingegen hat eine solche Gleichsetzung der beiden Meere vermieden.
Ebenso wie Herodot und Platon besaß anscheinend auch der griechische Dichter Pindar (518-446 v.Chr.) Kenntnis von einem unbefahrbaren Gewässer jenseits der SÄULEN DES HERAKLES. Er kannte jedoch anscheinend nicht dessen Bezeichnung "Atlantisches Meer". So heißt es in einer seiner Oden an die Triumphatoren der Olympiade:

"[...] so gelangt Theron [...] ans äußerste Ziel [...] an die Säulen des Herakles. Was darüber hinaus ist, ist Weisen wie Nicht-Weisen unzugänglich." [60]

An anderer Stelle wird er genauer:

"[...] weiter über die Säulen des Herakles hinaus das gefahrenreiche Meer zu durchfahren ist nicht leicht. Der Halbgott hat sie [die Säulen] gegründet als weithin bekannte Zeugen für eine Fahrt, die sich ins Äußerste wagt. [...] mit eigener Kraft erkundete er Untiefen der Strömungen, wo er auf seinem Weg an das Ziel seiner Fahrt kam, [...]" [61]

Der Grund der Unzugänglichkeit des Meeres jenseits der Säulen scheint auch hier die Untiefe, also die zu flache See zu sein. Es ist dies die älteste uns sicher bekannte Erwähnung des Begriffs der "SÄULEN DES HERAKLES" (etwa um 480v.Chr.). Zugleich erklärt sie die Entstehung dieses Begriffs mit dem Scheitern des göttlichen Helden Herakles bei dessen Versuch, die uns interessierende Meerenge zu passieren. Der kurze Auszug bestätigt, was bereits zuvor erwähnt wurde, daß die SÄULEN DES HERAKLES fortan gleichbedeutend sind mit dem Ende der Welt. Bezog sich dieser Begriff anfangs noch auf eine ganz bestimmte schmale Durchfahrt vom Mittelmeer in das Atlantische Meer, so führte das mit diesem Namen verknüpfte Verständnis vom "Ende der Welt" nach dem Verschwinden des Atlantischen Meeres dazu, daß sich die SÄULEN DES HERAKLES mit der stetigen Erweiterung geographischer Kenntnisse wegbewegen mußten von ihrem ursprünglichen Ort. Kehren wir jedoch zurück zu den weiteren Hinweisen des ägyptischen Priesters:

"[...] und von ihr konnte man damals nach den übrigen Inseln hinübersetzen und von den Inseln auf das ganze gegenüberliegende Festland, welches jenes recht eigentlich so zu nennende Meer umschließt. Denn alles das, was sich innerhalb der eben genannten Mündung befindet, erscheint wie eine bloße Bucht mit einem engen Eingange; jenes Meer aber kann in Wahrheit also und das es umgebende Land mit vollem Fug und Recht Festland heißen." [62]

Zwischen der gesuchten Insel, den anderen Inseln und dem Festland bestand also nur eine geringe Entfernung, so daß man leicht übersetzen konnte. Das Festland seinerseits umschloß das Atlantische Meer – es handelte sich demnach eindeutig um ein Binnenmeer. Platon unterstreicht dies, in dem er im Griechischen das Wort *"pontos"* wählt, an Stelle von *"pelagos"*, der sonst üblichen Bezeichnung für ein offenes Meer[63,64]. Auch dieser Hinweis, daß das Atlantische Meer einst ein Binnenmeer war, macht noch einmal ganz deutlich, daß der Atlantik, den wir heute kennen, nichts mit dem durch Platon überlieferten Atlantischen Meere gemein hat.
Nun folgen mit der zweiten Hälfte des ersten Satzes und stärker noch im zweiten Satz dieses letzten Zitats einige Betonungen, deren Sinn ganz unterschiedlich ausgelegt werden kann und daher in der Vergangenheit zu einigen Fehlinterpretationen und Mißverständnissen führte:
Nachdem das Atlantische Meer zunächst als vom Festland umgeben und somit als Binnenmeer geschildert wird, kommt nun der Nachtrag, daß dieses Meer *"recht eigentlich"*, also "nichts desto trotz" als wahrhaftiges Meer (*"pelagos"*) zu bezeichnen ist.
Der zweite Satz nun wurde immer wieder so verstanden, daß hier Mittelmeer und Atlantisches Meer miteinander verglichen würden, das eine als kleines Meer oder gar als Bucht, das letztere hingegen als wahrhaftiges Meer

bezeichnet würde[65]. Dies jedoch ist ein entscheidender Irrtum. Die Griechen ebenso wie die Ägypter hatten selbst noch zu Herodots Zeiten große Ehrfurcht vor dem Mittelmeer und den unberechenbaren Winden. Die Schifffahrt führte daher meist an der Küste des Mittelmeeres entlang. Es ist deshalb nicht einzusehen, warum man ein Meer von solchen Ausmaßen und Gefahren als Bucht bezeichnet haben sollte, nicht einmal dann, wenn man mit dem zweiten Meer den heutigen Atlantik gemeint hätte. Nein, ich denke der Fehler wird bereits begangen, wenn man annimmt, es handele sich um die Gegenüberstellung zweier verschiedener Meere. Der zweite Satz des Zitats ist nicht ganz anders zu verstehen als der erste: Zunächst wird wieder die scheinbare "Kleinheit" des Meeres ausgedrückt: *"Denn alles das, was sich innerhalb der eben genannten Mündung befindet, erscheint wie eine bloße Bucht mit einem engen Eingange; [...]"*, im zweiten Teil des Satzes folgt dann jedoch die Richtigstellung, als was man dieses Binnenmeer tatsächlich aufzufassen hat, nämlich als wahrhaftiges Meer: *"[...] jenes Meer aber kann in Wahrheit also und das es umgebende Land mit vollem Fug und Recht Festland heißen."*. Es ist daher stets nur vom Atlantischen Meer die Rede.
Die Bedeutung dieses Satzes wird erst dann richtig klar, wenn man die Erwähnung des *"schmalen Eingang"* ernst nimmt: Ein Seefahrer, der auf der Mittelmeerseite an den SÄULEN DES HERAKLES vorbeifuhr, hatte bedingt durch den schmalen Eingang eine nur sehr eingeschränkte Sicht auf die sich jenseits der "SÄULEN" befindliche See und konnte sie daher für eine bloße Bucht halten. Tatsächlich jedoch befand sich ein sich weit öffnendes Meer, wenn auch nur ein Binnenmeer, hinter jener Mündung. Es war demnach eher schwer, das Atlantische Meer von der Mittelmeerseite aus zu entdecken. Ist diese Textstelle in ihrer Bedeutung nun erst einmal geklärt, wird man umso besser verstehen, warum die Meerenge von Gibraltar niemals mit den Säulen des Herakles gemeint sein konnte, denn Gibraltar ist und war niemals eine wirklich enge Durchfahrt, die vermuten lassen könnte, das jenseitige Meer sei eine bloße Bucht.
Aus den genannten Gründen kann man nun wohl davon ausgehen, daß Atlantis nicht im heutigen Atlantik lag. Das Atlantische Meer Platons muß einst ein von Schiffen befahrenes Binnenmeer gewesen sein, das mit dem Mittelmeer durch eine enge Mündung in Verbindung stand. Infolge der bei Platon beschriebenen Katastrophe vom Untergang der Insel Atlantis verschlammte dieses Meer und verschwand damit. Ebenso verschwand auch die als "SÄULEN DES HERAKLES" bezeichnete Meerenge.
Wenn Atlantis auch nicht jenseits von Gibraltar zu finden war, so ist doch anzunehmen, daß sich diese Insel und ebenso die ursprünglichen SÄULEN DES HERAKLES dennoch im äußersten Westen befunden haben. Dies läßt sich

ableiten aus der Mitteilung des ägyptischen Priesters darüber, wie sich der Herrschaftsbereich der Könige von Atlantis einst erstreckte:

"Auf dieser Insel Atlantis nun bestand eine große und bewunderungswürdige Königsherrschaft, welche nicht bloß die ganze Insel, sondern auch viele andere Inseln und Teile des Festlands unter ihrer Gewalt hatte. Außerdem beherrschte sie von den hier innerhalb liegenden Ländern Libyen bis nach Ägypten und Europa bis nach Tyrrhenien hin." [66]

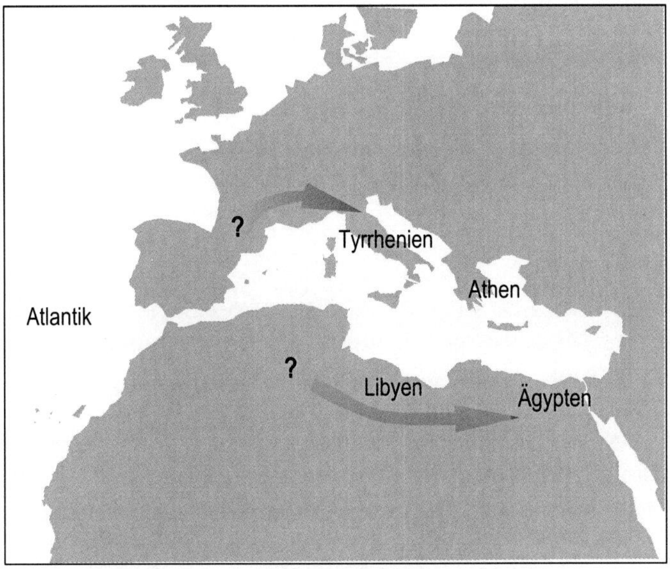

6 Den detailierten Hinweisen aus Platons Erzählung zufolge herrschten die Atlanter von West nach Ost.

Dieser Hinweis enthält nicht nur eine bloße geographische Ausdehnung sondern auch eine Ausdehnungs-Richtung. Auf afrikanischer Seite jedenfalls erstreckte sich der Herrschaftsbereich von West nach Ost, nämlich von den damals unter dem Begriff Libyen verstandenen Gebieten westlich Ägyptens bis hin nach Ägypten. Obwohl auf europäischer Seite einzig Tyrrhenien (das heutige Italien) als Herrschaftsbereich genannt wird, können wir diese Angabe nur so verstehen, daß es sich bei Tyrrhenien um das östliche Ende des Einflußbereichs der Atlanter handelte. Denn östlich von Tyrrhenien ist das griechische Herrschaftsgebiet anzusetzen. Die Insel Atlantis müssen wir daher westlich von Libyen und Tyrrhenien suchen. Wo Atlantis nun wirklich lag und wo einst das Atlantische Meer zu finden war, das werden wir im nächsten Kapitel durch Bezüge zur griechischen Mythologie erfahren.

5 Hinweise in der griechischen Mythologie

Wie Platon uns im KRITIAS mitteilt, war es einst der Gott Poseidon, dem die Insel Atlantis zufiel. Poseidon zeugte mit einem sterblichen Weib Nachkommen, die er auf der Insel an dem Ort *"verpflanzte"*, der später die Mutterstadt und Königsburg hervorbringen sollte. Einer von diesen *"Sprößlingen"* war ein Mann namens Euenor. Aus Euenors Verbindung mit Leukippe ging eine Tochter namens Kleito hervor. Als Kleitos Eltern starben, verband sich Poseidon mit ihr[67].

"An männlicher Nachkommenschaft aber erzeugte er fünf Zwillingspaare und zog sie auf,[...]. Auch legte er allen Namen bei, und zwar dem ältesten und dem Könige den, von welchem auch die ganze Insel und das Meer, welches ja das Atlantische heißt, ihre Benennungen empfingen; nämlich Atlas ward dieser erste damals herrschende König geheißen." [68]

Atlas war also der Name des ersten Königs von Atlantis, nach dem ebenso die Insel wie auch das Meer benannt wurde. In der griechischen Mythologie war Atlas einer der Titanen, welcher dazu verurteilt wurde, für alle Ewigkeit das Himmelsgewölbe auf seinen Schultern zu tragen, weil er sich am Krieg der Titanen gegen die Götter beteiligt hatte. Anders als in Platons Bericht ist der Atlas der griechischen Mythen kein direkter Nachkomme Poseidons sondern, wie uns der griechische Dichter Hesiod überliefert, der Sohn des Titanen Iapetos und der Okeanide Klymene[69]. Wir können an dieser Stelle deshalb nicht voraussetzen, daß der Titan Atlas etwas mit dem Atlas aus Platons Dialogen zu tun hat. Wie aber dem folgenden zu entnehmen sein wird, lassen sich jedoch eine ganze Reihe auffälliger Gemeinsamkeiten entdecken:
Die griechischen Mythen lassen keinen Zweifel daran aufkommen, daß sich das Reich des Atlas im äußersten Westen Libyens (Nordafrikas) befand. In der Sage "PERSEUS" nämlich enthauptet dieser Held zunächst die Gorgone Medusa und wird von den Winden über die Sandwüsten Libyens hinweg weiter westwärts getrieben und gelangt schließlich in das Reich des Königs Atlas. Atlas hütete dort einen Hain voller goldener Früchte. Als Perseus um Obdach bat, stieß ihn Atlas von seinem Palast fort, da er um sein Besitztum bangte. Als Antwort auf das ungastliche Verhalten holte Perseus das Haupt der Medusa aus einem Sack hervor und hielt es dem Atlas entgegen, wodurch dieser augenblicklich zu Stein erstarrte und in einen Berg verwandelt wurde. Bart und Haupthaar wurden zu Wäldern, sein Haupt hingegen wuchs als steiler Gipfel in die Wolken[70]. Mit Atlas verbanden die alten Griechen deshalb stets ein Gebirge im Nordwesten Afrikas.

In einer weiteren Sage, nämlich der des HERAKLES, des Sohnes des Zeus, gelangt dieser auf der Suche nach den goldenen Äpfeln der Hesperiden, der elften von insgesamt zwölf ihm von Eurystheus auferlegten Arbeiten, ebenfalls nach Libyen. Auf dem Weg weiter nach Westen traf er auf den libyschen König Antaios, der ein Sohn des Poseidon war. Nachdem Herakles Antaios im Kampf besiegt hatte, zog er weiter westwärts und gelangte an den Ort, wo Atlas den Himmel auf den Schultern trug. Herakles bot Atlas an, die schwere Last vorübergehend zu übernehmen, wenn dieser ihm dafür die Äpfel aus dem nahegelegenen Garten der Hesperiden brächte. Als Atlas mit den Äpfeln der Hesperiden zurückkehrte, wollte dieser die Himmelslast dem Herakles nicht wieder abnehmen und stattdessen selbst die Äpfel zu Eurystheus bringen. Herakles täuschte sein Einverständnis vor, bat jedoch Atlas darum, die Last noch einmal kurz zu übernehmen, damit er sich ein Polster zurechtlegen könne. Der hier einfältig dargestellte Atlas ging darauf ein, ließ sich überlisten und trug fortan weiter die Himmelslast, während Herakles mit den goldenen Äpfeln entkam[71,72].
Die Spur des Titanen Atlas der griechischen Mythologie führt also, ebenso wie die des Atlas aus Platons Dialogen, in den äußersten Westen - genauer noch, in den äußersten Westen Nordafrikas. Deutlich wird das auch durch den Namen "HESPERIDEN", was soviel bedeutet wie "Töchter des Abends" und daher ebenfalls nach Westen weist. Neben der Übereinstimmung des Namens Atlas haben wir also anscheinend auch eine übereinstimmende geographische Lokalisierung. Wie wir zudem soeben erfahren haben, war der Westen Nordafrikas nach den griechischen Mythen ein Hoheitsgebiet des Poseidon, ebenso wie es Platon von Atlantis berichtet. Und gibt es nicht eine ebenso auffällige Übereinstimmung der Erzählungen darin, daß die Landschaft, die Atlas umgab, einerseits gebirgig aber zugleich auch sehr fruchtbar war, daß sogar von Gärten mit goldenen Äpfeln die Rede ist?
Bisher stützten wir uns in diesem Kapitel auf die griechischen Mythen, die uns in verschiedenen Anteilen von den griechischen Dichtern Homer, Pindar, Hesiod und Apollodor überliefert wurden. Wir wissen weder, wann diese Sagen ursprünglich entstanden, noch wieviel reale Substanz ihnen zugrunde gelegen haben mag. Von umso größerer Bedeutung ist es daher, wenn wir unabhängig von diesen Mythen auch in den Werken der alten Geographen und ersten Historiker weiterführende Hinweise entdecken können. Herodot, der Vater der Geschichtsschreibung, berichtet nicht nur über ein Gebirge, das den Namen Atlas trägt, sondern er ist zugleich der erste, der auch das Volk der Atlanter erwähnt. Durch ihn erhalten wir sogar eine Beschreibung des Weges über den man zu ihnen gelangt. Und wiederum scheint sich zu bestätigen, was wir zuvor bereits vermuteten, denn dieser Weg zu den Atlanten führt von Ägypten in den entlegendsten Westen Nordafrikas. Im

vierten Buch seiner HISTORIEN beschreibt Herodot zunächst die Küstenvölker Libyens, gefolgt von einem Bericht über die libyschen Völker etwas weiter im Landesinnern. Er erwähnt dabei die Stämme in der Reihenfolge, wie man sie auf einer Reise ausgehend vom ägyptischen Theben hin zu den "SÄULEN DES HERAKLES", also von Ost nach West, antrifft. Er schreibt:

"Damit habe ich die libyschen Nomadenvölker aufgezählt, die an der Küste wohnen. Landeinwärts hinter ihnen liegt die Gegend, wo die wilden Tiere sind, und hinter dieser tierreichen Gegend liegt eine hügelige Sandwüste, die vom ägyptischen Theben bis zu den Säulen des Herakles reicht. In dieser hügeligen Wüste liegen, ungefähr zehn Tagesreisen voneinander entfernt, große Salzklumpen auf Anhöhen. [...]Um diese Salzhügel herum, [...], wohnen die entlegendsten Völker Libyens, die es nördlich der Wüste gibt. Zuerst die Ammonier, zehn Tagesreisen von Theben entfernt, [...]. Geht man zehn Tagesreisen weiter, so kommt man wieder an einen Salzhügel und eine Quelle. Hierhin pflegen auch die Nasamonen zur Dattelernte zu ziehen. Wieder zehn Tagesreisen weiter [...] wohnt ein Volk mit Namen Garamanten, [...]Von ihnen aus ist es am nächsten zu den Lotophagen, nämlich dreißig Tagereisen weit. [...] Zehn Tagereisen westlich von den Garamanten [...] wohnt ein Volk. Es heißt Ataranten [...] Zehn Tagereisen weiter ist wieder ein Salzhügel und eine Quelle, um den herum ebenfalls ein Volk wohnt. An diesen Salzhügel aber grenzt ein Gebirge, namens Atlas, das steil und kreisförmig ist und so hoch sein soll, daß man seine Gipfel gar nicht sehen kann. Niemals würden sie frei von Wolken, nicht im Sommer und nicht im Winter. Die Bewohner des Landes sagen, dies Gebirge sei die Säule des Himmels. Nach ihm sind sie auch benannt, sie heißt Atlanten. Es heißt, daß sie gar keine lebenden Wesen essen und keine Träume haben." [73] .

Auch in Herodots Bericht leitet sich der Name "Atlanten" von "Atlas" ab, ebenso wie in Platons Erzählung die Bezeichnungen "Atlantis" und "Atlantisches Meer" auf diesen Namen zurückgehen. Da der Ausgangspunkt der Reise, die Herodot beschreibt, in Ägypten liegt, sollte man annehmen, daß er diese Informationen auch von Ägyptern erhalten hatte. Platons Erzählung scheint daher auch insofern der Wahrheit zu entsprechen, daß es tatsächlich eine Verbindung zwischen Atlantern und Ägyptern gab, auch wenn der Name Atlantis in Herodots Mitteilung nicht erwähnt wird. Die soeben zitierte Textstelle aus Herodots HISTORIEN ist aber auch deshalb von Bedeutung, weil wir durch sie erfahren, daß die Idee des den Himmel tragenden Atlas demnach nicht nur in der griechischen Mythologie vorhanden war, sondern ebenso in Ägypten existierte. Möglicherweise hatten die Griechen den Atlas-Mythos nur von den Ägyptern übernommen. Ebenso gut war es jedoch auch möglich, daß der Atlas-Mythos etwa zur gleichen Zeit sowohl in Ägypten als auch in Griechenland entstanden war und seinen Ursprung im fruchtbaren,

hochgebirgigen westlichen Ende der damaligen Welt besaß. Festzuhalten bleibt jedenfalls, daß der Mythos des den Himmel stützenden Atlas ein interessantes Dreieck mit den Eckpunkten Libyen, Ägypten, Griechenland aufspannt und auch damit eine Analogie zu Platons Atlantiserzählung herstellt, in welcher das Dreieck aus Atlantis, Ägypten und Athen besteht.
Der Weg, den Herodot beschreibt, läßt sich heute noch größtenteils nachvollziehen. Ausgangspunkt ist das in der Nähe von Luxor gelegene Theben im Süden Ägyptens. Nach *"zehn Tagesreisen"* gelangt man zu den *"Ammoniern"*. Gemeint ist die Oase Siwa mit dem berühmten Ammon-Orakel. Sie liegt – für eine zehntägige Reise eigentlich viel zu weit - in etwa 800km Entfernung, nordwestlich von Theben. Ammon war eine im ägyptischen Theben als Widder dargestellte Gottheit. Von den Griechen wurde derselbe Gott "Zeus" genannt[74]. Bekannt ist die Oase Siwa nicht zuletzt auch in Zusammenhang mit Alexander dem Großen, der das Ammon-Orakel noch um 331v.Chr. aufsuchte, um sich von diesem als König Ägyptens bestätigen zu lassen. Das nächste Volk sind die *"Nasamonen"*, von denen Herodot an anderer Stelle berichtet, daß sie an der großen Syrte wohnen[75]. Zur Zeit der Dattelernte seien sie nach Augila gezogen[76], eine Oase, die noch heute diesen Namen trägt und etwa 500km westlich von Siwa liegt. Die *"Garamanten"*, auf die man nach weiteren 10 Tagen stieß, waren im Fezzan-Gebirge im heutigen Libyen beheimatet. Herodot berichtet u.a. daß sie vierspännige Rennwagen gefahren hätten[77]. Diese Information läßt sich durch Felsbildfunde an verschiedenen Orten der Sahara sogar belegen[78,79].
Wenn wir die einzelnen Stationen des von Herodot beschriebenen Weges auf einer Karte verfolgen, dann stellen wir fest, daß diese Route parallel zur Küste, jedoch im Landesinnern verlief. Die beiden letzten Stationen der Reise, die *"Ataranten"* und die *"Atlanten"*, konnten bisher nicht mit der gleichen Sicherheit lokalisiert werden. Wenn man nun aber einen gleichbleibenden Abstand zum Küstenverlauf und etwa gleichbleibende Entfernungen der Stationen untereinander ansetzt, dann landet man in Bezug auf Herodots Ataranten grob in der Nähe des heutigen Drei-Länder-Ecks Libyen-Tunesien-Algerien. Ein weiterer Abstand von zehn Tagesreisen weiter nach Westen würde uns schließlich an den Südrand des Atlasgebirges im heutigen Algerien bringen. Nach diesem Ansatz wären die Atlanten im Atlasgebirge ansässig gewesen, wo sie dem Namen nach auch hingehören. Dieser Meinung ist auch H.W. Haussig, der die Erläuterungen zu der hier benutzten Ausgabe von Herodots Historien schrieb und die Atlanten in der Ebene zwischen nördlicher und südlicher Atlaskette ansiedelt[80].

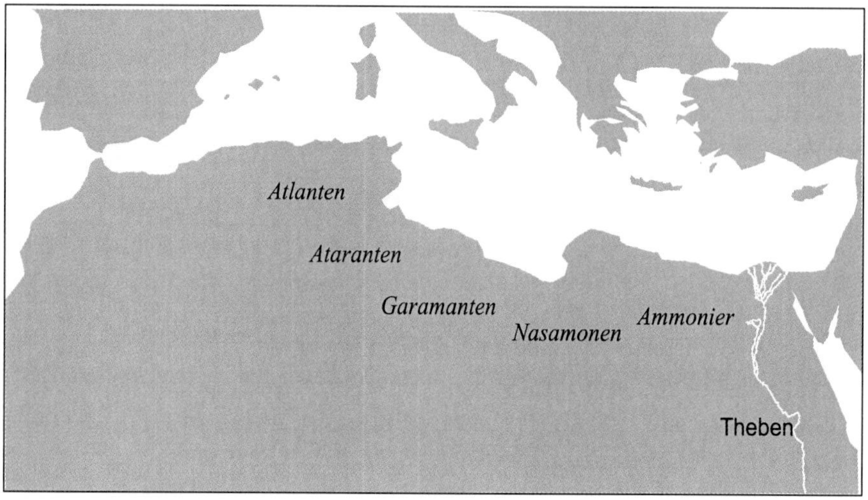

7 Lokalisierung der von Herodot beschriebenen libyschen Völker entlang des Reiseweges ausgehend vom ägyptischen Theben bis zu den "Atlanten".

Während Herodots Beschreibung der libyschen Stämme bis zu den Garamanten von der Wissenschaft ernst genommen wird und die entsprechende Identifizierung der Stationen als gesichert gilt, bevorzugt man, den beiden zuletzt genannten Völkern, den Ataranten und den Atlanten, eher auszuweichen, um damit der Notwendigkeit eines Kommentars zu dem sich aufdrängenden Zusammenhang mit Platons Atlantern von vornherein zu entgehen[81]. In anderen Fällen wiederum lassen es Experten zwar zu, daß auch die Atlanten und Ataranten Herodots durchaus reale nordafrikanische Völker gewesen sein konnten, es wird dann jedoch darauf hingewiesen, daß man sie unter allen Umständen von den rein legendenhaften Atlantern Platons unterscheiden müsse[82]:

"Il faut bien distinguer les Atlantes mentionnés par Hérodote et dont l'existence, en tant que population saharienne, doit être prise en concidération, de ceux de Platon, qui sont des figures légendaires." [83]

Angesichts solcher Aussagen fragt man sich, was diesen Experten solche Angst bereiten mag, daß es ihnen nötig erscheint, sich präventiv gegenüber jedweder Überlegung an einen möglichen Zusammenhang mit Platons Atlantern zu verwahren. Dies ist ein Beispiel, das recht gut deutlich macht, in welcher Weise man bis heute versucht hat, das nicht notwendigerweise unlösbare Atlantis-Problem zu umschiffen. Möglicherweise ist in einer solchen

Haltung auch der Grund zu sehen dafür, daß eine altägyptische Inschrift, in der die Atlanten vermutlich erwähnt werden, bislang unbeachtet blieb: Der Ägyptologe Heinrich Brugsch berichtete 1857 von den geographischen Inschriften im ägyptischen Karnak aus der Zeit des Pharaos Ramses II., etwa um 1260v.Chr.. In einer Liste der besiegten Fremdvölker ist dort von den "Atara" oder "Atala" die Rede. Brugsch erwähnt, daß diese Fremdvölkernamen von "*Mauerringen*" umgeben dargestellt waren.[84] Offenbar besaßen diese Völker besonders geschützte Stadtanlagen. Mit einiger Wahrscheinlichkeit handelte es sich hierbei um das auch von Herodot erwähnte libysche Volk der Atlanten. Von besonderem Interesse ist dabei, daß in den Hieroglyphen des Wortes Atala zur näheren Beschreibung das Zeichen für Insel oder Meeresküste auftaucht[85]. Das bedeutet, daß die "Atala" eine Insel oder ein zumindest zum Teil von Meer umgebenes Land bewohnten. Und sie waren offenbar bedeutend und mächtig genug, um von den Ägyptern in die Fremdvölkerliste aufgenommen worden zu sein. Obwohl Brugsch die HISTORIEN Herodots bestens bekannt waren, versäumte er es jedoch, diese nahe liegende Assoziation zwischen "Atala" und "Atlanten" herzustellen. Wie sich später noch herausstellen wird, stellt die Bezeichnung "Atala" einen wertvollen Schlüssel zur Identifizierung des Volks der Atlanter dar.

Neben der erstmaligen Erwähnung des Volkes Atlanten liefert Herodot schließlich noch einen weiteren wichtigen Hinweis, der ebenfalls darauf hindeutet, daß Platons Atlantis-Erzählung sich auf ein libysches Volk zu beziehen scheint: Nach Auskunft der Ägypter nämlich, so berichtet Herodot, war Poseidon in Ägypten nicht bekannt, sondern stamme ursprünglich aus Libyen[86].

Ebenso wie Herodot lokalisierten weitere Geographen und Geschichtsschreiber der Antike den Atlas in jener Gegend im Nordwesten Afrikas u.a. Diodor v.Sizilien (ca.80-29v.Chr.), Strabon (ca.63v.Chr.–20n.Chr.) und Plinius d. Ältere (ca.23-79n.Chr.) [87,88,89]. Nun, in Anbetracht aller dieser Hinweise ist es mehr als unwahrscheinlich, daß der Titan Atlas der griechischen Mythologie, der Berg Atlas der alten Geographen, das Volk der Atlanten des Herodot und schließlich der Atlas aus Platons Dialogen, die allesamt in den Westen Nordafrikas zeigen, nicht auf ein und denselben realen Kern zurückzuführen sein sollten. Hier im äußersten Westen der damals bekannten Welt, auf afrikanischem Boden, mußte einst Platons Atlantis gelegen haben. Und wie Herodots Beschreibung der libyschen Völker bereits erwarten ließ, war die Insel Atlantis wohl im wesentlichen nichts anderes als das Atlas-Gebirge, welches sich in seiner gewaltigen Ausdehnung von Marokko über Algerien bis nach Tunesien erstreckt. Zutreffend wird daher im Dialog KRITIAS über Atlantis mit den folgenden Worten berichtet:

"Zunächst nun wurde mir das Land im ganzen als sehr hochgelegen und steil aus dem Meere aufsteigend geschildert, [...] Die Berge aber, [...], wurden damals als solche gepriesen, welche an Menge, Größe und Schönheit alle jetzt vorhandenen übertrafen, [...]." [90]

Seit jeher liegt die Insel Atlantis offenbar vor unseren Augen, wann immer wir eine geographische Karte des westlichen Mittelmeeres aufschlagen, doch wir haben sie bisher nie wahrgenommen. Und das obwohl jenes Gebiet auch heute noch den ursprünglichen Namen "ATLAS" trägt. Wir kennen diesen Teil Nordafrikas aber auch unter dem Namen "MAGHREB". "DJESIRAT EL MAGHREB" ist die arabische Bezeichnung für diese sich über eine Länge von mehr als 2000km erstreckende Gebirgslandschaft und bedeutet nicht ganz zufällig so viel wie "INSEL DES WESTENS". So lautet auch der Name Algeriens, wie auch der seiner Hauptstadt im Arabischen Al-Jazā'ir, Insel.
Angesichts der gewaltigen Größe des Maghrebs wird nun verständlich, warum Atlantis in den ägyptischen Texten des Neith-Tempels wie ein ganzer Kontinent beschrieben wurde. Wer einmal selbst Gelegenheit hatte, sich dem Atlasgebiet aus der Sahara kommend zu nähern, der wird auch die oben zitierte Beschreibung aus dem KRITIAS als durchaus treffend empfinden: Aus dem völlig ebenen nördlichen Sahararand heraus steigt abrupt die steilwandige Gebirgsfront des sogenannten Sahara-Atlas empor. Der Maghreb besitzt dadurch eine recht scharfe Grenze zum südlich davon beginnenden "Sandmeer", der Wüste Sahara (s. Abb. 11). Als rauhe und steil aufragende Insel erscheint der Maghreb ebenso entlang seiner nördlichen Mittelmeerküste. Im KRITIAS ist jedoch von einer echten Insel umgeben von Wasser die Rede, wie kann der Maghreb dann identisch sein mit der Insel aus Platons Dialogen, wenn er zwar im Norden, Osten und Westen umflossen wird, nach Süden hingegen das afrikanische Wüstengebiet beginnt?

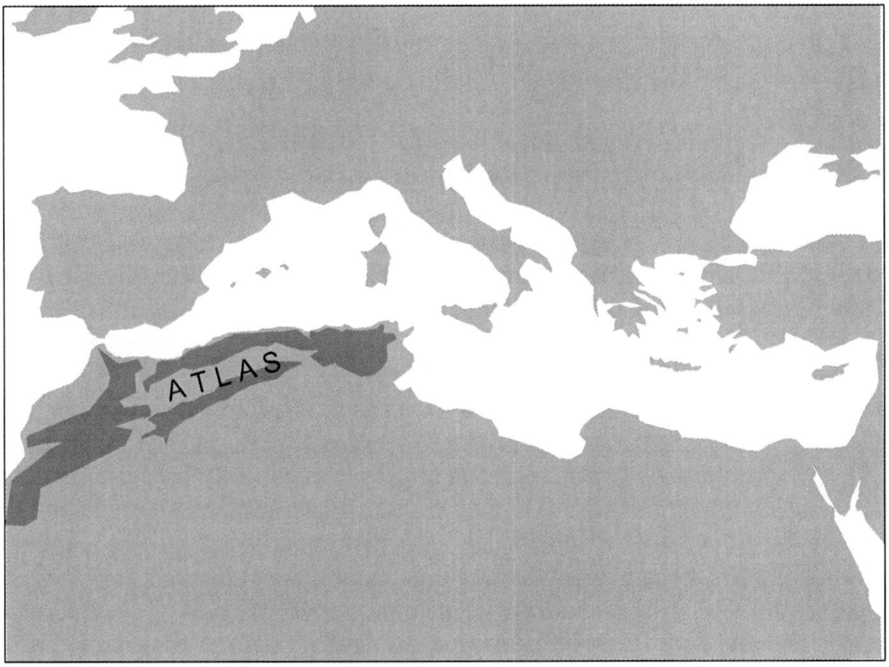

8 Platons Insel Atlantis war vermutlich identisch mit dem Atlas-Gebirge im Nordwesten Afrikas bzw. mit jenem Gebiet, das wir heute als Maghreb bezeichnen.

6 Das Atlantische Meer

Nun, die Tatsache, daß der Maghreb nicht auch von Süden her von Meer umgeben ist, sollte nicht weiter verwirren. Vielmehr wird man gerade darin eine Bestätigung für die anscheinend weitgehend unverzerrte Überlieferung der Atlantis-Erzählung entdecken. Denn wenn man sich an die entsprechenden Stellen des TIMAIOS erinnert[91], dann weiß man, daß Atlantis ursprünglich auch vom sogenannten Atlantischen Meer umflutet wurde, welches Platon als Binnenmeer (Pontos) zu erkennen gab und welches nach dem Untergang von Atlantis schlammig, seicht und unbefahrbar geworden war. Im letzten Kapitel wurde bereits darauf hingewiesen, daß man in dem Gebiet, wo einst das Atlantische Meer wogte, Platons Bericht zufolge, kaum noch mit einem existierenden Meer rechnen kann. Was wir suchen, ist also ein Meer, das keines mehr ist. So kurios es zunächst klingt, ein solches Meer, das keines ist, findet man tatsächlich auf allen Landkarten, die den Westen Nordafrikas abbilden, blau eingezeichnet. Wer die entsprechende Gegend nicht kennt, und nur den Karten nach urteilt, könnte dieses "Meer" somit glatt für einen Teil des Mittelmeeres halten. Das Atlantische Meer, von dem Platon sprach, ist heute vermutlich nur noch in kläglichen Überresten vorhanden in Form einiger großer Salzseen, die sich lediglich in den Wintermonaten großflächig mit Wasser füllen, so daß der Eindruck eines tatsächlichen Binnenmeeres erneut entsteht. Gemeint sind die Salzseen südlich des Maghrebs, das Chott el-Djerid und das Chott el-Gharsa im Süden Tunesiens, sowie das Chott Melrhir in Algerien. Insgesamt jedoch ist es eine ganze Kette von Salzseen, die sich über eine Distanz von etwa 400km, im Westen beginnend bei Biskra in Algerien, nach Osten zur Mündung ins Mittelmeer im sogenannten Golf von Gabes in Tunesien erstreckt. Der größte dieser Salzseen, das Chott el-Djerid besitzt die gewaltige Ausdehnung von 7700km^2 und ist damit, nur zum Vergleich, etwa acht mal so groß wie das Tote Meer an der Grenze Israels zu Jordanien. Ursprünglich befand sich anstelle dieser Chotts (Salzseen) ein einziger weit ausgedehnter, von zahlreichen Zuflüssen gespeister See, der eine Verbindung zum Mittelmeer besaß und daher ebenso gut die Bezeichnung Binnenmeer verdiente. Die Existenz dieses im Süden befindlichen Binnenmeeres machte, wie in Abbildung 13 veranschaulicht, große Bereiche des Maghrebs zu einer Insel, oder um genauer zu sein, zu einer Halbinsel. Zwangsläufig verschwand mit dem Austrocknen dieses Atlantischen Meeres gleichzeitig auch der Inselcharakter, so daß Atlantis gewissermaßen "unsichtbar" wurde.

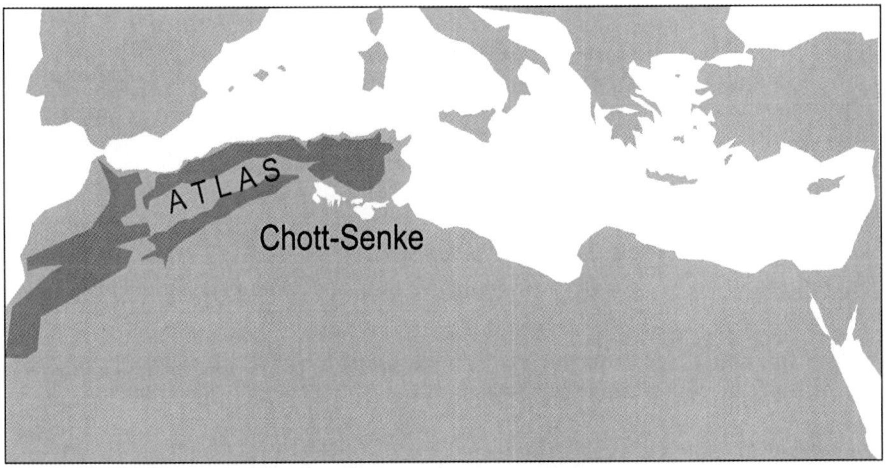

9 Die als Chotts bezeichneten Salzseen südlich des östlichen Maghrebs sind vermutlich die Überbleibsel des einstigen Atlantischen Meeres. Sie lassen noch heute den früheren Verlauf der Insel-Küste erahnen.

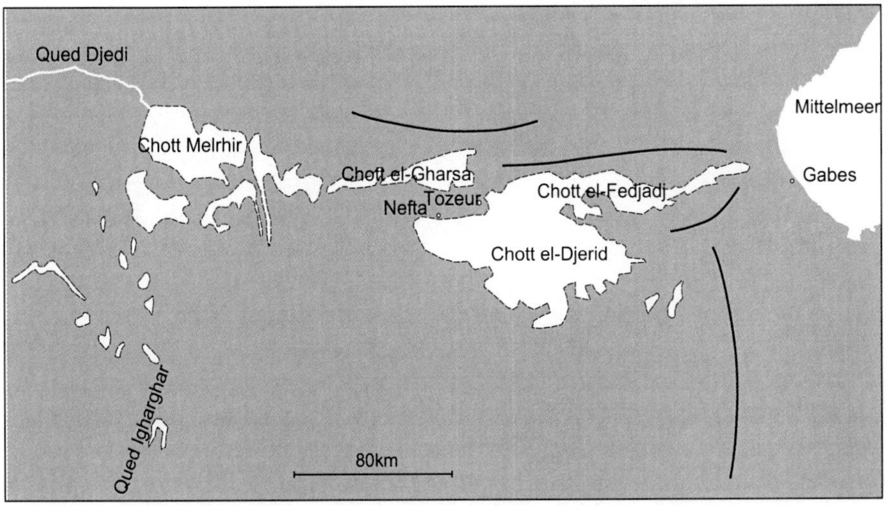

10 Die Chotts erstrecken sich über eine Distanz von 400km bis sie schließlich an das Mittelmeer angrenzen.

Wenn man von Gabes kommend mit dem Auto den asphaltierten Damm entlang quer durch das Chott el-Djerid in Richtung der tunesischen Oase Nefta fährt, dann läßt sich auch heute noch an zahlreichen Stellen beiderseits der Straße die durchbrochene Salzkruste und das sich darunter befindliche

Wasser beobachten (siehe Abbildung 11). Die Chotts liegen in weiten Teilen unterhalb des heutigen Meeresspiegels, insbesondere gilt dies für das algerische Chott Melrhir, das bei etwa –40m liegt. Die gesamte tunesische Küste und auch das Gebiet der Chotts südlich des Maghrebs unterlagen während der uns hier interessierenden zurückliegenden Jahrtausende tektonischen Hebungen, die nicht zuletzt den Verlauf der tunesischen Küste entscheidend beeinflußt haben. Die Fläche, die sich einst unterhalb des Meeresspiegels befand, muß daher vor einigen tausend Jahren deutlich ausgedehnter gewesen sein als heute[92]. Das Gebiet der Chotts unterliegt zudem der fortwährenden Austrocknung. So wird berichtet, daß man noch 1857 im Chott el-Djerid bis zur Brust im Wasser stand, während bereits 15 Jahre später eine weitgehende Austrocknung stattgefunden hatte[93].

11 Blick auf das Chott el-Djerid im Süden Tunesiens zur regenarmen Zeit. Im Vordergrund ist deutlich zu erkennen, daß sich unter der von Sand bedeckten Salzkruste noch immer Wasser befindet. Dieser Salzsee ist etwa acht mal so groß wie das Tote Meer. Im Hintergrund sind etwas dunkler die steil ansteigenden Ausläufer des Sahara-Atlas zu erkennen, welche das absolut flache Seebecken nach Norden hin begrenzen. Während der regenreicheren Winter- und Frühjahrsmonate füllt sich dieses riesige Becken, so daß einfache Boote zur Fortbewegung verwendet werden können.

12 Während der regenreichen Wintermonate füllen sich große Areale mit dem von den Atlasbergen her abfließenden Wassern und vermitteln den Eindruck eines flachen Meeres. (Computer-Grafik)

Vor einigen tausend Jahren jedoch gab es ausgeprägte Feuchtzeiten, während denen es im Norden Afrikas ergiebigen Niederschlag und bis weit in die Sahara hineinreichende Seengebiete und Flüsse gab[94]. Auch die Chotts im Süden Tunesiens und Algeriens bildeten damals wie bereits erwähnt ein ausgedehntes, zusammenhängendes Seengebiet, derart, daß es den Eindruck eines Binnenmeeres vermittelt haben muß und schließlich zu irgendeinem Zeitpunkt vermutlich den Namen "ATLANTISCHES MEER" oder eine in der Sprache der Einheimischen ähnlich lautende Bezeichnung erhielt. Der Maghreb war damals also auch von Süden her umflutet und bildete tatsächlich einst eine Insel bzw. Halbinsel von gewaltigem Ausmaß.

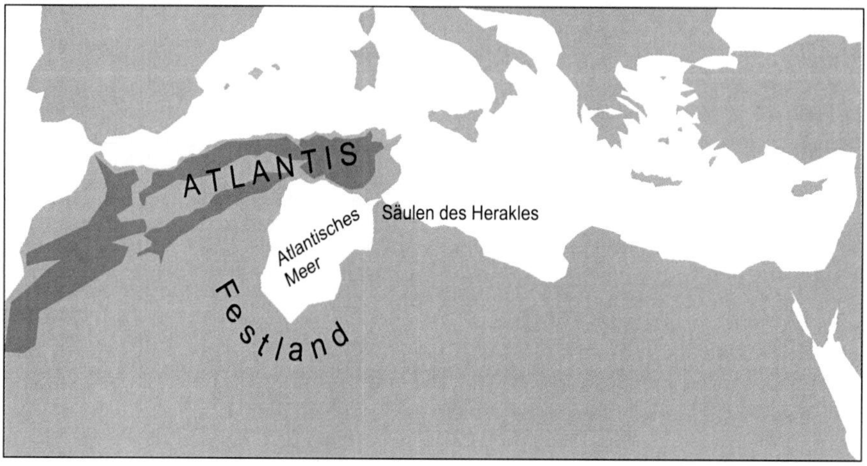

13 Noch vor wenigen tausend Jahren scheint südlich des Maghrebs ein ausgedehntes Binnenmeer existiert zu haben, das durch das Wasser zahlreicher Zuflüsse gespeist wurde. Mit großer Wahrscheinlichkeit handelte es sich hierbei um das Atlantische Meer Platons. Weite Teile des östlichen Maghrebs bildeten somit eine Insel bzw. Halbinsel. Die ursprünglichen "SÄULEN DES HERAKLES" waren demzufolge eine Bezeichnung der Meerenge im Golf von Gabes, im Süden Tunesiens.

Wie wir bereits im vorangegangenen Kapitel festgestellt haben, war den alten Griechen der Begriff des Atlantischen Meeres kaum bekannt, dieser schien vielmehr sehr vereinzelt durch Reisende aus Ägypten nach Griechenland gelangt zu sein. Stattdessen taucht in den griechischen Mythen und ebenso bei den alten Geographen und Historikern der sogenannte "TRITONSEE" (Tritonis) auf, welchen man heute allgemein als das Chott el-Djerid identifiziert[95,96]. Dieser TRITONSEE tritt in Erscheinung u.a. in der Sage von Jason und den Argonauten, über die auch Herodot in folgenderweise zu berichten weiß:

"Ihr Gebiet reicht bis an einen großen Fluß namens Triton. Er mündet in einen großen See, den Tritonsee, in welchem eine Insel liegt namens Phla. [...] Doch wird von dort noch eine andere Geschichte erzählt. Als Jason am Fuße des Pelion den Bau seines Schiffes Argo vollendet hatte, lud er alle Opfergaben ein, darunter einen ehernen Dreifuß. Dann fuhr er um die Peleponnes herum, um nach Delphi zu gelangen. Als er in der Gegend von Malea war, faßte ihn der Nordwind und trieb ihn hinüber nach Libyen. Ehe er noch das Land sah, saß er auf den Untiefen des Tritonsees fest. In seiner Not, so erzählt die Sage, erschien ihm Triton und verlangte, Jason solle ihm den Dreifuß geben, dann würde er ihm die Fahrstraße zeigen und ihn unversehrt ziehen lassen. Jason tat es, und Triton zeigte ihm den Ausweg aus den Untiefen [...]." [97]

Wie Herodots Wiedergabe der Argonautensage zu entnehmen ist, war dieses Binnengewässer voller Untiefen aber zumindest doch teilweise befahrbar. Es geht außerdem klar hervor, daß der TRITONSEE eine Verbindung zum Mittelmeer besaß. Die erwähnten Schwierigkeiten der Argonauten, die schmale Fahrstraße zum Mittelmeer zu finden, decken sich mit dem Hinweis in Platons Erzählung von der engen Einfahrt für solche, die vom Mittelmeer her kommend in das Atlantische Meer gelangen wollten[98]. Interessant ist die Erzählung von den Argonauten auch deshalb, weil sie in der Überlieferung durch andere Autoren wie etwa Apollonius von Rodos (295-215v.Chr.) bestätigt, daß sich der TRITONSEE in der Nähe der Gärten der Hesperiden und somit auch des Atlas befunden hätte[99]. Das Puzzle "Libyscher Atlas - Atlantis" ist, wie sich erkennen läßt, in allen seinen bisher dargelegten Teilen völlig in sich stimmig. So auch, daß der hier ansässige Gott Triton ein Sohn des Poseidon war, ganz dazu passend, daß wie Platon im KRITIAS mitteilt, Atlantis das Reich des Poseidon war.
Daß der TRITONSEE tatsächlich sogar noch in historischer Zeit mit dem Schiff zu befahren war, daran möchte heute angesichts des geringen Wasserstandes sicher mancher zweifeln. Um so interessanter ist es daher, daß es einen kaum widerlegbaren Beweis für die teilweise Befahrbarkeit dieses Binnenmeeres noch in geschichtlicher Zeit zu geben scheint: In dem Segelhandbuch des Skylax von Caryanda aus dem fünften Jahrhundert vor Christus heißt es, daß es in der kleinen Syrte (heutiger Golf von Gabes) eine Insel wie auch einen See und einen Fluß namens Triton gäbe. Der See habe eine enge Einfahrt und die Insel läge nahe bei dieser Mündung. Bei niedrigem Wasserstand wäre die Einfahrt jedoch unmöglich. Aber dieser See sei groß und habe einen Umfang von etwa 1000 Stadien (ca. 185km)[100]. Damit wird nun klar ersichtlich, was gemeint war, wenn es in Platons TIMAIOS hieß:

"Denn alles das, was sich innerhalb der eben genannten Mündung befindet, erscheint wie eine bloße Bucht mit einem engen Eingange; jenes Meer aber kann in Wahrheit also und das es umgebende Land mit vollem Fug und Recht Festland heißen." [101]

Daß es zu bestimmten Zeiten Schiffahrt auf dem TRITONSEE gegeben haben muß, dafür würden auch die alten Berichte sprechen, denen zufolge man im Gebiet der Salzseen Funde altertümlicher Schiffe gemacht haben soll[102]. Leider sind uns nur die Hinweise darauf erhalten, nicht aber die Funde, so daß sich diese Angaben einer Überprüfung entziehen.
Wie sich hier darstellt, waren TRITONSEE und Atlantisches Meer offenbar zwei verschiedene Bezeichnungen für ein und dasselbe Seebecken im Süden des Maghrebs. Es gibt noch heute zwei bedeutende Zuflüsse, die den TRITONSEE bzw. das Chott el-Djerid mit Wasser versorgen und daher mit dem Tritonfluß

in Verbindung zu bringen wären. Zum einen ist es der Igharghar, dessen Quelle sich im Hoggar-Gebirge etwa 1000km südlich des Atlas in Algerien befindet. Heute verläuft der Igharghar zum größten Teil unterirdisch in das Becken der Chotts am Südrand des Atlas. Der Geograph Paul Borchardt vermutete daher bereits vor knapp 80 Jahren, daß der Igharghar der Fluß gewesen sei, den Skylax von Caryanda ebenso wie Herodot als Tritonfluß bezeichnet haben[103,104]. Der Igharghar führte einst so große Wassermengen mit sich, daß sich das Binnenseegebiet nicht nur auf die heutige Chott-Region, sondern noch über 300km weit nach Süden bis jenseits von Quargla erstreckte[105]. Daher wird dieser Binnensee auch als Quargla-See bezeichnet. Der zweite bedeutsame und vielleicht noch interessantere Zufluß ist der Qued Djedi, der nämlich über eine Distanz von 350km zunächst eine große Zahl der nach Süden gerichteten Abflüsse aus dem Sahara-Atlas in sich aufnimmt, bevor er schließlich von Westen her in das Chott Melrhir mündet. Möglich ist daher auch, daß man im Qued Djedi den Tritonfluß zu sehen hat. Die zahlreichen noch weiter westlich gelegenen Abflüsse aus dem Sahara-Atlas füllten während der regenreichen Zeiten vermutlich noch ein zweites großes Becken, welches heute als großer westlicher Erg bezeichnet wird und eine einzige große Sandwüste darstellt. Aber auch dort sind heute noch südlich des Sahara-Atlas zahlreiche ausgedehnte Salzseen anzutreffen, Überbleibsel eines einst ebenfalls riesigen Seengebietes. Es gab demnach sowohl im Osten als auch im Westen ein Seengebiet, welche beide groß genug waren, um den Eindruck eines Binnenmeeres zu erwecken. Getrennt wurden beide Lagunen vermutlich nur durch die Erhebungen, welche sich mit einigen Unterbrechungen vom Sahara-Atlas beginnend über eine Distanz von insgesamt 700km südwärts bis zum algerischen Tademait-Plateau hinziehen. Möglich wäre daher, daß diese Erhebungen während dieser regenreichen Zeiten die *"übrigen Inseln"* darstellten, von denen im TIMAIOS die Rede ist:

"[...] und von ihr konnte man damals nach den übrigen Inseln hinübersetzen und von den Inseln auf das ganze gegenüberliegende Festland, welches jenes recht eigentlich so zu nennende Meer umschließt".[106]

Wie an anderer Stelle zuvor bereits erwähnt, waren die Atlanten Herodots offenbar bereits im 13.Jahrhundert v.Chr. in einer ägyptischen Inschrift aufgeführt und dort zugleich mit einem Meer in Verbindung gebracht worden. Es wäre deshalb nicht unwahrscheinlich, daß es sich auch bei dem durch jene Hieroglyphen angedeuteten Meer um das Atlantische Binnenmeer im Süden des Maghrebs handelte. Während Herodots Wegbeschreibung zu den Atlanten keinerlei Wasserfläche erwähnt, liefert die ägyptische Inschrift aus der Zeit Ramses II. jedoch den Hinweis auf eine Insel oder Meeresküste. Dies

ließe daher vermuten, daß das Atlantische Binnenmeer um 1260v.Chr. noch von beträchtlicher Größe war, während es bereits einen unbedeutenden Zustand erlangt zu haben schien zur Zeit Herodots, etwa um 480v.Chr..
Das Atlantische Meer südlich des Maghrebs scheint überraschenderweise noch im zweiten Jahrhundert v.Chr. als Begriff im geografischen Weltbild der Juden existiert zu haben. Das "BUCH DER JUBILÄEN" entstand etwa zu dieser Zeit und beinhaltet im wesentlichen die beiden ersten Bücher Moses des alten Testaments. Folgende Zeilen sind darin zu finden, die das Land der Hamiten im Westen Nordafrikas betreffen:

"Und für Ham ging hervor der zweite Teil [...] und er geht gen Westen zum Meere Atel und geht westlich, bis er sich dem Meere Ma'uk nähert, welches das ist, worin alles, was hinabfährt umkommt." [107]

Der Geograph Paul Borchardt erkannte 1925 als erster, daß dieses Meer *"Atel"* das ursprüngliche Atlantische Meer gewesen sein mußte, welches heute nur noch in Form einiger Salzseen südlich des Maghrebs zu finden ist. Denn nur so ließ sich erklären, warum noch weiter westlich ein weiteres Meer anzutreffen war. Dieses trug den Namen *"Ma'uk"* und wurde von Borchardt vermutlich richtig als unser heutiger Atlantischer Ozean identifziert[108,109].
Ende des 19. Jahrhunderts wurden von Frankreich ausgehend vorbereitende Untersuchungen vorgenommen zum Bau eines Bewässerungskanals, der das Chott-Becken im damaligen Kolonialgebiet Tunesien-Algerien mit dem Mittelmeer verbinden und dadurch ein künstliches Binnenmeer erzeugen sollte. Beinahe wäre es damals geglückt, das Atlantische Meer für alle sichtbar "wiederzubeleben". Es war das Ziel der damaligen Anstrengungen, eine klimatische Verbesserung im nordwestafrikanischen Raum herbeizuführen, ebenso aber auch, neue Transportwege zu eröffnen. Die in jenen Jahren unter der Leitung des Ingenieurs Roudaire durchgeführten Untersuchungen lieferten jedoch das ernüchternde Ergebnis, daß nur die im Westen gelegenen Bereiche des Chott-Beckens unterhalb des Meeresspiegels lagen, das Chott el-Djerid hingegen lag größtenteils etwa 15m darüber und bildete damit jene Barriere, von der bereits Skylax von Caryanda ansatzweise zu berichten wußte. Das Binnenmeer-Vorhaben wurde schließlich aus diesem Grund verworfen. Interessant für uns sind jedoch die zahlreichen damals vorgenommenen Sedimentbohrungen. So waren die obersten Ablagerungsschichten mit zahllosen Muscheln durchsetzt[110]. Da die gleichen Muscheln auch im Bereich der ehemaligen Uferzone in Höhen von 7-12m über dem heutigen Meeresspiegel gefunden wurden, folgerte bereits 1934 der Deutsche Albert Herrmann, daß das gesamte Gebiet der Chotts und Umgebung einst deutlich tiefer gelegen hatte und vor nicht allzu langer Zeit

einer beträchtlichen Bodenhebung unterworfen war[111]. Das heißt, einige Gebiete, die einst von Wasser bedeckt waren, wurden so stark angehoben, daß sie heute trockene Uferzonen bilden. Wäre das Vorhaben Roudaires damals geglückt und damit zugleich das Atlantische Binnenmeer, von dem Platon berichtete, wieder sichtbar gewesen, so hätte auch die Wiederentdeckung von Atlantis nicht bis heute auf sich warten lassen, dessen kann man sich beinahe sicher sein. Das Verschwinden dieses Meeres erst gab der Insel Atlantis ihre "Tarnung".
Wir wissen nun offenbar, wo Atlantis lag und was einst unter dem Atlantischen Meer zu verstehen gewesen war. Nun ergibt sich aus dieser Kenntnis unmittelbar auch die geographische Lage der ursprünglichen SÄULEN DES HERAKLES. Sie bezeichneten jene enge Durchfahrt vom Mittelmeer zum Atlantischen Meer und waren folglich im heutigen Golf von Gabes im Süden Tunesiens zu finden. Diese Folgerung deckt sich mit einer entsprechenden Mitteilung Diodors von Sizilien, in der es zunächst heißt, daß es mehrere Helden namens Herakles gegeben habe. Der erste und älteste Herakles habe jene Säulen in Libyen errichtet nach erfolgreichem Kampf gegen die am Tritonsee ansässigen kriegerischen Völker, die Gorgonen und Amazonen[112]. Diodor bestätigt damit nicht nur die hier offenbar richtig erfolgte Lokalisation der "SÄULEN DES HERAKLES", sondern teilt darüber hinaus sogar noch mit, daß der Tritonsee schließlich in Folge eines Erdbebens verschwunden sei[113]. Was genau das Verschwinden des Tritonsees verursacht hat, geht aus der Mitteilung Diodors nicht hervor. Möglich wäre, daß das Erdbeben mit der bereits erwähnten tektonischen Anhebung im Gebiet des Golfs von Gabes zusammenhing, so daß die Verbindung zum Mittelmeer allmählich verschwand. Fest steht, daß Diodor von Sizilien damit ein weiteres deutliches Indiz dafür liefert, daß der Tritonsee identisch sein mußte mit dem Atlantischen Meer aus Platons Dialogen. Unter Berücksichtigung der schon zuvor dargelegten Zusammenhänge kann es sich kaum um Zufall handeln, wenn sowohl der Tritonsee als auch das Atlantische Meer im Zuge eines Erdbebens verschwanden:

"Späterhin aber entstanden gewaltige Erdbeben und Überschwemmungen, und da versank während eines schlimmen Tages und einer schlimmen Nacht das ganze streitbare Geschlecht bei euch scharenweise unter die Erde; und ebenso verschwand die Insel Atlantis, indem sie im Meere unterging. Deshalb ist die dortige See jetzt unfahrbar und undurchforschbar, weil der sehr hoch aufgehäufte Schlamm im Wege ist, welchen die Insel durch ihr Untersinken hervorbrachte."[114]

Mit der Katastrophe, die nach Platons Schilderung zum Untergang von Atlantis und der Unterbrechung des Seeweges dorthin führte, war auch

jedweder Austausch mit dem Westen unterbrochen und so geriet der Westen mitsamt der zu passierenden Meerenge, den SÄULEN DES HERAKLES, in Vergessenheit. Was blieb war der Name dieser Meerenge und die Geschichten, die darüber kursierten. Die Kenntnis ihrer genauen Lage ging verloren, wenngleich in Erinnerung blieb, daß das Meer jenseits gewisser SÄULEN DES HERAKLES das "Atlantische" genannt wurde. Als sich die Grenzen der bekannten Welt der Griechen und Phönizier weiter nach Westen ausdehnten, ging die Bezeichnung "SÄULEN DES HERAKLES" auf die Meerenge bei Gibraltar über und das jenseitige Meer, welches nach einer älteren Vorstellung noch als Fluß "OKEANOS", der die Erdteile kreisförmig umfließt, gedacht worden war, wurde schließlich zum "ATLANTISCHEN OZEAN", wie wir ihn auch heute noch nennen. Platons Bericht zufolge waren jedoch nicht nur die Atlanter von der Katastrophe heimgesucht worden, sondern ebenso die Hellenen. Dies führt zu dem Gedanken, daß mit dem Erdbeben möglicherweise eine gewaltige Springflut einhergangen sein könnte, die auch noch die weitest entfernten Küsten des Mittelmeeres überschwemmt haben müßte. Kaum vorstellbar würde dabei aber erscheinen, daß Ägyptens Küste davon unberührt geblieben sein sollte. Denkbar wäre aber auch, daß sich miteinander korrelliert an mehreren Orten gleichzeitig, also sowohl im Westen Nordafrikas als auch in Griechenland, starke Erdbeben ereigneten und so gleichermaßen Atlanter und Hellenen ein Ende fanden.
Die Berichte Diodors von Sizilien sind, wie man sieht, von allerhöchstem Interesse, u.a. auch deshalb, weil er sich lange Zeit in Ägypten aufgehalten und dabei wahrscheinlich Zugang zur Bibliothek von Alexandria hatte. Somit wäre es möglich, daß er auch auf solche Aufzeichnungen gestoßen war, die etwas mit der Atlantis-Erzählung zu tun hatten. Die im folgenden zusammenfassend wiedergegebene Erzählung aus dem dritten Buch seines Geschichtswerkes könnte daher ebenfalls von großer Bedeutung für uns sein. Diodor berichtet, daß die "AMAZONEN" eine im Tritonsee gelegene große, fruchtbare Insel namens Hespera bewohnt hätten[115]. Der Tritonsee sei nach dem gleichnamigen Fluß benannt, der in diesen hineinfloß und läge in der Nähe jenes hohen Berges, den die Griechen Atlas nannten. Die Amazonen seien eine überlegene, von Frauen regierte Rasse gewesen, die zunächst die benachbarten Libyer unterworfen hätten. Sie gründeten dem Bericht zufolge eine große Stadt namens Cherronesus, was soviel wie Halbinsel bedeutet und sich wohl auf die Gestalt des Landes bezog. Die Amazonen hätten daraufhin große Teile der damals bevölkerten Welt erobert. Das erste Volk, gegen das sie in den Krieg gezogen seien, wären die Atlanter gewesen, welche zugleich als das am höchsten zivilisierte Volk jener Gegend gegollten hätten. Die Atlanter besaßen große Städte und den Mythen zufolge wäre es ihr Land gewesen, welches einst die Götter hervorgebracht hätte. Mit einer Armee aus

dreißigtausend Fußsoldaten und dreitausend Reitern sei Myrina, die Königin der Amazonen, in das Land der Atlanter eingefallen, habe sie geschlagen und sich schließlich sogar mit ihnen verbündet. Der Kriegszug hätte die Amazonen weiter durch Libyen bis nach Ägypten geführt. Mit Horus, dem damaligen ägyptischen König sei ein Friedensabkommen geschlossen worden, während der Kriegszug fortgesetzt wurde bis nach Syrien und noch darüber hinaus.[116] Doch sei hier zusammengefaßt und sinngemäß auch das wiedergegeben, was Diodor an anderer Stelle im Detail noch über die Atlanter zu berichten hat[117]:

Die Atlanter lebten in einer reichen Landschaft. Sie besaßen große Städte und waren ein angesehenes Volk.[118] Den Mythen nach war es das Land der Atlanter, das die Götter hervorbrachte.[119] Ihren atlantischen Mythen zufolge war Uranos ihr erster König. Er versammelte zunächst die Menschen in einer von Mauern gesicherten Stadt. Er kehrte die Menschen ab von ihrer bis dahin niederen und gesetzlosen Lebensweise, brachte ihnen bei, Ackerbau zu betreiben und verlieh ihnen das Wissen, die geernteten Früchte zu lagern. Seine Herrschaft übte er aus über den größten Teil der damals bevölkerten Welt, insbesondere aber nach Westen und nach Norden zu. Da er ein aufmerksamer Beobachter der Sterne war, konnte er viele Dinge vorhersagen, die auf der Welt geschehen würden. Für das einfache Volk führte er das Jahr ein, basierend auf der Bewegung der Sonne, und die Monate nach dem Lauf des Mondes. Er machte sie vertraut mit den verschiedenen Jahreszeiten, die sich Jahr für Jahr wiederholten. Für das breite Volk, welches keinerlei Kenntnis über die Gestirne besaß, war er seines Wissens und seiner Vorhersagen wegen als ein Gott angesehen und wurde auch über seinen Tod hinaus auf das höchste verehrt. Seinen Namen versetzten sie hinauf an das Himmelsfirmament und erklärten ihn zum Herrscher über das Universum[120]. Uranus hatte dem Mythos zufolge mit verschiedenen Frauen zusammen insgesamt 45 Söhne. Achtzehn von ihnen stammten von Titaea und wurden zusammen nach dem Namen ihrer Mutter als die Titanen bezeichnet. Das Königreich wurde auf die Söhne des Uranos, unter denen Atlas und Cronos die berühmtesten darstellten, verteilt. Atlas erhielt die am Ozean gelegenen Gebiete. Nach ihm wurde nicht nur das Volk der Atlanter, sondern auch der höchste Berg Atlas benannt. Er erweiterte die Kenntnisse der Sternkunde, wodurch ihm schließlich das Bildnis vom Träger des Himmelsgewölbes zu eigen wurde.[121]

Die Gemeinsamkeiten mit Platons Atlantis-Erzählung wie etwa die fruchtbare Landschaft, das nach Atlas benannte und hoch angesehene Volk der Atlanter, ihre Nähe zu den Göttern, oder die von Mauern gesicherte große Stadt sind

unübersehbar. Gleichzeitig jedoch unterscheiden sich beide Erzählungen in anderen Punkten wie etwa der Erwähnung des Uranos und der Titanen wiederum so sehr, daß es sich bei Diodors Bericht wohl nicht um ein Plagiat der Platontexte handelt. Wie schon zuvor erwähnt, hatte sich Diodor lange Zeit in Ägypten aufgehalten und so ist es möglich, daß es sich auch bei seinem Bericht um die Wiedergabe einer alten ägyptischen Quelle handelte. Mit Hilfe von Diodors Geschichtswerk erhalten wir noch einmal den Hinweis darauf, daß die Atlanter und damit die Insel Atlantis einst in unmittelbarer Nähe zum Tritonsee zu finden waren. Dies untermauert nochmals die bereits als solche erkannte Identität von Tritonsee und Atlantischem Meer. Von Bedeutung ist schließlich auch, daß Diodors Bericht die bereits geforderte Zusammengehörigkeit des Titanen Atlas mit dem Atlas aus Platons Dialogen zu bestätigen scheint, indem er erklärt, daß das am Tritonsee beheimatete Volk der Atlanter auf den Titanen Atlas zurückgeht.
Diodor fährt im Anschluß an diese Erzählung fort mit den weiteren Generationen der Götter, die sich auch mit denen der entsprechenden griechischen Mythen decken. Interessant ist daher ganz besonders, wenn Diodor abschließend bekräftigt, daß es sich hierbei um die Wiedergabe der atlantischen Götterlehre gehandelt habe.[122] Demnach müßte man annehmen, daß einiges der uns bekannten griechischen Mythologie ursprünglich aus dem Reich der Atlanter stammte. Dazu paßt, daß bereits Herodot die Vermutung geäußert hatte, die Götter der Griechen entsprächen nicht urtümlich griechischer Tradition, sondern seien allesamt wohl von den Ägyptern übernommen worden[123]. Wenn wir Diodor von Sizilien Glauben schenken wollen, dann müßten wir jedoch annehmen, daß die Griechen ihre Götterlehre nicht von den Ägyptern, sondern in wesentlichen Teilen von den Atlantern übernommen hatten.

7 Die nähere Beschreibung von Atlantis im Kritias

Bereits Aristoteles (384-322v.Chr.), der Schüler Platons und spätere Lehrer Alexanders des Großen, soll die Auffassung vertreten haben, daß Platon sowohl der Erfinder als auch der Vernichter von Atlantis gewesen sei[124]. Doch zum Trotze aller Kritik an Platons Atlantis-Erzählung, welche damit bereits im 4.Jh.v.Chr. ihren Anfang nahm und bis heute andauert, scheint sich hier doch immer klarer abzuzeichnen, daß Platons Bericht auf eine wahre Begebenheit zurückzuführen war, wiedergegeben aus einer ihm vorliegenden schriftlichen, mit allen ihren Einzelheiten versehenen Überlieferung. Basierend auf dem glücklichen Umstand einer so viele Details enthaltenden Erzählung sollte es möglich sein, die vorangegangene Lokalisierung der Insel Atlantis durch weitere im Dialog KRITIAS enthaltene Informationen auf ihre tatsächliche Übereinstimmung hin noch genauer zu überprüfen. Ergeben sich dabei keine Widersprüche, sondern erneut weitere Bestätigungen, dann sollten die aufgeführten geographischen Details schließlich auch zur Auffindung der so genau geschilderten Metropole und Königsburg von Atlantis führen.
Platon beginnt seinen Bericht von Atlantis im KRITIAS mit der Beschreibung der Größe der Insel:

"[...] während über die ersteren die Könige der Insel Atlantis herrschten, welche, wie ich bemerkt habe, einst größer war als Libyen und Asien zusammen jetzt aber durch Erderschütterungen untergegangen ist und dabei einen undurchdringlichen Schlamm zurückgelassen hat, welcher sich denen, die in das jenseitige Meer hinausschiffen wollen, als Hindernis ihres weiteren Vordringens entgegenstellt." [125]

Platon wiederholt an dieser Stelle, was er bereits im TIMAIOS erwähnte, nämlich daß Atlantis einst größer war als Libyen und Asien zusammen.
Bisher haben wir immer wieder betont, daß Atlantis in Libyen selbst lag und Libyen war nach dem Verständnis der alten Ägypter und Griechen das nordafrikanische Land westlich Ägyptens. Wie also konnte dann Atlantis größer sein als Libyen? Diese Frage stellt sich natürlich, sie läßt sich aber recht einfach aufklären. Das Atlantische Meer, solange es existierte, bildete im Westen eine natürliche Grenze Libyens, nämlich dort, wo wir die SÄULEN DES HERAKLES lokalisierten, im Golf von Gabes. Die hier anzusiedelnde westliche Grenze Libyens geht eindeutig aus Platons TIMAIOS hervor, indem er in Bezug auf Libyen ausdrücklich von einem innerhalb der herakleischen Grenzen gelegenen Erdteil spricht[126]. Jenseits des Atlantischen Meeres im Westen lag die Insel Atlantis, die, wie wir festgestellt hatten, eine Halbinsel bildete und sich mit bisher für uns nicht bekannten Grenzen über weiteres Festlandgebiet

im Bereich des heutigen Marokkos und den Süden Algeriens erstreckt haben mochte. Tatsächlich konnte das gesamte Gebiet des Atlantischen Reiches ursprünglich so groß oder größer gewesen sein als das uns in seinen Grenzen ebenfalls nicht präzise bekannte damalige Asien (Kleinasien) und das zwischen dem Atlantischen Meere und Ägypten gelegene, als Libyen bezeichnete Territorium. Später nach der Katastrophe, die die Auslöschung der Atlantischen Kultur ebenso wie das Verschwinden des Atlantischen Meeres zur Folge hatte, weiteten sich damit automatisch die Grenzen Libyens weiter nach Westen aus, bis schließlich der Atlas der griechischen Mythologie in Libyen zu finden war.
Als eine logische und wesentliche Konsequenz aus der Identifizierung des Maghrebs mit Platons Atlantis ergibt sich nun, daß sich die SÄULEN DES HERAKLES, oder genauer gesagt "eine Säule des Herakles", auf der Insel Atlantis selbst befunden haben muß. Atlantis und das damalige Libyen lagen sich ja hier getrennt durch die schmale Meerenge direkt gegenüber, waren also gleichermaßen an der Bildung der Meerenge beteiligt. – Auf den ersten Blick mag uns das als Widerspruch erscheinen, denn Platon sprach davon, daß Atlantis vor den Säulen des Herakles lag. Spontan stellt man sich daher eine Insel vor, die in einigem Abstand zu den Säulen liegt. Und doch scheint unsere Lokalisierung zu stimmen. Denn für genau das, was wir hier lediglich aus der besonderen geographischen Lage des Maghrebs in Bezug auf das ehemals Atlantische Meer und seine Verbindung zum Mittelmeer heraus folgerten, findet sich der bestätigende Hinweis auch in Platons KRITIAS. Platon berichtet dort über die Namen der 10 Zwillingssöhne des Poseidon und gibt Informationen zu ihrem Landbesitz. Insbesondere über den Zwillingsbruder des Atlas heißt es:

"Dem nach ihm geborenen Zwillingsbruder ferner, welcher den äußersten Teil der Insel, von den Säulen des Herakles bis zu der Gegend welche jetzt die gadeirische heißt und von der damals so genannten diese Bezeichnung empfangen hat, als seinen Anteil erhielt, gab er in der Landessprache den Namen Gadeiros, welcher auf griechisch Eumelos lauten würde [...]" [127]

Gadeiros der Bruder des Atlas bekam also den äußersten Teil der Insel, beginnend bei den SÄULEN DES HERAKLES bis zu einem noch nicht näher bekannten Gebiet, welches das *"gadeirische"* genannt wurde. – Nun, das ist ein ganz klarer Hinweis darauf, daß das Gebiet der SÄULEN DES HERAKLES bereits Teil der Insel Atlantis war und damit ganz richtig beschrieben zugleich den äußersten Teil darstellte. Wie wir daraus also erkennen, ist das, was man zunächst als Widerspruch hätte auffassen können, in Wirklichkeit ein weiterer deutlicher Hinweis darauf, daß die hier hergeleitete Lokalisierung von Atlantis richtig sein sollte.

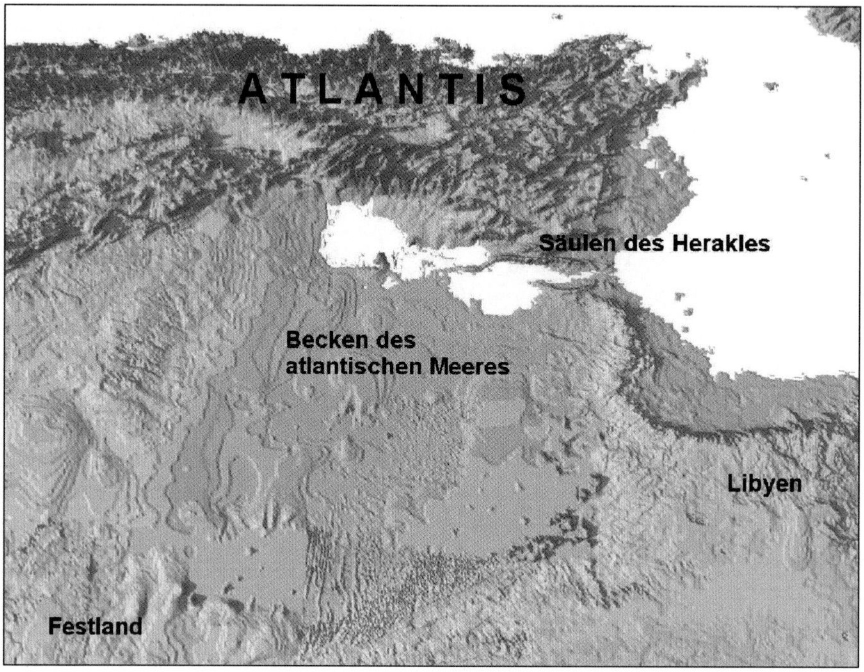

14 Bei den SÄULEN DES HERAKLES lagen sich Atlantis und Libyen direkt gegenüber und bildeten damit die enge Durchfahrt in das jenseitige Atlantische Meer. Dieses Bild wurde basierend auf einem digitalen Höhenmodell vom Computer erstellt und gibt den östlichen Maghreb und das südlich davon liegende Chott-Becken wieder. Die Topographie wurde absichtlich überhöht dargestellt[128].

Ein deutliches Indiz dafür, daß die Lokalisierung von Atlantis auf dem afrikanischen Kontinent Sinn ergibt und deshalb richtig zu sein scheint, entdecken wir auch in der folgenden Textstelle, in der Platon die auf Atlantis beheimateten Elefanten hervorhebt:

"Ferner brachte sie [die Insel] alles, was der Wald zu den Arbeiten der Handwerker darbietet, in reichem Maße hervor und nährte reichlich wilde und zahme Tiere. Sogar die Gattung der Elefanten war auf ihr sehr zahlreich; denn nicht bloß für die übrigen Tiere insgesamt, welche in Sümpfen, Teichen und Flüssen, sowie für die, welche auf den Bergen und welche in den Ebenen leben, war reichliches Futter vorhanden, sondern in gleichem Maße auch selbst für diese Tiergattung, die die größte und gefräßigste von allen ist." [129]

15 Numidische Bronzemünze aus dem 2.Jh.v.Chr.[130]

Anhand numidischer Münzen, auf denen Elefanten dargestellt sind, läßt sich zeigen, daß diese Tiere offenbar noch bis in das 2.Jh.v.Chr. hinein im Maghreb beheimatet waren. Einigen Lesern wird zu den Elefanten Nordafrikas die Auseinandersetzung Karthagos mit Rom in Erinnerung kommen. Unter dem Feldherrn Hannibal wurden 218v.Chr. Elefanten von Nordafrika startend in den Feldzug gegen Rom geführt. In den anderen Teilen Nordafrikas, so auch in Ägypten, war der Elefant hingegen längst nicht mehr anzutreffen. Die Tatsache, daß sich Elefanten im Maghreb noch bis in geschichtliche Zeit aufhielten, ist zugleich ein weiterer Beweis für die außerordentliche Fruchtbarkeit dieser Region in früherer Zeit. Als die Römer große Teile Nordafrikas in ihren Besitz brachten, waren die Böden noch immer ergiebig genug, um große Mengen an Olivenöl und Getreide von dort zu exportieren. Der östliche Maghreb wurde zur Kornkammer Roms. Heute läßt sich ein Eindruck der einstigen Fruchtbarkeit des Maghrebs nur noch in den nördlichsten Teilen Algeriens, Tunesiens und Marokkos gewinnen. Noch immer existieren dort die Reste einst riesiger Wälder, bestehend aus Kork- und Steineichen, Zedern, Kiefern, Thujen und Zypressen[131]. Und somit erscheint es auch als zutreffend, was Platon über die Pflanzenwelt der Insel überliefert:

"Was überdem die Erde jetzt nur irgend an Wohlgerüchen nährt, sei es von Wurzeln oder Gras oder Hölzern oder hervorquellenden Säften oder Blumen oder Früchten, das alles trug und hegte die Insel vielfältig;" [132]

Heute noch weitverbreitet im Maghreb anzutreffen sind Lavendel und eine ausgeprägte duftende Macchia (Rosmarin, Oleander u.a.), aber auch eine Vielzahl anderer für mediterranes Klima typischer, Früchte hervorbringender Gewächse wie etwa Orange, Mandel, Aprikose, Feige, Quitte, Wein, Dattel, Olive etc. .

"[...] nicht minder die „milde Frucht“ [...] und die trockene, deren wir zur Nahrung bedürfen [...]" [133]

Man darf vermuten, daß es sich bei der *"trockenen"* Frucht um den Anbau von Getreide handelt. Da das Wort für Getreide in der Sprache der Urbevölkerung des Maghrebs, den Berbern, noch heute von der sprachlichen Wurzel her einheitlich ist im gesamten nordafrikanischen Raum, sogar verbreitet ist bis zu den kanarischen Inseln, kann man daraus folgern, daß Getreideanbau hier bereits seit frühester Zeit bekannt war[134].

"[...] und alle, deren wir uns sonst zur Speise bedienen und deren Arten wir mit dem gemeinsamen Namen der Gemüse bezeichnen; ferner die, welche baumartig wächst und Trank und Speise und Salböl zugleich liefert;" [135]

Mit dieser *"baumartigen"* Öl spendenden Frucht war mit großer Sicherheit die Olive gemeint. Auch heute noch ist der Olivenbaum weit verbreitet im gesamten Maghreb und möglicherweise ist die veredelte Olive überhaupt erst aus dieser Gegend nach Griechenland gelangt. Dies jedenfalls behauptete bereits der Althistoriker Robert Graves; er schreibt:

"Die veredelte Olive war aus Libyen [nach Athen] eingeführt worden. Das unterstützt den Mythos des libyschen Ursprungs der Athene" [136].

In der Griechischen Mythologie heißt es nämlich, die Göttin Athene habe als Geschenk den ersten Olivenbaum nach Griechenland gebracht und auf der Akropolis Athens gepflanzt. Darauf sei ihr Athen zugesprochen worden. Erneut läßt der griechische Mythos damit eine besondere Beziehung zwischen Libyen und Athen erkennen.

Als eine besondere Eigenheit der Insel Atlantis schildert der Dialog KRITIAS das Vorkommen eines seltenen, von den Atlantern beinahe wie Gold geschätzten Metalls namens "OREICHALKOS":

"[...] das meiste aber bot die Insel selbst für die Bedürfnisse des Lebens dar, zunächst alles, was durch den Bergbau gediegen oder in schmelzbaren Erzen hervorgegraben wird, darunter auch die Gattung, welche jetzt nur noch ein Name ist, damals aber mehr als dies war, nämlich die des Goldkupfererzes, welches an vielen Stellen der Insel aus der Erde gefördert und unter den damals lebenden Menschen nächst dem Golde am höchsten geschätzt ward." [137]

Wie an anderer Stelle im KRITIAS zu erfahren ist, nutzten die Atlanter das Goldkupfererz dazu, um ihre Mauern damit zu überziehen, *"indem sie dasselbe gleichsam wie ein Salböl anwandten"*[138]. Es sei also der Frage nachgegangen, um welches Metall es sich bei OREICHALKOS gehandelt haben könnte. Der Name "OREICHALKOS" selbst bedeutet soviel wie "Goldkupfererz". Man kann also davon ausgehen, daß es sich um ein goldfarbenes oder rötlich goldfarbenes Metall handelte. Da man im algerischen Teil des Maghrebs neben Eisen, Blei, Antimon, Silber, Barium und Mangan besonders häufig die Metalle Kupfer (Chalkopyrit) und Zink (Sphalerit) findet[139], liegt die Vermutung nahe, daß es sich bei OREICHALKOS um Messing, also eine Kupfer-Zink-Legierung gehandelt haben könnte, welches tatsächlich einen gold-kupferfarbenen Glanz entwickelt. Je nach Zusammensetzung kann Messing goldgelb bis rötlich erscheinen. Hierin könnte die Erklärung dafür zu sehen sein, daß es bei Platon zusätzlich heißt, die Mauern hätten durch den Überzug mit diesem Metall *"einen feuerähnlichen Glanz"* bekommen[140]. Wenn der Glanz des OREICHALKOS nämlich als "feuerähnlich" und nicht etwa als "rein golden" bezeichnet wurde, dann kann dies ein Hinweis auf eine uneinheitliche Farbigkeit dieses Glanzes sein. Ein Glanz also, der sich von Gold-Gelb bis Feuer-Rot erstreckte und damit möglicherweise eine variierende metallische Zusammensetzung dieses "Goldkupfer"-Erzes wiederspiegelte. Tatsache ist, daß die Verarbeitung von Messing bei den Berberstämmen des Maghrebs, ebenso wie die häufig als "Gelbguß" bezeichnete Messingabformung bei den Tuareg-Berbern der westlichen Sahara eine lange Tradition besitzt. Dem heutigen Kenntnisstand entsprechend, kam Messing allerdings erst sehr spät, nämlich bei den Römern richtig in Gebrauch[141]. Und problematisch erscheint auch, daß Messing selbst nur äußerst selten als Erz in Form der grünlichen Messingblüte vorkommt. Der durch Platon überlieferte Text aber spricht davon, daß OREICHALKOS als Erz zu finden gewesen sei. Das heißt, man hat ein Erz geschmolzen und dabei OREICHALKOS gewonnen und nicht etwa zwei verschiedene Erze in einer bestimmten Mischung gemeinsam verschmolzen. Wenn Messingblüte als Erz aufgrund seines geringen Vorkommens wohl ausscheiden muß, so könnte es dennoch sein, daß in einem Gestein sowohl Zinkverbindungen als auch Kupferverbindungen nebeneinander auftreten. Auch heute noch kennt man ein Mineral namens Aurichalzit, abgeleitet vom

griechischen Namen Oreichalkos. Es handelt sich dabei um ein Karbonat, in dem Zink und Kupfer nebeneinander auftreten, aber auch dieses ist sehr selten und kommt daher vermutlich nicht in Frage.
Tatsächlich gibt es jedoch in den Atlas-Bergen des östlichen Algeriens (Hodna-Berge) verbreitet Zink-Vorkommen, die von Kupfer-, Blei- und Eisenverbindungen begleitet werden (ZnS, $CuFeS_2$, Cu_2S, PbS, FeS_2)[142]. Es handelt sich also um ein Erz, in dem diese Metalle in unterschiedlichen Anteilen enthalten sind. Beim Schmelzen dieses Erzes entsteht daher eine Legierung mit hohem Zink- und Kupferanteil und damit letztlich Messing. Von Interesse in diesem Zusammenhang ist somit auch ein Fund, den 1964 der Sahara-Forscher Théodore Monod südwestlich des Maghrebs in Mauretanien machte: Er stieß auf ein Depot von 2000 Messingstäben mit einem Gesamtgewicht von etwa 940kg. Eine chemische Analyse ergab, daß die Stäbe neben Kupfer und Zink auch Arsen, Blei, Nickel und Eisen enthielten. Stoffreste, die man am Fundort entdeckte, konnten herangezogen werden, um eine Altersbestimmung des Depots mittels Radiokarbon-Methode durchzuführen. In seinem Artikel teilt Monod mit, daß das Depot etwa um 1100v.Chr. angelegt worden war[143]. Ich vermute, daß es sich bei dieser Zeitangabe um einen Schreibfehler Monods handelt und der Fund aus der Zeit um 1100n.Chr. stammt. Dennoch weist dieser Fund darauf hin, daß es im Maghreb tatsächlich sehr reiche und gut zugängliche Kupfer- und Zinkvorkommen gab, aus denen man auf einfache Weise Messing gewinnen konnte.

8 Die Suche nach der Königsburg

Nachdem sich die vorangegangene Nachforschung auf die Lokalisierung von Platons Insel Atlantis und die Identifizierung des Atlantischen Meeres konzentrierte, soll nun auch die Suche nach der königlichen Burganlage und Metropole von Atlantis begonnen werden. Im Dialog KRITIAS gibt Platon die Entstehungsgeschichte des Atlantischen Volkes und der Königsburg auf die folgende Weise wieder:

"Wie schon im Obigen erzählt wurde, daß die Götter die ganze Erde unter sich teils in größere, teils in kleinere Teile verteilt und sich selber ihre Heiligtümer und Opferstätten gegründet hätten, so fiel auch dem Poseidon die Insel Atlantis zu, und er verpflanzte seine Sprößlinge, die er mit einem sterblichen Weib erzeugt hatte, auf einen Ort der Insel von ungefähr folgender Beschaffenheit: Ziemlich in der Mitte der ganzen Insel, jedoch so, daß sie an das Meer stieß, lag eine Ebene, welche von allen Ebenen die schönste und von ganz vorzüglicher Güte des Bodens gewesen sein soll. Am Rande dieser Ebene lag wiederum, und zwar etwa sechzig Stadien vom Meere entfernt, ein nach allen Seiten niedriger Berg. Auf diesem nun wohnte einer von den daselbst im Anfange aus der Erde entsprossenen Männern, namens Euenor, zusamt seiner Gattin Leukippe, und sie hatten eine einzige Tochter, Kleito, erzeugt. Als nun dies Mädchen in das Alter der Mannbarkeit gekommen war, starben ihr Mutter und Vater; Poseidon aber ward von Liebe zu ihr ergriffen und verband sich mit ihr. Er trennte deshalb auch den Hügel, auf welchem sie wohnte, rings herum durch eine starke Umhegung ab, indem er mehrere kleinere und größere Ringe abwechselnd von Wasser und Erde um einander fügte, und zwar ihrer zwei von Erde und drei von Wasser, und mitten aus der Insel gleichsam herauszirkelte, so daß ein jeder in allen seinen Teilen gleichmäßig von den anderen entfernt war; wodurch denn der Hügel für Menschen unzugänglich ward, denn Schiffe und Schiffahrt gab es damals noch nicht. Für seine Zwecke aber stattete er die in der Mitte liegende Insel, wie es ihm als einem Gotte nicht schwer ward, mit allem Nötigen aus, indem er zwei Wassersprudel, den einen warm und den anderen kalt, dergestalt, daß sie aus einer gemeinsamen Quelle flossen, aus der Erde emporsteigen und mannigfache und reichliche Frucht aus ihr hervorgehen ließ. An männlicher Nachkommenschaft aber erzeugte er fünf Zwillingspaare und zog sie auf, zerlegte sodann die ganze Insel Atlantis in zehn Landgebiete und teilte von ihnen dem Erstgeborenen des ältesten Paares den Wohnsitz seiner Mutter und das umliegende Gebiet, als das größte und beste, zu und bestellte ihn auch zum König über die anderen Söhne; aber auch diese machte er zu Herrschern, indem er einem jeden die Herrschaft über viele Menschen und vieles Land verlieh." [144]

Die Insel Atlantis war also in zehn Herrschaftsbereiche unterteilt, die von den zehn Zwillingssöhnen des Poseidon regiert wurden. Wir erfahren, daß das dem Atlas zugeteilte Hoheitsgebiet zur Mitte der Insel Atlantis hin lag und eine große Ebene darstellte, die trotz ihrer zentralen Lage zugleich an das Meer angrenzte. Der Wohnsitz der Mutter lag am Rande dieser Ebene nur 60 Stadien vom Meer entfernt. Wenn Solon bei seinem Besuch in Ägypten die im Originaltext enthaltenen Entfernungsangaben richtig in die ihm vertrauten griechischen Längeneinheiten umgerechnet hatte, dann wäre für ein Stadion die Länge des olympischen Stadions von 185m anzunehmen und daher zu folgern, daß sich der Wohnsitz des Atlas in ca. 11km Entfernung vom Meer landeinwärts befand. Nun, 11km, das ist in Anbetracht der kontinentalen Dimension der Insel fast nichts. Dieser Textstelle zufolge sollte man also annehmen, daß die Königsburg unmittelbar am Atlantischen Meer gelegen war. Über das Land und insbesondere über die Ebene berichtet die Erzählung nun noch genauer:

"Zunächst nun wurde mir das Land im ganzen als sehr hochgelegen und steil aus dem Meere aufsteigend geschildert, die Gegend um die Stadt her dagegen durchweg als eine Ebene, welche dieselbe umschloß, ihrerseits aber wieder rings herum von Bergen eingeschlossen wurde, die sich bis zum Meere hinabzogen, und zwar als eine ganz glatte und gleichmäßige Fläche, die in ihrer Gesamtausdehnung eine längliche Gestalt hatte, indem dieselbe nach der Seite zu dreitausend Stadien, in der Mitte aber vom Meere aufwärts nur zweitausend betrug." [145]

Das ganze Land sei sehr hochgelegen gewesen: Die Ebene, von der Platons Überlieferung berichtet, war demnach eine Hochebene und zwar von gewaltigem Ausmaß: Dreitausend mal zweitausend Stadien entsprechen in den uns vertrauten Maßen einem Rechteck von 555 mal 370km^2. Es stellt sich unmittelbar die Frage, wie man eine Ebene von solchen Dimensionen vor Urzeiten überhaupt hatte vermessen können. Tatsächlich jedoch fällt es nicht schwer, jene im KRITIAS als hoch gelegen beschriebene Ebene zu lokalisieren: Es handelt sich vermutlich um die Hochebene des Atlasgebirges im heutigen Algerien. Im Westen auf 1000m Höhe gelegen, nach Osten hin bis auf 400m absinkend, ist sie in der Tat rings herum umgeben von Bergen. Im Norden sind es die Gebirgsketten des sogenannten Tell-Atlas, welche eine Höhe von bis zu 1800m erreichen, im Westen die Ausläufer des marokkanischen Hohen Atlas bis zu 3700m hoch, im Süden sind es die Gebirgsketten des Sahara-Atlas, die eine Höhe von bis zu 2200m erreichen und im Osten die Hodna-Berge und das Aures-Massiv mit bis zu 2300m hohen Gipfeln.

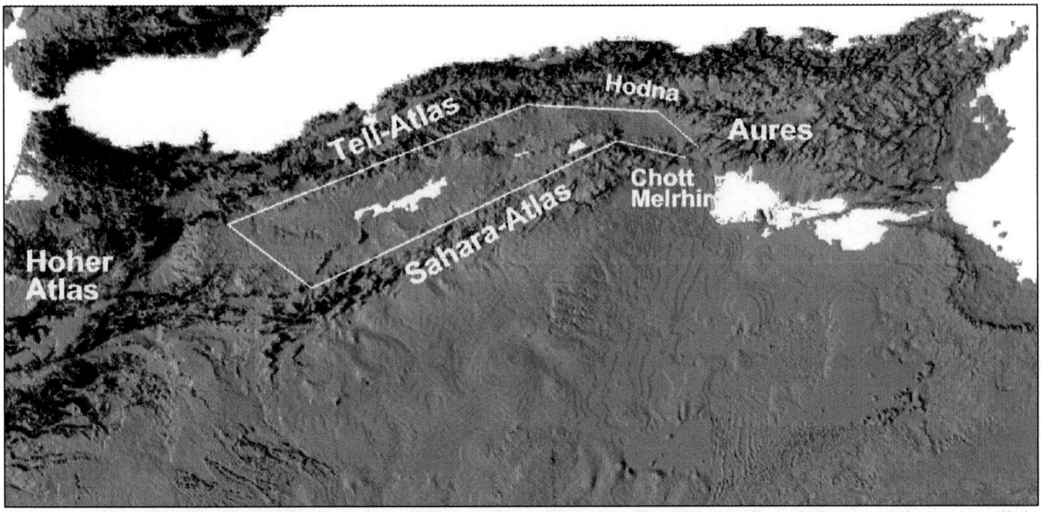

16 Bei der großen Ebene von Atlantis aus Platons Erzählung handelt es sich vermutlich um die Hochebene des Maghrebs im Norden Algeriens (weiße Linie). Sie ist tatsächlich etwa 560km lang und rings herum von den Bergketten des Atlas-Gebirges umgeben[146].

Die algerische Hochebene liegt, übereinstimmend mit Platons Überlieferung, etwa in der Mitte des Maghrebs und bildet in etwa ein Rechteck, nach Osten hin jedoch mit einer rautenförmigen Verzerrung. In Platons Erzählung heißt es zum Vergleich dazu:

"Zum größten Teile bildete sie nämlich wirklich bereits ein vollständiges Rechteck"[147]

Die längere Seite der algerischen Hochebene, welche angenähert in Ost-West-Richtung verläuft, besitzt tatsächlich eine Länge von über 560km und stimmt daher überraschend gut mit Platons Beschreibung überein. Anzumerken ist dabei jedoch, daß es natürlich keine scharfen Grenzen der Hochebene geben kann, die eine exakte Messung zulassen würden. Die hier anhand von Kartenmaterial bestimmte Länge kann daher nur einen groben Vergleichswert darstellen. Vermißt man nun in gleicher Weise die Breite der algerischen Hochebene, so stellt man jedoch sehr schnell fest, daß diese bei orthogonaler Messung (Annahme eines echten Rechtecks) mit ca. 120km viel zu gering ausfällt und daher nicht das von Platon mitgeteilte Längenverhältnis von 3:2 liefert. Liest man die Beschreibung der Ebene aber genau und dabei nicht über diejenigen Stellen hinweg, die einem zunächst überflüssig erscheinen, dann scheint es so, als enthalte Platons Text auch hier möglicherweise weitere Informationen, die diese Diskrepanz aufklären könnten. Platon verwendet zwei näher erläuternde Zusätze, die er aus der

anscheinend sehr präzisen Vorlage übernommen hat: Zunächst spricht er davon, daß die Ebene *"nach der Seite zu"* dreitausend Stadien maß. Wollte man einem Leser nur die Länge und Breite eines fiktiven Rechtecks vermitteln, würde man kaum die Worte *"nach der Seite zu"* wählen, da man sich ein Rechteck immer in Aufsicht vorstellt. Jene Worte ergeben daher nur Sinn, wenn man die Aufsicht verläßt und sich in eine Ansicht am Boden begibt. Mit anderen Worten: Was Platon hier wiedergibt, stellt offenbar echte Seherfahrung eines Besuchers oder Einwohners von Atlantis dar. Es ist die Erfahrung einer Person, die die große Ebene vom Meere her kommend betrachtet. Die Worte *"nach der Seite zu"* bedeuten daher, daß die längere Seite der Ebene nicht in natürlicher "Geradeaus-Blickrichtung" lag, also vermutlich nicht einzusehen war, wenn man sich vom Meere her kommend auf die Ebene zubewegte. Keine fiktive Erzählung würde ein solches Detail enthalten, da es eher verwirrt, als daß es zu einer besseren Vorstellung beiträgt. Platon jedoch war anscheinend sehr an einer unverfälschten Wiedergabe der schriftlichen Aufzeichnungen Solons gelegen. Wenn unsere Identifizierung der Hochebene Algeriens als die Ebene von Atlantis richtig ist, dann muß sie auch dieses ungewöhnliche Detail erklären können. Werfen wir nun also einen Blick auf die topographische Darstellung der algerischen Hochebene (Abb.16), so stellen wir fest, daß die Ebene an ihrem östlichen Rand tatsächlich nach Süd-Osten abknickt und damit in Richtung Chott Melrhir weist, welches einst, wie wir zuvor bereits feststellten, Teil des Atlantischen Meeres war. Wir hätten in diesem östlichen Ende der Hochebene vermutlich den von Platon erwähnten Zugang zum Meer zu sehen. Würde man heute umgekehrt vom Chott Melrhir her die Hochebene erreichen, so wäre die Wahl der Worte *"nach der Seite zu"* als Beschreibung für die Orientierung der Hochebene durchaus trefflich, denn die Ebene verliefe nach der linken Seite zu, in Richtung Westen.
Der zweite erläuternde Zusatz, den Platon mit einfließen läßt, beschreibt nun die Länge der kürzeren Seite der Ebene mit den Worten: *"vom Meere aufwärts nur zweitausend [Stadien]"*. Zunächst einmal läßt sich hieraus ableiten, daß die kürzere Seite der hoch gelegenen Ebene zu fluchten scheint mit dem Zugang vom Meere her. Andernfalls würde es keinen Sinn ergeben, die Länge vom Meere aus zu bestimmen. Will man also die Angabe, die Platon für die Länge der kurzen Seite der Ebene nennt, mit der Länge der kürzeren Seite der algerischen Hochebene vergleichen, so scheint es erforderlich, letztere ebenso vom ehemaligen Meere aus beginnend in "aufwärts"-Richtung zu vermessen. Es wurde bereits darauf hingewiesen, daß die algerische Hochebene im Osten bedingt durch den Verlauf der Bergketten rautenförmig und nicht rechtwinklig ist. Damit ergibt sich nun auch für die kürzere Seite der Ebene eine wesentlich größere Länge als bei rechtwinkliger Messung (s.Abb.17). Nun kennen wir jedoch nicht den genauen Küstenverlauf des

einstigen Atlantischen Meeres. Es ist aber anzunehmen, daß sich die Uferlinie irgendwo zwischen dem heutigen Chott Melrhir und der algerischen Stadt Biskra am Südrand der algerischen Hochebene befunden hat. Messen wir also etwa bei Biskra beginnend "aufwärts" bis zur nördlichen "Ecke" der Hochebene und berücksichtigen dabei die Rautenform, so ergibt sich eine Distanz von etwa 290km, was sich der von Platon überlieferten Ausdehnung schon etwas nähert.

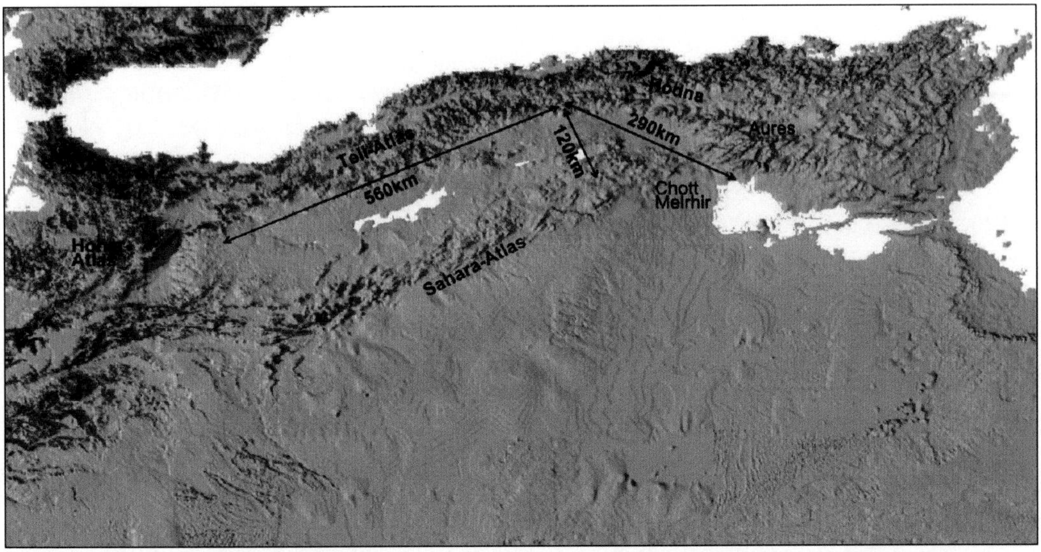

17 Die Hochebene Algeriens. Dargestellt ist der Unterschied zwischen orthogonaler Messung und der entsprechenden Bestimmung der Breite *"vom Meere aufwärts"*. [148]

Bei Biskra befindet sich in der Tat der einzige Zugang zur Hochebene, in dem dort ein tiefer Einschnitt zwischen dem westlich verlaufenden Sahara-Atlas und dem östlich davon gelegenen Aures-Massiv existiert. Im 7.Jh.n.Chr. fielen auch die Araber durch diesen natürlichen Zugang in den Maghreb ein und eroberten ihn schließlich. Übereinstimmend mit der von Platon überlieferten Beschreibung des Überganges von der Hochebene hinab zum Meer, senkt sich der östliche Teil der algerischen Hochebene von 400m hinab bis auf eine Höhe von 150m etwa bei Biskra und von dort weiter hinab bis schließlich auf Meeresspiegelniveau im Gebiet des Chott Melrhirs. Die sich mit den umsäumenden Bergketten hinabsenkende Ebene verläuft dabei nicht mehr in östlicher Richtung sondern knickt in südlicher bis südöstlicher Richtung ab. Auch diese Besonderheit der algerischen Hochebene findet in

Platons Atlantis-Erzählung möglicherweise Erwähnung, indem das Gebiet, welches die Stadt umgab, auf die folgende Weise hervorgehoben wird:

"Von der ganzen Insel nämlich lag dieser Teil nach der Südseite zu, indem er sich von Norden nach Süden erstreckte. Die Berge aber, welche ihn umgaben, wurden damals als solche gepriesen, welche an Menge, Größe und Schönheit alle jetzt vorhandenen übertrafen, [...]" [149]

Etwas präziser hätte es in der hier benutzten Übersetzung des Platontextes allerdings heißen müssen, daß das an dieser Stelle näher beschriebene Gebiet abgewandt lag vom "Großen Bären“, was auf den östlichen Teil der Hochebene in der Tat zutrifft. Möglich wäre, daß die Bergketten im Norden den uneingeschränkten Blick auf dieses Sternbild verhinderten, wenn man sich in der Metropole befand.
Wenn wir also noch einmal zusammenfassen, dann war die Lage der Königsburg bisher durch die folgenden Hinweise näher beschrieben:

- am Rande der rechteckigen Hoch-Ebene gelegen,
- 60 Stadien vom Meer entfernt,
- in einem nach Süden hin orientierten Teil der Ebene (vom Großen Bären abgewandt),
- rings von Bergen umgeben, die sich bis zum Meer hinabzogen,

Der Beschreibung nach war die königliche Burganlage damit am Ostrand der algerischen Hochebene zu suchen, dort wo die Bergketten von Hodna und Aures einen gegen den Nordwind schützenden Bergkranz bildeten und sich die Ebene nach Südosten abknickend zum Chott-Becken herabsenkte. An diesem Punkt sollte man daran erinnern, daß auch Herodot das Gebiet der Atlanten ganz ähnlich beschrieben hatte, indem er jenes Gebirge als *"steil und kreisförmig"* schilderte[150] und sich damit wohl auf den gleichen Bergkranz im Nordosten der Hochebene Algeriens bezog. Seine Informationen stammten möglicherweise aus den gleichen altägyptischen Aufzeichnungen, auf die auch Platon sich indirekt berief. Interessant ist, daß auch H.W. Haussig, der, wie schon an anderer Stelle erwähnt, die Erläuterungen zu der hier verwendeten Ausgabe von Herodots HISTORIEN schrieb, ebenfalls den östlichen Teil der Hochebene für das Gebiet der "Atlanten" zu halten schien[151].

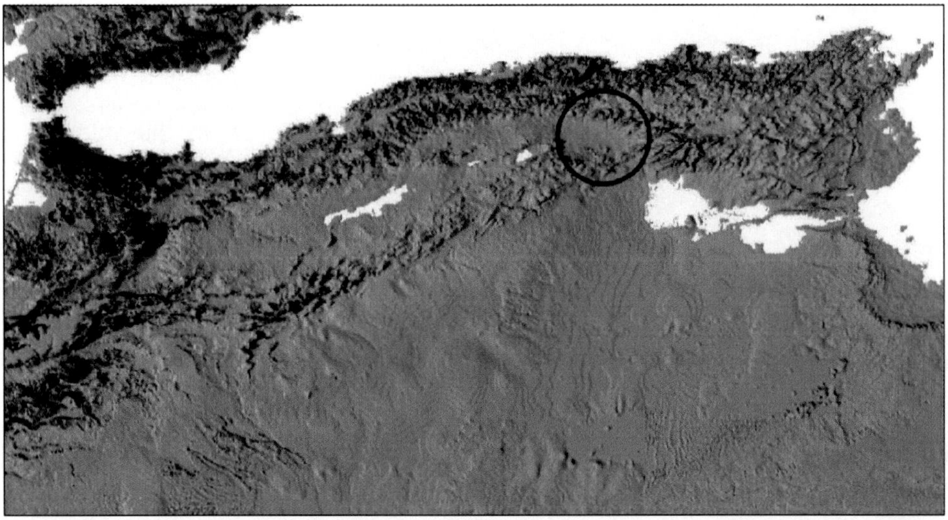

18 Das Zielgebiet: Die Königsburg und Metropole mußte sich irgendwo im östlichen Teil der Hochebene befinden (markierter Bereich).[152]

Platons Schilderung zufolge befand sich die Burganlage auf einem *"allseits niedrigen Berg"*, in einem weiteren Satz sogar nur als *"Hügel"* bezeichnet. Diesen Hügel der Tochter Kleito umgab Poseidon durch *"mehrere kleinere und größere Ringe abwechselnd von Wasser und Erde [...], und zwar ihrer zwei von Erde und drei von Wasser"*. Diese zirkelte er derart heraus, *"daß ein jeder in allen seinen Teilen gleichmäßig von den anderen entfernt war."* [153]. Demnach mußte die Metropole von Atlantis eine Anordnung konzentrischer Land- und Wasser-Ringe um eine im Zentrum liegende hügelige Insel sein. Die Mitteilung, daß diese Ringformation durch den Gott Poseidon erschaffen war, legt nahe, daß es sich soweit um eine natürlich entstandene Anlage handelte. Ein Beispiel und Beweis dafür, daß solch eine Formation von konzentrischen Ringen tatsächlich auf natürlichem Wege entstehen kann, findet sich in Richat in Mauretanien (Westafrika). Durch Emporwölbung mehrerer horizontal verlaufender Gesteinsschichten entstand dort zunächst ein Dom von etwa 40km Durchmesser, der nach und nach durch Erosion abgetragen und dadurch aufgeschlossen wurde[154]. Unterschiedlich harte Gesteinsschichten werden unterschiedlich schnell abgetragen, so daß höher und tiefer liegende ringförmige Zonen entstehen. Kommt es nun zu ausreichend starken Niederschlägen, dann kann sich in der Tat die Bildung abwechselnder Land- und Wasserringe, in der Art wie Platon sie beschreibt, ereignen.

19 Aufnahme der durch Erosion entstandenen Ringstruktur von Richat in Mauretanien aus dem Weltall. Sie verdeutlicht, daß eine Formation konzentrischer Ringe, wie Platon sie beschreibt, von der Natur geschaffen worden sein konnte. Der Durchmesser dieser Formation beträgt etwa 40km.

Image courtesy of NASA Landsat Project Science Office and USGS EROS Data Center.[155]

Poseidon war in der griechischen Mythologie der Gott der Meere aber auch der Erderschütterer. Wenn er der Erzählung nach die Anlage einst erschaffen haben sollte, dann mußte irgendeine von den damals lebenden Menschen beobachtbare Veränderung eingetreten sein, die sich mit diesen Eigenschaften des Gottes in Verbindung bringen ließen. Da das Aufdomen und Verwittern solcher Gesteinsschichten nahezu unendlich langsam vonstatten geht, derart, daß der Mensch diese Vorgänge nicht beobachten kann, mußte das Wasser Ursache für die sich damals vollzogene Veränderung sein. Der Mythos konnte entstanden sein, als ein sich rasch verbesserndes feuchteres Klima dafür sorgte, daß eine Ringstruktur ähnlich der von Richat allmählich geflutet und damit die Landringe voneinander getrennt wurden. Eine solche Verbesserung des Klimas in Nordafrika hatte es beispielsweise nach dem Ende der letzten Eiszeit etwa um 12.000v.Chr. gegeben. Während sich im Norden Europas die Eismassen auf dem Rückzug befanden, begann im Norden Afrikas eine ausgedehnte Regenzeit (Pluvial)[156]. Die von Platon überlieferte Atlantis-Erzählung beschreibt das weit zurückliegende Entstehungsdatum im KRITIAS daher auch mit den Worten:

"[...] denn Schiffe und Schiffahrt gab es damals noch nicht." [157]

Platon liefert im KRITIAS eine präzise Schilderung der Ausmaße der ringförmigen Anlage:

"Es war aber der weiteste von den Ringen, welche einst aus dem Meere gebildet waren, drei Stadien breit, und eben so der zunächst auf ihn folgende Wallring, von den beiden nächsten Ringen aber der aus Wasser bestehende zwei, und ebenso war ihm wiederum der aus Erde aufgehäufte an Breite gleich, endlich der unmittelbar um die Insel herumlaufende ein Stadion, und die Insel selbst, auf welcher die Königsburg stand, hatte fünf Stadien im Durchmesser." [158]

Demnach hatte die königliche Burganlage ein Aussehen wie es die folgende Grafik in den entsprechenden Proportionen wiedergibt.

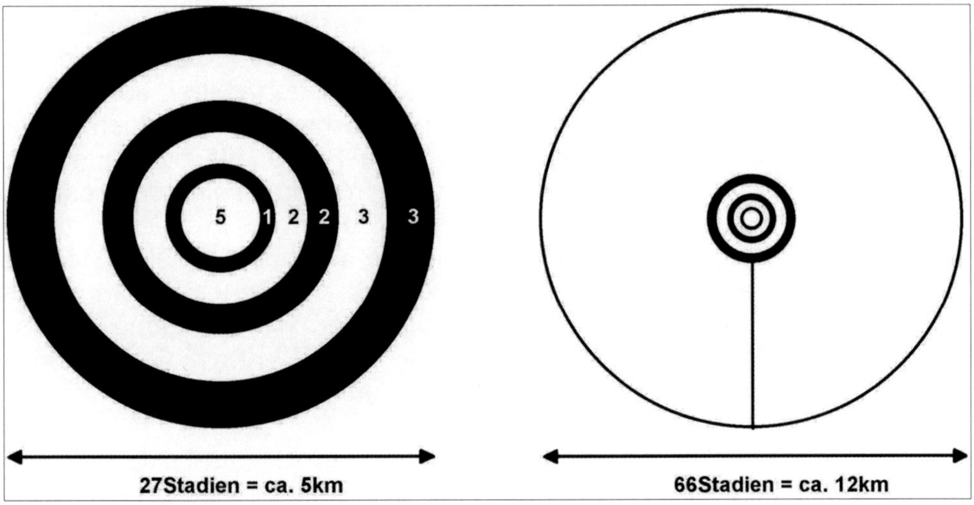

20 Links: Ringstruktur der Königsburg wie Platon sie im Kritias beschreibt. Drei Ringe aus Wasser und zwei von Erde. Die Ziffern beziehen sich auf den Durchmesser der Insel bzw. die Breite der Ringe. Rechts: Durch einen 50 Stadien langen Kanal wurde der äußerste Wasserring mit dem Meer verbunden. Im Abstand von 50 Stadien lief eine Mauer rings um die Metropole.

Dem Bericht zufolge wurde diese Ringanlage nun nach und nach immer weiter ausgebaut, zunächst durch den Bau von Brücken:

"Zuerst schlugen sie Brücken über die Ringe von Wasser, welche ihre alte Mutterstadt umgaben, um sich so einen Weg von und zu der Königsburg zu schaffen." [159]

Die Ringanlage verbanden sie schließlich mit dem Meer:

"Zuerst nämlich gruben sie einen Kanal von drei Plethren Breite, hundert Fuß Tiefe und fünfzig Stadien Länge vom Meere aus bis zu dem äußersten Ringe hin, und machten so eine Einfahrt von der See in denselben wie in einen Hafen möglich, indem sie die Einmündung in ihn weit genug zum Einlaufen für die größten Schiffe brachen." [160]

Damit war die Anlage der Königsburg grob beschrieben. Mit den zahlreichen weiteren Details der Ausfertigung der Königsburg und der um sie herum angelegten Stadt müssen wir uns an dieser Stelle nicht beschäftigen. Hingegen ist es von Bedeutung, auf eine Merkwürdigkeit, oder besser gesagt, auf ein Problem hinzuweisen, das sich aus dem Inhalt des letzten Auszuges der Atlantis-Überlieferung ergibt. Manchem Leser wird dies vielleicht nicht sofort aufgefallen sein: Zunächst hatte die Erzählung davon berichtet, daß die Ebene hoch gelegen sei und das Land steil aus dem Meer aufragte. Die Ebene, in der sich die Ringformation befand, so hieß es außerdem, senkte sich aus größerer Höhe zum Meer hinab. Die Frage, die sich unmittelbar daraus ergeben muß, lautet: Wie konnte es möglich sein, daß es einen schiffbaren Verbindungskanal zwischen Meer und der in der Hochebene gelegenen Metropole gab? Das Wasser konnte auch damals nicht den Berg hinauf geflossen sein. Ein solcher Kanal konnte doch nur dann funktioniert haben, wenn die Metropole mit dem Meer nahezu auf gleicher Höhe lag. Es ist ein Problem, auf das wir an dieser Stelle noch keine Antwort finden können. Doch es wird sich an späterer Stelle vermutlich auflösen.

Als ich mit meiner Verfolgung und Untersuchung der Atlantis-Texte Platons zu dieser engeren Eingrenzung des Zielgebietes gelangt war und somit die Überzeugung besaß, daß die Königsburg am östlichen Ende der Hochebene Algeriens zu finden sein mußte, stattete ich mich zunächst mit den verfügbaren Landkarten dieser Region aus, in der Hoffnung, daß diese mir Hinweise zur genaueren Lokalisierung liefern könnten. Ich ging ferner davon aus, daß sich die Königsburg sehr nahe der algerischen Stadt Biskra also am südöstlichen Ende der Ebene befinden müßte. Dafür sprach, daß Platon eine sehr geringe Entfernung vom Meere von nur 60 Stadien angegeben hatte. Die Region um die heutige Stadt Biskra muß in damaliger Zeit in unmittelbarer Nähe zum Atlantischen Meere gelegen haben. Auch glaubte ich, bei Biskra möglicherweise jene warme Quelle gefunden zu haben, von der Platon berichtet, daß sie sich einst auf der in der Mitte liegenden Insel befunden hätte:

"Für seine Zwecke aber stattete er die in der Mitte liegende Insel, wie es ihm als einem Gotte nicht schwer ward, mit allem Nötigen aus, indem er zwei Wassersprudel, den einen warm und den anderen kalt, dergestalt, daß sie aus einer gemeinsamen Quelle flossen, aus der Erde emporsteigen und mannigfache und reichliche Frucht aus ihr hervorgehen ließ." [161]

Unweit von Biskra liegt Hamam Salahine, nur eine der allerdings zahlreichen warmen Quellen des algerischen Maghrebs. Heute noch finden sich dort die Ruinen eines von den Römern errichteten Bades[162]. Nun, diese Annahme einer so weit südlichen Lage der Königsburg war wohl ein Irrtum. Die Metropole von Atlantis lag, wie hier im folgenden ausführlich dargelegt werden soll, offenbar weiter im Norden, so wie es der Text genau genommen auch beschreibt, nämlich in unmittelbarer Nähe eines Bergkranzes, der das Sternbild des Großen Bären zu verdecken schien. Mit diesem Bergkranz könnten die Hodna-Berge gemeint gewesen sein, welche an das Aures-Massiv angrenzen.
Eine merkwürdige ringartige Struktur entdeckte ich tatsächlich eines Tages eher zufällig auf einem Satellitenbild, welches zu rein dekorativem Zweck die Wand eines Büros schmückte. Dieses Satellitenbild, eigentlich ein Werbeplakat des Fernerkundungszentrums der Deutschen Gesellschaft für Luft- und Raumfahrtforschung (DLR), war eine Auswertung der Daten eines sogenannten NOAA-AVHRR-Satelliten und zeigte gleichzeitig Europa, das Mittelmeer und Nordafrika[163]. Da dieses Bild eine Auflösung von nur etwa 1km am Boden besaß, glaubte ich nicht wirklich, einen weiterführenden Hinweis darauf entdecken zu können. Aus Neugier jedoch orientierte ich mich beim Golf von Gabes beginnend, entlang der gut sichtbaren Chott-Region weiter nach Westen, hin zur Gegend um Biskra, welche zugleich den östlichen Eingang zur Hochebene Algeriens darstellt. Damals vermutete ich die gesuchte Metropole aus den bereits genannten Gründen noch in dieser Region. Aber ich fand in diesem Gebiet um Biskra nichts, was man als Ringanlage hätte deuten können. Erst als sich mein Blick etwas wegbewegte aus dieser Region, auf dem Poster weiter nach oben, also in Richtung Norden, entdeckte ich tatsächlich eine kreisförmige Formation, die mich am ehesten an den Querschnitt eines Schneckenhauses erinnerte. Farblich deutlich voneinander abgesetzt waren rötliche und schwarze konzentrische Ringe, sowie ein im Zentrum befindlicher dunkler Kern zu erkennen (s. Abb.21).

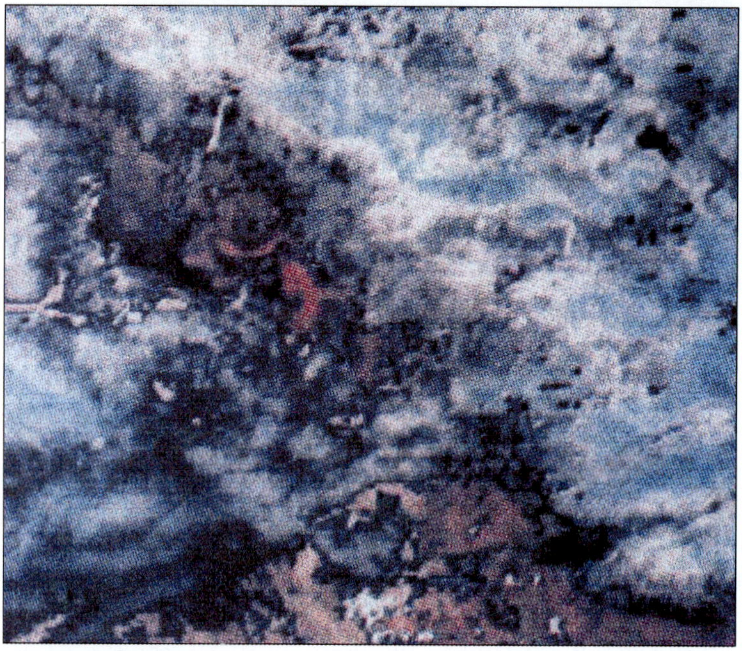

21 Satellitenbild (NOAA-AVHRR), das zugleich Europa, das Mittelmeer und Nordafrika zeigt (oben); (Quelle: DLR[164]). Das eingezeichnete weiße Rechteck markiert den östlichsten Bereich der algerischen Hochebene. In diesem markierten Gebiet, welches herausvergrößert unten links dargestellt ist, läßt das Satellitenbild tatsächlich eine auffällige Ringstruktur erkennen. Schematisch ist diese noch einmal rechts daneben wiedergegeben.

Was war von dieser noch sehr unscharfen Erscheinung zu halten? Sollte man diese Ringstruktur bereits mit der von Platon beschriebenen Metropole von Atlantis in Verbindung bringen? Zunächst einmal war festzustellen, daß sich diese Ringstruktur relativ weit im Norden befand, der Abstand zum Chott Melrhir beträgt etwa 140km. Eines der wesentlichen konkreten Details in der überlieferten Beschreibung, nämlich die Lage der Metropole in einem Abstand vom Meere von nur 60 Stadien (ca.11km) schien damit von vornherein nicht erfüllt zu sein. Andererseits war es wiederum schwer vorstellbar, daß die Entdeckung einer Formation annähernd konzentrischer Ringe am östlichen Ende der algerischen Hochebene, also innerhalb desjenigen Gebietes, das man zuvor anhand von Platons Text als grobes Zielgebiet hatte definieren können, ein reiner Zufall sein sollte. Es war also zunächst einmal nötig, sich genauere Informationen darüber zu verschaffen, was auf dem Satellitenbild als Ringstruktur eigentlich erkannt worden war. Überraschenderweise findet man auf den Landkarten dieser im Vizier befindlichen Region überhaupt keinen Hinweis auf diese doch sehr ausgedehnten konzentrischen Ringe im Satellitenbild, was darauf hindeuten würde, daß mit dieser Ringstruktur keine bedeutende Topographie verbunden war. Der Vergleich des Satellitenbildes mit den Karten ergab, daß die Gegend, um die es sich hierbei handelte, Teil des sogenannten HODNA-Beckens war. Eine Senke von riesiger Ausdehnung, welche nach Norden und Osten von den Bergen des Hodna- und des Aures-Gebirges begrenzt wird, während sich im Südwesten die Ausläufer des Sahara-Atlas erheben. Der größte Teil des Hodna-Beckens wird von einem Salzsee, dem sogenannten CHOTT EL-HODNA ausgefüllt. Dieser besitzt eine Länge von fast 100km bei einer Breite von rund 20km und ist damit gut doppelt so groß wie jener Salzsee zwischen Israel und Jordanien, welchen wir heute als das "Tote Meer" bezeichnen. Jahreszeitlich bedingt unterliegt das Chott el-Hodna jedoch großen Schwankungen. Es bildet das Sammelbecken für sämtliche Niederschläge der umgebenden Gebirgszüge und der benachbarten Ebene, da es den tiefsten Punkt des Hochplateaus darstellt[165]. Die erwünschte weiterführende Information zur ringförmigen Struktur, die auf dem AVHRR-Satellitenbild zu erkennen ist allerdings, sucht man, wie schon bemerkt, auf sämtlichen Landkarten leider vergeblich. Wenn überhaupt, dann ließ sich eine bessere Erkenntnis über die Ringformation nur durch einen "schärferen" Blick erneut aus dem Weltall gewinnen.

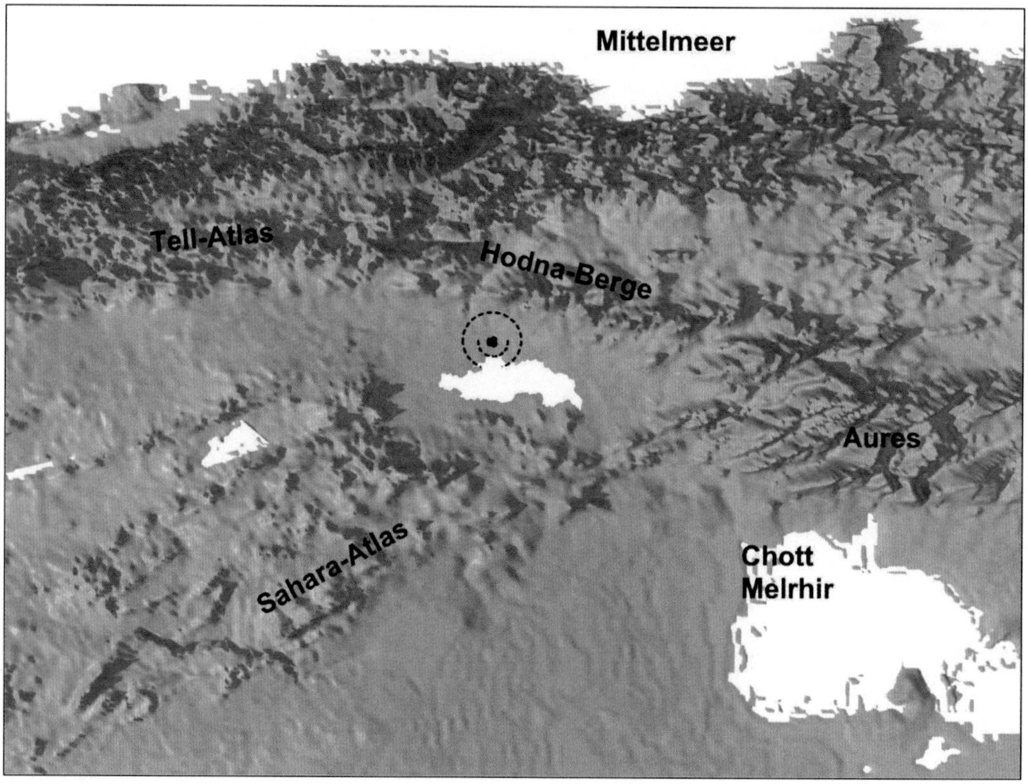

22 Östlicher Teil der algerischen Hochebene. Südlich der Hodna-Berge in relativ großer Entfernung zum Chott-Melrhir liegt die Ringstruktur, die hier mit gestrichelten Linien eingezeichnet wurde. Die Ringstruktur liegt unmittelbar am Chott el-Hodna, welches hier als weiße Fläche zu erkennen ist. Computer-Grafik basierend auf einem digitalen Höhenmodell.[166]

9 Der Blick aus dem Weltall

Es vergingen zunächst einige Monate mit der Durchforstung verschiedenster Quellen nach anderen, höher auflösenden Satellitenbildern dieser Gegend. Zwar war es möglich, nach und nach immer mehr Aufnahmen dieser Region zu sichten, die zweifellos die subjektive Überzeugung stärkten, auf der richtigen Fährte zu sein, doch handelte es sich dabei überwiegend um auflösungsreduzierte Voransichten. Um tatsächlich irgendeine Aussage über die Relevanz der entdeckten Ringformation im Zusammenhang mit Platons Atlantis-Beschreibung treffen zu können, war es unumgänglich, ein geeignetes Satellitenbild in voller Auflösung käuflich zu erwerben. Die Wahl fiel auf eine noch vergleichsweise "preisgünstige" Variante, in dem ich eine ältere Landsat5TM-Szene als Digitaldaten-Satz bezog. Der Vorteil von Landsat5-Daten gegenüber dem AVHRR-Bild ist eine deutlich bessere örtliche Auflösung. Während ein Bildpunkt des AVHRR Satelliten etwa 1km am Erdboden entspricht, ist die entsprechende Auflösung der Landsat5TM-Daten gut 33 mal höher und beträgt etwa 30m. Der Sensor des Landsat5TM überträgt insgesamt 7 Wellenlängen-Bänder, oder anders ausgedrückt, Bildinformation in 7 verschiedenen, separat erfaßten Farbkanälen, die vom Sichtbaren über Nahinfrarot bis zum thermischen Ferninfrarot reichen[167]. Die vollständige Landsat-Szene umfaßte ein etwa 180x180km^2 großes Gebiet des östlichen algerischen Maghrebs und beinhaltete jene Region, in der die Ringformation erkannt worden war. Der hier abgebildete Ausschnitt daraus stellt die untere Hälfte der Landsat-Szene dar und zeigt den östlichen Teil der Hochebene, welche im Norden durch die Berge des Tell-Atlas (Hodna-Berge) begrenzt wird[168]. Schon der erste Blick auf das Bild erschwert die Vorstellung, daß es sich bei der wiedergegebenen Landschaft einst um eine reiche und fruchtbare Gegend gehandelt haben soll. Die Böden sind heute karg, weitgehend ohne Grün und die niedergehenden Regenfälle haben im Laufe von Jahrhunderten und Jahrtausenden sämtliches Erdreich von den Berghängen abgetragen und in das tiefergelegene Hodna-Becken gespült. Der hohe Salzgehalt des Bodens läßt heutzutage nur noch eine stark eingeschränkte Vegetation zu. Die hellen, fast weißen Stellen in der unteren Hälfte des Satellitenbildes sind Teile des Salzsees, des Chott el-Hodnas, welcher in weiten Teilen eine feste Salzkruste besitzt.

23 Ausschnitt aus dem Landsat 5TM-Satellitenbild von der östlichen Hochebene Algeriens. Gut zu erkennen sind die zahlreichen breiten Flußläufe, die das Wasser des Tell-Atlas in das tiefer gelegene Hodna-Becken abführen (RGB-Darstellung aus den Kanälen 3,2,1).[169]

Die Landsat-Szene wurde im Monat Januar aufgenommen, zu einem Zeitpunkt also, als das Chott durch die intensiven Niederschläge der Herbst- und Wintermonate relativ stark mit Wasser gefüllt war. Wie das Bild deutlich erkennen läßt, sammeln sich die von den Berghängen des nördlichen Tell-Atlas hinabströmenden Niederschläge zunächst über große Entfernungen hinweg am Nordrand der Ebene entlang, bevor sie schließlich zu breiten Flüssen angewachsen in das Chott el-Hodna münden. Tatsächlich weist auch Platons Beschreibung der Metropole von Atlantis auf deren besondere Lage in einem System aus Flüssen und künstlichen Kanälen hin. Er erwähnt insbesondere einen Kanal, der die riesige Ebene umgab und dabei das Wasser aus den Bergen in sich aufnahm und zur Metropole leitete:

"Er [der Kanal] nahm auch die von den Bergen herabfließenden Wasser auf, und da er rings um die Ebene herumgeführt war und die Stadt auf beiden Seiten berührte, so ließ er diese auf folgende Weise ins Meer abfließen: [...] Auf ihnen brachten sie denn auch das Holz von den Bergen in die Stadt, aber auch alle anderen Landeserzeugnisse holten sie zu Wasser heran [...]" [170]

Dieser Beschreibung ist zu entnehmen, daß die Metropole von Atlantis dort gelegen haben mußte, wo von verschiedenen Seiten her die Wasser der Ebene hin abflossen, also am tiefstgelegenen Punkt der Hochebene. Wenn auch auf den ersten Blick kein künstliches Kanalsystem auf dem hier vorliegenden Satellitenbild auszumachen ist, so verrät uns dennoch der Verlauf des Wassers den Ort, der als einziger für die Lage der einstigen Metropole von Atlantis in Betracht kommt: Das Hodna-Becken – dort wo damals wie auch heute noch die jährlichen Frühjahrsniederschläge als breite Ströme zusammenfließen. Das in 400m Höhe gelegene Hodna-Becken bildet in der Tat den tiefsten Punkt der nach Westen hin bis auf über 1000m ansteigenden Hochebene. Ebenso läßt sich auf dem Satellitenbild erkennen, daß die breiten, aus den Bergen kommenden Flüsse nicht durch die Ebene, sondern auch heute noch am Rande der Ebene entlang fließen, so wie es in Platons Text auch beschrieben wird. Damit soll aber nicht etwa behauptet werden, daß der heutige Verlauf der Gewässer auf den Kanalbau der Atlanter zurückzuführen wäre, sondern vielmehr könnte nun glaubhafter und eher verständlich erscheinen, warum es den die Ebene umgebenden "Kanal", den Platon mit einer unglaublichen Länge von 10.000 Stadien (ca.1.850km) beziffert hatte, tatsächlich gegeben haben konnte: Wie das Satellitenbild erkennen läßt, verlaufen die tief eingeschnittenen Hauptwasseradern von je her am Rande der Ebene entlang, dem West-Ost-Gefälle der Ebene folgend, waren also von Natur aus vorgegeben und es bedurfte vermutlich nur an ganz gezielten Stellen eines künstlichen, begradigenden oder lenkenden Eingriffs.

Ähnlich formuliert es Platons Text:

"Auf diese Weise war die Ebene von der Natur ausgestattet, und viele Könige hatten nicht minder an ihrer weiteren Ausstattung gearbeitet. Zum größten Teile bildete sie nämlich wirklich bereits ein vollständiges Rechteck; wo es aber noch an der vollen Regelmäßigkeit dieser Gestalt fehlte, war ihr dieselbe dadurch gegeben worden, daß sie auf allen Seiten einen Graben herumgezogen hatten. [...] Nämlich ein Plethron tief ward er gegraben und überall ein Stadion breit, und als er nun die ganze Ebene herumgezogen war, da ergab sich für ihn eine Länge von zehntausend Stadien." [171]

Also nur dort, *"wo es aber noch an der vollen Regelmäßigkeit dieser Gestalt fehlte"*, war es nötig, einen entsprechenden Kanal zu graben. Diese Stelle aus Platons vermutlich getreuer Wiedergabe der Solonschen Überlieferung dürfte nicht unwesentlich dazu beigetragen haben, daß sich viele dazu gezwungen sahen, Platon als Utopisten und seine Erzählung als pure Fiktion abtun zu müssen. In der Tat, es scheint kaum vorstellbar, daß über größere Distanzen hinweg ein Kanal mit einem Querschnitt von 185 Metern Breite und 30 Metern Tiefe gegraben worden sein soll. Mit Sicherheit läßt sich auch ausschließen, daß damalige Schiffe einen solchen Tiefgang besessen hätten, daß eine derartige Kanaltiefe erforderlich gewesen wäre. Als mögliche Begründung für einen so enormen Querschnitt kämen allerdings die von den Flüssen geführten Wassermengen, welche damals sicher sehr viel größer waren als heute, in Betracht. Zu einer Zeit, als das Atlantische Meer noch in vollem Umfang existierte, mußten notwendigerweise auch die Niederschlagsmengen im gesamten nordafrikanischen Raum unvergleichbar höher gewesen sein als heute. Der Anblick der tief eingefressenen und überaus breiten Flußtäler, die von Westen her in das Chott el-Hodna münden, liefern einen deutlichen Hinweis auf die enormen Wassermengen, die sich einst in das Hodna-Becken ergossen haben müssen. Unter diesem Aspekt und unter Berücksichtigung eines nicht unerheblichen Gefälles entlang der Hochebene würde ein solcher Kanalquerschnitt vermutlich schon eher Sinn ergeben. Wenn in Platons Überlieferung von 10.000 Stadien Länge die Rede war, dann konnte sich dies jedoch unmöglich auf die Länge eines vollständig künstlichen Kanals bezogen haben, sondern bestenfalls auf die Gesamtlänge eines schiffbaren Wasserweges rund um die Hochebene, welcher im ganz überwiegenden Teil natürlichen Ursprungs gewesen sein durfte.

Bisher wurde mit dem Landsat-Bild nur ein kleiner Ausschnitt der Hochebene betrachtet, der kein Urteil darüber zuläßt, ob tatsächlich die gesamte Hochebene von Wasserwegen umzogen war. Richtet man jedoch den Blick aus dem Weltall auf die gesamte Hochebene Algeriens, dann wird man unmittelbar die Frage stellen müssen, ob Platons Überlieferung nicht auch in

Bezug auf diese so unvorstellbare Dimension des Wasserweges um die Ebene herum, der Wahrheit entsprochen haben konnte. Nachstehend abgebildet ist eine Schwarz-Weiß-Aufnahme der algerischen Hochebene aus dem Jahre 1964, aufgenommen von einem amerikanischen Corona-Satelliten[172]. Als erster Orientierungspunkt ist zunächst das Chott el-Hodna, deutlich als ausgedehnte weiße Fläche im oberen Teil des Bildes zu erkennen. Das Interessante an diesem Schwarz-Weiß-Photo ist jedoch ein schmales weißes "Band", welches sich geographisch gesehen von West nach Ost am Südrand der Hochebene entlang zieht und dabei eine mehr als 300km lange Verbindung zwischen Chott el-Hodna und weiteren Chotts der algerischen Hochebene bildet. Entlang dieses gut sichtbaren Verlaufs finden sich heute überwiegend nur noch Salz- und Sandablagerungen, doch können diese in einer solchen linearen Formation nur durch fließendes Wasser entstanden sein, zu einer Zeit, als die Hochebene noch fruchtbar war und ein gewaltiger Fluß die Niederschläge aus den Nordhängen des Sahara-Atlas in sich aufnahm und ostwärts zu Tale beförderte. Die zahlreichen auf dem Schwarz-Weiß-Satellitenbild gut als ausgedehnte weiße Flächen zu erkennenden Salzseen haben der algerischen Hochebene auch die Bezeichnung "Hochland der Chotts" beigebracht. Ganz im Westen liegt das 180km lange und fast 30km breite Chott-Ech Chergui, weiter östlich folgen Zahrez Gharbi und Zahrez Chergui. Erst die klimatischen Veränderungen der vergangenen letzten Jahrtausende haben durch Rückgang der Niederschläge und eine gestiegene Sonneneinstrahlung dafür gesorgt, daß der Grad der Verdunstung stieg und diese einst riesigen Süßwasserseen zu Salzsümpfen degradierten. Für eine Epoche, in der das Klima aber noch feucht und die Hochebene fruchtbar war, erscheint es nicht unmöglich, daß entlang der breiten Flüsse am Nord- und Südrand der algerischen Hochebene eine weite Distanzen überbrückende Flußschiffahrt existiert haben sollte. Bei Platon heißt es zum Vergleich über die Wasserwege der atlantischen Hochebene:

"Auf ihnen brachten sie denn auch das Holz von den Bergen in die Stadt, aber auch alle anderen Landeserzeugnisse holten sie zu Wasser heran [...]". [173]

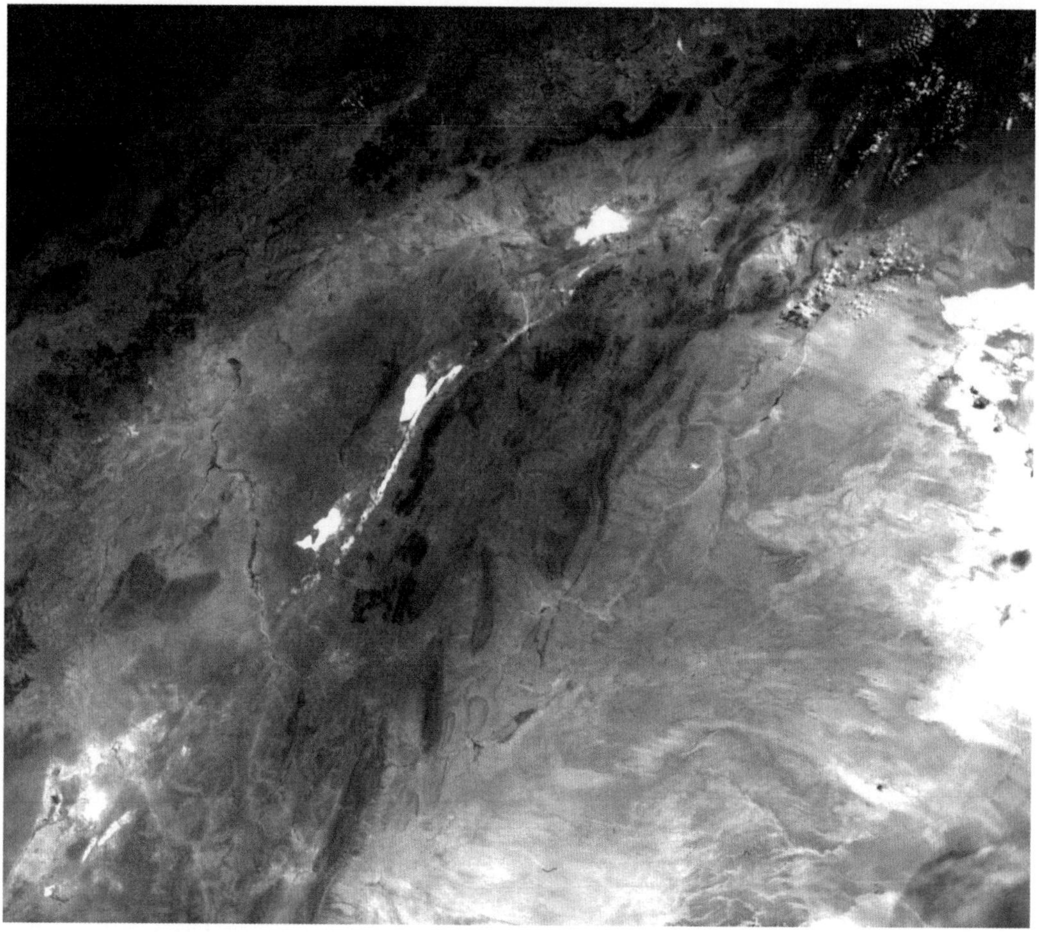

24 CORONA-Satellitenbild aus dem Jahre 1964 (Bildquelle: USGS[174]). Wiedergegeben ist die algerische Hochebene. Auffallend ist ein schmales weißes Band, welches sich am südlichen Rand der Ebene von West nach Ost über eine Länge von mehreren Hundert Kilometern entlang zieht und schließlich in das Hodna Becken mündet (auf dem Photo erstreckt es sich von links unten nach rechts oben). Als das Klima vor wenigen tausend Jahren noch sehr viel feuchter war als heute, muß ein enormer Fluß für die Entstehung dieser mehr als 300km langen weißen Spur gesorgt haben.

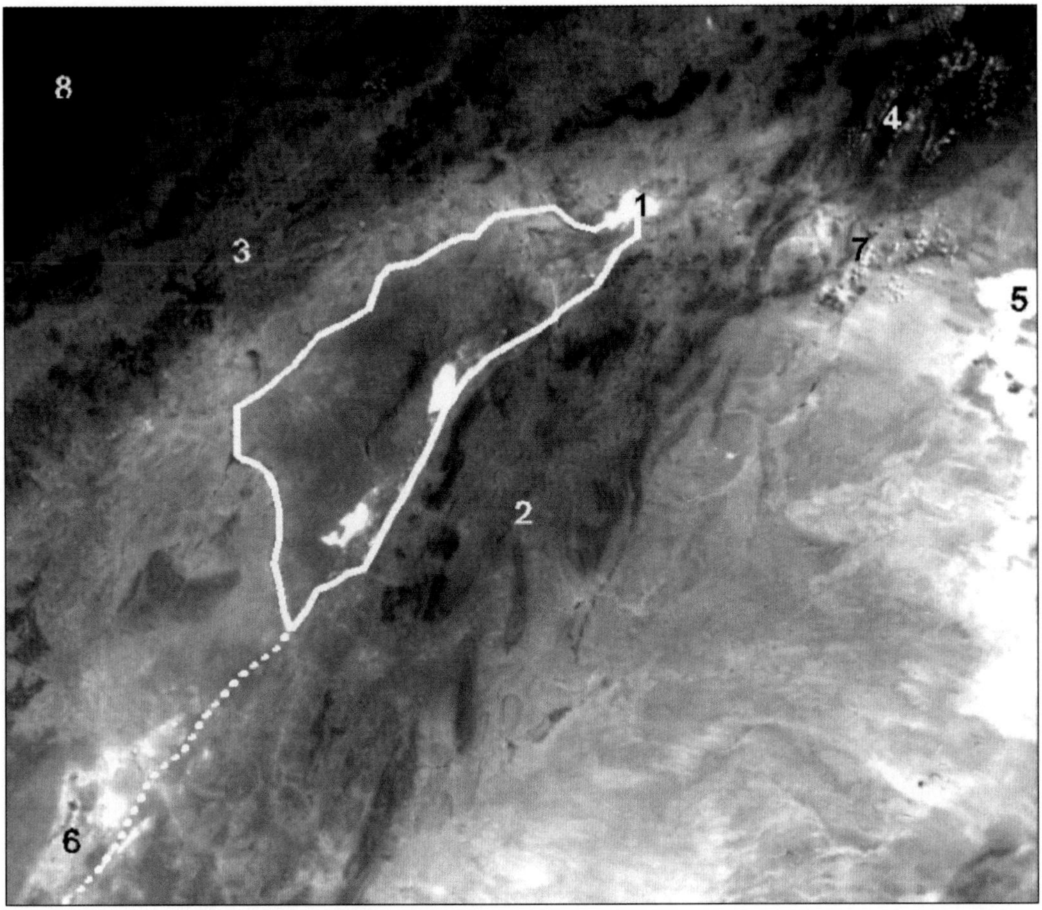

25 Gleiche Aufnahme wie zuvor, zusätzlich ist jedoch der Verlauf des vermuteten früheren Wasserweges als weiße Linie mit eingezeichnet. 1 Chott el-Hodna, 2 Sahara-Atlas, 3 Tell-Atlas, 4 Aures-Gebirge, 5 Chott Melrhir, 6 Chott-Ech Chergui, 7 Biskra, 8 Mittelmeer. (Bildquelle: USGS[175])

Damit wären auch die auf Anhieb so unrealistisch groß anmutenden Wasserwege von Atlantis, über die Platon berichtet, nicht notwendigerweise irre Fiktion. Doch neben der außergewöhnlichen Topographie der Hochebene und der gerade geschilderten Gewässerlandschaft im Großraum um das Hodna-Becken sind noch weitere Merkmale zu entdecken, die die Vermutung stärken, daß man sich in Bezug auf die Suche nach der Metropole bereits am richtigen Ort befindet: Auf der rechten Seite des Landsat-Bildes der östlichen Hochebene sind oberhalb des Chott el-Hodnas die Hodna-Berge zu sehen. Entlang den Südhängen dieser Berge treten über ein beachtliches Areal hinweg die verschiedenfarbigen aufgebrochenen Gesteinsschichten zutage. Die aus den Spektralkanälen 1-3, also Blau, Grün und Rot, erzeugte annähernd echtfarbige Landsat5-Aufnahme zeigt, daß es sich um deutlich gegeneinander abgesetzte weiße, schwarze und rote Gesteinsschichten handelt. Platon erwähnt solche verschieden farbigen Schichten ganz ähnlich im KRITIAS:

"Die Steine dazu aber, welche teils weiß, teils schwarz und teils rot waren, brachen sie unten an den Abhängen der in der Mitte gelegenen Insel rings herum, und eben so unten an den Wallrändern nach außen und nach innen zu, [...]

Auch andere Gebäude errichteten sie aus jenen Steinen, und zwar teils einfarbige, teils auch bunte, indem sie sie aus verschiedenfarbigen Steinen zum Genuß für das Auge zusammensetzten und ihnen dadurch ihren vollen natürlichen Reiz gaben." [176]

26 Nördlich des Chott El-Hodnas befinden sich die Hodna-Berge. Über eine Länge von 60km hinweg liegen die verschiedenen Gesteinsschichten in den Farben Rot, Weiß und Schwarz in einer Breite von bis zu 1,5km aufgebrochen zutage. Auch Platon berichtet über solche farbigen Felsschichten in unmittelbarer Nähe der Metropole von Atlantis. [177]

Erstaunlich ist, daß diese Schichten auf einer Länge von etwa 60km und einer Breite von teilweise über 1,5km freiliegen[178]. In der Tat wären damit ergiebigste Steinbrüche für schwarzes, rotes und weißes Baumaterial vorhanden gewesen. Platon erwähnt allerdings, daß die farbigen Steine dort abgebaut worden seien, wo der Abbau zugleich funktionelle Eigenschaften in Bezug auf die Wasserburg hatte. Wo also genau lag die ringförmige Anlage der Metropole von Atlantis? Bevor wir uns aber dieser Frage und damit der Lokalisierung und Identifizierung der Ringstruktur von Atlantis mit Hilfe des Landsat-Bildes detailiert widmen, bedarf es zuvor noch der Auseinandersetzung mit einem der wesentlichsten und zentralsten Mysterien des Atlantis-Rätsels, nämlich das des rätselhaften Untergangs der Insel. In den vorangegangenen Kapiteln ist deutlich geworden, daß das sagenhafte Atlantis mit großer Wahrscheinlichkeit nichts anderes war als der heutige Maghreb im Nordwesten Afrikas. Mit keinem Wort jedoch war bisher auf den sich hieraus ergebenden Widerspruch eingegangen worden zu den Schilderungen Platons, denen zu Folge die Insel Atlantis einst im Meer versunken sein soll:

"Späterhin aber entstanden gewaltige Erdbeben und Überschwemmungen, und da versank während eines schlimmen Tages und einer schlimmen Nacht das ganze streitbare Geschlecht bei euch scharenweise unter die Erde, und ebenso verschwand die Insel Atlantis, indem sie im Meere unterging." [179]

Wie also sollte sich der vermeintliche Widerspruch aufklären lassen, daß Atlantis den vorangegangenen Ausführungen zufolge an Land und nicht am Meeresgrund zu finden war?
Bereits im ersten Kapitel wurde darauf hingewiesen, daß es absurd ist, anzunehmen, daß eine Insel kontinentalen Ausmaßes innerhalb von 24 Stunden vollständig im Meer versinken könne. Wie weit entfernt davon hätte ein Volk denn leben sollen, um diese Katastrophe überstehen und später darüber berichten zu können? Es macht nicht wirklich Sinn, diesen Gedanken weiter zu verfolgen. Des Rätsels Lösung kann daher ernsthafterweise nur in dem besonderen Umstand zu suchen sein, daß Platon in seinen beiden Dialogen von zwei verschiedenen Inseln berichtet und dies vielleicht zu einer Verwechselung geführt hat. Die erste Insel beschreibt Platon im TIMAIOS als *"größer als Libyen und Asien zusammen"* und nennt diese explizit *"Atlantis"* [180]. In ihr haben wir den heutigen Maghreb wiedererkannt. Die zweite Insel, von der Platon im Dialog KRITIAS berichtet, bezieht sich auf jene in der Hochebene von Atlantis gelegene Insel, auf der sich umgeben von Wasserringen die Königsburg befand. Nur diese letztere Insel konnte einst nach gewaltigen Erdbeben und Überschwemmungen versunken sein. Bewahrt man sich also etwas gesunden Menschenverstand und gelangt zu dieser Einsicht, daß nicht etwa die gesamte Insel Atlantis sondern nur die Metropole von Atlantis sich durch ein Erdbeben abgesenkt haben konnte, so nimmt es nicht Wunder, daß sich bei genauerem Nachforschen auch die entsprechenden Hinweise für eine Bestätigung dieser Vermutung einstellen: Tatsächlich wird die Hodna-Region auch noch bis in die heutige Zeit von Erdbeben heimgesucht, so auch im Juli 2001. Damals lag das Epizentrum direkt im Chott el-Hodna, 35km südlich der Stadt M'Sila. Auch im Jahre 1965 gab es ein schweres Erdbeben, dessen Epizentrum bei M'Sila lag. Nur 19 Jahre zuvor waren bei einem weiteren schweren Erdbeben dessen Epizentrum in den angrenzenden Hodna-Bergen

lag, knapp 250 Menschen ums Leben gekommen. Wenn man dazu noch berücksichtigt, daß das Hodna-Becken wie in Platons KRITIAS richtig wiedergegeben den tiefsten Punkt der Hochebene darstellt, so wird unmittelbar klar, daß eine dort gelegene Metropole in regenreichen Zeiten erheblicher Gefahr ausgesetzt war, überschwemmt zu werden. Nahezu sämtliche Niederschläge der riesigen Hochebene mußten die Umgebung der Metropole passieren, bevor sie sich schließlich dem weiteren Verlauf folgend in das dem Maghreb vorgelagerte Atlantische Meer ergossen. Geologisch gesehen geht die Tiefebene, in der das Hodna-Becken liegt, auf eine tertiäre Faltung zurück. Die heutige Form des Hodna-Beckens entstand jedoch erst durch eine Absenkung während des Quartärs[181]. Die Möglichkeit, daß sich im Hodna-Becken, wie in der Atlantis-Erzählung beschrieben, Landmassen tatsächlich gesenkt haben konnten, war daher durchaus gegeben. Nun erschließt sich aus dem hier angeführten bislang jedoch noch nicht, wie die Metropole von Atlantis einst im Meer untergegangen sein konnte, wo sie doch unserer Vermutung nach auf einer Hochebene zu finden war. Nun, es gibt eine ganz einfache Erklärung: Atlantis war vermutlich nicht in einem echten Meer, sondern in einem riesigen hoch gelegenen See untergegangen, dem heutigen Chott el-Hodna. Wie bereits erwähnt, stellt das Chott el-Hodna heute einen Salzsee mit der gewaltigen Fläche von etwa 1600km^2 dar und würde damit ebenso die Bezeichnung Meer verdienen - zumindest dann, wenn wir den Vergleich mit dem Begriff des "Toten Meeres" heranziehen. Wahrscheinlich war die Ausdehnung dieses Sees damals noch erheblich größer als heute, denn wie bereits mehrfach erwähnt, besaß der Maghreb noch vor wenigen tausend Jahren ein sehr viel feuchteres Klima als heute. Die Hauptströme am Süd- und Nordrand der Hochebene nahmen das Wasser unzähliger kleinerer Flüsse aus den angrenzenden Bergketten auf, und leiteten diese von Westen her kommend in das tiefer gelegene Hodna-Becken. Während das Chott el-Hodna heute ein abflußloser Salzsee ist, in dem die zufließenden Wassermengen nach und nach verdunsten und dabei eine immer dicker werdende Salzkruste hinterlassen, stellte es einst einen gewaltigen See dar, dessen Wasser nach Süd-Osten gerichtet, vermutlich eine Reihe weiterer Seen durchliefen und schließlich in das Atlantische Meer, das heutige Chott Melrhir abflossen.

Ich gehe davon aus, daß es nicht wenige Leser sein werden, die zunächst nicht recht glauben wollen, daß das Meer, in dem Platons Insel Atlantis einst versunken sei, nicht mehr als ein großer Hochland-See gewesen sein soll. Schließlich war das im Meer versunkene Atlantis immer wieder Inhalt und Vorlage zahlreicher Romane und Kinofilme gewesen, in denen man es sich nur allzu gerne als in großer, blauer Tiefe gelegene, mit prächtigen, vergoldeten, vielfach noch intakten Säulen und Tempeln versehene Stadt

vorstellte. Diese Vorstellung ließe sich hier nicht aufrecht erhalten. Doch wenn man die entsprechenden Stellen der Platonschen Überlieferung nachliest, dann kann es eigentlich keinen Zweifel daran geben, daß es nur ein hoch gelegener riesiger See und kein wahrhaftiges Meer gewesen sein konnte. Bereits im letzten Kapitel war darauf hingewiesen worden, daß es den von Platon beschriebenen, in beiden Richtungen schiffbaren Verbindungskanal zwischen Meer und Ringformation der Metropole nur gegeben haben konnte, wenn Meer und Wasserring auf gleicher Höhe lagen. Da Platon jedoch das Land, in dem sich die Metropole befand, als sehr hoch gelegen schildert, mußte zwangsläufig auch das mit der Metropole in Verbindung stehende "Meer" ein hochgelegenes gewesen sein. Somit konnte letzteres jedoch unserem Sprachgebrauch entsprechend nicht mehr als ein sehr großer Hochland-See gewesen sein.
Die Vorstellung von einer im Chott el-Hodna untergegangenen ringförmigen Metropole könnte eine Erklärung liefern für die Tatsache, daß die Ringstruktur, die auf dem AVHRR-Satellitenbild zu erkennen war, nicht ebenso als ähnliche Formation auf Landkarten jener Region wiederzufinden ist. Der Sensor des AVHRR-Satelliten besitzt nicht nur eine hohe Empfindlichkeit im Bereich des sichtbaren Spektrums sondern ebenso auch für Infrarotstrahlung. Damit war es dem Sensor möglich, die Ringstruktur zu "erkennen", obwohl sich diese offenbar unterhalb der Salzkruste des Chott el-Hodnas befindet. Das "Wärmebild", welches der infrarotempfindliche Sensor des AVHRR-Satelliten aufgezeichnet hatte, konnte die im Boden verborgene ringförmige Anlage sichtbar machen, weil sie sich thermisch von ihrer Umgebung abhob. Die Landkarte hingegen, welche sich auf die Wiedergabe oberirdischer, im Tageslicht sichtbare Strukturen beschränkte, konnte deshalb keinen Hinweis darauf geben.
Das Landsat5-Bild besitzt, wie schon berichtet, eine etwa 33mal höhere Ortsauflösung als das AVHRR-Bild. Die Ringstruktur sollte daher auf dem Landsat5-Bild sehr viel detailierter zu erkennen sein. Die folgende Abbildung stellt einen Ausschnitt aus dem Landsat-Bild (Kanäle1-3) dar und gibt darin das Chott el-Hodna und die nördlich daran angrenzenden Berge wieder. In der Tat läßt sich schon nach kurzer Betrachtung die Ringstruktur erahnen, obwohl für dieses Bild nur die sichtbaren Spektralanteile des Landsat-Datensatzes verwendet wurden. Es muß allerdings festgehalten werden, daß die Ringformation in dieser Abbildung bei weitem weniger Kontrast aufweist als in der AVHRR-Darstellung.

27 Aufnahme der Ringstruktur aus dem Weltall (Landsat5 TM)[182]. Die hellen Bereiche in der unteren Bildhälfte sind Teile des Salzsees, des Chott el-Hodna. Bei den dunklen Bereichen am oberen Bildrand handelt es sich um die Hodna-Berge. Ausschnittgröße: ca. 60x70Km^2

Verfolgen wir daher zunächst einmal die uns auffallenden kreisförmigen Konturen. Von den Hodna-Bergen im Norden fließt in die Ebene hinein ein hier dunkel erscheinender Fluß, der Qued Ksob, der einem kreisförmigen Verlauf folgend schließlich in das Chott el-Hodna einmündet. Parallel zu dieser äußeren "Kreisbahn" verläuft ebenfalls einer Kreisbahn jedoch kleineren Radius folgend ein Abzweig dieses Flusses. Zur besseren Verdeutlichung wurden diese beiden ringförmigen Wasserläufe in der nächsten Abbildung durch eine rote Linie hervorgehoben.

28 Auf parallele Weise verlaufen die beiden Abflüsse des in den Bergen entspringenden Qued Ksob entlang zweier ringförmiger Bahnen hinunter in das Chott el-Hodna. Sie ergeben sich offenbar in Folge einer erhöht liegenden "Kreisscheibe" im Zentrum.[183]

Der ringförmige Verlauf eines Flusses kann hier natürlich nur insofern von Interesse sein, wie er als Indiz für eine entsprechend ringförmig verlaufende Topographie der Landschaft zu werten ist. Die beiden erwähnten Kreisbahnen verlieren sich im angrenzenden Salzsee. Auch in der rechten Bildhälfte lassen sich ähnliche ringförmige Topographien feststellen, die wiederum in einer weiteren Abbildung zur Verdeutlichung als rote Linie eingezeichnet wurden.

29 Ebenso wie auf der linken Seite scheint auch rechts ein geradliniger Kanal die von den Berghängen abfließenden Wasser aufzunehmen und zielgerichtet den Ringen zuzuführen.[184]

Wenn es sich tatsächlich um eine geschlossene ringfömige Formation handeln sollte, die einst durch eine gewaltige Katastrophe untergegangen und dabei von einer dicken Schlammschicht bedeckt worden war, die sich im Laufe der Jahrtausende zu einer verbackenen Kruste aus Salz, Ton und Gips entwickelt hatte, dann wäre es doch von besonderem Interesse, die Strukturen im Chott weiterzuverfolgen, dort also, wo über lange Zeiträume hinweg fließendes Wasser das vollständige Zuschlemmen der Strukturen unter Umständen verhindert haben konnte. Doch wie leicht zu erkennen ist, verhindert die reflektierende Salzkruste den tieferen Einblick in das Chott el-Hodna. Um diese Einschränkung zu umgehen wurde nun eine Bilddarstellung gewählt, welche sich aus den längerwelligen Farbkanälen (Kanäle 4, 5 und7) des Landsat5TM-Datensatzes zusammensetzt. Licht größerer Wellenlänge, speziell Infrarotlicht (IR) kann eine solche Salzkruste und das darunter befindliche Wasser besser durchdringen, so daß nun auch Strukturen im Chott el-Hodna sichtbar zu machen sind. Tatsächlich ermöglicht das Infrarot-Bild den gewünschten Blick in die Tiefe des Salzsees. Es verrät, daß die ringförmigen Strukturen, die zuvor an Land festgestellt wurden, tatsächlich ihre stetige Fortsetzung finden unter der Salzkruste des Chott el-Hodnas. Darüber hinaus vermittelt die Infrarot-Darstellung durch die scharfen Kontraste den Eindruck, als sei dieser ringförmige Verlauf unter Wasser mit sehr viel größerer Topographie verbunden als an Land. Wenn man also einzig in dem unter Wasser liegenden Bereich der Ringformation die enorm ausgeprägte Topographie feststellen kann, hingegen an den Stellen an Land jeweils nur gerade eben noch den weiteren Verlauf der Ringstruktur erahnen, aber fast keine Höhenunterschiede mehr auszumachen in der Lage ist, dann wäre eine mögliche Erklärung hierfür, daß zu irgendeinem Zeitpunkt eine riesige Schlammlawine die Ringformation unter sich begraben und dabei in erheblichem Maße eingeebnet hatte. Tatsächlich vermittelt die verbackene Kruste aus Salz, Ton und Gips besonders an den Grenzen zum Chott el-Hodna den Eindruck einer "eingefrorenen Momentaufnahme" einer gewaltigen Katastrophe. Viele Stellen des Satellitenbildes stärken die Vermutung, daß sich eine oder mehrere solcher Katastrophen in der Vergangenheit ereignet haben müssen. Auch der obige Ausschnitt, der die Südhänge der Hodna-Berge wiedergibt, vermittelt den Eindruck, als habe sich eine solche mit Überschwemmungen und Schlammlawinen einhergehende Katastrophe erst kürzlich ereignet. Welches Ausmaß diese Erdrutsche besitzen, läßt sich ableiten durch den Größenvergleich mit einer scheinbar winzigen Straße, die parallel zum unteren Bildrand verläuft (Abb. 31).

30 Ausschnitt des Satellitenbildes in der Infrarot-Darstellung (Kanäle 4,5,7). Die bereits an Land zu erkennenden ringförmigen Verläufe setzen sich auch im Chott el-Hodna unter Wasser fort. Es könnte sich bei der Ringstruktur um eine Anordnung konzentrischer Kreisscheiben handeln, die von einer enormen Schlamm-Lawine zugedeckt und eingeebnet wurde. [185]

31 Die Südhänge der Hodna-Berge. Gewaltige Erdmassen sind von den Hängen abgerutscht. Es hat den Anschein, als seien die Schlammlawinen eingefroren worden. Abgebildet ist ein ca. 25km x 17km großer Ausschnitt des LS5-Bildes.[186]

Zahlreiche Auswertungen des umfangreichen Datensatzes der Landsat5TM-Szene lieferten zwar weitere Hinweise darauf, daß sich unter der dicken Salz- und Sedimentkruste eine kreisartige Formation befinden sollte, doch es gelang mit den soweit verwendeten Spektralbändern nicht, durch die Gipskruste hindurch eine genauere Vorstellung von den zusammenhängenden Konturen dieser Ringstruktur zu erlangen. Dies hängt unter anderem damit zusammen, daß es sich bei den Spektraldaten der Kanäle 1-5 und 7 um Messungen des von der Erdoberfläche reflektierten Sonnenlichts handelt. Diese Strahlung konnte die Gipskruste nicht durchdringen. Landsat5 ist jedoch mit einem weiteren Sensor ausgerüstet, der in der Lage ist, die von einem Ort auf der Erde emittierte Wärmestrahlung zu messen. Da verschiedene Materialien wie Fels, Sediment und Wasser in unterschiedlicher Weise Wärme speichern können, leisten sie auch unterschiedliche Beiträge zu dem vom Satelliten aufgezeichneten Wärmebild. Eine unter Sediment verborgene Felsformation wäre unter Umständen auf dem Wärmebild zu erkennen, denn es ist auf diese Weise in begrenztem Umfang möglich, in den Boden "hineinzusehen". Ein erheblicher Nachteil dieses Meßverfahrens im langwelligen Infrarot liegt allerdings in der vier mal geringeren örtlichen Auflösung der gewonnenen Daten im Vergleich zu den Daten des sichtbaren Spektralbereichs. Das heißt jeder Bildpunkt im Wärmebild (Kanal 6) entspricht einer Fläche von 120x120m^2. Dennoch war das Ergebnis der Auswertung dieser thermischen Bilddaten eine Überraschung, denn es gelang damit tatsächlich, zumindest einen Teil der verborgenen Ringformation sichtbar zu machen .

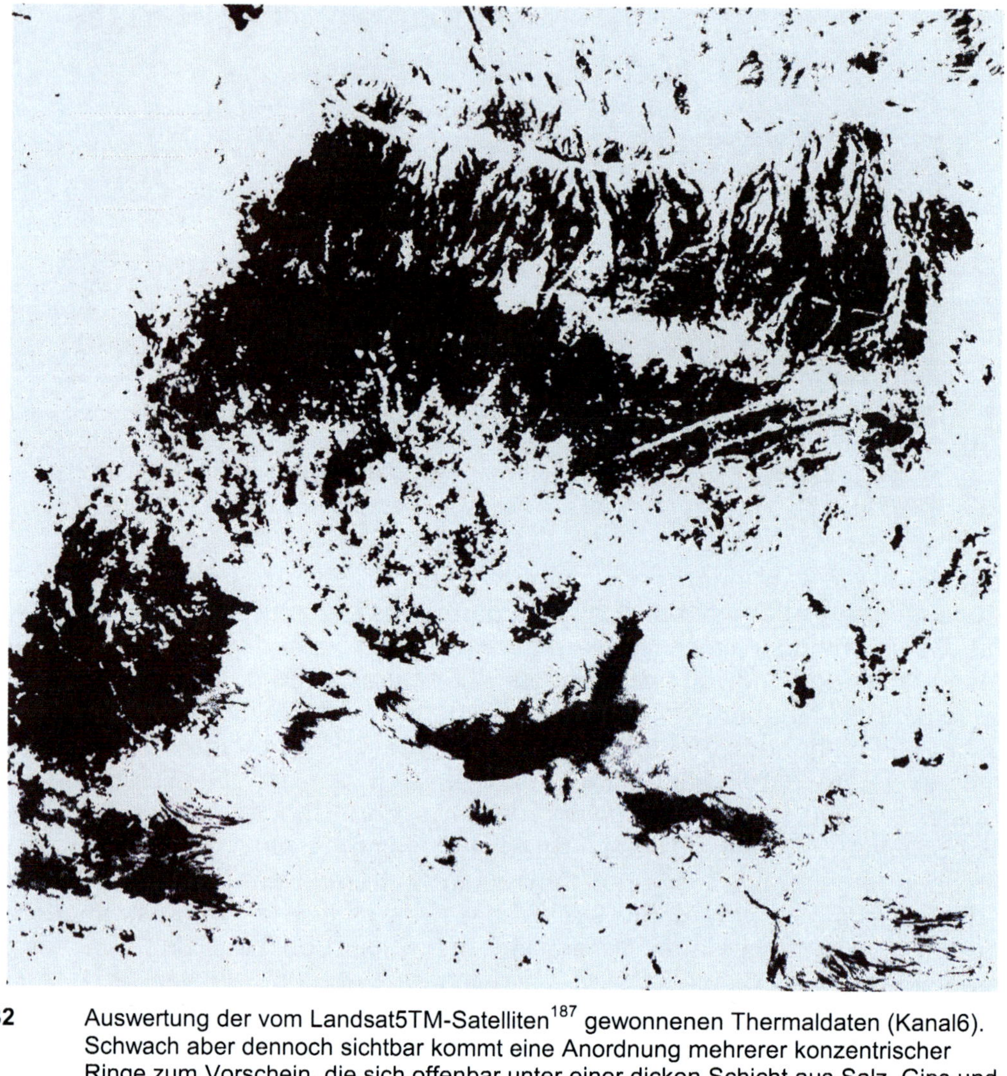

32 Auswertung der vom Landsat5TM-Satelliten[187] gewonnenen Thermaldaten (Kanal6). Schwach aber dennoch sichtbar kommt eine Anordnung mehrerer konzentrischer Ringe zum Vorschein, die sich offenbar unter einer dicken Schicht aus Salz, Gips und anderen Sedimenten befindet. Die Formation hat einen Durchmesser von etwa 30km.

Das Bild läßt erkennen, daß es sich insgesamt um eine Anordnung von mehreren übereinander liegenden kreisförmigen Erdscheiben oder Terrassen handelt. Diese übereinanderliegenden Erdscheiben waren aber nicht, wie mancher nun vermuten könnte, das Werk der Atlanter. Allein die gewaltige Dimension dieser Ringformation mit einem Außendurchmesser von über 30km macht klar, daß es sich hierbei nicht um ein von Menschen erschaffenes Bauwerk handelte, sondern natürlichen Ursprungs sein mußte. Die im Hodna-Gebiet existierende Terassenbildung wird von Geologen in der Literatur beschrieben und geht offenbar auf die unterschiedlich starke Erosion sich abwechselnder Kalkstein-, Mergel- und Sandsteinschichten zurück[188,189]. Die Tatsache, daß diese Ringformation von der Natur allein geschaffen worden war, steht keineswegs im Widerspruch zu Platons Überlieferung, denn dort heißt es, der Gott Poseidon habe die Ringe aus Wasser und aus Land geschaffen. Poseidon war somit die Verkörperung der Naturgewalten. Das atlantische Geschlecht hatte sich, der Erzählung zufolge, die besondere landschaftliche Beschaffenheit zunutze gemacht. Unter Berücksichtigung aller bisher dargelegten Informationen ist es nun doch sehr wahrscheinlich, daß die geographische Suche nach Atlantis erfolgreich war und wir mit der Ringstruktur tatsächlich auf die atlantische Metropole gestoßen sind. Die von Platon beschriebene Königsburg mit ihren Ringen besaß einen Durchmesser von nur etwa 5km (27Stadien), und sollte demzufolge den zentralsten Teil der hier entdeckten Ringstruktur gebildet haben. Daß sich die atlantische Metropole aber noch darüber hinaus erstreckt haben muß, geht schon allein daraus hervor, daß sich jenseits der drei Wasserringe im Abstand von weiteren 30 Stadien (5,5km) eine ringsumlaufende Mauer befunden haben soll, die wiederum auf einem weiteren, jedoch nicht explizit erwähnten Landring gestanden haben muß. Die Natur hatte an diesem Ort offenbar eine für den Menschen ideale Fluchtburg erschaffen, die von den Bewohnern von Atlantis daraufhin immer weiter ausgebaut wurde.

Es gibt eine Reihe weiterer interessanter Strukturen auf dem Landsatbild zu entdecken, von denen man einige als zuführende oder verbindende Kanäle der Wasserburg deuten könnte, doch reicht die Qualität und Auflösung des Satellitenbildes nicht aus, um dies tatsächlich beurteilen zu können. In der folgenden Abbildung sind diese sich aus zahlreichen verschiedenen Auswertungen ergebenden Strukturen zusammen dargestellt.

Wir können die von Platon so detailiert beschriebene Königsburg von Atlantis nicht eindeutig belegen, sondern müssen sie im Zentrum der kreisförmigen Terrassenanlage vermuten. Für einen Beweis etwa durch das Aufzeigen von Spuren des Grundrisses einer Stadt reichen Auflösung und Kontrast des Landsat5TM-Bildes nicht aus. Da jedoch sicher eine Vielzahl besserer, höher aufgelöster und kontrastreicherer Satellitenbilder existiert und es zudem

Fachleute gibt, die sehr viel mehr Erfahrung in der Auswertung solcher Fernerkundungs-Daten besitzen, muß eine detailiertere Überprüfung dieser Gegend anderen überlassen werden. Mit dieser Lokalisierung und Entdeckung einer versunkenen Ringstruktur im Hodna-Becken der Hochebene Algeriens jedenfalls ist die geographische Suche nach Atlantis damit an ihrem Ziel angelangt.

33 Zusammenstellung der anhand von zahlreichen Auswertungen des Landsat-Bildes gewonnenen Details in einer Grafik. Zur besseren Erkennbarkeit wurden die wesentlichen Strukturen von Hand nachgezeichnet.

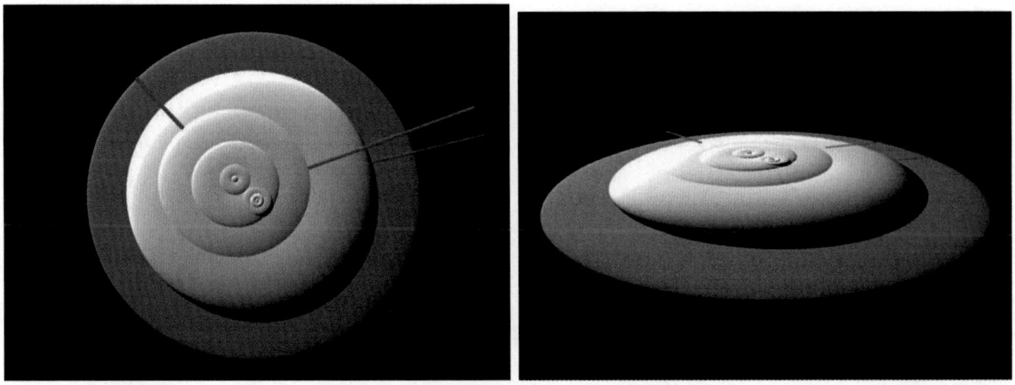

34 Versuch einer dreidimensionalen Rekonstruktion der verschiedenen übereinanderliegenden flachen Erdscheiben. Die beiden größten Kreisscheiben liegen in großen Teilen unter der Wasseroberfläche. Im Zentrum befindet sich die kleinste und zugleich am höchsten gelegene Kreisscheibe mit einem Durchmesser von ca. 4km. Die weiteren darunterliegenden Kreisscheiben besitzen Durchmesser von ca. 10km, 14km, 22km und 34km. Das Satellitenbild läßt ferner seitlich versetzt von der innersten Kreisscheibe und daher nichtkonzentrisch zu den anderen eine weitere kreisförmige Terrasse ähnlichen Durchmessers (3km) erkennen, welche selbst eine noch feinere konzentrische Untergliederung zu besitzen scheint. Spätestens hier befindet man sich jedoch an der "Rauschgrenze" der Satellitenaufnahme, so daß keine detailiertere Auswertung dieser Strukturen möglich ist.

10 Eine kurze Zwischenbilanz

Ausgangspunkt der Suche nach Atlantis waren Platons Dialoge TIMAIOS und KRITIAS, die auf faszinierende Weise die Blüte und den Untergang einer bislang unbekannten frühen Hochkultur schildern. Der enorme Detailreichtum in Platons Bericht, seine wiederholten Beteuerungen, daß es sich dabei um eine wahre Überlieferung handele und nicht zuletzt die Tatsache, daß sich Platon dabei auf Solon stützte, bildeten die Grundlage dafür, trotz aller Zweifel aus den Reihen der Geisteswissenschaften, von einem wahren Kern der Erzählung auszugehen[190]. Es bedarf hierzu kaum mehr, als sich einmal vor Augen zu führen, welcher Ungeheuerlichkeit es gleich gekommen wäre, wenn Platon tatsächlich alles frei erfunden, dann aber die Verantwortung auf Solon, den wohl berühmtesten und meist bewundertsten Staatsmann Athens, abgeschoben hätte. Diesen Gedanken scheinen doch die meisten Kritiker unterdrückt oder gar ganz außer Acht gelassen zu haben.
Für die tatsächlich stattgefundene Reise Solons nach Sais in Ägypten, welche den Ausgangspunkt von Platons Schilderungen bildet, fanden sich die bestätigenden Hinweise in Herodots HISTORIEN, aber ebenso auch bei Diodor von Sizilien. Die geographischen Hinweise in Platons Erzählung machten klar, daß Atlantis im Westen zu suchen sein mußte. Die entscheidende Frage war daher, wie weit im Westen. Die Vorstellung vieler, daß Atlantis im Atlantischen Ozean westlich von Gibraltar zu finden sei, konnte nur ein Trugschluß sein, denn Platon schildert das Atlantische Meer eindeutig als Binnenmeer, welches schließlich in Folge von Erdbeben verschlammt und unbefahrbar geworden sei. Damit war klar, daß alle Ansätze, Atlantis im Atlantischen Ozean zu suchen, stets erfolglos bleiben mußten. Unser heutiger Atlantik trägt seinen Namen offensichtlich zu Unrecht und die als SÄULEN DES HERAKLES bezeichnete Meerenge war folglich nicht bei Gibraltar sondern andernorts zu suchen.
Ein wichtiger weiterführender Hinweis fand sich bei Herodot. Der nämlich schildert einen Landweg von Ägypten aus durch die libysche Wüste bis hin zu einem Volk, daß er "Atlanten" nennt und welches in einer gleichnamigen Gebirgslandschaft wohnte. Demzufolge waren die Atlanten in einem nordafrikanischen Gebiet ansässig. Übereinstimmend damit lokalisierten auch die griechischen Mythen den Titanen Atlas im äußersten Westen Libyens (Nordafrikas), in unmittelbarer Nähe des sogenannten Tritonsees. Der Tritonsee jedoch, den man heute mit dem Chott el-Djerid im Süden Tunesiens in Verbindung bringt, wurde von den Dichtern und Geschichtsschreibern der Antike in einer Weise beschrieben, die auffallende Ähnlichkeit zeigt zu Platons Schilderung des Atlantischen Meeres. So war unter anderem bei Diodor von

Sizilien nachzulesen, daß auch der Tritonsee in Folge eines Erdbebens einst verschwunden sein soll. Es lag auf der Hand, daß Tritonsee und Atlantisches Meer offenbar zwei verschiedene Bezeichnungen waren für dasselbe Binnenmeer im Süden des Maghrebs, welches heute nur noch in Form einiger Salzseen, den sogenannten Chotts existiert[191]. Mit der in Platons Dialogen als besonders reich an hohen Bergen geschilderte Insel Atlantis konnte daher nur das Atlas-Gebirge gemeint gewesen sein, jene Landschaft also, die im Arabischen noch heute den Namen "INSEL DES WESTENS" ("Djesirat el Maghreb") trägt.
Klimatische und tektonische Veränderungen hatten irgendwann zum Verschwinden des einstigen Atlantischen Binnenmeeres geführt, wodurch die eigentliche Inselgestalt des Maghrebs bis heute verschleiert blieb. Aus der geographischen Lage des Atlantischen Meeres in Bezug auf das Mittelmeer konnte gefolgert werden, daß die ursprünglichen SÄULEN DES HERAKLES in der kleinen Syrte im Golf von Gabes gelegen haben mußten. Eine Mitteilung Diodors von Sizilien bestätigte auch dies, denn dort heißt es, die ursprünglichen SÄULEN DES HERAKLES seien einst an der Küste Nordafrikas in der Gegend des Tritonsees zu finden gewesen. Weitere im Dialog KRITIAS enthaltene Details, wie etwa die auf Atlantis beheimateten Elefanten, waren ebenso als bestätigende Indizien für die korrekte Lokalisierung und Identifizierung von Atlantis zu werten.
Es folgte die Suche nach der im KRITIAS so detailiert beschriebenen Königsburg von Atlantis. Die Erzählung berichtet von einer gigantischen Hochebene, die in der Mitte der Insel gelegen und rings von Bergen umgeben gewesen sein soll – eine Beschreibung, die in treffender Weise auf die algerische Hochebene im Atlasgebirge zutraf. Eine präzisere Lokalisierung der Königsburg ließ sich schließlich aus der Topographie der algerischen Hochebene folgern. In Platons Bericht befand sich die Mitteilung, daß die Königsburg am Rande der Hochebene lag, dort wo sämtliche Wasser entlang flossen. Damit konnte nur die tiefer gelegene Hodna-Region gemeint gewesen sein. Das Zielgebiet war eingegrenzt, so daß schließlich die Satellitenbild-Aufklärung den entscheidenden Hinweis bereit hielt für eine genaue Lokalisierung und für das Auffinden einer verschütteten, natürlich geschaffenen Ringstruktur von gewaltiger Dimension, auf der sich einst die Metropole von Atlantis befunden haben sollte.

Von Bedeutung ist, daß es der professionellen Fernerkundung möglich sein wird, innerhalb kurzer Zeit eine genaue Überprüfung dieser Lokalisierung zu erzielen und damit entweder zu einer bestätigenden Antwort mit detailierteren Informationen zu gelangen, oder aber – wovon hier nicht ausgegangen wird –

sie wird sodann imstande sein, die hier angestellten Vermutungen und Aussagen zu widerlegen.
Wenn hiermit also als wahrscheinlicher angesehen wird, daß Platons Atlantis-Rätsel in Bezug auf die geographische Lokalisierung als gelöst angesehen werden kann, dann ist die Folge daraus, daß die eigentliche Auseinandersetzung mit Atlantis erst jetzt beginnen kann. Denn die Frage muß gestellt werden, wie die von Platon beschriebene Hochkultur einzuordnen sein kann in den gegenwärtig existierenden Wissensstand in Bezug auf das westliche Nordafrika. Spricht das bisherige Fehlen sämtlicher Informationen über eine atlantische Hochkultur für eine überzogene Darstellung in Platons Bericht oder gibt es vielleicht doch eindeutige Hinweise, die aber bislang nicht in Betracht gezogen oder einfach fehl interpretiert wurden? Die große Frage ist also, wer waren die Atlanter? Muß man nicht annehmen, daß in Ägyptens ältesten Quellen Hinweise auf dieses Volk zu finden sein sollten - wenn es denn tatsächlich existiert hat? Diese und viele weitere Fragen wird es deshalb in den folgenden Kapiteln zu stellen, aber auch zu beantworten gelten.

11 Steinerne Chroniken der vergangenen 10.000Jahre

Als im 7. Jahrhundert unserer Zeitrechnung die Araber in den Maghreb einfielen und diesen besetzten, hatte die "Insel des Westens" bereits eine bewegte Geschichte hinter sich, denn zuvor waren es schon Byzantiner, Vandalen, Römer und Karthager gewesen, die über große Teile - niemals jedoch über den gesamten Maghreb - geherrscht hatten. Das berühmte Karthago selbst war im 9.Jh.v.Chr. von phönizischen Seefahrern gegründet worden und rasch zur vorherrschenden Seemacht im westlichen Mittelmeer geworden. Doch die Gründung von Kolonien und kleinen Handelsstützpunkten durch die Phönizier entlang der nördlichen Küste des Maghrebs hatte schon einige Zeit früher begonnen und läßt sich noch zurückverfolgen bis etwa 1100v.Chr.[192]. Dann allerdings beginnt nach dem gegenwärtigen Kenntnisstand bereits die vorgeschichtliche Zeit, aus der bislang schriftliche Quellen gänzlich fehlen. Die Schwierigkeit, die sich daraus ergibt, liegt auf der Hand, denn zu dem späten Zeitpunkt da der Maghreb endlich in das Licht der Geschichte eintritt, existierte das Ägypten der Pharaonen schon bereits seit etwa 2000 Jahren. Es entsteht also der Widerspruch, daß für ein Territorium, welches vergleichsweise erst sehr spät geschichtliche Bedeutung erlangt und schriftliche Quellen hervorbringt, nun die Existenz einer frühen Hochkultur gefordert wird.
In der Aufzählung der Völker, die den Maghreb nacheinander besetzten, wurde bislang noch ein Volk, welches zwar häufig wenig beachtet, aber möglicherweise das bedeutsamste und zugleich rätselhafteste des Maghrebs darstellt, unerwähnt gelassen: Gemeint sind die Berber, ein hellhäutiges nichtsemitisches Volk, welches bereits in vorgeschichtlicher Zeit im Maghreb ansässig war und sich trotz aller Besatzung und Zurückdrengung durch Phönizier, Karthager, Römer, Vandalen, Byzantiner und Araber bis heute behaupten konnte. Die Bezeichnung "Berber" stammt ab vom griechischen "Barbaroi" und wird häufig durch "Fremde" übersetzt. Doch naheliegender erscheint, daß die Griechen dieses Volk als "Bärtige" bezeichneten. Es handelt sich dabei nicht um ein einheitliches Volk, vielmehr um eine Anzahl verschiedener Stämme, jedoch mit einer eigenen Sprache, die sie in verschiedenen Dialekten bis heute bewahrt haben. Doch obwohl sie sicher bereits lange Zeit vor den ersten Phöniziern im Maghreb ansässig waren und sie schon frühzeitig im Besitz einer Schrift waren, von der heute nur noch die Schrift der Tuaregs, das sogenannte "Tifinagh" erhalten ist, fehlen bislang auch von den Berbern schriftliche Überlieferungen aus der Zeit vor den Kathagern[193]. Wie also sollte Platons Bericht von einer Hochkultur im äußersten Westen zu überprüfen oder gar zu beweisen sein, wenn frühe

schriftliche Zeugnisse der Region allem Anschein nach fehlen? Muß eine weitere Suche an diesem Punkt bereits scheitern, oder lassen sich andere Quellen auftun, die bei der Suche nach Hinweisen auf eine frühe Hochkultur weiterhelfen? Ausgangspunkt der Suche nach den Atlantern soll daher jener Anhaltspunkt sein, den Platon in seinen Dialogen hinsichtlich des zeitlichen Geschehens nennt:

"Vor allem nun wollen wir uns zunächst das ins Gedächtnis zurückrufen, daß es im ganzen neuntausend Jahre her sind, seitdem, wie angegeben worden, der Krieg zwischen denen, welche jenseits der Säulen des Herakles und allen denen, welche innerhalb derselben wohnten, entstand,[...]" [194]

Das Gespräch zwischen Solon und dem ägyptischen Priester in Sais hatte etwa um das Jahr 565v.Chr. stattgefunden, daher müßte sich folglich unser Interesse auf die Zeit nach 10.000v.Chr. konzentrieren. Doch wie schon früher bemerkt worden war, ist dieses ferne Datum für die Existenz der atlantischen Hochkultur nicht in Einklang zu bringen mit dem gegenwärtigen Wissensstand vom Beginn der Metallzeit, welcher frühestens um etwa 6.000v.Chr., in vielen Regionen allerdings erst gegen 3.000v.Chr. anzusetzen ist[195]. Dennoch ist dieses ferne Datum durchaus interessant und erwähnenswert, denn es markiert in etwa das Ende der letzten Eiszeit. Wie sich heute nachweisen läßt, setzte etwa zeitgleich mit dem Rückgang der Vereisungsgrenzen ein zunehmend feuchteres Klima in Nordafrika ein und ermöglichte damit die Ausbreitung einer vielfältigen Tier- und Pflanzenwelt bis weit in die heutige Sahara hinein[196]. Durch die sich gleichzeitig vollziehende Erwärmung schmolz auch das Eis auf den Gipfeln der Atlas-Gebirgsketten allmählich ab. Das Abschmelzen der Gletscher und ein gleichzeitig feuchter werdendes Klima ließen entlang der zentralen Hochebene des Maghrebs gewaltige Ströme entstehen, deren hinterlassene Ablagerungen heute deutlich auf Satellitenbildern, die diese Landschaft zeigen, zu erkennen sind. Darüber hinaus dürfte es in den Jahrtausenden nach der Eiszeit zur maximalen Ausdehnung der südlich der Atlasketten gelegenen Seenplatten gekommen sein. Wenn es in dem von Platon mitgeteilten "Schöpfungsmythos" hieß, der Gott Poseidon habe den Hügel der Kleito durch die Erzeugung dreier Wasserringe vom übrigen Land abgetrennt, dann würde es in der Tat am besten in jene Zeit passen, die den Übergang von einem trocken-kalten Klima noch während der Eiszeit zum feucht-warmen Klima der Nacheiszeit darstellt. Es gilt zu berücksichtigen, daß die von Platon überlieferte Atlantis-Erzählung über eine sehr große Zeitspanne berichtet, nämlich beginnend in einer mythologisch fernen Zeit der Entstehung, als es eine Schifffahrt noch nicht gab, bis hin zu der Zeit, in der viele Generationen später das atlantische Volk seine Blüte erreichte und nur wenig später nach dem Krieg gegen die östlichen Mittelmeervölker schließlich unterging. Es muß deshalb davon ausgegangen werden, daß sich der Atlantis-Bericht auf mehrere Jahrtausende atlantischer Geschichte bezieht. Somit gilt es, den Blick zunächst einmal weit genug in die Vergangenheit zu richten und zu überprüfen, ob eventuell die archäologische Forschung in irgendeiner Form Fakten und Erkenntnisse bereithält, die uns auf der Suche nach den Ursprüngen eines atlantischen Volkes weiterhelfen:

Mit dem sich verbessernden Klima zum Ende der Eiszeit wurde allmählich auch die zentrale Hochebene des Maghrebs zum Lebensraum für den Menschen, wenngleich die Besiedelung der tieferliegenden und somit wärmeren Küstenregionen sehr viel intensiver blieb. Um 15.000v.Chr. lag der Meeresspiegel noch etwa 130m unter dem heutigen Niveau[197]. Damit war die afrikanische Küste im Vergleich zu heute sehr viel näher an Europa herangerückt und geriet nicht nur bei Gibraltar sondern auch von der westlichen Spitze Siziliens aus unmittelbar in Sichtweite. Über diese Passagen ist es zu einem frühen Austausch zwischen den beiden Kontinenten gekommen[198]. Es wird allerdings angenommen, daß es unter dem Druck ungünstigster Lebensbedingungen in weiten Teilen Europas schon sehr viel früher, bereits um 50.000v.Chr. zu einem ersten großen Zustrom über Sizilien und Malta nach Nordafrika gekommen war[199].

Da sich mit dem allmählichen Abschmelzen der großen Eismassen auf der nördlichen Erdhalbkugel zeitgleich ein langsamer Anstieg des Meeresspiegels vollzog, wurden die Siedlungen im damaligen maghrebinischen Küstenbereich nach und nach überflutet und damit den Augen der heutigen archäologischen Forschung entzogen. Um 10.000v.Chr. lag der Meeresspiegel nur noch 60m unter dem heutigen Niveau[200]. Große Schmelzwassermengen aus den vergletscherten Atlas-Bergen sorgten dafür, daß südlich des Sahara-Atlas großflächige lebensfreundliche Biotope entstanden[201]. Mit dem stetigen Anwachsen der Binnenseen im Süden des Atlas muß der Maghreb zunehmends die Gestalt einer echten Insel angenommen haben. Die Menschen dieser Zeit lebten noch vorwiegend von der Jagd auf Großwild und erzeugten noch keine Nahrungsmittel, betrieben also weder Ackerbau noch Viehzucht. Sie waren jedoch bereits seßhaft und wohnten teils in offenen Siedlungen, teils noch in Höhlen. Im wesentlichen klassifiziert nach den charakteristischen Steinwerkzeugen (Mikrolithen: Lamellen, Mikrostichel, etc.), die sie hinterließen, wurde diese Kultur mit dem Namen "IBEROMAURUSIEN" bezeichnet[202]. Auch wenn die Archäologie diese Bezeichnung heute z.T. als unglücklich und irreführend empfindet, drückt der Name wohl doch in zutreffender Weise den engen Zusammenhang dieser nordafrikanischen Kultur mit Westeuropa aus. Mit Hilfe der Radiocarbon-Methode (^{14}C-Methode) ließ sich diese Kultur eines chromagnoiden Menschentyps in den Zeitraum von 20.000v.Chr. bis etwa 8.000v.Chr einordnen. Sie besiedelten überwiegend die wärmeren Küstenzonen des Maghrebs. Interessant ist, daß die Toten verschiedentlich bereits in Grabgruben beigesetzt wurden, die mit Steinplatten ausgekleidet waren. Darüber hinaus fand die Bestattung zum Teil in großen Nekropolen statt und sie schienen bereits den Glauben an ein Leben nach dem Tod besessen zu haben, da man häufig Grabbeigaben fand. Zu den besonderen Bestattungsritualen dieser Kultur gehörte es, die Toten, aber auch Beigaben und Werkzeuge mit rotem Ocker (Hämatit) zu bemalen. Überraschend ist die Tatsache, daß man mehrfach den medizinischen Eingriff einer gezielten Schädelöffnung (Trepanation) nachweisen konnte[203]. Ab etwa 8000v.Chr. zeigt sich eine möglicherweise neue Kultur, die vermutlich stärker mediterranen Typs ist, aber auch aus dem IBEROMAURUSIEN hervorgegangen sein könnte. Nach dem Fundort Gafsa (Capsa) im Süden Tunesiens wurde diese Kultur als "CAPSIEN" bezeichnet. Besonderes Merkmal dieser CAPSIEN-KULTUR sind die oft riesigen aufgefundenen Berge von Muscheln und Schnecken, von denen sie sich zumindest saisonal bevorzugt ernährt zu haben scheint[204,205]. Neben den Mollusken finden sich aber auch die Knochen von Hirschen, Hasen, Wildschweinen, Zebras, Elefanten, Naßhörnern und Straußen in den Abfallhaufen[206]. Stärker noch als zuvor wurde auch von den CAPSIEN roter Ocker zur Bemalung von Mensch und Gerät verwendet. Da mit fortschreitendem Temperaturanstieg die klimatischen Verhältnisse im Maghrebinnern immer günstiger wurden, besetzten sie nun verstärkt die seenreichen Gebiete der Hochebenen, andere stärker jagdorientierte Gruppen des CAPSIEN hingegen siedelten in den südlich davon liegenden Bergregionen. Seltsamerweise fehlen entsprechende Oberflächenfunde dieser Kultur fast vollständig in der Hodna-Region und großen Bereichen der westlich davon beginnenden Hochebene. In den höher gelegenen Ebenen östlich der Hodna-Berge (Setif-Region und Tebessa) hingegen sind die Fundorte besonders zahlreich. Von den Menschen dieser Zeit gefertigte Keramik findet sich insgesamt im Maghreb vergleichsweise selten. Die ältesten Fundstücke besitzen jedoch ein hohes Alter von über 10.000Jahren. Möglicherweise war die Herstellung von Keramik von geringerer Bedeutung, weil man sich zur Aufbewarung ganz ohne Aufwand in ausreichendem Maß der Schalen von Straußeneiern bedienen konnte. Diese wurden offenbar sehr häufig verwendet und waren zunächst mit einfachen geometrischen Ritzornamenten, später aber auch schon mit kunstvollen Tierdarstellungen versehen. Darüber hinaus dienten die Schalen von Straußeneiern auch bereits zur Herstellung von Schmuck, indem Schalenstücke durchbohrt, poliert und zu Perlenketten aufgezogen wurden[207].

Die Spuren dieser CAPSIEN-KULTUR und des nachfolgenden CAPSIEN-NEOLITHIKUMS mit seinen typischen mikrolithischen Steinwerkzeugen lassen sich entlang der gesamten nordafrikanischen Küste bis hin ins Niltal verfolgen[208].
Doch welche Hinweise können wir nun diesen ersten Informationen über die frühe Maghreb-Bevölkerung entnehmen?

35 Veranschaulichung der Ornamentik eines Capsien-Straußeneigefäßes. Typisch sind gekreuzte Schraffur- und Zickzackmuster, sowie Tierdarstellungen.
(nach publizierten Bildern entsprechender Bruchstücke, Camps[209])

Zunächst einmal ist offensichtlich, daß es sich bei diesen altsteinzeitlichen Kulturen bislang nicht um die von Platon geschilderte Hochkultur sondern bestenfalls um deren entfernte Vorläufer gehandelt haben kann. Es gab in den frühen Jahrtausenden nach dem Ende der Eiszeit im Maghreb anscheinend kaum Keramik und schon gar keine Metallverarbeitung. Man lebte im wesentlichen von der Jagd oder wie im Fall der CAPSIEN auch von Schnecken und Muscheln, kannte also zunächst weder Viehzucht noch Ackerbau und es wurden auch keinerlei Hinweise auf befestigte Siedlungsanlagen gefunden. Die klimatischen Bedingungen allerdings können jedoch bereits als sehr günstig angesehen werden und ermöglichten damit eine vielfältige Flora und Fauna, die zugleich einen zunehmenden Lebensraum für eine nun schnell anwachsende Bevölkerung boten. Auch im Süden des Maghrebs bildeten sich als Folge abschmelzender Gletscher und ausreichender Niederschläge bereits ausgedehnte Seengebiete, die den Maghreb als Insel erscheinen ließen. Doch kann es kaum eine schiffbare Verbindung dieser Seen mit dem Mittelmeer gegeben haben, da der Meeresspiegel selbst um 8000v.Chr. noch ca. 30m unter dem heutigen Niveau lag[210]. Die Schwelle im Golf von Gabes wird daher noch einige Zeit eine Verbindung zwischen Atlantischem Meer und Mittelmeer verhindert haben. Vor diesem Hintergrund erscheint das von Platon indirekt mitgeteilte Datum von etwa 9500v.Chr. als völlig verfehlt. Interessant aber ist dennoch, daß die Kulturen, die den Maghreb nach dem Ende der Eiszeit besetzten, bereits frühzeitig Bestattungsriten entwickelten, die man auch im späteren Ägypten wiederfindet, wie etwa das Auskleiden von Gräbern mit Steinen, das Bestatten in großen Nekropolen, aber auch das Hinzufügen von Grabbeigaben, die bereits den Glauben an ein Leben nach dem Tod erkennen lassen. Ein solcher Vergleich mit den Verhältnissen in Ägypten erscheint deshalb angebracht, weil es in Platons Bericht heißt, daß die hier gesuchte Hochkultur der Atlanter über Libyen hinweg bis nach Ägypten geherrscht hätte. Es bedarf also einer besonderen Aufmerksamkeit eben solchen Eigenheiten gegenüber, die sich im Maghreb ebenso wie im Niltal feststellen lassen.

Die Bemalung der Toten mit rotem Ocker, sowie die Beigabe von Ocker ist bemerkenswert, weil dieser Kult später auch in weiten Teilen Europas zu finden ist[211]. Der rote Ocker stand für die Farbe des Blutes. Der Tote behielt damit den Ausdruck des Lebendigen, somit spiegelte sich auch in der Beigabe von rotem Ocker die frühe Vorstellung von einem Weiterleben nach dem Tod wieder.

Man könnte zwar auch anführen, daß die Hinweise auf einen bereits sehr frühen Austausch zwischen dem Maghreb und dem Westen Europas (iberische Halbinsel, Sizilien und weitere westliche Mittelmeerinseln) andeutungsweise bereits zu der Darstellung in der von Platon überlieferten Atlantis-Erzählung passen würden, wo es heißt, die Atlanter hätten einerseits über Libyen bis nach Ägypten geherrscht, zudem aber auch über die gegenüberliegende Seite bis nach Tyrrhenien (heutiges Italien). Anhand von Obsidian-Funden in einigen Fundstätten des Capsien-Neolithikums ist nachgewiesen, daß es schon sehr früh einen Seehandel zwischen Maghreb und vermutlich den vor Sizilien gelegenen Liparischen Inseln gegeben haben muß[212]. Dennoch gibt es keine weiteren Anhaltspunkt dafür, daß es zu jenem frühen Zeitpunkt bereits ein hochentwickeltes Volk gegeben hätte, das nur annähernd den Schilderungen Platons entsprochen haben könnte.

Die Tatsache, daß Oberflächenfunde im Hodna-Gebiet gänzlich zu fehlen scheinen und im Bereich der zentralen Hochebene erst wieder 250km weiter westlich auftreten[213], könnte unter Umständen recht bedeutend sein, denn sie muß die Frage aufwerfen, ob dieser Zustand nicht in Zusammenhang zu bringen ist mit der von Platon geschilderten Überschwemmungskatastrophe, die Atlantis vernichtet haben soll. Wenn man auf Grund der ausführlichen Schilderungen in den vorangegangenen Kapiteln davon ausgehen muß, daß es die Flutkatastrophe im Hodna-Becken tatsächlich gegeben hat, dann ist ebenso damit zu rechnen, daß zuvor entstandene steinzeitliche Artefakte, die in anderen höher gelegenen Regionen heute noch an der Oberfläche zu finden sind, in diesem Gebiet hingegen nur von ausgeprägten Sedimenten bedeckt vorkommen, wenn sie nicht ganz und gar vernichtet wurden.

Tatsächlich wird von einer Kalk-Gipsschicht berichtet, die die Hodna-Ebene bedeckt und deren geologische Entstehung erst kurze Zeit zurückliegt[214]. Eine solche Gips-Kruste könnte durchaus als eine Folge der im Platon-Bericht erwähnten Überschwemmung heraus entstanden sein[215].
Die soweit grob skizzierte Entwicklung der Maghreb-Bevölkerung in der frühen Phase der Nacheiszeit läßt noch nicht viele Merkmale erkennen, die eine rasche Entwicklung hin zu einer frühen Hochkultur andeuten könnten. Es ist insbesondere die nüchterne Sprache der aufgefundenen "toten" Steinwerkzeuge, die kaum einen Eindruck von der Gedankenwelt der IBEROMAURUSIEN und CAPSIEN zu vermitteln in der Lage ist. Um so bedeutsamer sind daher zahlreiche und vielfältigste Funde einer ganz anderen Art, die aus jener Zeit erhalten geblieben sind: Im Jahre 1847 entdeckte man im östlichen Teil des Sahara-Atlas Zeichnungen, die in den Fels eingraviert waren und überwiegend jagdbare Wildtiere aber auch Menschen darstellten. Überaschenderweise waren dort Tiere naturalistisch abgebildet, die heute nur noch in den weit entfernten Gebieten südlich der Sahara anzutreffen sind, wie Nashörner, Löwen, Gazellen, Elefanten, Strauße und Antilopen[216]. Zwangsläufig war aus den Bildinhalten auf ein sehr hohes Alter dieser Felsgravuren zu schließen. Da man sogar Felsbilder von bereits ausgestorbenen Tieren wie dem Altbüffel (*Bubalus Antiquus*) fand und die Rillen der Bilder zudem eine Patinaschicht besaßen, die sich farblich in keiner Weise mehr vom unbehandelten Felsen unterscheiden ließ, mußte man annehmen, daß viele dieser Gravuren bereits in der mittleren Steinzeit von Menschen der Capsien-Kultur erzeugt worden waren und daher vermutlich ein Alter von über 10.000Jahren aufweisen[217,218,219]. Die Felsbilder bestätigen, daß im Maghreb nach dem Ende der Eiszeit über lange Zeiträume hinweg ein feuchtes und zunehmend wärmeres Klima herrschte und dadurch sowohl Mensch als auch Tier ein ungewöhnlich großes Nahrungsangebot ermöglichte.

36 Eingravierte Felszeichnungen von Elefanten, Gazellen, Nashörnern, Antilopen, Straußen und vielen anderen Tieren entdeckte man in den Bergen des algerischen Sahara- und Tell Atlas (Süd-Oran). (nach einer Felsbild-Photographie von Lhote[220])

37 Felsgravur aus dem Sahara-Atlas. Die Felsbilder des Altbüffels (Bubalus Antiquus) im Sahara-Atlas gehören allgemein anerkannt zu den ältesten Nordafrikas. Ihr Alter wird auf bis zu 11.000Jahre geschätzt[221]. (nach der Kopie einer Felszeichnung von Frobenius[222]).

Bei einigen dieser Felsgravuren fällt in Bezug auf die wiedergegebene Ansicht eine nicht unwesentliche Besonderheit auf, die man sonst im allgemeinen nur als ein sehr typisches Kennzeichen der allerdings sehr viel späteren altägyptischen Darstellungsweise in Flach-Reliefs und Wandmalereien ansieht: Gemeint ist die Kombination zweier verschiedener Perspektiven in ein und demselben Bildnis (auch "Aspektive" genannt[223]). So ist das Gehörn der Altbüffel im oben abgebildeten Felsbild aus dem Sahara-Atlas jeweils gezielt in Frontalansicht wiedergegeben, während der restliche Körper im Profil dargestellt wurde. Da aber die Felsgravuren des Altbüffels zeitlich um Jahrtausende vor dem Beginn des ägyptischen Pharaonenreiches liegen, kommt eine Ausbreitung ägyptischer Tradition nach Westen zur Erklärung dieses Sachverhalts nicht in Frage[224]. Im wesentlichen geben die Felsbilder eine jägerische Grundhaltung der Menschen des CAPSIEN wieder. Überraschenderweise fand man jedoch nicht nur Darstellungen gejagter Wildtiere, sondern daneben auch solche Felsbilder, in denen die dargestellten Tiere, vorwiegend Schafe und Rinder, Halsbänder tragen. Dies jedoch läßt sich kaum anders deuten, als daß es sich hierbei bereits um die Anfänge der Domistikation von Tieren handelte[225]. Im Maghreb muß es demnach schon seit sehr früher Zeit die Tendenz gegeben haben, neben der Jagd auf Großwild auch Haustierhaltung und Viehzucht zu betreiben. Da diese Bilder der gleichen Epoche wie der des Altbüffels zugeordnet werden, muß man zu der Feststellung gelangen, daß sich die Anfänge der Haustierhaltung in Nordafrika mindestens genauso früh ereigneten wie jene im nahen und

mittleren Osten, dem sogenannten "FRUCHTBAREN HALBMOND", welcher sich von Mesopotamien über die Gebiete der heutigen Türkei bis in das Niltal erstreckte und gemeinhin als die Keimzelle der sogenannten "NEOLITHISCHEN REVOLUTION" angesehen wird. Hinter dem letztgenanten Ausdruck verbirgt sich der in der Jungsteinzeit (Neolithikum) vollziehende "revolutionäre" Wandel von der rein aneignenden Wirtschaftsform (Jäger und Sammler) hin zur produzierenden Wirtschaftsform durch Ackerbau und Viehzucht[226]. Zu den überraschendsten und bedeutendsten dieser frühneolithischen Felsbildzeichnungen des Sahara-Atlas gehören die immer wiederkehrenden Darstellungen eines Widders mit Halsband und einer seltsamen Kugel oder Scheibe auf dem Kopf. Da in manchen Darstellungen Fransen oder Strahlen von dieser ausgehen, drängt sich die Assoziation einer Sonne auf[227]. Einige dieser "Sonnenwidder" sind sehr detailiert und naturalistisch dargestellt, so daß man nicht nur sehr deutlich ein mit Dreiecksmustern verziertes Halsband feststellt, sondern darüber hinaus auch erkennt, daß die Scheibe auf dem Kopf wohl anfänglich nichts anderes war als eine dem Schaf aufgebundene Art "Fellmütze" mit gepunkteter Musterung und davon ausgehenden Fransen, möglicherweise als Imitation der Sonne gedacht. In späteren Zeichnungen stilisiert der ursprüngliche Kopschmuck jedoch immer weiter zur einfachen Scheibe zwischen den Hörnern. Da in einigen dieser Felszeichnungen der Mensch mit erhobenen (adoranten) Armen dargestellt wird und zugleich stets sehr viel kleiner als der Widder erscheint, läßt sich folgern, daß der Widder ein heiliges Tier darstellte und vermutlich im Zusammenhang mit einem frühen Sonnenkult verherrlicht wurde.
Als diese Felsbilder Anfang des 20.Jahrhunderts erstmals veröffentlicht wurden, brachte man sie recht bald mit dem Ammon-Kult des alten Ägypten in Verbindung. Tatsächlich wurde der Sonnen-Gott Ammon (auch Amun oder Amon genannt) bei den alten Ägyptern in Form eines Widders mit eben jener stilisierten Sonnenscheibe zwischen den Hörnern dargestellt. Es stellt sich also die Frage, wie es zu dieser Ähnlichkeit der beiden Kult-Darstellungen kommen konnte.

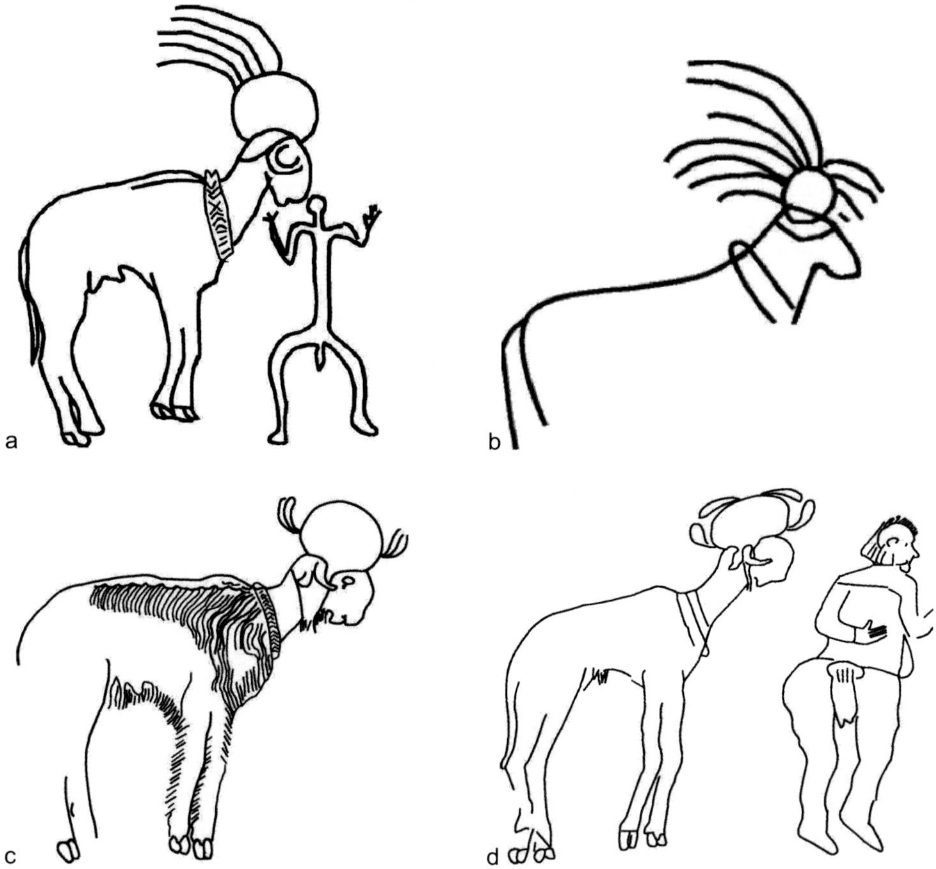

38 Verschiedene Felsbild-Gravuren des "Sonnenwidders" aus dem Sahara-Atlas:
(a) und (b): Widder von Djebel Bes Seba (nach einer Photographie von Frobenius[228]),
(c): Widder von Bou Alem (nach einer Zeichnung von Frobenius[229]),
(d): Widder von Djebel Amour; der Mann rechts daneben trägt eine "Phallustasche" (nach einer Photographie von Hachid[230])
Man nimmt für die Sonnenwidder-Gravuren ein Alter von bis zu 9000Jahren an

39 Ägyptischer Ammon-Widder mit Sonnenscheibe, um 1350v.Chr., (nach einer Photographie aus Kessler[231])

Es gab Wissenschaftler, die damals die Behauptung aufstellten, daß sich der Ammon-Kult von Ägypten nach Nordwestafrika hin ausgebreitet haben müßte[232]. Gewiß war dies ein erstmal naheliegender Gedanke. Doch trotz der kaum zufälligen Ähnlichkeit des Ammon-Widders Ägyptens mit dem Sonnenwidder des Maghrebs ließ sich eine Ausbreitung von Ost nach West unmöglich in Einklang bringen mit dem zeitlichen Auftauchen der beiden Kulte: Obwohl schon als einer der acht Urgötter im alten Reich Ägyptens bekannt[233], war der Gott Ammon lange Zeit vergessen und erlangte erst im 2.Jt.v.Chr. wieder Bedeutung. Zunächst auch nur auf das im Süden Ägyptens gelegene Theben begrenzt, breitete sich der Ammon-Kult erst allmählich über das ganze ägyptische Reich aus. Zu dieser Zeit aber waren die Felsbilder des Sonnenwidders im Atlas-Gebirge, wie man heute weiß, jedoch bereits mehrere tausend Jahre alt. Es kann daher nur eine Erklärung für diese offensichtliche Ähnlichkeit der beiden Widder-Kulte im Osten und Westen Nordafrikas geben: Die Verherrlichung der Sonne in Form des angebeteten Sonnen-Widders war ursprünglich im Atlas-Gebirge entstanden - vermutlich vor mehr als 9000 Jahren - und hatte sich dann erst von West nach Ost aber wohl auch nach Süden hin über große Bereiche des heutigen Sahara-Gebietes ausgebreitet[234,235]. Unterstützt wird diese Schlußfolgerung auch dadurch, daß der in Ägypten verherrlichte Ammon-Widder in Übereinstimmung mit den Felszeichnungen des Sonnenwidders des Atlas-Gebirges stets mit einem nach unten gedrehten Gehörn dargestellt wurde. Da in Ägypten lange Zeit hindurch aber nur das aus dem Osten eingeführte Schaf mit seitlich weit abstehenden gewellten Hörnern existierte, konnte der Ursprung des Ammonwidders nur auf den Sonnenwidder des Maghrebs zurückzuführen sein. Der Ammon-Kult war daher mit großer Wahrscheinlichkeit ein weit aus dem Westen stammendes Element einer bereits uralten Religion, die bei den alten Ägyptern erst sehr viel später im Laufe des 2.Jt.v.Chr. eine Wiederbelebung erfuhr. Nur ungern werden sich Ägyptologen dieser Meinung eines aus den Traditionen des Westens entstandenen altägyptischen Götterglaubens anschließen wollen, aber zusätzlich zu den Indizien, die die Felsbilder liefern, deuten auch die Namen der westlich Ägyptens gelegenen libyschen Völkerschaften auf diesen soeben geschilderten Zusammenhang hin. Wie uns Herodot mitteilte, lebten 800km westlich von Theben in der Oase Siwa die Ammonier, westlich davon die Nas-amon-en, noch weiter im Westen die Gar-aman-ten, und schließlich lag im äußersten Westen das Land Amen-ti. Diese Namen der libyschen Völker, die alle das Wort Ammon in sich bergen, sind ein weiterer Hinweis für die Abstammung dieser altägyptischen Gottheit aus einem vermutlich sehr viel älteren libyschen Kulturkreis[236]. Die Bezeichnung "libysch" bzw. "Libyen" ist in diesem Zusammenhang allerdings nur als ein Ausdruck für die Gebiete westlich Ägyptens zu verstehen.

Doch in den Jahrtausende alten Felsgravierungen des Maghrebs tauchen nicht nur Schafe mit einer Sonnenscheibe geschmückt auf, sondern vereinzelt besitzen auch Rinder und andere Horntiere, wie der Altbüffel und Gazellen eine solche Sonnenscheibe[237]. Diese Felszeichnungen bleiben nicht auf den Maghreb beschränkt, sondern erscheinen auch in großen Teilen der Sahara, was für eine anscheinend sehr überzeugende, sich rasch ausbreitende religiöse Haltung spricht. Der Felsbildforscher Walter Resch untersuchte in einer seiner Studien zu den Felsbildern Nordafrikas insbesondere die Rinderdarstellungen. Wie der von ihm aufgezeigte Verlauf der Felsbildstationen der Rinder mit Sonnenscheibe zwischen den Hörnern erkennen läßt, führte die Ausbreitung des Sonnen-Kults offensichtlich vom Maghreb, wo wiederum die ältesten Gravierungen auch des Sonnenrinds zu finden sind, in südöstlicher Richtung durch Gebiete der heutigen Sahara schließlich in das Niltal und darüber hinaus in die ägyptische Ostwüste[238,239]. Zu jener Zeit, als der Kult des Sonnenrinds das Niltal erreichte, war von dem ägyptischen Pharaonenstaat noch weit und breit nichts zu entdecken.

40 Felsgravierung von Rindern mit Sonnenscheiben und Halsband aus dem Sahara-Atlas, ca. 8-10.000 Jahre alt (nach einer Zeichnung von Frobenius[240])

Wie zuvor schon beim Sonnenwidder drängt sich auch in Bezug auf das Sonnenrind der Vergleich mit den späteren altägyptischen Götterdarstellungen auf, in denen das Gehörn des Rinds mit der eingeschlossenen Sonnenscheibe einen festen, immer wiederkehrenden Bestandteil der ägyptischen Ikonographie bildete. Beispiele hierfür sind insbesondere die Darstellungen der Göttinnen Hathor und Isis oder die Darstellung des Apis-Stieres. Die ägyptische Götterwelt scheint daher auf sehr viel ältere religiöse Vorstellungen zurückzugehen, die bereits während der feuchtwarmen Jahrtausende nach dem Ende der Eiszeit viel weiter im Westen Nordafrikas entstanden waren und im Laufe weiterer Jahrtausende zu einem weitverbreiteten nordafrikanischen Gedankengut wurden.

41 Felsbild eines Sonnenrindes aus der Sahara (aus Resch[241])

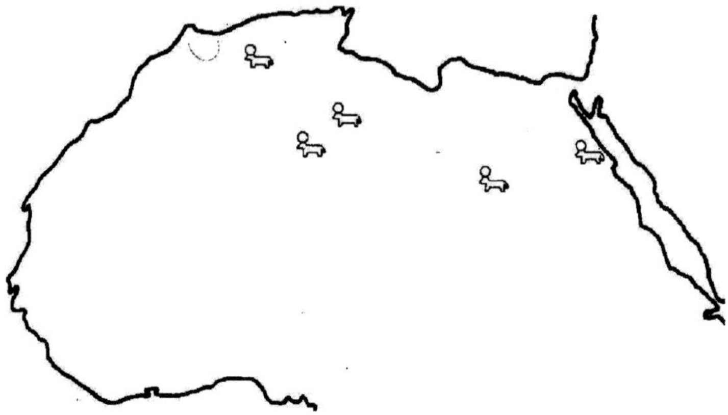

42 Verbreitung der "Sonnenrind"-Darstellungen (aus Resch[242])

Die aufgezeigte Ausbreitung des "Sonnenrinds" durch weite Gebiete der heutigen Sahara hindurch war nur möglich in Verbindung mit einer langanhaltenden Feuchtphase in Nordafrika, so daß weite Bereiche der heutigen Sandwüste einst ausgedehnte Graslandschaften dargestellt haben müssen. Das damalige Nordafrika muß als ein weitgehend fruchtbarer, vom Ozeanus (heutiger Atlantik) bis zum Roten Meer reichender zusammenhängender Landschaftsraum gedacht werden, so daß eine Durchquerung über eine längere Epoche hinweg möglich war.

43 Die ägyptische Göttin Hathor wurde häufig als Kuh mit der Sonnenscheibe zwischen den Hörnern dargestellt. (Zeichnung nach einem altägyptischen Relief)

Auf einigen Felsbildern des Sahara-Atlas findet man auch den Menschen dieses frühen Neolithikums dargestellt. Häufig tragen die Männer eine gepunktete, runde Kopfbedeckung, von der zahlreiche Fransen ausgehen. Unschwer erkennt man hierin dieselbe Art Fellmütze wieder, die auch zum Teil auf den Felsbildern des Sonnenwidders erscheint. Daß der Lebensraum dieser Menschen, die einerseits noch der Jagd auf Wild nachgingen, aber auch bereits Tiere domestizierten, keineswegs auf den Maghreb beschränkt blieb, sondern schon frühzeitig auch weite Gebiete der heutigen Sahara umfaßt haben muß, kann man Felsbildern gleichen Stiles entnehmen, die rund 1000km südlich der Atlas-Ketten im algerischen Tassili n'Ajjer-Gebirge zu finden sind. Hier erscheinen Felsgravierungen desselben Jägers mit "Fransenmütze". Wie bereits in den Darstellungen des Maghrebs tauchen diese Jäger auch hier in Verbindung mit dem heute ausgestorbenen Altbüffel (*Bubalus antiquus*) auf. Einige Darstellungen liefern Hinweise darauf, daß es zu dem Ritual dieser Jäger gehörte, sich mit dem Schwanz des gejagten Tieres, möglicherweise auch mit den Testes des Altbüffels zu schmücken. Dies ist recht interessant, denn der Tierschwanz ist auch noch in den sehr viel späteren ägyptischen Reliefs ein Merkmal zur Darstellung der hellhäutigen, libyschen Krieger des Westens. Man könnte die BUBALUS-Jäger daher wohl bereits als Urlibyer bezeichnen[243]. Was aber noch viel erstaunlicher ist, noch einige tausend Jahre nach dem Erscheinen dieser BUBALUS-Jäger im Westen Nordafrikas gehörte der am Gürtel getragene Tierschwanz zur Ausstattung des ägyptischen Königs. Erneut offenbar hatte ein wichtiges rituelles Element ägyptischer Kultur seinen Ausgangspunkt im weit entfernten Westen Nordafrikas und war von dort aus zu irgendeiner Zeit in das Niltal gelangt. Da man im algerischen Tassili-Gebirge eine unglaubliche Vielfalt an Felsbildern aus nahezu allen Epochen der Vergangenheit vorfand, hat man versucht, anhand der abgebildeten Tiere und der relativen Schichtung der Bilder zueinander eine chronologische Abfolge zu erstellen. Darin stellen die Gravierungen, in denen der Altbüffel auftaucht, die unterste und zugleich älteste Felsbildschicht dar. Sie wird daher als BUBALUS-PERIODE, etwas allgemeiner manchmal auch als PERIODE DER JÄGER bezeichnet[244,245]. Wie zuvor erläutert, steht diese Felsbildschicht in unmittelbarem Zusammenhang zur Felsbildkunst des Atlas-Gebirges und deutet somit auf die Ausbreitung einer aus dem Maghreb stammenden frühneolithischen Kultur hin. Inmitten der Wüste, dort, wo man heute außer Sand, Geröll und kahlen Felsen bestenfalls ein paar dürre Streucher antrifft, legen die naturalistischen Felsgravuren der BUBALUS-PERIODE noch immer Zeugnis ab von einer Zeit, als die Sahara ein an Tieren und Planzen reiches Weideland darstellte. Nicht nur der Altbüffel, sondern auch Giraffen, Nashörner, Elefanten, Strauße, Rinder, ja sogar Pelikane sind naturgetreu in den eingravierten Felsbildern wiedergegeben[246,247]. Heute läßt sich anhand von Satellitenbildern die ausgeprägte Fluß- und Seenlandschaft der nacheiszeitlichen Feuchtphasen zwar noch erahnen, stellen doch große Gebiete des Sahara-Raums aus dem Weltall betrachtet ein dicht verzweigtes Netz ehemaliger Wasseradern dar, doch ohne die Existenz dieser großartigen Felsbild-Galerien würde es heutzutage dennoch kaum jemand für möglich halten, daß die Sahara einst feucht genug war, daß die Menschen in vielen Gebieten damals sogar Fischfang betreiben konnten.

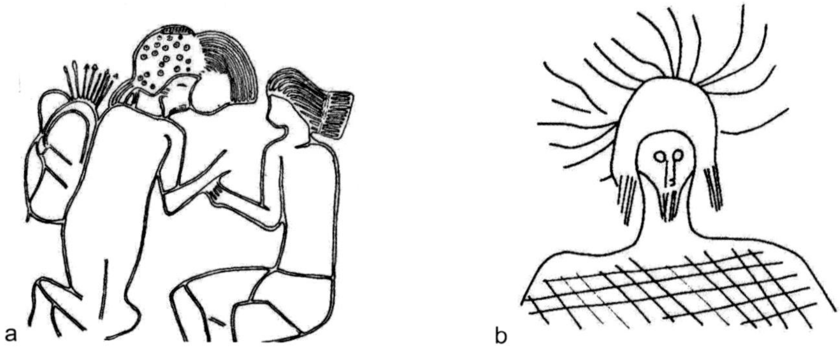

44 Felsbilder des BUBALUS-Jägers mit "Fransen-Mützen" aus dem Sahara-Atlas.
a) Ain Naga (aus Lhote[248]) b) Kheloua Sidi Cheikh (aus Camps[249])

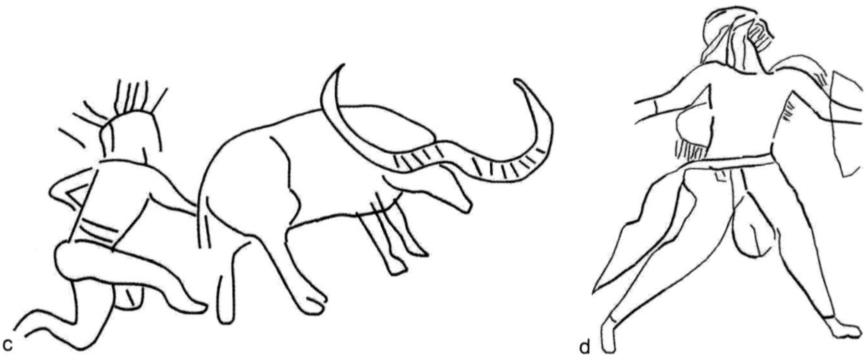

45 Felsbilder des BUBALUS-Jägers mit "Fransen-Mütze" aus dem Tassili n'Ajjer.
c) Wadi Djerat, (nach einer Photographie aus Hugot[250])
d) Wadi Djerat, Dieser "Urlibyer" schmückte sich offensichtlich mit Testes und Tierschwanz des Altbüffels (nach einer Photographie aus Hugot [251])

Zu irgendeiner Zeit rückte die Gravurtechnik im algerischen Tassili-Gebirge in den Hintergrund und man entdeckte neue Ausdrucksmöglichkeiten durch Verwendung der überall zu findenden Farbpigmente zur Erschaffung teils überlebensgroßer bunter Felsbilder, die nicht mehr nur die gejagten Tiere zeigten, sondern in zunehmendem Maße auch den Menschen selbst abbildeten. Die Orte, an denen solche Fresken entstanden, wurden anscheinend über sehr lange Zeiträume hinweg kontinuierlich aufgesucht wodurch es immer wieder dazu kam, daß ältere Bilder zumindest teilweise mit neuen Darstellungen übermalt wurden. Da es nicht möglich ist, das Alter solcher Felsbilder direkt zu bestimmen, können nur die Bildinhalte und das Erscheinen bestimmter Tiere, deren Ausbreitungsgeschichte man zu kennen glaubt, zur relativen Altersbestimmung herangezogen werden. Eine chronologische Abfolge der zahlreichen Felsbildschichten ließ sich recht sicher anhand der verschiedenen Überlagerungen rekonstruieren. Der Felsbildforscher André Lhote unternahm eine Reihe von Expeditionen zu den nordafrikanischen Gebirgen, so auch in das Tassili-Gebirge Algeriens und fertigte dabei detailierte farbige Kopien dieser prähistorischen Gemälde an, die in mehreren Büchern auch der Öffentlichkeit zugänglich gemacht wurden. Anhand der in den Felsbildern dargestellten Inhalte und der Art ihrer Übermalungen war es Lhote möglich, eine Abfolge der verschiedenen Epochen prähistorischer Kulturen in der Sahara zu erstellen, die im wesentlichen noch immer Bestand hat:
Neben den BUBALUS-Gravuren und den auch schon beginnenden farbigen Darstellungen dieser Epoche unterschied Lhote darauf folgend eine Periode der "RUNDKÖPFE". Typisches Merkmal der Felsbilder dieser Epoche sind Darstellungen von Menschen, die seltsamerweise nur in ihren Umrissen gezeichnet wurden. Die Köpfe dieser Figuren wurden vollkommen rund dargestellt, ohne Andeutung von Haaren oder Gesichtszügen. Und so könnte man darin eine bewußte Abstraktion in der Darstellung sehen, doch manche Bilder lassen darauf schließen, daß der ganze Körper unter einem Anzug verdeckt war, der ebenso den Kopf verhüllte, jedoch mit kleinen Öffnungen für die Augen versehen war. Es könnte sich daher auch um eine durchaus realistische Wiedergabe verhüllter Menschen handeln. Wiederum hat man parallel dazu auch im Maghreb Felsgravuren mit RUNDKOPF-Darstellungen gefunden. Anders als in der Sahara zeigen die Felsbilder des Maghrebs die RUNDKOPF-Figuren in einer auffälligen Gestik mit erhobenen Armen (Adoranten-Haltung) und stets in enger Verbindung mit Jagdszenen. So scheint es, daß es sich bei diesen Darstellungen um die Wiedergabe eines Jagd-Kults handelte, der im Maghreb entstanden war und sich darüber hinaus wohl auch nach Süden ausbreitete. Während die Felsgravuren des Maghrebs selbst Bestandteil des Kults gewesen zu sein scheinen und somit von den

Kultanhängern selbst erzeugt worden sein sollten, vermitteln die farbigen Felsmalereien im Tassili hingegen den Eindruck, daß es sich hierbei eher um die detailgenaue Dokumentation einer neuen und fremdartigen Erscheinung handelte. Das würde bedeuten, daß es sich bei den Felsbildkünstlern des Tassili nicht um die Anhänger des Jagdkults, sondern um reine Beobachter und zugleich hervorragende Künstler handelte.

46 Felsbilder der frühen RUNDKOPF-Periode aus der Sahara und aus dem Maghreb
links: "dokumentierende" Rundkopf-Darstellung aus dem Tassili-Gebirge (nach einer Zeichnung von Lhote[252])
rechts: "kultische" RUNDKOPF-Darstellung aus dem Sahara-Atlas (nach einer Zeichnung von Frobenius[253])
Der runde Kopf, die Fransen unter den Armen und der Taillengurt verraten, daß es sich in beiden Fällen um die gleiche Verkleidung handelt. Zugleich liegen die Fundorte dieser Felsbilder rund 1000km voneinander entfernt.

Mit diesen sehr verschiedenen Motivationen für die Erstellung von Felsbildern im Maghreb einerseits und in der Sahara andererseits ließe sich erklären, warum die Felsbildkunst im Maghreb mit dieser Periode mehr oder weniger bereits endete, während sie in den Gebirgen der Sahara noch über mehrere Perioden inhaltlicher Veränderungen hinweg auf hohem Niveau bestehen blieb: Zum Ende der RUNDKOPF-PERIODE scheint der Mensch des Maghrebs einen anderen Entwicklungsweg zu nehmen als der Mensch der Sahara. Die Epoche des reinen Jägers ist vorbei und damit tritt wohl auch der Jagd-Kult etwas in den Hintergrund. Tatsache ist, daß die sorgfältig polierten Felgravuren mit religiösen Inhalten im Maghreb fortan ausbleiben, vielleicht weil andere Möglichkeiten entstanden, die religiöse Haltung zum Ausdruck zu

bringen. Ungeachtet dieser Entwicklung im Maghreb behielt hingegen das Felsbild der Sahara-Künstler weiter seine dokumentierende Aufgabe und versorgt uns daher heute mit äußerst wertvollen Informationen über weitere vor- und frühgeschichtliche Epochen im Gebiet der Sahara, die z.T. aber auch Rückschlüsse auf die Entwicklungen im Maghreb zulassen.
Auf die Felsbild-PERIODE DER RUNDKÖPFE folgte die EPOCHE DER RINDERZÜCHTER. Enorm aufwendige, sehr detailreiche und in ihrer natürlichen Bewegung exzellent wiedergegebene Schaf- und Rinderherden zeugen von einer guten Beobachtungsgabe und einer enorm hoch entwickelten künstlerischen Fertigkeit der Felsbildmaler.

47 Felsbild der RINDEREPOCHE aus dem Tassili-Gebirge (Algerien) (nach einer Zeichnung von Lhote[254]).

48 Felsbildszene aus dem Tassili-Gebirge (Algerische Sahara): Schafhirte mit europäisch wirkenden Gesichtszügen und vermutlich blondem Haar (Nach einer Zeichnung von Lhote[255])

Aus vielen Bildern dieser Epoche läßt sich folgern, daß die Menschen, die zu dieser klimatisch günstigen Zeit den Westen Nordafrikas bewohnten, überwiegend hellhäutig waren. Die Felsmalereien geben den Menschen dieser Epoche mit auffallend europäischen Gesichtszügen wieder. Darüber hinaus sind einige der abgebildeten Menschen nicht nur hellhäutig sondern zudem auch mit hellem Haar dargestellt. Ein besonders beeindruckendes Beispiel bildet das nachfolgend wiedergegebene Felsbild eines hellhäutigen, mit Wurfholz bewaffneten bärtigen Mannes. Das lange gewellte Haar ist im Nacken zusammengebunden während der Kopf an den Seiten kahl geschoren zu sein scheint. Den Kopf ziert zudem ein eigenartiger Federschmuck. In besonderer Weise auffällig sind auch die helle Augenfarbe und der knickförmige Verlauf des Nasenrückens. Die Zeichnung läßt auf einen schmalen aber länglichen Schädel mit ausgeprägtem Hinterkopf schließen. Es handelt sich um markante Gesichtszüge, die auch noch heute vielfach bei den Berbern des Aures-Gebirges und der Kabylei im algerischen Maghreb festzustellen sind[256]. Die hellhäutigen europiden Menschen, die wir als Vorfahren der heutigen Berber ansehen können, waren, den Felsbildern nach zu urteilen, während der RINDERPERIODE im westlichen Sahara-Raum weit verbreitet, haben möglicherweise aber auch das weit entfernte Niltal erreicht. Es ist jedenfalls interessant festzustellen, daß sich ein sehr ähnlicher Typ, mit ebenfalls charakteristischer knickförmige Nase kombiniert mit blonden oder rotblonden Haaren mehrere tausend Jahre später bei Mitgliedern der ägyptischen Königsfamilien wiederfinden läßt, wie die gut erhaltenen mumifizierten Leichname von Sethos I., Ramses I., Ramses II., Merenptah, Yuya, Tyuyu und Tiye heute noch erkennen lassen[257].

49 Felsbild aus dem Tassili-Gebirge (Südalgerien): Über lange Zeiträume hinweg lebten hellhäutige Menschen mit europäischen Gesichtszügen nicht nur im Maghreb sondern auch bis in weite Gebiete der heutigen Sahara hinein. Besonders markant ist die knickförmige Nase dieses mit Wurfholz bewaffneten Jägers. (nach einer Photographie von Sèbe[258]).

50 Mumifizierter Kopf von Yuya, Vater der ägyptischen Königin Tiye, 18. Dynastie, 14.Jh.v.Chr. (nach einer Photographie in Reeves u. Wilkinson[259]) Ein länglicher schmaler Schädel mit markant knickförmigem Verlauf der Nase und blondes lockiges Haar gehören zu den auffälligen Gemeinsamkeiten mit dem oben dargestellten Jäger aus der FELSBILDPERIODE DER RINDERZÜCHTER.

Die Felsbilder des Tassili n'Ajjer halten eine Fülle weiterer Überraschungen bereit, für die auch die Experten der Felsbildforschung keine schlüssigen Erklärungen bereithalten. So sind zu den außergewöhnlichsten Felsmalereien sicher die Darstellungen von Schiffen inmitten der heutigen Wüste zu zählen. Henri Lhote berichtet in einer seiner Publikationen darüber, daß er an drei verschiedenen Orten solche Schiffsdarstellungen, die er als vorgeschichtliche ägyptische Nilbarken identifizieren zu können glaubt, entdeckt habe[260].

51 Felsbild aus dem Tassili-Gebirge (Algerien): Drei Menschen auf einem Boot versuchen vor einer gewaltigen Flutwelle zu fliehen. Das hochgezogene Ende des Bootes erinnert an den Kopf einer Giraffe. (nach Lhote[261])

Das oben abgebildete Felsbild aus dem Tassili zeigt ein Schiff mit beiderseits hoch gezogenen, sogar nach innen weisenden Enden. Eine solche vergleichbar aufwendige Bauform läßt darauf schließen, daß es sich um ein Schiff handelte, das bereits dazu gedacht war, auch mit erheblichem Wellengang klarzukommen. Eine reine Binnenschiffahrt auf ruhigen Flüssen oder Seen hätte eine solche Bootsform nicht erfordert. Das Felsbild läßt aber auch drei Menschen erkennen, die versuchen, vor einer gewaltigen Flutwelle zu fliehen. Unklar bleibt, welches Gewässer mit diesem Boot tatsächlich befahren wurde und ebenso ungeklärt bleibt leider auch die Frage nach dem Alter dieser Darstellung. Angesichts der abgebildeten Flutwelle könnte man natürlich die Vermutung anstellen, daß diese etwa in Zusammenhang zu bringen sein könnte mit den in Platons Dialogen geschilderten Überschwemmungen und Erdbeben, die schließlich den Untergang von Atlantis zur Folge hatten. Der Platon-Text weist explizit auf eine atlantische Schiffahrt hin, doch gegen einen Zusammenhang dieser Felsbildszene mit der von Platon überlieferten Katastrophe spräche, daß die Atlanter zum Zeitpunkt des Unterganges bereits weit entwickelte, vielrudrige Schiffe (Dreiruderer: Schiffe mit drei Ruderbänken übereinander) gebaut haben sollen.
Lhotes Hinweis, daß es sich bei diesem Schiff um eine ägyptische Barke handele, ist interessant, wenngleich seine Einschätzung mit großer Wahrscheinlichkeit falsch ist. Tatsächlich waren im Jahre 1932 Felsgravuren mit Darstellungen sehr ähnlicher Schiffstypen in einem Tal in Oberägypten entdeckt worden. Hans Winkler, der Entdecker dieser Felsbilder erkannte jedoch sofort, daß es sich nicht um einen ägyptischen Schiffstyp handelte, und daß auch die mit den Schiffen dargestellten Menschen ein unägyptisches Aussehen hatten, welches er in seiner Publikation auch detailiert erläutert. So ging Winkler davon aus, daß es Einwanderer eines fremden Landes sein mußten[262]. Die Felsgravuren in Oberägypten entstanden, wie man heute recht sicher weiß, mindestens einige Jahrhunderte vor der Entstehung des ägyptischen Staates und sind daher in das frühe 4.Jt.v.Chr., manche unter ihnen vielleicht sogar in das 5.Jt.v.Chr. zu datieren. Schon deshalb kann man nicht von einer ägyptischen Barke sprechen, wie Lhote in seinem Buch schreibt. Da es sich bei den von Winkler entdeckten Felsbildern jedoch in der Tat um recht ähnliche Schiffsdarstellungen mit ebenfalls sehr hochgezogenen Bootsenden handelt, ist der von Lhote genannte Vergleich mit den Tassili-Schiffen wohl dennoch angebracht. Lhote vergißt allerdings die Möglichkeit in Betracht zu ziehen, daß es sich bei den oberägyptischen Darstellungen um aus dem Westen stammende Schiffe handeln konnte. Hierfür würde u.a. sprechen, daß überwiegend Holzschiffe dargestellt zu sein scheinen, und Bauholz für Schiffe gab es in Ägypten kaum, im westlichen Nordafrika hingegen in ausreichendem Maße. Wenn es sich also bei den Tassili-

Gemälden um die gleichen Schiffstypen handeln sollte, wie jene, die in den oberägyptischen Gravuren dargestellt wurden, dann wären die Tassili-Schiffe ebenfalls in das 5. oder frühe 4. Jahrtausend v.Chr. zu datieren.
Auf die PERIODE DER RINDERZÜCHTER folgte in der Chronologie der Felsbilder der Sahara eine weitere Welle interessanter neuer Bildinhalte, nämlich die EPOCHE DER STREITWAGEN oder allgemeiner gefaßt die PFERDE-PERIODE[263]. Die Bilder zeigen einachsige, offene Wagen, die meistens von zwei galoppierenden Pferden gezogen werden[264]. Auf dem Wagen befinden sich ein oder z.T. auch mehrere, meist mit langen Speeren bewaffnete Krieger. Während die vorangegangenen Perioden nahezu durchgängig friedvolle Szenen dargestellt hatten und geradezu als harmonisch das Miteinander der Menschen auch unterschiedlicher Rassen ausdrückten, dokumentieren die Bilder dieser EPOCHE DES PFERDES nun zum einen technologischen Fortschritt und Wohlstand, zunehmend aber auch kämpferische Auseinandersetzungen. Eine der Ursachen solcher beginnender Auseinandersetzungen könnte darauf zurückzuführen sein, daß es während der vorangegangenen besonders fruchtbaren Zeiträume wohl einen deutlichen Anstieg der nordafrikanischen Bevölkerungsdichte gegeben hatte, nun aber das Klima stetig wärmer und trockener wurde, so daß sich die Lebensräume allmählich verringerten. Im Gegensatz zum Sahara-Raum dürfte der Maghreb aufgrund seiner geographischen Lage zum Meer und seiner riesigen bewaldeten Gebirgsketten über sehr viel längere Zeiträume hinweg in den Genuß eines weiterhin feuchten Klimas gekommen sein.

52 Felsgravur eines zweispannigen Kampfwagen in "fliegendem Galopp" aus dem Tassili-Gebirge (Südalgerien). Der mit einer Feder am Kopf geschmückte Wagenlenker ist mit mehreren langen Speeren bewaffnet. Die zahlreichen Streitwagen-Felsbilder der Sahara zeigen eine Vielfalt von Varianten, so z.B. Räder mit 4,5 oder 6 Speichen, in anderen Fällen wiederum werden die Streitwagen von 4Pferden gezogen. (nach einer Photographie von Bruggmann[265])

Während die früheren Felsbild-Perioden zeitlich nur äußerst schwer einzuordnen sind, glaubt man in Bezug auf die PFERDE-ZEIT gute Gründe dafür vorbringen zu können, daß diese Phase erst nach 1500v.Chr. stattgefunden haben kann. Denn erst in jener Zeit taucht erstmalig das Pferd in Ägypten auf und von dort aus, so nehmen Wissenschaftler an, hätten sich Pferd und Wagen dann nach Westen ausbreiten können[266,267]. Doch die Rechtfertigung dieser Schlußfolgerung muß aus verschiedenen Gründen stark in Zweifel gezogen werden. So läßt z.B. der Vergleich der Darstellungen des Pferdes in den ägyptischen Reliefs mit jenen der Felsbilder darauf schließen, daß das "libysche" Pferd der Felsbilder von der Rasse her ein anderes war als das ägyptische[268]. Das Pferd der Felsbilder ist sehr viel kompakter und mit einem kurzen breiten Hals und einem geraden Rücken ähnelt es in vielen Fällen eher einem Rind. Ein viel entscheidenderer Grund, der gegen die Ausbreitung des Pferdes von Ost nach West spricht, ist aber der späte Zeitpunkt selbst, denn nach 1500v.Chr. war die Wüstenbildung schon sehr weit vorangeschritten. Es scheint nicht recht plausibel zu sein, daß ein unbekanntes Tier, welches vergleichsweise viel und häufig Wasser benötigt, ausgerechnet zu einem Zeitpunkt im libyschen Gebiet eingeführt worden sein soll, als die Wüste erneut um sich greift und Rinderherden aus den alten ehemaligen Weidelandschaften nahezu verschwunden sind. Der angenommene Zeitpunkt für die Einfuhr des Pferdes erscheint ganz einfach zu spät, als daß sich die Menschen noch auf die Probleme des Umganges mit diesem für die Wüste ungeeigneten Tier bei zunehmend trockenerem Klima hätten einstellen können. Da in einigen Felsbildern die Pferdewagen jedoch zusammen mit Giraffen auftauchen[269,270], die Giraffe ihrerseits aber einen Indikator für fruchtbare Landschaften mit ausreichendem Baumbestand darstellt, muß daraus gefolgert werden, daß das Pferd im Westen Nordafrikas bereits zu einer Zeit existierte, als der Sahararaum noch vergleichsweise fruchtbar war. Es ist nicht unwahrscheinlich, daß das "libysche" Pferd bereits zum Ende der Eiszeit im Maghreb und im Westen Europas beheimatet war. Eiszeitliche Felsbildkunst in den Höhlen der iberischen Halbinsel, stellte das Pferd bereits um 20.000v.Chr. dar. Insgesamt muß daher der Ansatz eines limitierenden Datums von 1500v.Chr. ebenso wie die Idee von der Einführung des Pferdes von Osten her verworfen werden. Während die zuvor genannten älteren Epochen der Felsbildkunst (BUBALUS-, RUNDKOPF- und RINDERPERIODE) schon von großer Bedeutung waren, weil sie wesentliche Hinweise darauf lieferten, daß einige der ältesten religiösen Vorstellungen des alten Ägypten auf frühneolithische Entwicklungen im Bereich des Maghrebs und der westlichen Sahara-Gebiete zurückzuverfolgen waren, lassen sich mit der EPOCHE DER PFERDEWAGEN nun auch eindeutige Errungenschaften einer

dort existierenden Hochkultur feststellen. Doch bleibt eine genaue Datierung dieser Epoche vorerst schwierig.
Kehren wir kurz zurück zu Platons Erzählung: Wer die ausführlichen Schilderungen des atlantischen Staates in Platons KRITIAS am Anfang dieses Buches aufmerksam gelesen hat, der wird sich angesichts der Abbildung von Streitwagen in den Felsbildern der Sahara möglicherweise an eine bestimmte Passage des Atlantis-Textes erinnert fühlen, in welcher ebenfalls Pferdewagen als wesentlicher Bestandteil der atlantischen Streitkräfte genannt werden. In der Beschreibung von Atlantis geht Platons Bericht detailiert auf die militärische Einrichtung im bedeutsamsten der 10 atlantischen Staaten ein:

"Was aber die Zahl der Bewohner anbetrifft, so bestand die Anordnung, daß in der Ebene selbst an kriegstüchtigen Männern jedes Grundstück einen Anführer zu stellen hatte; die Größe eines jeden Grundstückes aber betrug gegen hundert Quadratstadien, und die Zahl von ihnen allen sechzigtausend; auf den Gebirgen dagegen und im übrigen Lande zählte man eine unsägliche Menschenmasse, alle jedoch waren nach ihren Ortschaften und Flecken je einem dieser Grundstücke und Führer zugeteilt. Die Führer nun aber hatten die Verpflichtung zum Kriege ihrer sechs zusammen einen Kriegswagen zu stellen, so daß deren insgesamt zehntausend wurden, ferner ein jeder zwei Rosse und Reiter, dazu noch ein Zwiegespann ohne Sessel, welches mit einem Krieger bemannt war, der einen kleinen Schild trug und auch herabsteigend zu Fuße kämpfte; außer diesem Wagenkämpfer aber mit einem Lenker für die beiden Rosse; ferner zwei Schwerbewaffnete und an Bogen- und Schleuderschützen je zwei, und ebenso an Stein- und Speerwerfern ohne Rüstung je drei; endlich vier Seeleute zur Bemannung von zwölfhundert Schiffen. So war das Kriegswesen in dem königlichen Staate angeordnet; in den andern neun Staaten aber auf verschiedene Weise, deren Erörterung zu lange Zeit in Anspruch nehmen würde" [271]

In der Form, wie der Platon-Text das Militärwesen zusammenfaßt, mag dieses bereits sehr groß erscheinen, doch wird dessen wahrhaft gigantische Größe erst deutlich, wenn man einmal die einzelnen Gruppen ausmultipliziert (Tab.53).
Der Schilderung zufolge hatte die Streitmacht demnach aus mehr als 1Millionen Mann bestanden. Hieraus wäre zu folgern, daß allein das Herrschaftsgebiet des Atlas mehrere Millionen Menschen umfaßt haben mußte. Es hat noch nie einen Hinweis dafür gegeben, daß an der von Platon geschilderten Streitmacht auch nur irgendetwas dran sein könnte. Umso bedeutender ist es, wenn man feststellen muß, daß Platons Schilderung zweispänniger Streitwagen, auf zutreffende Weise die Pferdewagen der

Felsbilder beschreibt. Denn in der Tat handelt es sich bei den Felsmalereien fast ausnahmslos um zweispännige Pferdewagen. Zudem ist der Wagen in vielen Fällen mit langen Speeren ausgestattet, wie es auch der Bericht erwähnt.

Anführer	*60.000*
Kriegswagen	*10.000*
Reiter und Rosse	*120.000*
Zwiegespanne	*60.000*
Wagenlenker (Zwiegespann)	*60.000*
Krieger (Zwiegespann)	*60.000*
Schwerbewaffnete	*120.000*
Bogenschützen	*120.000*
Schleuderschützen	*120.000*
Stein- und Speerwerfer	*180.000*
Seeleute	*240.000*
Schiffe (200Mann/Schiff)	*1.200*

53 Ausmultiplizierte Darstellung der von Platon beschriebenen Streitmacht der Atlanter

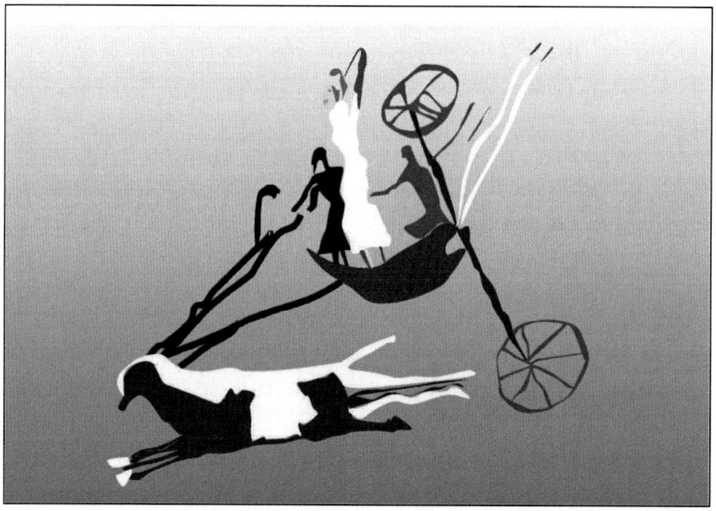

54 Felsbild-Darstellung eines "Zwiegespanns" oder eines "Kriegswagen", der von zwei galoppierenden Pferden gezogen wird. Neben dem stehenden Wagenlenker und einem ebenfalls stehenden Speerwerfer befindet sich noch eine dritte Person vermutlich auf einem Sessel sitzend auf dem Wagen. Tassili-Gebirge (Südalgerien). (nach einer Zeichnung von Lhote[272])

Wie die hier abgebildete Felsmalerei aus dem Tassili zeigt, gab es auch jene von mehreren Personen besetzten Zweigespanne, von denen im Atlantis-Text die Rede ist. Neben dem Wagenlenker sind ein Speerwerfer und ein weiterer, auf einem Sessel sitzender Krieger auf dem Gespann-Wagen zu erkennen. Nicht unbedingt selbstverständlich ist die somit festzustellende Übereinstimmung mit der von Platon überlieferten Beschreibung dahingehend, daß es sowohl Gespanne mit Sessel gab, als auch solche ohne denselbigen.
Es sind aber nicht allein die Details der verschiedenen Pferdewagen-Darstellungen, die hier von höchstem Interesse sind, sondern genauso überaschend und aufschlußreich ist auch eine Betrachtung der geographischen Verbreitung der über 300 Streitwagen-Bilder Nordafrikas (s.folgende Abbildung). Im südlichen Maghreb in Algerien beginnend zieht deren Spur südwestwärts zur marokkanischen Atlantikküste, weiter in südlicher Richtung durch Westsahara und Mauretanien bis zum Nigerbogen in der heutigen Republik Mali, weiter nordostwärts durch die Gebirge Adrar des Iforhas (Mali), Hoggar (Algerien), Air (Niger), Tassili n'Ajjer (Algerien), Fessan (Libyen) und Tibesti (Tschad). Die Verteilung macht deutlich, daß der Pferdewagen nur im Westen Nordafrikas gesichtet wurde und schon deshalb kaum etwas mit dem ägyptischen Pferd des Ostens zu tun haben konnte. Anhand des unerwartet weit verteilten Auftauchens dieser Felsbilder, sogar bis südlich des 20. Breitengrades, muß man vernünftigerweise davon ausgehen, daß das Klima zu der damaligen Zeit noch ausreichend feucht gewesen sein muß. Dies wiederum würde eher für ein höheres Alter dieser Felsbildepoche als bisher angenommen sprechen. Der Felsbildforscher André Lhote glaubte bei der Verfolgung der Spur der Pferdewagen-Darstellungen auf eine alte Handelsstrasse gestoßen zu sein, die das Mittelmeer mit dem Niger verbände[273]. Dieser Gedanke war nicht abwegig, doch das Verbreitungsgebiet der Pferdewagen-Darstellungen erstreckt sich nicht nur über mehr als 2000km von Nord nach Süd, sondern besitzt zugleich eine West-Ost-Ausdehnung von nahezu 2500km. Was sich da anhand der Pferdewagen-Bilder abzeichnete, war daher weitaus mehr als nur ein geradliniger Handelsweg. Es ist doch naheliegender anzunehmen, daß die Bilder in erster Linie das beanspruchte Territorium eines gut organisierten, im Westen Nordafrikas gelegenen Staates erkennen ließen. Geschichtswissenschaftler werden einer solchen Schlußfolgerung sicher keinen Raum gewähren wollen, aber wie groß die Diskrepanz zwischen dem ist, was gegenwärtig die früheste Geschichte des westlichen Nordafrikas darstellt und dem, was an Felsbildfunden diesem bislang unerklärlich gegenübersteht, veranschaulicht sehr deutlich die Grafik der Verteilung der nordafrikanischen Pferdewagen-Darstellungen nach Camps[274]. Die in der Grafik schraffierten Gebiete stellen etwa diejenigen

Bereiche des westlichen Nordafrikas dar, die bei ihrem frühgeschichtlichen Auftreten den Streitwagen besessen haben konnten. Hierzu gehörten die Karthager, Numider, Siedler der Cyrenaika und die Garamanten. Diese bevölkerten jedoch nur die küstennahen Gebiete und das auch erst sehr spät, nämlich gegen Mitte des ersten vorchristlichen Jahrtausend. Da aber schraffierte geschichtliche Bereiche und die Spur der Streitwagen-Darstellungen in absolut unverträglicher Weise auseinander liegen, kann die geschichtliche Zeit nicht als Erklärung der Felsbilder herangezogen werden. Daher muß es sich um einen prähistorischen, bislang unbekannten Staat handeln, der einst über ein gewaltiges Territorium herrschte.

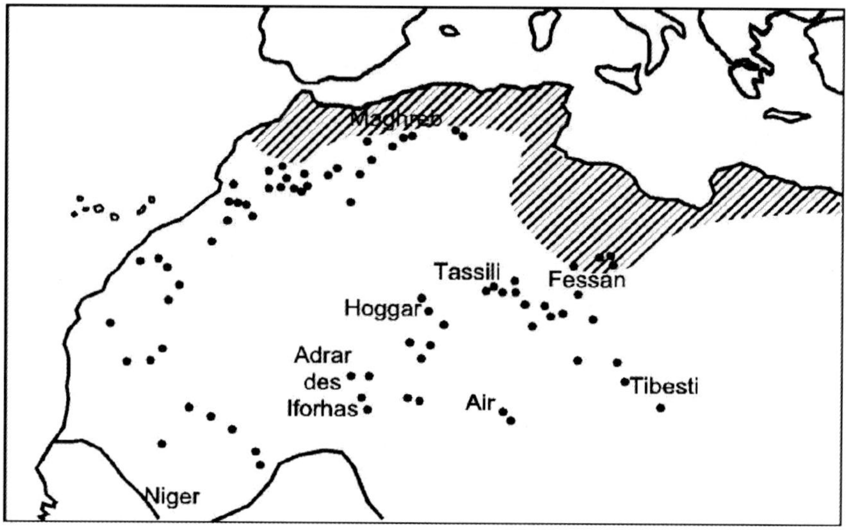

55 Verteilung der Felsbild-Orte, an denen man Pferdewagen-Darstellungen fand (schwarze Punkte). Vom südlichen Maghreb (Algerien) beginnend zieht die Spur zur Atlantikküste (Marokko), hinab durch Westsahara und Mauretanien bis kurz vor den Nigerbogen (Mali), weiter ostwärts durch die Gebirge Adrar des Iforas (Mali), Hoggar (Algerien), Air (Niger), Tassili n'Ajjer (Algerien), Fessan (Libyen) und Tibesti (Tschad). Der schraffierte Bereich hingegen markiert diejenigen Gebiete, in denen der Pferdewagen in geschichtlicher Zeit belegt ist. (nach einer Grafik von G.Camps[275])

Wann aber haben sich alle diese verschiedenen Epochen, die in den Felsbildern festgehalten wurden, ereignet? Wie lange haben die Epochen im einzelnen gedauert? Diese Fragen können bisher leider keineswegs als geklärt angesehen werden. Untersuchungen an Sedimentschichten in der zentralen Sahara haben jedoch in Verbindung mit Radiokarbondatierungen eine Rekonstruktion der feuchten und trockenen Klimaphasen der vergangenen 12.000Jahre zugelassen. Insgesamt lassen sich für die Zentralsahara 3 Feuchtphasen ausmachen, die offensichtlich durch zwei einschneidende Trockenperioden voneinander separiert waren. Es zeigte sich, daß in der zentralen Sahara bereits zum Ende der Eiszeit eine ausgeprägte Feuchtphase existierte, die über mehrere tausend Jahre vermutlich bis etwa 5000v.Chr. anhielt. Die ältesten Gravierungen des Maghrebs, welche Nashörner, Antilopen und Giraffen darstellten, sind bereits früh nach dem Ende der Eiszeit entstanden. Ebenso gehören auch die schon weiter entwickelten Darstellungen des Altbüffels und des Sonnenwidders dieser ersten großen Feuchtphase an (BUBALUS-PERIODE). Sie stellen die frühen Zeugnisse eines Jagd- und Sonnenkultes dar, der sich offenbar noch bis in die Zeit der ägyptischen Pharaonen erhalten hat. Mit der beginnenden Domestikation von Tieren vielleicht schon ab dem 9.Jt.v.Chr. scheint es Zeichen für ein frühes Neolithikum im westlichen Nordafrika zu geben.

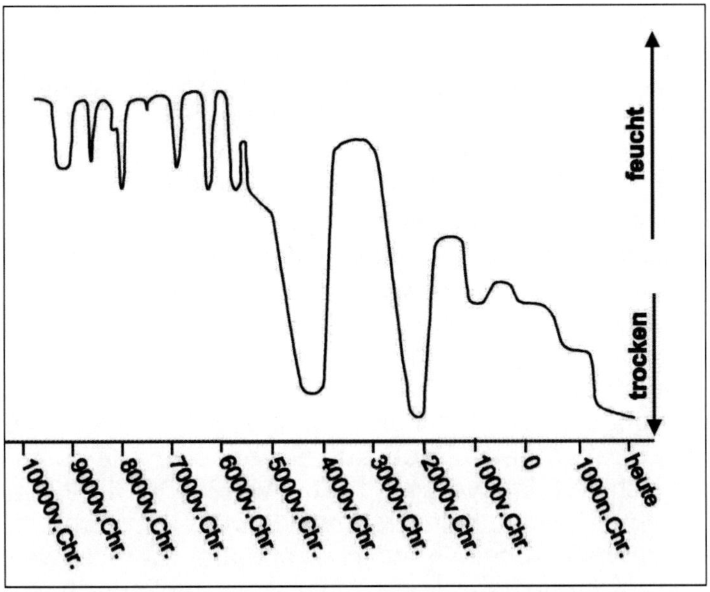

56 Feucht- und Trocken-Klimaphasen in der zentralen Sahara (nach Jäkel[276])

In enger Verbindung mit einem Jagdzauber sind Verkleidungen, insbesondere das Tragen von Masken zu sehen. Diese Entwicklung führt noch während der BUBALUS-PERIODE hin zur PERIODE DER RUNDKÖPFE. Hinter dem Rundkopf verbirgt sich der offenbar religiös naturverbundene Jäger des Maghrebs, der sich auch in den Sahararaum ausbreitet.

Die PERIODE DER RINDERZÜCHTER dürfte bereits zum Ende der ersten großen Feuchtphase begonnen haben. Jagd und Viehzucht scheinen noch nebeneinander vertreten gewesen zu sein. In einer Ausbreitungsbewegung von West nach Ost tragen die ersten hellhäutigen Rinderzüchter die kultischen Vorstellungen des Sonnenrinds und des Sonnenwidders schließlich bis ins Niltal und die nubische Wüste östlich des Nils. Die dort entdeckten Sonnenrind-Darstellungen sind vermutlich im 5.Jt.v.Chr. entstanden. Nach etwa 5000v.Chr. muß sich das Klima rapide verschlechtert haben und eine beinahe ein Jahrtausend anhaltende Trockenzeit ist die Folge. Es muß angenommen werden, daß der Osten und der Westen Nordafrikas durch die einsetzende Wüstenbildung erstmals auseinander drifteten. Im Osten zog es die Völker verstärkt ins Niltal, während im Westen der weiterhin klimatisch begünstigte Maghreb und die Gebirgsregionen der Sahara die bevorzugten Rückzugsgebiete bildeten. Der relativ einheitliche nordafrikanische Raum wurde mit dieser Trockenphase somit in zwei Teile "zerrissen". Zugleich ist in dieser Phase, in der sich viehzüchtende Völkerschaften aus dem Westen kommend an den Ufern des Nils niederließen, der Ausgangspunkt der Entwicklung hin zur späteren ägyptischen Hochkultur zu sehen. Nach dem Ende dieser ersten Trockenperiode gab es eine zweite Feuchtphase, die etwa um 4000v.Chr. begann und bis etwa 2500v.Chr. andauerte. Die zuvor verödeten Gebiete wurden erneut fruchtbar und boten wiederum günstige Bedingungen für die weite Verbreitung großer Schaf-, Ziegen- und Rinderherden in großen Teilen der heutigen Sahara. Auf einigen Felsbildern dieser zweiten RINDERPERIODE ist bereits das Pferd zu erkennen. Es scheint daher einen zeitlichen Überlapp zwischen Rinder- und Pferdezeit gegeben zu haben, der spätestens für die erste Hälfte des 3.Jt.v.Chr. anzunehmen ist. Die Tatsache, daß einige Felsbilder den Streitwagen in Verbindung mit Giraffen zeigen, würde auch dafür sprechen, daß der Streitwagen bereits während der zweiten Feuchtphase, also schon im 3.Jt.v.Chr. existierte, denn die Gegenwart von Giraffen setzt einen ausreichenden Baumbestand und damit ein noch sehr feuchtes Klima voraus[277]. Ab etwa 2500v.Chr. begann wiederum eine Phase extremer Trockenheit. Erst nach 2000v.Chr. wurde diese von einer weiteren Feuchtphase abgelöst, welche offenbar bereits weitaus weniger ausgeprägt war als die beiden vorangegangenen. Viele der Darstellungen von Streitwagen-Gespannen werden wohl zu Beginn dieser dritten Feuchtphase und damit zu Beginn des 2.Jt.v.Chr. entstanden sein. Seit nunmehr 4000 Jahren ist das Klima in der Zentralsahara stetig bis heute immer trockener geworden[278].
Zum Abschluß dieses Kapitels sollen die wesentlichen Erkenntnisse noch einmal zusammengefaßt werden:

Die durch Platon überlieferte Erläuterung des Priesters, der Krieg der Atlanter gegen die östlichen Mittelmeervölker habe 9000 Jahre zuvor - demnach grob etwa um 9500 v.Chr. - stattgefunden, muß als bislang einziger Fehler der gesamten Atlantis-Überlieferung beanstandet werden. Zu der genannten Zeit gab es noch keine metallverarbeitenden Hochkulturen. Und so passen auch die vielen weiteren, in der Erzählung enthaltenen Details in keiner Weise zum Entwicklungsstand der frühnacheiszeitlichen Bevölkerung Nordafrikas. Die beschriebene Blütezeit der Atlanter muß folglich sehr viel später gewesen sein. Selbst wenn das Datum von 9500v.Chr. für die Blütezeit von Atlantis wie geschildert nicht ernsthaft in Betracht gezogen werden kann, ist in diesem Kapitel jedoch auch deutlich geworden, daß sich im Maghreb bereits unmittelbar nach dem Ende der Eiszeit beginnend, Entwicklungen in Gang setzten, die noch Jahrtausende später in der Religion und der Kultur der alten Ägypter von zentraler Bedeutung waren. So dürfte die Darstellung des ägyptischen Gottes Amun (Ammon) als Widder mit Sonnenscheibe auf den um einige Jahrtausende älteren Kult des Sonnenwidders im Maghreb zurückgehen. Und so ist auch der Ursprung der späteren bedeutenden ägyptischen Gottheiten Hathor und Isis im engsten Zusammenhang mit den frühneolitischen Jägern des Maghrebs und des Sahara-Raumes zu sehen. Es war offenbar der hellhäutige Mensch des CAPSIEN, der Vorfahre der heutigen Berber, der sich während der nacheiszeitlichen Feuchtphasen vom Maghreb aus nicht nur nach Süden, sondern auch nach Osten ausbreitete, und im Zuge einer Vermischung mit Völkern aus dem Süden dabei vermutlich ein recht einheitliches nordafrikanisches Substrat bildete. Ein Großteil der altägyptischen Religion ist daher aus den Traditionen der nacheiszeitlichen nordafrikanischen Jäger entstanden, was sich u.a. auch durch das Tragen von Tiermasken zeigt. Dieses läßt sich bereits in der Felsbildperiode der Jäger erkennen und findet sich in Fortführung dieser uralten Tradition auch noch im späteren Pharaonenreich, beispielsweise in Form des schakalköpfigen Gottes Anubis oder des Gottes Seth, dargestellt durch den Kopf eines Windhundes. Selbst die für das alte Ägypten so typische "aspektivische" künstlerische Darstellung von Mensch und Tier in Gemälden und Flachreliefs erscheint schon sehr viel früher in den Felsgravuren des Maghrebs, des Tassili und des Fezzan-Gebirges (Libyen). Auch der Totenkult, die Vorstellung von einem Leben nach dem Tode und die sich hieraus ableitenden Grabbeigaben lassen sich bereits bei dem Menschen des IBEROMAURUSIEN und CAPSIEN erkennen und sind demzufolge um viele Jahrtausende älter als das Pharaonenreich.

Einen ersten deutlichen Hinweis auf einen tatsächlich im Westen Nordafrikas gelegenen weit entwickelten Staat liefern schließlich die zahlreichen Pferdewagen-Darstellungen, für die es bislang seitens der Geschichtsforschung keinerlei plausible Erklärung gibt. Sie fügen sich

hingegen so problemlos in Platons Darstellung von Atlantis ein, daß es schwer fällt, hierin nur einen Zufall zu sehen.
Wenn wir nun aber zu der Erkenntnis gelangt sind, daß Platons überlieferte zeitliche Angabe von 9000 Jahren vor Solon vollkommen verfehlt ist, dann sollte man der Frage nachgehen, wie es zu dieser fehlerhaften Angabe kommen konnte. Man wird diese Frage nicht eindeutig klären können, aber es ist nicht unwahrscheinlich, daß es der ägyptische Priester in Sais selbst war, der dieses verfehlte Datum verursachte. Der möglicherweise entscheidende Hinweis auf die Entstehung dieses Irrtums, findet sich in Platons TIMAIOS, nämlich in den darin wiedergegebenen Worten des ägyptischen Priesters:

"Ich will dir Nichts vorenthalten, mein Solon, sondern dir alles mitteilen, sowohl dir als eurem Staate, vor allem aber der Göttin zu Liebe, welche euren so wie unseren Staat gleichmäßig zum Eigentume erhielt und beide erzog und bildete, und zwar den euren tausend Jahre früher aus dem Samen, den sie dazu von der Erdgöttin Ge und dem Hephaistos empfangen hatte, und später ebenso den unsrigen. Die Zahl der Jahre aber, seitdem die Einrichtung des letzteren besteht, ist in unseren heiligen Büchern auf achttausend angegeben. Von euren Mitbürgern, die vor neuntausend Jahren entstanden, will ich dir also jetzt in kurzem berichten, [...]" [279]

Aus dieser Textstelle geht zunächst einmal hervor, daß der ägyptische Priester selbst gar nicht unmittelbar in der Lage war, den Krieg zwischen Atlantis und Ur-Athen zeitlich einzuordnen, denn ein konkreter Hinweis auf die Anzahl der Jahre, die seit dem Untergang von Atlantis bis zu dem Gespräch zwischen ihm und Solon vergangen waren, schien dem ägyptischen Originaltext über Atlantis nicht zu entnehmen gewesen zu sein.
Der Priester unternahm daher den Versuch, das Datum indirekt zu ermitteln. Einziger Anhaltspunkt, der sich ihm anhand der Atlantistexte bot, muß die Erwähnung des athenischen Staates und die gemeinsame Gründung von Athen und Ägypten durch die Göttin Neith gewesen sein. Offenbar enthielt einer der Texte auch einen Hinweis darauf, daß der Staat Athen eintausend Jahre früher entstanden sein soll. Der ägyptische Priester nahm daraufhin die *"heiligen Bücher"* hinzu, und ermittelte daraus das Alter des ägyptischen Staates. Die *"heiligen Bücher"* enthielten offenbar den ägyptischen Gründungsmythos und ganz offensichtlich war auch das daraus entnommene Alter von 8000Jahren ein rein mythologisches. Der Priester addierte schließlich noch die eintausend Jahre der Differenz hinzu und nannte Solon daher ein Alter des athenischen Staates von 9000Jahren.
Diese absurd hohe Zahl, die ganz entscheidend zur Kritik an Platons Atlantis-Erzählung beigetragen hatte, war mit großer Wahrscheinlichkeit also gar nicht

Inhalt des ägyptischen Originaltextes gewesen, sondern ging auf mysteriös hohe, in Ägypten kursierende Altersangaben zurück.
Aber so kurios es klingen mag, gerade diese phantastische Zahl von 9000Jahren hätte die Glaubwürdigkeit der Platonschen Überlieferung eher zusätzlich noch untermauern müssen, denn Platon war nicht der einzige, dem ein so hohes Alter Ägyptens mitgeteilt wurde. Auch Herodot erfuhr bei seinem Besuch im ägyptischen Sais von einem ebenso hohen Alter des dynastischen Ägypten und er teilt uns in seinen HISTORIEN detailiert mit, wie man ihm dieses hohe Alter glaubhaft gemacht hatte:

"Soweit der Bericht der ägyptischen Priester über die alte ägyptische Zeit. Sie haben mir nachgewiesen, daß zwischen dem ersten König von Ägypten und jenem letztgenannten Priester des Hephaistos dreihunderteinundvierzig Menschenalter liegen. Denn so viele Oberpriester und Könige hat es im Laufe dieser Zeit gegeben. Nun machen aber dreihundert Generationen einen Zeitraum von zehntausend Jahren aus. Denn drei Menschenalter sind gleich hundert Jahren. Zu den dreihundert kommen noch die einundvierzig Menschenalter, das macht eintausenddreihundertvierzig Jahre. Das heißt also: in einem Zeitraum von elftausenddreihundertvierzig Jahren haben nur menschliche Könige [...] in Ägypten geherrscht."[280]

Die von uns zu Recht als unglaubwürdig empfundenen *"neuntausend Jahre"* in Platons Überlieferung gehen daher aller Wahrscheinlichkeit nach auf einen systematischen Fehler in den herangezogenen ägyptischen Chroniken zurück. Etwas anderes anzunehmen, als daß Platon und Solon absolut wortgetreu den Bericht des ägyptischen Priesters übernommen hatten, erscheint somit nach wie vor nicht gerechtfertigt.

12 Zu den Anfängen Ägyptens

Platons Atlantis-Erzählung war, wie sich im Laufe dieser Recherche immer weiter bestätigt hat, in weiten Teilen eine offenbar wortgetreue Kopie einer aus Ägypten stammenden Inschrift. Aus dieser Inschrift ging hervor, daß sich der atlantische Herrschaftsbereich über Libyen hinweg bis nach Ägypten erstreckt hatte[281]. Es ist nun kaum vorstellbar, daß einzig die erwähnte Inschrift im Tempel der Neith zu Sais über diesen derart mächtigen Gegner im Westen Ägyptens berichtet haben soll. Vielmehr wäre doch zu erwarten, daß es in den vielfältigen ägyptischen Texten und den unzähligen anderen archäologischen Funden Ägyptens eine ganze Reihe direkter und indirekter Hinweise auf Atlantis gibt. Es ist daher nur allzu wahrscheinlich, daß die wesentlichen Indizien, nach denen wir hier noch suchen, namentlich solche, die eine mächtige und hochentwickelte Kultur im Westen Ägyptens beschreiben, bereits seit Jahrzehnten völlig offensichtlich und unverschleiert vor den Augen der Ägyptologen liegen, ohne daß diese versucht, oder in der Lage wären, die nötigen Schlüsse daraus zu ziehen. Bereits im vorangegangenen Kapitel traten bei der Beleuchtung der Vorgeschichte des Maghrebs einige interessante Zusammenhänge zwischen Niltal und Maghreb hervor. Nun ist aber die ägyptische Vor- und Frühgeschichte in unvergleichbarer Weise besser untersucht und dokumentiert als die des Maghrebs. Die Aussicht, die entscheidenden Hinweise auf jenes im Westen gelegenene Volk zu entdecken, wenn es denn so bedeutend war, wie Platon es beschrieben hatte, sollte deshalb entsprechend günstig sein. Es gilt daher nun auch die Anfänge des alten Ägypten etwas genauer zu betrachten.

Die geschichtliche Zeit Ägyptens beginnt gegen 3000v.Chr. mit der Vereinigung zweier prähistorischer Königreiche, nämlich Oberägypten im Süden und Unterägypten im Norden[282]. Ein ägyptischer Priester namens Manetho erstellte im 3. Jahrhundert v.Chr. eine in griechisch verfaßte Chronologie der ägyptischen Geschichte. Seinem Werk folgend teilt man noch heute die Geschichte Ägyptens in 30 aufeinanderfolgende Herrschaftshäuser, sogenannte Dynastien ein[283]. Doch die ägyptische Hochkultur setzte nicht abrupt zu Beginn des 3. Jahrtausends v.Chr. ein, vielmehr gab es bereits lange vor dieser dynastischen Zeit im Niltal eine Reihe von wegbereitenden Vorläuferkulturen. Wie bereits im vorangegangenen Kapitel geschildert wurde, muß es während der ersten großen nacheiszeitlichen Feuchtphase (12.000-5000v.Chr.) eine allmähliche Ausbreitung viehzüchtender Bauern und Jäger von Westen her kommend nach Osten gegeben haben. Vermutlich wurde mit ihnen der Sonnenkult "transportiert", so daß im Süden Ägyptens, östlich des Nils (Oberägypten und Unternubien) Felsbilder von Rindern mit

Sonnenscheibe entdeckt wurden[284,285]. Ein sich nach 5000v.Chr. verschlechterndes, trockeneres Klima zwang große Teile der westlich des Nils wohnenden Völkerschaften nach und nach, ihre alten Siedlungsgebiete aufzugeben und mit ihren Schaf-, Ziegen- und Rinderherden weiter ostwärts in das Niltal, in die Nähe des Flusses zu ziehen. Die eintretende Wüstenbildung begann somit, den Osten und Westen Nordafrikas voneinander zu trennen. Zu diesen frühen, etwa um 5000v.Chr. im Niltal ansiedelnden neolithischen Völkerschaften gehörten u.a. die nach ihren Fundorten benannten Kulturen von FAYJUM, MERIMDE, EL-OMARI im Norden und BADARI im Süden[286].

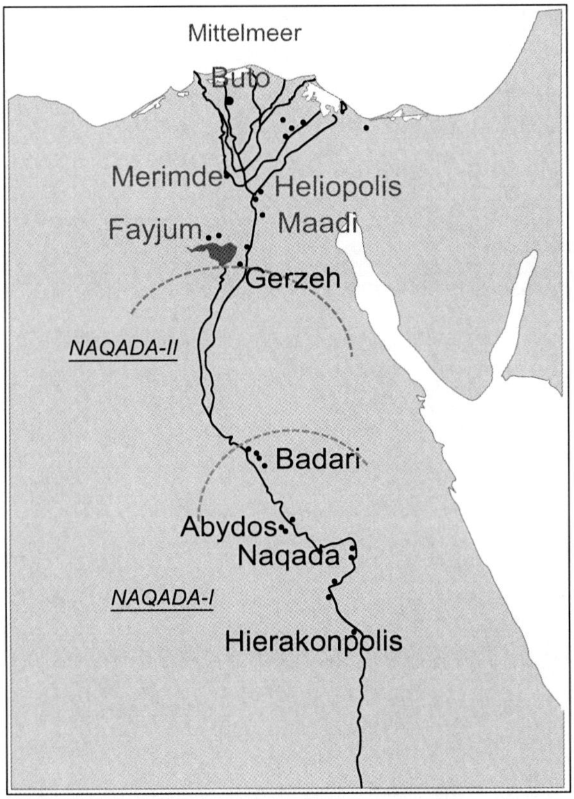

57
Übersichtskarte der prädynastischen Kulturen Ägyptens. Die Fundorte sind jeweils durch einen Punkt gekennzeichnet.

In Folge der ersten nacheiszeitlichen Trockenperiode wanderten nach etwa 5000v.Chr. zahlreiche viehzüchtende Völkerschaften aus den im Westen gelegenen ehemals fruchtbaren Sahara-Gebieten in das Niltal ab und gründeten dort neue Siedlungen (Merimde, Fayjum, El-Omari, Badari).
Der eigentliche Motor für die Entstehung der ägyptischen Hochkultur war jedoch die im Süden ansässige NAQÂDA-KULTUR.
Die gestrichelten halbkreisförmigen Linien stellen jeweilis die nördliche Expansion der bedeutsamen NAQÂDA-KULTUR in den Phasen I und II dar.
(nach Spencer [287] und einer Graphik von Seeher[288])

Zu den gemeinsamen Merkmalen dieser frühen Siedler gehörte die Bestattung der Toten auf der Seite liegend in kontrahierter Hockstellung, d.h. mit angezogenen Beinen. Bis in frühgeschichtliche Zeit hinein war dies die übliche Bestattungsform im gesamten nordafrikanischen Raum westlich des Niltals[289]. Auch die Capsien hatten ihre Toten z.T. bereits in Hockstellung begraben[290,291]. Die Bestattungsform ist daher ein deutliches Indiz dafür, daß diese Völker, wie oben schon geschildert, aus dem Westen kommend in das Niltal gelangt waren. Eine besondere Eigenart der Badari-Kultur war es, den Körper des Toten mit dem Kopf nach Süden auszurichten, während das Gesicht des Toten nach Westen gewandt war. Abseits der Siedlungen wurden die Verstorbenen der Badari-Kultur auf Friedhöfen in ovalen Gräbern mit zahlreichen Grabbeigaben bestattet. In den meisten Fällen handelte es sich dabei um charakteristische rotpolierte Töpfereien mit geschwärztem Rand[292,293].

Ende des 19. Jahrhunderts entdeckte der berühmte englische Ägyptologe Sir Flinders Petrie im oberägyptischen Naqâda, ca. 20km nördlich von Luxor am Westufer des Nils gelegen ein Gräberfeld einer weiteren prädynastischen Kultur. Auch hier waren die Toten in Hockstellung bestattet, den Kopf nach Süden gerichtet, das Gesicht nach Westen gewandt. Gräber wie die der Badari-Kultur waren zu dieser Zeit noch nicht bekannt und so hatte Petrie einen Fund wie diesen trotz seiner langjährigen Erfahrung noch nie zuvor gesehen. Die Verschiedenheit zu den ihm bekannten altägyptischen Gräbern der dynastischen Zeit, in denen man ausnahmslos gerade ausgestreckte Körper vorgefunden hatte, war derart groß, daß er daraus den Schluß zog, es müsse sich um eine neue, nichtägyptische Rasse (New Race) handeln. So schrieb er in seiner Publikation:

"In every possible detail of arrangements and of objects there is not one common point of similarity between the Egyptians and the New Race; and no connection with Egypt would have been suspected if the cemetries had been found in any other country." [294]

Die Gräber waren auch hier mit reichlichen Grabbeigaben, insbesondere Keramik-Gegenständen ausgestattet worden. Die Tatsache, daß man in vielen Gräbern die typische rotpolierte Keramik mit geschwärztem Rand vorfand, macht deutlich, daß diese Menschen zeitweise mit der älteren Badari-Kultur in Kontakt gestanden hatten. Daneben jedoch brachten Petries Ausgrabungen eine Vielzahl an Gegenständen eines Keramiktyps hervor, der hinsichtlich Form, Farbe und Herstellungstechnik vollkommen verschieden war von den Gegenständen der Badari-Kultur. Es handelte sich um eine rotpolierte Keramik, die mit weißer Farbe bemalt war. Weit geöffnete, von Hand geformte Gegenstände wie Teller, Schüsseln und Zylinder waren in charakteristischer Weise mit geometrischen Dreiecks- und Netzmustern dekoriert.

58 Verschiedene Keramikgegenstände aus NAQÂDA-I Gräbern mit typischem Dreiecks- und Netzdekor (Zeichnungen entstanden nach Photographien des Petrie-Museum (London))

Wenn diese Keramik Petrie auch völlig unägyptisch erschien, so war sie ihm dennoch nicht völlig unbekannt. Er stellte nämlich fest, daß sie nahezu identisch sei mit der Keramik, die die Kabylen Algeriens noch heutzutage herstellen:

"This decoration then with white cross-lines must be taken as characteristic of the New Race in Egypt. But it is also, both in the material of the white slip, and in the patterns, almost identical with Kabyle pottery of the present day." [295]

Die Kabylen sind ein Berbervolk, das spätestens seit der arabischen Eroberung des Maghrebs zurückgezogen in den Bergen des Tell-Atlas südöstlich von Algier lebt und bis heute seine alten Traditionen bewahrt hat. Die als große Kabylei bezeichnete Gebirgsregion liegt nur etwa 100km nordwestlich des Hodna-Areals. Bei den Kabylen handelt es sich um ein besonders hellhäutiges Berbervolk. Nicht selten besitzen sie blonde oder rote Haare in Kombination mit blauen Augen. Sie sind Nachfahren der vielfach blonden Bevölkerung, die schon während der Eiszeit den Maghreb besiedelte. Offenbar hatte Flinders Petrie recht, wenn er dieses NAQÂDA-Volk als von der Rasse her fremd und unägyptisch bezeichnet hatte. Und so folgerte er anhand der vorgefundenen Keramik, aber auch basierend auf der Begutachtung der gefundenen Schädelknochen, daß diese NAQÂDA-Menschen libyschen Ursprungs waren, also von Westen her eingewandert seien. Diese Auffassung vertraten nach Petrie auch eine ganze Reihe weiterer bedeutender Ägyptologen und es ist schon sehr überraschend, wie deutlich dies 1907 vom englischen Ägyptologen Donald McKenzie formuliert wurde:

"Die frühen Siedler [Ägyptens] kamen aus Nordafrika und gehörten einer mediterranen Rasse an. Sie waren hellhäutige 'Lang-Schädel', von kleiner schlanker Statur, mit Adlernasen, schwarzen Haaren und Augen. [...] im westlichen Delta und entlang der Küste, welche später großen Senkungen unterlag, waren sie als Libyer bekannt. Teile dieser Libyer vermischten sich später mit einem Stamm blonder Menschen mit großem Körperbau. An den nördlichen Hängen des Atlasgebirges hat sich dieser Typ bis heute erhalten; ähnliche Menschen besetzten in vorsemitischer Zeit auch den Süden Palestinas. Blauäugige blonde Menschen erschienen daher schon sehr früh im Niltal. [...] Es gibt diese blonden Menschen noch unter den heutigen Berbern." [296]

Sicherlich waren die damals zur Verfügung stehenden Fakten noch nicht so eindeutig, als daß man es in einer solch kompromißlosen Weise hätte darstellen dürfen, wie McKenzie es tat, aber noch viel weniger kann man sich einverstanden erklären mit den in heutiger Zeit von Ägyptologen vertretenen Ansichten über den Ursprung der ägyptischen Kultur. Der einst so offensichtliche Zusammenhang zwischen den vordynastischen Kulturen Ägyptens und den Völkern des westlichen Nordafrikas hat offenbar keinen Bestand mehr in der Sicht heutiger Ägyptologen. Letztere sind überwiegend darum bemüht, die ägyptische Kultur als "indigen", aus sich selbst heraus entstanden zu erklären und schweigen sich nicht selten aus über charakteristische Gemeinsamkeiten mit den Kulturen des Westens, selbst wenn diese offensichtlich sind[297,298,299].
Zwar ist es derzeit wegen der unsicheren Situation Algeriens schwer, die Berber-Keramik der Kabylen vor Ort in Augenschein zu nehmen, doch wird man auf sehr ähnliche Weise überrascht sein, wenn man die traditionelle Keramik der in Tunesien, südlich von Gabes lebenden Berber erblickt. Die noch heute nur von Hand geformte und handbemalte Keramik wird von den Berbern auf den Märkten Tunesiens angeboten. Sie besteht zum Teil aus Gebrauchsgegenständen wie Teller, Schalen und Vasen, aber in vielfältiger Weise auch aus Tierfiguren und Darstellungen des Menschen. Die Ähnlichkeit der für das Dekor verwendeten Dreiecks- und Netzmuster auch dieser Berber-Keramik mit denen der NAQÂDA-I-Keramik ist auch für jeden Laien offensichtlich. Es hat somit den Anschein, daß sich bei dieser Urbevölkerung des Maghrebs sowohl das Herstellungsverfahren als auch das verwendete Dekor der Keramik über Jahrtausende hinweg erhalten haben. Zu den Mustern, die sowohl auf NAQÂDA-I-Keramik wie auch auf aktueller Töpferware

der Berber Algeriens (Kabylei) und Tunesiens (bei Matmata) zu sehen sind, gehören besonders die vier nachfolgend abgebildeten[300,301].

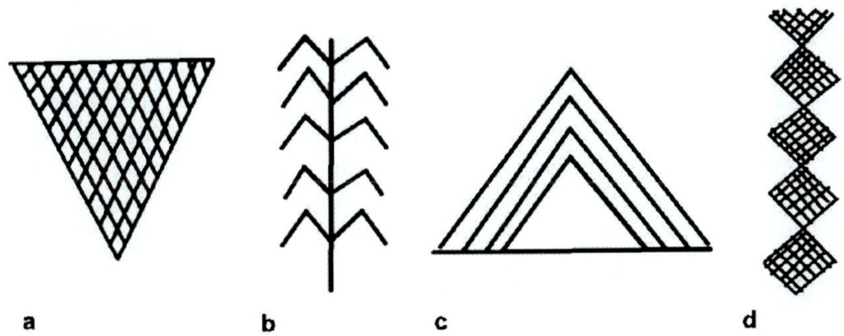

59 Übereinstimmende Dekor-Elemente von früher NAQÂDA-I- und heutiger Berber-Keramik. (Konkrete Beispiele zur Überprüfung finden sich im Anhang des Buches[302].)

60 Handgearbeitete Berber-Keramik aus Tunesien. Auch heute noch gehören die Netz und Dreiecks-Muster zum traditionellen Berber-Dekor.

Um sich selbst ein Bild machen zu können von der Ähnlichkeit der beiden Töpferwaren, auf die Petrie seiner Zeit aufmerksam gemacht hatte, unternahmen auch die beiden englischen Ägyptologen Randall-MacIwer und Wilkin im Jahre 1900 eine Forschungsreise zu den Kabylen (Kabylei) und den Chawia-Berbern im Aures-Gebirge Algeriens. In dem von ihnen unter dem Titel *"Libyan Notes"* veröffentlichten Forschungsbericht kamen auch sie schließlich zu dem Ergebnis, daß die kabylische rote Töpferware mit weißer Bemalung in der Art der Herstellung, in den Formen der Gefäße, besonders aber hinsichtlich der gemalten Muster in vielen Fällen nahezu exakt mit der prädynastischen rot-weißen Keramik aus Naqâda übereinstimme. Noch immer stellen die Kabylen diese rot-weiße Keramik ohne Verwendung einer Töpferscheibe durch einfaches Formen mit den Händen her. Die rote Farbe entsteht durch die Verwendung von Hämatit, während für die so typische weiße Bemalung Gips benutzt wird[303].

Neben den rein dekorativen geometrischen Mustern war man bei den Ausgrabungen in Naqâda auch auf Keramik-Gefäße gestoßen, auf denen Menschen abgebildet waren. Diese wurden oftmals mit erhobenen Armen und angewinkelten Händen wiedergegeben - eine charakteristische Gestik, die nicht nur auf Gefäßen, sondern auch vielfach in Form plastischer Tonfiguren immer wieder zu finden war und daher offenbar einen damals sehr bedeutenden religiösen Bezug besessen haben muß (Abb. 61). Interessant ist dieses für die NAQÂDA-KULTUR charakteristische Motiv besonders deshalb, weil man es mehrfach auch auf den uralten Felsbildern Algeriens entdeckt hat[304,305]. Auf diesen zylindrischen Gefäßen war aber noch ein anderes, wesentliches Detail zu erkennen, das einen sehr deutlichen Hinweis darauf liefert, daß die abgebildeten Menschen der NÂQADA-I-KULTUR offenbar libyschen Ursprungs waren, also aus dem Westen Nordafrikas stammten: Die Figuren wurden stets mit einer sogenannten Phallustasche dargestellt. Wie aus den noch älteren Felsgravuren des Sahara-Atlas eindeutig zu entnehmen ist, war bereits der nacheiszeitliche Jäger des Maghrebs mit diesem ungewöhnlichen Futeral zur Aufnahme des männlichen Gliedes ausgestattet[306] (s. Abb.38). Ein Sachverhalt, der ganz deutlich belegt, daß das Tragen der Phallustasche allein zu den Traditionen des nordafrikanischen Westens gehörte, ergibt sich daraus, daß die Ägypter der geschichtlichen Zeit nur ihre feindlichen libyschen Nachbarn mit dieser Phallustasche darstellten, während sie selbst diese nicht trugen.[307]. Man kommt daher kaum daran vorbei, in den Menschen der NAQÂDA-I-KULTUR tatsächlich eine libysche, das heißt von Westen her eingewanderte Völkerschaft zu sehen. Die bereits erwähnte auffallende Gemeinsamkeit des Keramikdekors mit der kabylischen Berber-Keramik gibt darüber hinaus Anlaß zu der Annahme, daß die NAQÂDA-KULTUR ursprünglich von einem im Atlasgebiet ansässigen Volk abstammte, zu deren Nachfahren die heutigen Berber Algeriens, Tunesiens und Marokkos gehören dürften. Umso unerklärlicher ist es, daß heutige Ägyptologen diese deutlichen Zusammenhänge offenbar ignorieren und zudem erklären, daß die Entwicklung Ägyptens zur dynastischen Hochkultur keiner fremden Einwanderer bedurft hätte[308]. Vermutlich werden nur die allerwenigsten Leser diese Auffassung der Ägyptologen teilen können. Daß diese Sichtweise der Ägyptologie wohl verfehlt ist, sollte im folgenden Abschnitt noch deutlicher werden.

61 Menschen mit erhobenen (adoranten) Armen zieren diese NAQÂDA-I-Keramik-Gegenstände. Die angedeutete "Phallustasche" macht es wahrscheinlich, daß es sich bei dem NAQÂDA-VOLK um weit aus dem Westen her stammende "Libyer" handelt. Exakt diese umschließenden erhobenen Arme finden sich auch auf Felsbildern des Tassili-Gebirges, des Hoggar und des Sahara-Atlas. Die linke Vase steht heute im Petrie Museum (London), die rechte im Brüsseler Musée du Cinquantenaire. (Zeichnungen entstanden nach entsprechenden photographischen Vorlagen[309])

Für das Auftreten dieser als NAQÂDA-I bezeichneten Kultur nimmt man heute einen Zeitraum von 4000v.Chr. bis etwa 3600v.Chr. an[310]. Zu den weiteren überaschenden Funden, die man bei den Ausgrabungen der NAQÂDA-I-Gräber machte, gehörten rotpolierte Keramik-Gegenstände, deren weiße Verzierung Schiffe darstellten. Die Details dieser Darstellungen verraten, daß es sich bei den echten Vorbildern bereits um unerwartet fortschrittliche hölzerne Schiffe in Spantenbauweise gehandelt haben muß, die zudem mit einer großen Zahl von Rudern versehen waren. Holz aber dürfte bereits zu Beginn des 4. Jahrtausends v.Chr. kaum verfügbar gewesen sein in Ägypten und bislang hat man dort auch keinerlei Funde von weniger entwickelten Vorstufen solcher Schiffe entdeckt. Es ist daher ziemlich sicher, daß diese Technik des Schiffbaus nicht im Niltal entwickelt worden ist. Man sollte sich das einmal vor Augen führen: Die Kulturen des Niltals befinden sich vor der Ansiedelung der ersten Naqâda-Kultur auf vergleichsweise sehr niedrigem Niveau, es gibt keine befestigten Städte und es gibt auch keinerlei Hinweise auf eine hierarchische Organisationsstruktur der im Niltal seßhaften Bauern. Ohne erkennbare Vorstufen treten ganz plötzlich Schiffe quasi aus dem "Nichts" in Erscheinung und es ist nicht etwa von kleinen "Nußschalen" die Rede – es sind Schiffe in komplexer Ausführung, von enormer Länge und mit einer Vielzahl an Rudern. Nicht nur für den Betrieb, sondern bereits für die Herstellung solch großer Schiffe bedurfte es einer umfangreichen Organisationsstruktur, die im vorgeschichtlichen Ägypten keinesfalls erkennbar ist. Es ist viel eher damit zu rechnen, daß die ersten Siedler von Naqâda bereits mit Schiffen ins Niltal gelangt waren. Die Auslegung der Schiffe mit derartig vielen Rudern wäre für das Befahren des Nils auch gar nicht erforderlich gewesen, denn in nördlicher Richtung treibt die Strömung, während für die Fahrt stromaufwärts nach Süden der günstige Wind ausgenutzt werden konnte. Die Verwendung einfacher Segelschiffe, wie sie später, aber auch noch bis in die heutige Zeit hinein betrieben wurde, wäre daher auch im vorgeschichtlichen Ägypten naheliegender und völlig ausreichend gewesen. Die vielrudrigen NAQÂDA-Schiffe jedoch waren offenbar für das Befahren der Meere und das Zurücklegen auch großer Distanzen, unabhängig von den jeweiligen Winden geschaffen worden und dürften das Ergebnis einer über viele Jahrhunderte hinweg entwickelten Schifffahrt gewesen sein, für die sich jedoch im Niltal nirgendwo Anhaltspunkte finden lassen. Aus der deutlichen Diskrepanz heraus, daß die weitentwickelten Schiffe die Errungenschaften einer schon lange existierenden Hochkultur wiederspiegeln, während die hierzu entsprechenden ebenso weit entwickelten Strukturen an Land, wie z.B. große befestigte Städte mit umfangreichen Hafenanlagen, im Niltal fehlen, ist die Vermutung naheliegend, daß es sich bei den frühen Siedlungen der NAQÂDA-KULTUR zunächst nur um einen

Außenposten einer bereits weitentwickelten, bislang unbekannten frühen Hochkultur handelte.

62 Keramik-Funde der Naqada-I-Epoche in Bootsform. Links lassen die weißen Linien erkennen, daß es sich bei der echten Vorlage bereits um aufwendig hergestellte Holzkonstruktionen mit Spantenbauweise gehandelt haben muß. Aus der rechten Keramik geht außerdem hervor, daß diese Schiffe bereits eine große Zahl an Rudern besessen haben. Ferner sind zwei kabinenähnliche Aufbauten durch Schraffur, sowie ein Pflanzenwedel am Ende des Schiffes zu erkennen. (Zeichnung entstand nach dem Original im Petrie Museum London)

Die geographische Lage der Siedlungen bzw. Friedhöfe läßt vermuten, daß Naqâda einen wichtigen Stützpunkt entlang eines frühen Handels-Seeweges bildete. Denn auf der anderen Nilseite gegenüber von Naqâda befindet sich das Wadi Hammâmât, ein heute ausgetrocknetes Flußtal, welches zur damaligen Zeit aber schiffbar gewesen war und den Nil mit dem Roten Meer verband. An den Felswänden dieses Tals hat man zahlreiche eingravierte Bilder von vielrudrigen Schiffen gefunden, die dies belegen[311]. Auch hier tauchen in Verbindung mit diesen Schiffen erneut Menschen auf, die die für den nordafrikanischen Westen typische Phallustasche tragen. Ganz offensichtlich war dieses Volk also von Westen her in das Niltal gelangt.

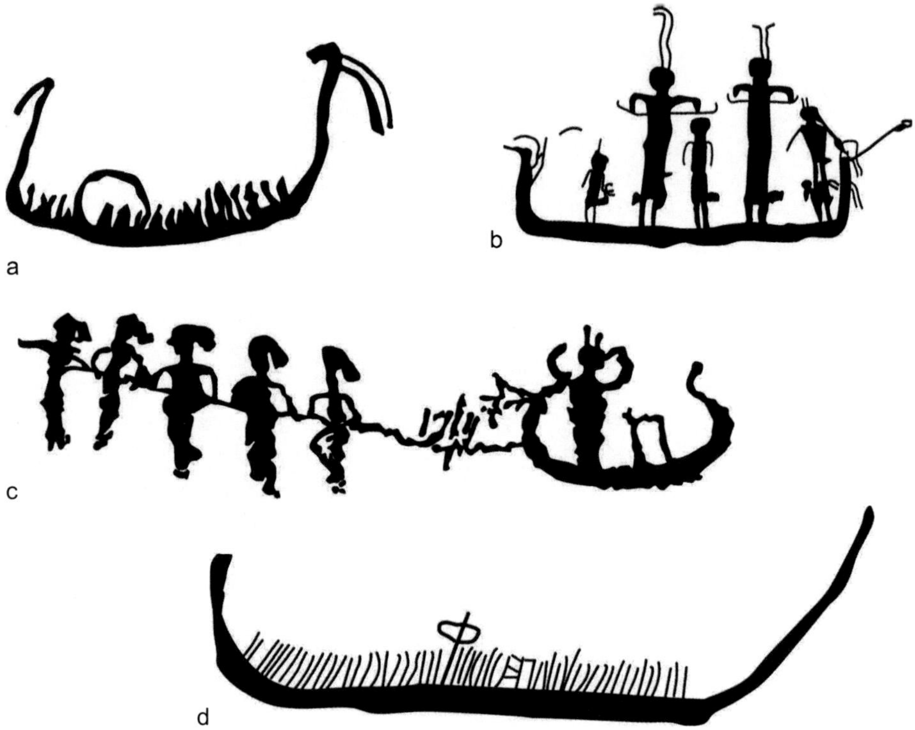

63 Vorgeschichtliche Felsgravuren mit Schiffsdarstellungen aus der östlichen Wüste Ägyptens und Unternubiens. a) vielrudriges Schiff mit hochgezogenen Enden (nach einer Zeichnung von Winkler[312]) b) Schiff mit hochgezogenen Enden, auf dem sich Menschen mit Federschmuck und Phallustasche befinden (nach einer Zeichnung aus Resch[313]) c) ein Schiff mit hochgezogenen Enden, auf dem sich eine Figur mit Federschmuck und charakteristischen erhobenen Armen befindet, wird von mehreren Männern am Seil gezogen (nach einer Zeichnung aus Resch[314]) d) vielrudriges Schiff mit hochgezogenen Enden aus dem Wadi el Baramiya (nach einer Photographie aus Resch[315])

Ab etwa 3.600v.Chr. tritt eine neue Keramik in Erscheinung, die sich sowohl in Form, Farbe als auch Dekor deutlich von der rotpolierten Keramik mit weißer Bemalung unterscheidet. Auch diese Gegenstände fand man überwiegend als Beigaben in Gräbern. Die Toten waren wie zuvor in Hockstellung begraben.

Anders jedoch als zuvor traten nun vielfach hohe, lehmfarbene Gefäße auf, die mit rotbrauner Farbe bemalt waren. Aufgrund der Verschiedenheit dieser Keramik und anderer Gegenstände zu denen der vorangegangenen Epoche prägte Petrie den Begriff der "ZWEITEN KULTUR", so daß man diese Periode auch heute noch als die der NAQÂDA-II-KULTUR bezeichnet[316]. Diese Periode ist für die Ägyptologen von größter Bedeutung, weil sie nahezu nahtlos in die dynastische und zugleich geschichtliche Zeit des alten Ägyptens hinüberführt. Das heißt, die sich während dieser Epoche im Süden Ägyptens formierende Bevölkerung setzte sich im Verlaufe weniger Jahrhunderte zunehmends gegenüber anderen im Niltal existierenden prädynastischen Gruppen durch und breitete sich dabei anscheinend mehr und mehr nach Norden aus. Im Zuge einer noch kaum verstandenen, von Auseinandersetzungen begleiteten Einigung zweier verschiedener Landesteile geht zum Ende des 4.Jahrtausends aus dieser Kultur der ägyptische Staat hervor. Wie die Bezeichnung "NAQÂDA-II-KULTUR" bereits ausdrückt, sahen manche Ägyptologen in der deutlichen Veränderung der Keramik gegenüber NAQÂDA-I Hinweise auf die Ankunft einer neuen Bevölkerung im Niltal[317]. Doch bis heute, mehr als einhundert Jahre nach der Entdeckung dieser Kultur, ist die Frage nach ihrer Herkunft noch immer ungeklärt. Einige Ägyptologen waren davon überzeugt, daß die deutlichen Veränderungen in der Keramik auf das Eindringen eines aus dem Osten stammenden Volkes zurückzuführen sein mußten[318]. Man hat insbesondere zum Ende der prädynastischen Phase hin einige Gemeinsamkeiten mit den frühen Kulturen Mesopotamiens, Uruk, Sialk, Elam und Jemdet Nasr festgestellt, die für einen Kontakt der NAQÂDA-II-KULTUR mit dem Osten sprechen[319]. Aufgrund der bereits existierenden Schifffahrt war die Verbindung nach Mesopotamien über das Rote Meer, wie bereits gesagt, auch durchaus naheliegend. Aber es gibt eine ganze Reihe von Gründen, die entscheidend dafür sprechen, daß es sich bei der NAQÂDA-II-KULTUR nur um ein eng verwandtes und kein ganz anderes Volk als das der NAQÂDA-I-KULTUR gehandelt haben kann. Denn wie bereits erwähnt, wurden die Toten noch immer in Hockstellung zusammen mit Grabbeigaben auf großen Friedhöfen beigesetzt. Noch immer fand man, wenn auch zahlenmäßig stark abnehmend, die rot-schwarze Keramik, die bereits von der BADARI-KULTUR hergestellt worden war, in den Gräbern. Das heißt, vieles wurde ohne einen erkennbaren Bruch fortgeführt. Im Britischen Museum in London läßt sich ein in Hockstellung beerdigter Mensch dieser NAQADA-II-KULTUR betrachten. Die Bestattung dieses Toten im trockenen Wüsten-Boden hatte eine natürliche Mumifizierung des Körpers bewirkt, weshalb sich noch heute erkennen läßt, daß es sich um einen hellhäutigen Menschen mit offenbar rotblonden Haaren gehandelt hat. Dieses doch sehr unägyptische Äußere brachte der Mumie schließlich den Spitznamen "Ginger" ein. Da man

Reste roter, blonder und brauner Haare auch in zahlreichen anderen Gräbern dieser Kultur gefunden hat, liegt auch hier der Gedanke an einen möglichen Zusammenhang mit den auch heute noch oftmals rot- oder blondhaarigen Berbern des Maghrebs, insbesondere den Kabylen nicht fern[320]. Eine erst kürzlich von amerikanischen Anthropologen durchgeführte Untersuchung an Knochenfunden aus NAQÂDA-II-Gräbern lieferte das Ergebnis, daß die Menschen dieser prädynastischen Epoche einige charakteristische Merkmale insbesondere in Bezug auf Schädel und Gebiß aufwiesen, die ihre enge Verwandtschaft mit den Menschen des Capsien aber auch mit den heutigen Berbern des westlichen Nordafrikas erkennen lassen[321]. So verschieden die neue Keramik der NAQÂDA-II-Periode gegenüber jener der NAQÂDA-I-Periode in Bezug auf Form und Farbe auch sein mochte, sie weist gerade durch die dekorativen Motive, mit denen sie verziert wurde, darauf hin, daß es sich mit großer Wahrscheinlichkeit nach noch immer um Menschen libyschen[322] Ursprungs handelte, wie nun im folgenden genauer erläutert werden soll.

64 Bemalte Vasen der Naqada-II-Epoche. Typisch sind vielrudrige Schiffe, die mit aufrechten Standarten höchstwahrscheinlich auf den jeweiligen Heimat-Hafen hinweisen. Zu den immer wiederkehrenden Elementen gehört erneut auch die Darstellung einer Frau mit erhobenen Armen, deren Hände zum Kopf der Figur zeigen (Adoranten-Darstellung). Tiere wie Strauß, Flamingo und Antilope, aber auch Landschaften mit Bergketten und Wasser gehören zu den häufig abgebildeten Motiven[323,324].

65 Darstellung eines vielrudrigen Schiffs auf einem Leinentuch aus einem Grab bei Gebelein, (NAQADA-II-PERIODE). Die rudernden Personen tragen langes Haar, das zopfähnlich auf die linke Seite des Kopfes geworfen zu sein scheint. (Zeichnung nach dem Original aus dem Turiner Museum.)

Viele der bei den Ausgrabungen entdeckten NAQÂDA-II-Gefäße waren mit vielrudrigen Schiffen bemalt. Daß es sich bei den vielen parallelen Strichen tatsächlich um angedeutete Ruder handelt, beweist ein entsprechend bemaltes Tuch, das man in einem der Gräber fand. Obwohl unvollständig erhalten, zeigt es ein solches Schiff, auf dem die rudernden Männer deutlich zu erkennen sind. Die auf den "neuen" Keramik-Gegenständen dargestellten Schiffe der NAQÂDA-II-Epoche waren offenbar vom gleichen Typ wie diejenigen Schiffe, die vereinzelt bereits auf der rot-weißen Keramik der NAQÂDA-I-Ware angedeutet wurden. Gemeinsamkeiten wie die große Ruderanzahl, zwei kabinenähnliche Aufbauten, sowie ein Pflanzenwedel als Bugdekoration machen dies deutlich und liefern daher keinerlei Hinweis auf eine Invasion völlig fremder Völker, wie von manchen angenommen wurde.
Einen ersten Hinweis auf die Herkunft dieser Schiffe liefert die Gestalt eines Mannes, welcher auf einem der oben dargestellten NAQÂDA-II-Gefäße mit zwei Federn auf dem Haupt wiedergegeben ist. Ein solcher Federschmuck auf dem Haupt war in den späteren Malereien und Reliefs der dynastischen Zeit Ägyptens stets eine Identifikation feindlicher libyscher Nachbarn, im Unterschied zum Ägypter, der niemals Federn im Haar trug. Da selbst die spätere ägyptische Hieroglyphe für die Bedeutung "Westen" einen Kopf mit Federschmuck darstellte, kann kaum Zweifel daran bestehen, daß nur libysche Völker Federn im Haar trugen[325]. Die Präsenz dieser libyschen Federschmuck-Leute im Niltal in prädynastischer Zeit wird noch deutlicher belegt anhand einer dekorierten Schiefer-Palette, die zum Anreiben von

Schminkfarbe diente. Zahlreiche bärtige Jäger ebenfalls mit einer oder zwei Federn auf dem Kopf geschmückt, dazu den Tierschwanz tragend, sind als Relief darauf abgebildet.

66 Prädynastische Schminkpalette, allgemein als "Löwenjagd-Palette" bezeichnet. Die dargestellten bärtigen Jäger sind durch den Federschmuck und den am Gürtel befestigten Tierschwanz unschwer als Libyer zu erkennen. Zwei der Jäger tragen jeweils eine Standarte, die den Falkengott Horus darstellt. Es ist erstaunlich, aber es waren später Vertreter dieser libyschen Horus-Verehrer, die die ersten Dynastien Ägyptens hervorbrachten.

Rechts: Eine vergrößerte Detaildarstellung eines der prädynastischen Jäger mit Federschmuck. Mütze und Tierschwanz erinnern noch stark an den in den Felsgravuren des Sahara-Atlas dargestellten Jäger der Bubalus-Periode. Auch die zu erkennende querschneidige Pfeilspitze war bereits bei den Capsien vielfach in Verwendung.

Zu den immer wiederkehrenden und daher besonders charakteristischen Motiven der dekorierten NAQÂDA-II-Keramik gehört neben den Schiffsabbildungen auch eine Frauenfigur mit erhobenen Armen und nach innen angewinkelten Händen. Es ist unverkennbar dieselbe Haltung, die bereits bei den dargestellten Menschen auf NAQÂDA-I-Gefäßen zu sehen war. Auch hierin läßt sich also erneut Kontinuität und nicht etwa ein Bruch feststellen. Dieses charakteristische Motiv der Frau mit erhobenen Armen erscheint nicht allein nur auf den dekorierten Gefäßen, man fand es vielfach auch plastisch in Ton geformt als Grabbeigabe. Demzufolge muß diese Gestalt eine wichtige religiöse Bedeutung besessen haben und stellte vermutlich eine Göttin dar.

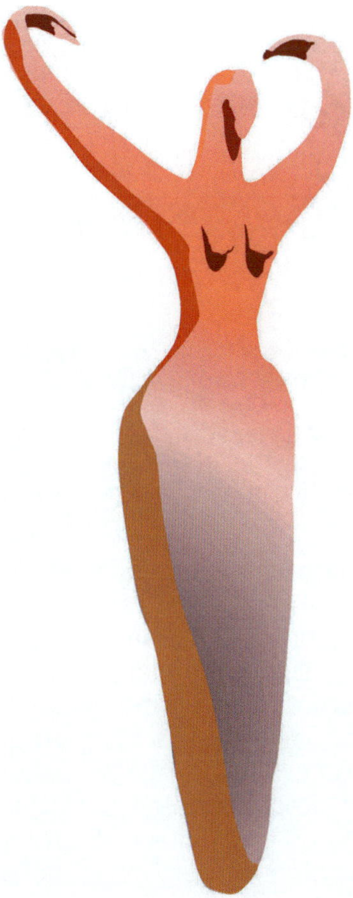

67 Immer wiederkehrendes Motiv einer Frau mit erhobenen Armen. Tonfigur aus der frühen NAQÂDA-II-Epoche (Ägypten, ca. 3600v.Chr.)

(nach dem Original im New Yorker Metropolitan-Museum)

Dieses charakteristische Motiv verdient nun aber besonders deshalb Beachtung, weil es, wie schon zuvor kurz erwähnt, auch bereits auf sehr alten Felsgravuren in Algerien erscheint und dadurch den Bezug zum Westen ein weiteres mal unterstreicht. Eine besondere Bedeutung dieser Adoranten-Haltung ließ sich schon bei den Felsbildern der Bubalusperiode und der Rundkopfzeit feststellen, denn älteste Gravuren aus dem Sahara-Atlas zeigen bereits die Gestik der erhobenen Arme in enger Verbindung mit einem Jagd- und Sonnenkult.

a b c

68 Verschiedene Darstellungen des gleichen Motivs der erhobenen adoranten Arme, jedoch nicht aus Ägypten sondern aus dem Sahara-Atlas in Algerien.
a) Rundkopf-Periode vermutlich 7.Jt. v.Chr (nach einer Zeichnung von Frobenius[326])
b) Adoranten-Gestik in Verbindung mit domestiziertem Schaf, dem Stil nach wahrscheinlich ebenfalls Rundkopf-Periode 7.Jt.v.Chr. (nach Lhote[327])
c) zum Kreis geschlossene Adoranten-Gestik, (nach einer Zeichnung von Frobenius[328])

Aber nicht nur im Atlas-Gebirge sondern auch im südalgerischen Hoggar- und im Tassili-Gebirge entdeckte man Fels-Gravuren und Felsmalereien, die der oben abgebildeten NAQADA-Figur äußerst ähnlich sind und neben den nach innen angewinkelten Händen sogar mit ähnlichem Vogelkopf erscheinen[329]. Noch heute scheint die Gestik der erhobenen Arme eine besondere Bedeutung bei den kabylischen Berbern zu besitzen. Die Kabylen bezeichnen sich selbst nicht als Berber sondern als IMAZIGHEN (singular: AMAZIGH), was übersetzt so viel wie "nobel, adelig" oder "frei" bedeuten soll. Das von den Kabylen verwendete Symbol für "AMAZIGH" stellt stark abstrahiert einen Menschen mit ebenfalls erhobenen adoranten Armen dar. Zugleich ist es Schriftzeichen der einzig erhaltenen Berberschrift, des sogenannten TIFINAGHS, welche heute nur noch bei den Tuaregs der Sahara geschrieben wird. Das Zeichen ist damit offenbar ein Überbleibsel vergangener Jahrtausende. Somit scheint auch das typische NAQÂDA-II-Motiv einer Frau mit erhobenen Armen auf einen Ursprung dieser Bevölkerung im Westen hinzudeuten.

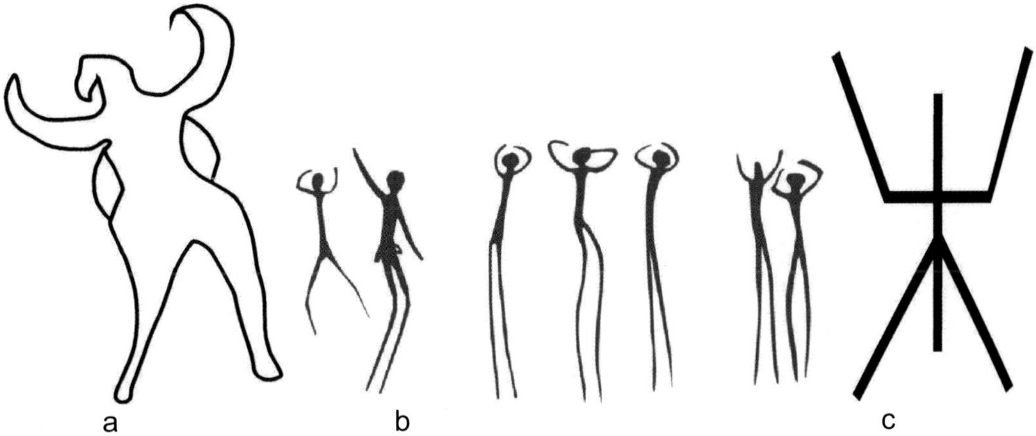

69 Adoranten-Gestiken auf Felsbildern des algerischen Sahararaumes
a) Hoggar-Gebirge, Sahara, Algerien, 5.Jt. v.Chr. ? Interessante Übereinstimmung der nach innen zu gekehrten "Hände" und des Vogelkopfes mit der NAQÂDA-II-Plastik (nach einer Photographie von Trost[330])
b) Tassili-Gebirge, Sahara, Algerien, eine ganze Gruppe von Menschen in Adoranten-Gestik, (nach einer Zeichnung von Lhote[331])
c) altlibysches Schriftzeichen, in der Tifinagh-Schrift der Tuaregs noch heute existent[332]

Aus den vielfältigen und häufigen Darstellungen von Schiffen auf den Gefäßen der NAQÂDA-II-Keramik läßt sich schließen, daß Schiffe zu dieser Zeit in sehr großer Anzahl den Nil befuhren. Es waren weitentwickelte große Schiffe, offenbar schon mit bis zu fünfzig Ruderpaaren ausgestattet. Angesichts des sehr frühen Datums von etwa 3600v.Chr. stellen diese Schiffe eine absolut einzigartige Leistung dar, die jedoch als solche selbst unter Ägyptologen bislang nur wenig Beachtung gefunden zu haben scheint - vielleicht, weil man ahnt, daß sie nicht aus dem Niltal stammen können und man darüber hinaus keine Erklärung für sie hat. Sie sind aber - und das hätte man seitens der Wissenschaft längst deutlich formulieren können - das erste klare Indiz dafür, daß bereits lange Zeit vor der Entstehung des Alten Ägypten eine bislang unbekannte Hochkultur bestanden haben muß, die spätestens im 4.Jahrtausend v.Chr. erstmals im Niltal erscheint. Die pötzlich auftauchenden Schiffsdarstellungen beweisen, daß diese frühe Zivilisation gegenüber allen anderen damaligen Völkern einen gewaltigen technologischen Vorsprung besessen haben muß. Wollte man diesen Vorsprung in vergleichbarer Weise auf unser Zeitalter übertragen, so hätte man sich etwa eine Nation vorzustellen, die alleinstehend über Langstrecken-Düsenjets verfügt und damit interkontinentale Verbindungen unterhält, während die übrigen Nationen

gerade mal damit beginnen, kleine kurzreichweitige Propellerflugzeuge herzustellen. Wer also auch immer diese Schiffe baute, der nutzte auch die Möglichkeit, über große Entfernungen hinweg Handel zu betreiben, sich mit den hochwertigsten Rohstoffen zu versorgen und an wichtigen Orten neue Kolonien zu gründen. Der sich allein aus der Schifffahrt abzuleitende Vorteil allen anderen Völkern dieser Zeit gegenüber ist immens, aber er findet bislang kaum Erwähnung. Längst also hätte die Frühgeschichtsforschung intensiv der Frage nachgehen müssen, woher ein so plötzlicher technologischer Fortschritt gekommen sein konnte.
In den allermeisten Fällen besitzen die auf den NAQÂDA-II-Vasen abgebildeten vielrudrigen Schiffe einen senkrecht in der Mitte des Bootes errichteten Pfahl, an dessen Spitze sich ein spezielles Abzeichen befindet. Bereits Flinders Petrie nahm an, daß es sich bei diesen Standarten um ein individuelles Emblem des jeweiligen Heimathafens handelte. Eine Standarte mit einem Elefanten als Zeichen scheint darauf hinzuweisen, daß die Schiffe einer afrikanischen Heimat entstammten. Darauf würden auch die zahlreich auf den Vasen abgebildeten Strauße, sowie die ebenfalls häufig dargestellte Aloe-Pflanze hindeuten. Andere Standarten, deren Zeichen aus 2, 3, 4 oder 5 aneinander gereihten Berggipfeln bestehen, lassen darüber hinaus annehmen, daß das Heimatland besonders gebirgig war. Flinders Petrie listete insgesamt 32 verschiedene Standarten auf, von denen die meisten auch für ihn nicht zu deuten waren. Er stellte aber fest, daß es sich bei einer gewissen Standarte um das Zeichen der Göttin NEITH handelte[333]. Die NEITH galt u.a. als Waffen- und Jagdgöttin und wurde in geschichtlicher Zeit, wie die Standarte zeigt aber auch schon in prädynastischer Zeit, durch zwei gekreuzte Pfeile dargestellt. Warum aber ist das Zeichen der NEITH so erwähnenswert? Nun, man wird sich daran erinnern, daß es ebenfalls die Göttin NEITH war, die in Zusammenhang mit Platons Atlantis-Erzählung auftauchte. Es war kein anderer als der Tempel der NEITH in Saïs, in dem die ursprüngliche Fassung der Atlantis-Erzählung in einer fremden, nichtägyptischen Sprache, vermutlich in eine Säule gemeißelt, festgehalten worden war. Und so hatte der ägyptische Priester auch beim Besuch Solons seinen Bericht über Atlantis begonnen mit einem Bezug auf die Göttin NEITH. Diese nämlich hätte, wie aus den alten Texten hervorgegangen sein soll, sowohl Ägypten als auch Athen gegründet. Nun, in Anbetracht vielrudriger Schiffe auf den NAQÂDA-II-Gefäßen, die das NEITH-Symbol als Standarte tragen, liegt der Gedanke nahe, daß genau diese Zeit, nämlich NAQÂDA-I/II, jene "Epoche der NEITH" gewesen sein konnte, während der sich an verschiedensten Orten in ihrem Zeichen die Gründung neuer Handelsstützpunkte und Lokalstaaten vollzog. Mit der Gründung solcher frühen Kolonien einher ging vermutlich auch die

Verbreitung des entsprechenden Götterglaubens durch Errichtung von Kultstätten zu Ehren dieser Göttin.

70 Dekoriertes NAQÂDA-II-Gefäß mit vielrudrigem Schiff. Die Standarte trägt die gekreuzten Pfeile, das Zeichen der NEITH, die Gründerin der Stadt Sais.

71 Andere Standarten der Schiffe legen nahe, daß es sich bei dem Heimatland um eine gebirgige afrikanische Landschaft handelte. (nach Petrie[334])

Die NEITH stellt eine sehr rätselhafte Figur dar, die auch beim Eintritt Ägyptens in die geschichtliche Zeit noch von erheblicher Bedeutung gewesen sein muß. Ihre Verehrung in Oberägypten spiegelt sich unter anderem in den Namen mehrerer Königinnen wieder. So tritt beispielsweise unmittelbar im Zusammenhang mit der Einigung Ägyptens um 3100v.Chr. eine prädynastische Königin namens NEITHhotep in Erscheinung. Ihr aufwendig gestaltetes Grab entdeckte man bei Ausgrabungen in Naqâda. Auch in der folgenden 1.Dynastie scheint für eine gewisse Zeit eine Königin mit dem

Namen MeretNEITH das gerade vereinigte Ägypten gelenkt zu haben[335]. Das NEITH-Symbol, die gekreuzten Pfeile, entdeckte man auf der Stele ihres Grabes auf dem Königsfriedhof im oberägyptischen Abydos.

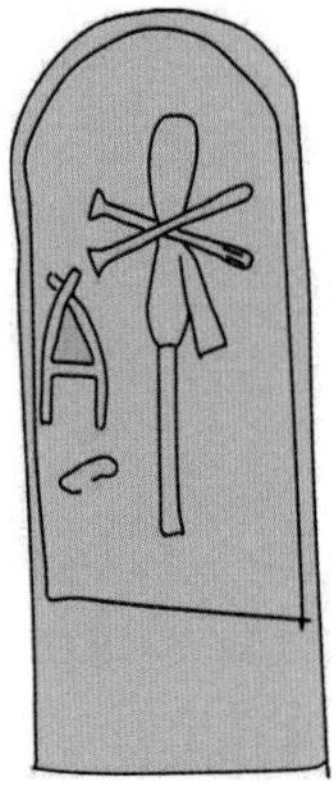

72 Grabstele der Königin MeretNEITH auf dem Königsfriedhof im oberägyptischen Abydos. Die beiden gekreuzten Pfeile bilden das Symbol der Göttin NEITH. (nach einer Photographie in Seidlmayer[336]).

Übereinstimmend mit ihrer offensichtlich großen Bedeutung für die Entstehung Ägyptens stellte die Göttin NEITH auch in der späteren Mythologie der Ägypter den Anfang dar. Sie war die älteste aller ägyptischen Götter, Mutter des Sonnengottes (Sobek) und damit die Urmutter Ägyptens schlechthin[337]. In der Lehre der saitischen Priester galt sie zudem als die Mutter des Gottes Osiris[338]. Doch sie war, wie man bereits vermuten konnte, keine ursprünglich ägyptische Göttin, denn mit der Verfolgung der Spur der Göttin NEITH bestätigt sich nun erneut und überaschend klar die enge Verbindung des entstehenden Ägyptens mit dem Westen: Bereits in den ersten schriftlichen Zeugnissen aus der Frühzeit Ägyptens nämlich wird die Göttin als *"Die libysche Neith"* [339] bezeichnet. Ursprünglich stammte die NEITH demnach aus Libyen, also aus einer Gegend westlich von Ägypten. Nun ist hierbei allerdings zu berücksichtigen, daß der Ausdruck "Libyen" an dieser Stelle eine etwas unpräzise und zu verallgemeinerte Übersetzung darstellt. Der richtige Eigenname des westlichen Landes, aus dem die NEITH stammte, war "TEHENU". Die frühen schriftlichen Quellen sprechen also von der "NEITH aus TEHENU". Wenn nun also vielrudrige Schiffe, die auf den NAQÂDA-II-Vasen abgebildet sind, das Zeichen der NEITH tragen, und die NEITH aus TEHENU kam, dann wäre es nur logisch anzunehmen, daß TEHENU das ursprüngliche Heimatland der NAQÂDA-II-Schiffe war. Bislang jedoch gibt es seitens der

Ägyptologen keine einheitliche Meinung darüber, was TEHENU einst darstellte und wo dieses Land geographisch tatsächlich zu lokalisieren war.
Es ist keinesfalls uninteressant wenn in ägyptischen Inschriften aus der Frühzeit immer wieder von der "roten NEITH" die Rede ist, denn diese Bezeichnung legt nahe, daß mit ihr rote Haare assoziiert wurden[340]. Die als "rot" angesehene NEITH und die Tatsache, daß in den Gräbern der NAQÂDA-KULTUR immer wieder rötliche Haare entdeckt wurden, sprächen dafür, daß diese Menschen, wie von Flinders Petrie schon vor über 100 Jahren geäußert, von Berberstämmen aus dem Atlas-Gebirge abstammten, unter denen rothaarige Menschen, wie bereits bemerkt, auch noch in unserer Zeit keine Seltenheit darstellen[341].
Wandmalereien in Tempeln und Gräbern aus der dynastischen Zeit Ägyptens stellten immer wieder Fremdvölker und Feinde dar. Dank der Detailtreue dieser Gemälde läßt sich erkennen, daß die dargestellten und auch als solche bezeichneten Libyer in den meisten Fällen auf Armen und Beinen ein eintätowiertes Zeichen der NEITH besaßen[342]. Dies ist ein weiterer deutlicher Hinweis darauf, daß der Ursprung der Neith tatsächlich in Libyen lag und demzufolge auch die NAQÂDA-II-Schiffe ursprünglich aus dem Westen in das Niltal kamen. Libyer und Ägypter verehrten zum Teil offenbar identische Götter und waren, wie bereits vermutet, seit ältester Zeit miteinander verwandt. Zu dieser Erkenntnis war bereits 1937 auch der Deutsche Wilhelm Hölscher gelangt, einer der wenigen Ägyptologen, die sich mit der Beziehung der alten Ägypter zu den Libyern (oder Berbern) enger auseinandersetzten:

> *"Den Ägyptern selbst, und zwar offenbar von der frühesten Zeit an, in der wir überhaupt so allgemein von "Ägyptern" sprechen können, ist dies engere Band, das sie mit ihren libyschen Nachbarn verknüpfte, allerdings nie bewußt oder auch nur bekannt gewesen, was ohne Zweifel auch umgekehrt von den Libyern gilt."* [343]

Überraschender Weise geht die libysche Herkunft der Neith indirekt auch aus einer Information hervor, die Platon uns in seinen Dialogen selbst mitteilte. Wir erinnern uns: Im TIMAIOS behauptete der ägyptische Priester im Gespräch mit Solon, daß die NEITH identisch gewesen sei mit der griechischen Göttin Athene. Dies bestätigte auch der griechische Geschichtsschreiber Herodot, wenn er vom Heiligtum der Athene in Sais sprach und damit den Tempel der NEITH meinte[344]. Tatsächlich scheint eine echte Identität der beiden Göttinen Athene und Neith vorzuliegen. Es kann nämlich kein Zufall sein, daß auch die griechische Göttin Athene der ältesten Mythologie zufolge ebenfalls aus Libyen stammen sollte. Die griechischen Mythen liefern uns erfreulicherweise recht präzise Information über den Geburtsort der Athene (=NEITH). Damit scheint sich der Kreis unserer Nachforschungen zugleich auf wundersame Weise zu schließen: Den ältesten Erzählungen zufolge wurde die Göttin Athene an den Ufern des Tritonsees in Libyen geboren[345]. Der Tritonsee aber war, wie sich im ersten Teil dieses Buches bereits herausgestellt hatte, nichts anderes als das Atlantische Meer aus Platons Bericht und daher wohl identisch mit dem heutigen Gebiet des Chott el-Djerids im Süden Tunesiens und den angrenzenden algerischen Salzseen. Ein bemerkenswerter Zufall. Auch Diodor von Sizilien bestätigt die Geburt der Athene am Tritonsee und erwähnt dabei, daß sie blauäugig gewesen sein soll[346]. Im Einklang damit steht auch, was Herodot über die libyschen Bewohner im Gebiet des Tritonsees berichtet:

> *"[...] die Anwohner des Tritonsees opfern hauptsächlich der Athena [Neith], ferner auch dem Triton und dem Poseidon. Die Kleidung und die Aigis [ein Ziegenfell] der hellenischen Athenabilder haben die Hellenen den Libyerinnen entlehnt. [...] Die Libyerinnen nämlich werfen über ihr Kleid ein kahles, rot gefärbtes, mit Troddeln behängtes Ziegenfell. Aus diesem Wort Aiges (Ziegenfell) haben die Hellenen Aigis gemacht. [...] Schließlich haben die Hellenen auch das Fahren mit dem Viergespann von den Libyern gelernt"* [347]

Ist es nicht verwunderlich, daß selbst die hellenischen Athenabilder, wie Herodot hier berichtet, typisch libysche Kleidungsstücke tragen? Doch es gibt noch einen weiteren Hinweis auf eine tatsächlich libysche Abstammung der Athene. In der griechischen Sage über die Entstehung Athens heißt es, Athene habe als Geschenk einen Olivenzweig mitgebracht und auf der Akropolis gepflanzt. Dieses Geschenkes wegen sei ihr Athen als Besitz zugesprochen worden. Nun, geht man aber offenbar davon aus, daß die veredelte Olive tatsächlich aus dem westlichen Nordafrika nach Griechenland gelangt ist[348]. Somit wäre auch darin ein weiteres Indiz für den libyschen Ursprung der Athena/NEITH zu sehen. Platons Erzählung scheint daher auch in Bezug auf die im TIMAIOS erwähnte Verwandtschaft der Städte Sais und Athen auf einem wahren Zusammenhang zu beruhen. Beide Städte sahen in der gleichen Göttin ihre Gründerin.

13 Die Auflösung des Rätsels

Im vorangegangenen Kapitel wurde nach und nach immer deutlicher, daß die Anfänge der ägyptischen Hochkultur nicht aus der stetigen Weiterentwicklung einer im Niltal ansässigen Urbevölkerung hervorgegangen waren, sondern auf den intensiven Einfluß eines aus dem Westen stammenden Volkes zurückgingen. Die Menschen der NAQÂDA-KULTUR gehörten einer hellhäutigen, vielfach rot-, und blondhaarigen Rasse an, die im 4. Jahrtausend v.Chr., möglicherweise auch schon früher, von Westen her kommend mit Schiffen in das Niltal gelangt war und sich dort niedergelassen hatte[349]. In dem ungenauen und verallgemeinerten Sinn, mit dem dieser Ausdruck in der Ägyptologie häufig Verwendung findet, waren sie als "Libyer" zu bezeichnen. Allen Indizien zufolge gelang es ihnen, auf friedvolle Weise mit den bereits im Niltal ansässigen neolithischen Völkerschaften zusammen zu leben. Ihr beeindruckender technologischer Vorsprung auf der einen Seite, die von ihnen mitgebrachten religiösen Vorstellungen, welche vermutlich bereits an die Kenntnis vom Lauf der Gestirne geknüpft waren andererseits[350], sowie Gemeinsamkeiten bestehend etwa in einem noch immer existierenden althergebrachten Jagdritus, dürften ihnen einen leichten Zugang bei den bereits ansässigen viehzüchtenden Niltalbewohnern verschafft haben. Neben Naqâda kristallisierten sich auch die Orte Abydos und Hierakonpolis als bedeutende Machtzentren der NAQÂDA-KULTUR heraus[351]. Anfänglich waren sie vermutlich nicht mehr als Handelsstützpunkte und Umschlagplätze gewesen. Gold und Elfenbein, das aus weit im Süden gelegenen Gebieten herangeliefert wurde, konnte hier verschifft werden, ebenso auch Kupfer und andere Mineralien. Darüber hinaus dürften Handelsbeziehungen mit den frühen Kulturen des Nahen und Mittleren Ostens bestanden haben. Die kaum zufällige geographische Lage Naqâdas am Wadi Hammamat, welches den Nil mit dem Roten Meer verband, machte diesen Ort zum Tor zum Osten. Irgendwann gegen Ende des 4. Jahrtausends muß es jedoch zu gravierenden Umwälzungen gekommen sein. Es lassen sich eine ganze Reihe auffälliger Veränderungen feststellen, wie etwa die Abkehr von einer für den nordafrikanischen Raum so typischen Bestattung in Hockstellung oder das Verschwinden der charakteristischen Bemalung der Keramik. Schließlich verschwinden in der späten NAQÂDA-II-Epoche auch die Zeugnisse für die Existenz der beeindruckend großen, vielrudrigen NAQÂDA-SCHIFFE. Stattdessen treten andere, vor allem kleinere Schiffstypen in Erscheinung. Insgesamt schwinden mit diesen Veränderungen zugleich einige der typisch libyschen Elemente. Vermutlich im Zusammenhang mit diesen Veränderungen scheint es zu Rivalitäten und Auseinandersetzungen der

Machtzentren untereinander gekommen zu sein. Verschiedene Reliefs und Felsgravuren aus dieser Zeit lassen sich als Hinweise auf einen Bruderkampf deuten. Ein aus Elfenbein geschnitzter Griff eines Feuersteinmessers zeigt eine kriegerische Auseinandersetzung, in der die beiden aufeinander stoßenden gegnerischen Gruppen identisches Aussehen besitzen. Wie diese Schnitzerei zudem erkennen läßt, trugen beide Gruppen die Phallustasche und auch die mehrfache Ausführung der Haare in Form einer Seitenlocke weist auf eine gemeinsame ursprünglich libysche Abstammung beider Parteien hin[352]. Die genauen Vorgänge dieser letzten prädynastischen Phase scheinen für die Wissenschaft jedoch noch sehr im Dunkeln zu liegen. Die Auseinandersetzungen, deren Hintergrund wir nicht kennen, führten offenbar zu einer Aufspaltung in zwei unabhängige Königreiche. In den spärlichen Zeugnissen dieser Epoche treten diese beiden Königreiche u.a. durch zwei verschiedene Kronen in Erscheinung. Die Rote Krone wird meist mit einem unterägyptischen Königreich, das den Norden Ägyptens, insbesondere das Nildelta umfaßte, assoziiert, während die Weiße Krone das im Süden gelegene oberägyptische Königreich repräsentierte.

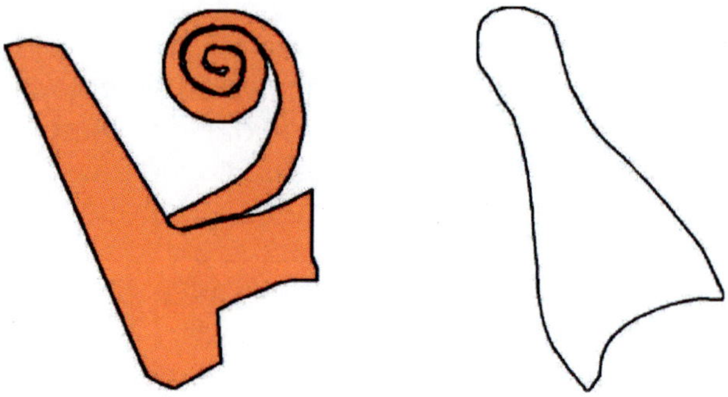

73 Die Rote Krone (links) und die Weiße Krone (rechts) repräsentieren zwei frühe lokale Königreiche, aus deren Vereinigung schließlich der ägyptische Staat und die ersten Dynastien hervorgehen. Die Rote Krone wird meistens mit dem Norden (Unterägypten) assoziiert, während die Weiße Krone als Symbol Oberägyptens, des Südens angesehen wird.

Doch die Geschehnisse dieser Zeit müssen komplizierter gewesen sein, als uns diese einfache Einteilung vermitteln soll: Die Rote Krone nämlich, die man eigentlich für die Krone Unterägyptens hält, war schon bereits zur Mitte des 4. Jahrtausends v.Chr. auf Gegenständen der späten NAQÂDA-I-KULTUR im tiefsten Oberägypten aufgetaucht[353]. Es entsteht somit die Frage, wie die Rote Krone, wenn sie ursprünglich das höchste Würdezeichen des Südens

darstellte, später zum Symbol eines weit entfernten nördlichen Königreiches hatte werden können? Es hat den Anschein, daß die erwähnten Auseinandersetzungen im Süden dazu geführt haben, daß Naqâda als eines der drei beteiligten Machtzentren unterlag und verdrängt wurde. Wenn die ursprüngliche Herkunft dieses Volkes, wie hier angenommen, einst tatsächlich weit im Westen gelegen hatte, dann war der natürliche Weg des Rückzugs für die Naqâda-Führung nilabwärts nach Norden naheliegend, denn das Nildelta und das angrenzende Mittelmeer boten die Verbindung zum Westen. Mit der Verdrängung Naqâdas wurde offenbar zugleich das Reich der Roten Krone auf die Gebiete des Nildeltas zurückgedrängt. Erst der Bruderkampf der im Süden gelegenen Machtzentren ließ vermutlich ein oberägyptisches und ein unterägyptisches Reich entstehen und führte dazu, daß die Rote Krone fortan zum Symbol für ein im Norden gelegenes unterägyptisches Reich wurde.
In dieser späten prädynastischen Phase tritt zeitgleich mit den Wirren der inneren Auseinandersetzungen ein fremdes Land urplötzlich in Erscheinung. Das Bruchstück einer dekorierten Schieferpalette gehört zu den frühesten Hinweisen auf dieses "Fremdland". Auf der Vorderseite dieser Steintafel sind sieben von starken Mauerringen befestigte fremde Städte angedeutet, die offenbar von oberägyptischen Herrschern, dargestellt durch die Tiere Löwe, Skorpion und Falke, bekämpft werden. Auf der Rückseite dieser Palette sind mehrere Reihen erbeuteten Viehs zu sehen, die darauf schließen lassen, daß es sich bei dem dargestellten Fremdland um eine sehr fruchtbare Gegend gehandelt haben muß. Im untersten Abschnitt der Palette ist eine Reihe von Olivenbäumen wiedergegeben, die offenbar als eine wertvolle Besonderheit angesehen mit diesem Fremdland assoziiert wurden. Neben diesen Bäumen nun, lassen sich zwei Hieroglyphen, ein Oval und ein Schlagstock erkennen, die uns schließlich auch den Namen des fremden Landes mitteilen. Er lautet: "TEHENU"[354].
Der Name TEHENU aber ist uns nicht mehr unbekannt. Er war bereits im Zusammenhang mit der Göttin Neith aufgetaucht, die in frühägyptischen Inschriften als "Neith-Tehenu", die "NEITH aus TEHENU" bezeichnet wurde. Aus diesem Grund war hier bereits die Vermutung geäußert worden, daß TEHENU das Ursprungsland der vielrudrigen Schiffe gewesen sein mußte, welche so häufig auf den NAQÂDA-II-Vasen abgebildet sind. Es waren offenbar Menschen aus dem Lande TEHENU gewesen, die sich im Niltal niedergelassen und die NAQÂDA-KULTUR begründet hatten. Diese Palette nun aber scheint eine Auseinandersetzung zwischen dem prädynastischen Ägypten und dem Land TEHENU zu dokumentieren. Das jedoch würde bedeuten, daß ein Kampf gegen das einstige Ursprungsland stattgefunden haben mußte.

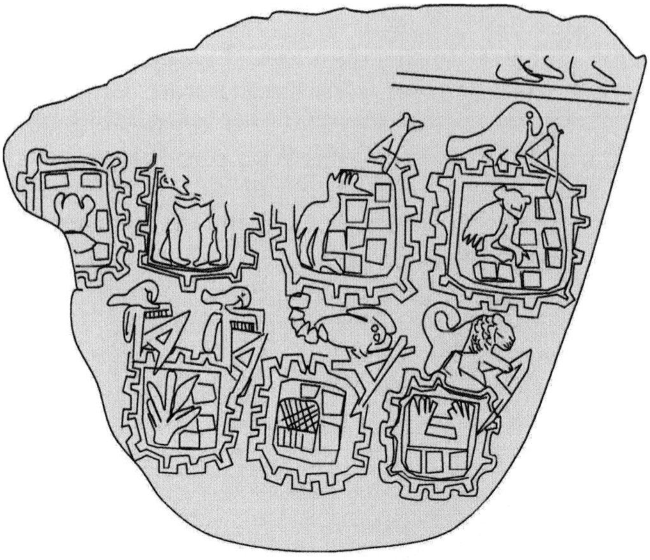

74 Vorder- und Rückseite der sogenannten "Tehenu-Palette", ca. 3200v.Chr.. Die Vorderseite oben läßt sich deuten als Wiedergabe einer Auseinandersetzung zwischen den prädynastischen ägyptischen Herrschern und dem Land TEHENU. Die offenbar zu TEHENU gehörenden Städte sind von starken Befestigungsmauern umgeben. Die Paletten-Rückseite wird verstanden als Darstellung erbeuteter Tiere (Rinder, Esel, Schafe) und Bäume. Das Land TEHENU muß daher besonders fruchtbar gewesen sein.

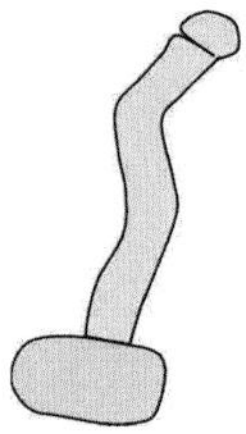

Die Hieroglyphengruppe neben den Olivenbäumen bestehend aus dem Schlagstock als Zeichen für "fremd" und einem ovalen Zeichen mit der Bedeutung "Insel" bilden zusammen eine alte Schreibweise des Landes T E H E N U, die zuerst der deutsche Ägyptologe Kurt Sethe erkannte[355].

Auch ein kleiner Elfenbeinzylinder, den man im oberägyptischen Hierakonpolis fand, liefert einen deutlichen Hinweis auf diese kriegerische Auseinandersetzung mit Tehenu[356,357]. Das auf diesem Zylinder erhaltene Relief zeigt den prädynastischen oberägyptischen König "Narmer" (=schlagender Wels), dargestellt durch dessen hieroglyphischen Namen, wie er knieende gefesselte Feinde niederschlägt. Auch hier erscheint der Name "TEHENU" als Identifizierung der gefesselten spitzbärtigen Gefangenen. Auch diesmal wieder beinhaltet das Ideogramm für "TEHENU" die Zeichen des Schlagstocks und des Ovals. Der Schlagstock ist das Zeichen für "fremd", während das Oval das Zeichen für "Insel" darstellt[358].

75 Relief eines Elfenbeinzylinders aus Hierakonpolis (Oberägypten) (aus Quibell[359]). Der prädynastische König "Narmer" (Bedeutung: schlagender Wels) schlägt die knieenden bärtigen Feinde aus dem Lande T e h e n u nieder[360]. Hier bilden die Zeichen Schlagstock, Ölkrug und Insel-Oval den Namen TEHENU.

Diese Kämpfe gegen Tehenu fallen zeitlich zusammen mit der sogenannten "Reichseinigungszeit", jener bedeutenden Epoche also, während der durch die Vereinigung Ober- und Unterägyptens der ägyptische Staat hervorgegangen sein soll. Als das wohl bedeutendste Dokument dieser Reichseinigungszeit wird im allgemeinen die berühmte "Narmer-Palette" angesehen. Es handelt sich um eine Steintafel, die auf Vorder- und Rückseite je mit einem Relief versehen ist. Die Vorderseite zeigt den bereits erwähnten König Narmer, wie dieser einen bärtigen Feind niederschlägt und damit offenbar einen bedeutenden Sieg erringt. Narmer trägt die Weiße Krone Oberägyptens. Auf der Rückseite ist wiederum derselbe König abgebildet, überaschenderweise trägt er dort jedoch die Rote Krone. Hieraus läßt sich schließen, daß König Narmer mit dem Sieg über die dargestellten Feinde zugleich die Herrschaft über beide Länder, Ober- und Unterägypten errungen und das Reich vereinigt hat[361].

76 Die "Narmer-Palette" aus Hierakonpolis (Oberägypten). Links: Auf der Vorderseite ist König Narmer mit der weißen Krone (Oberägyptens) abgebildet. Er erschlägt einen bärtigen Feind libyschen Aussehens. Die Feinde stammen offenbar von einer Insel, denn ein bärtiger Kopf scheint aus dem Insel-Oval herauszuwachsen. Mit großer Wahrscheinlichkeit handelt es sich auch hier um den Kampf Narmers gegen Tehenu. An der Tracht des oberägyptischen Königs fällt der Tierschwanz auf. Er ist ein Relikt und Indiz der ursprünglich libyschen Abstammung der oberägyptischen Herrscher. Rechts: Die Rückseite der Palette zeigt den siegreich aus dem Kampf hervorgegangenen Narmer, der nun zum Zeichen dieses Sieges die Rote Krone des besiegten Gegners trägt. In der gleichen Zeile sind neben einigen Standartenträgern insgesamt 10 geköpfte Feinde in einer Doppelreihe abgebildet. Die besondere Art ihrer Darstellung in Form von fünf Doppelpaaren könnte in dem hier interessierenden Zusammenhang von erheblicher Bedeutung sein. Aus der untersten Zeile läßt sich außerdem entnehmen, daß der angeblich besiegte Feind bereits über stark besfestigte Städte verfügte.

Aber welche Feinde hatte der oberägyptische Herrscher da bezwungen? Wenn König Narmer bereits auf dem Elfenbeinzylinder abgebildet war, wie er die bärtigen Feinde aus einem Land namens TEHENU schlug und nun in der Darstellung der Narmer-Palette erneut solche bärtigen Feinde besiegte, dann ist davon auszugehen, daß es sich in beiden Reliefs um das gleiche bedeutende Ereignis handelte. Das heißt, auch die Narmer-Palette stellt mit großer Wahrscheinlichkeit den Sieg gegen die Männer aus TEHENU dar. Demzufolge aber wäre die Einigung des ägyptischen Reiches und die damit einhergehende Entstehung des ägyptischen Staates ganz unmittelbar an einen Sieg über die Macht aus TEHENU geknüpft gewesen - ein offensichtlicher Zusammenhang, der bei den Ägyptologen bislang kaum Beachtung zu finden scheint. Ein weiteres Indiz, das zu bestätigen scheint, daß es sich auch hier tatsächlich wieder um den Gegner aus Tehenu handelte, ist das erneute Erscheinen des Insel-Ovals. Aus diesem "wächst" der Kopf des bärtigen Feindes heraus.

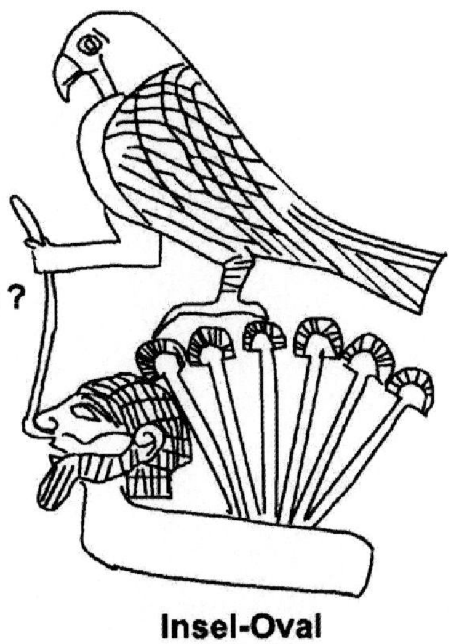

77 Detail-Ausschnitt aus der Narmer-Palette. Das Insel-Oval legt auch hier den Bezug zu "TEHENU" nahe. Möglicherweise ist auch der Stock dem Tehenu-Ideogramm entlehnt.

Was von Ägyptologen also bislang meist isoliert nur als die Vereinigung zweier ägyptischer Königreiche angesehen wurde, war vermutlich wohl weitaus mehr als das: Die verschiedenen Reliefs scheinen darzustellen, wie sich die entwickelte NAQÂDA-KULTUR von genau dem Land abnabelte und

befreite, welches der einstige Ursprung und damit das Mutterland der NAQÂDA-KULTUR gewesen war: TEHENU. Nur so läßt sich die seltsame Koinzidenz der Reichseinigung und des Sieges über TEHENU erklären.
Schiffe aus dem Lande TEHENU waren spätestens im 4. Jahrtausend v.Chr. vom Mittelmeer her kommend in das Niltal vorgedrungen und hatten offenbar an geeigneten Abschnitten weit im Süden Handelsstützpunkte gebildet und dadurch die NAQÂDA-KULTUR hervorgebracht. Es ist logisch anzunehmen, daß diese Handelsstützpunkte weiterhin in stetiger Verbindung zum Heimatland blieben und Waren dahin abführten. Die geographisch günstige Lage Naqâdas, nämlich Umschlagplatz für Gold, Kupfer und Elfenbein aus dem Süden zu sein und mit dem Wadi Hammamat zugleich das "Tor" zum Osten nach Mesopotamien kontrollieren zu können, muß Naqâda eine sehr bedeutsame Rolle und wachsenden Einfluß eingebracht haben. Möglicherweise ließ dies den Drang nach Unabhängigkeit zumindest für eines der drei Machtzentren der NAQÂDA-KULTUR so groß werden, daß es darüber zu starken inneren Auseinandersetzungen zwischen Naqâda und Hierakonpolis kam. In diesem Bruderkampf scheint Naqâda schließlich unterlegen gewesen zu sein und seine Führungsrolle eingebüßt zu haben[362]. Die Macht lag fortan bei Herrschern aus Hierakonpolis und Abydos. Es ist zu vermuten, daß überhaupt erst dieser Bruderkampf die beiden getrennten Königreiche Oberägypten im Süden und Unterägypten im Norden entstehen ließ. Zuvor hatte es wahrscheinlich nur ein einziges von Naqâda aus regiertes und durch die Rote Krone repräsentiertes Königreich gegeben. Dafür jedenfalls spricht die Tatsache, daß der sogenannte "Palermostein", das Bruchstück einer ca. 4500 Jahre alten ägyptischen Steintafel, auf der in chronologischer Reihenfolge die frühen ägyptischen Könige mit ihren Namen und Regierungszeiten aufgelistet sind, in der obersten Zeile prädynastische Herrscher wiedergibt, welche sämtlich nur die Rote Krone tragen[363,364]. Nach dem Bruderkampf aber scheint die neue Situation eingetreten zu sein, daß die Rote Krone nun auf einmal den Norden, also Unterägypten repräsentierte, während die Weiße Krone zum Herrschaftszeichen des unabhängigen Oberägypten im Süden wurde. Eine mögliche Erklärung für diese Entwicklung könnte darin bestehen, daß die Herrscher aus Naqâda dem Mutterland TEHENU enger verbunden waren, während die Führung aus Hierakonpolis, wie die oben zitierten Reliefdarstellungen wiedergeben, die Unabhängigkeit von TEHENU anstrebte. Der im Bruderkampf errungene Sieg Hierakonpolis' über Naqâda führte in der Konsequenz wahrscheinlich zu einer Zurückdrängung und Beschränkung der Roten Krone und damit des TEHENU-Einflußbereiches allein auf den Norden des Landes. Dieses Zurückweichen in das nördliche Territorium erst würde erklären, warum die Rote Krone nun nicht mehr mit dem Süden, sondern fortan mit dem Norden assoziiert war. Es ist davon

auszugehen, daß der von TEHENU kontrollierte Norden versuchte, seine Macht dort zu sichern, etwa durch den Bau befestigter Stadtanlagen, und darüber hinaus alles daran setzte, die Herrschaft über den Süden zurück zu erlangen. Die Narmer-Palette liefert nun aber den Hinweis, daß es dem Süden offenbar gelungen war, einen entscheidenden Sieg über die im Norden errichteten befestigten TEHENU-Städte zu erzielen. Die Reliefs zeigen daher vermutlich nicht den Kriegszug gegen das Land oder die Insel TEHENU, sondern gegen den von TEHENU kontrollierten nördlichen Teil Ägyptens. Erst den Nachfolgern König Narmers scheint es gegen 3000v.Chr. gelungen zu sein, den Einfluß von TEHENU so entscheidend zu brechen, daß es daraufhin zur Vereinigung beider Landesteile und dem Beginn des dynastischen Ägypten kam[365].

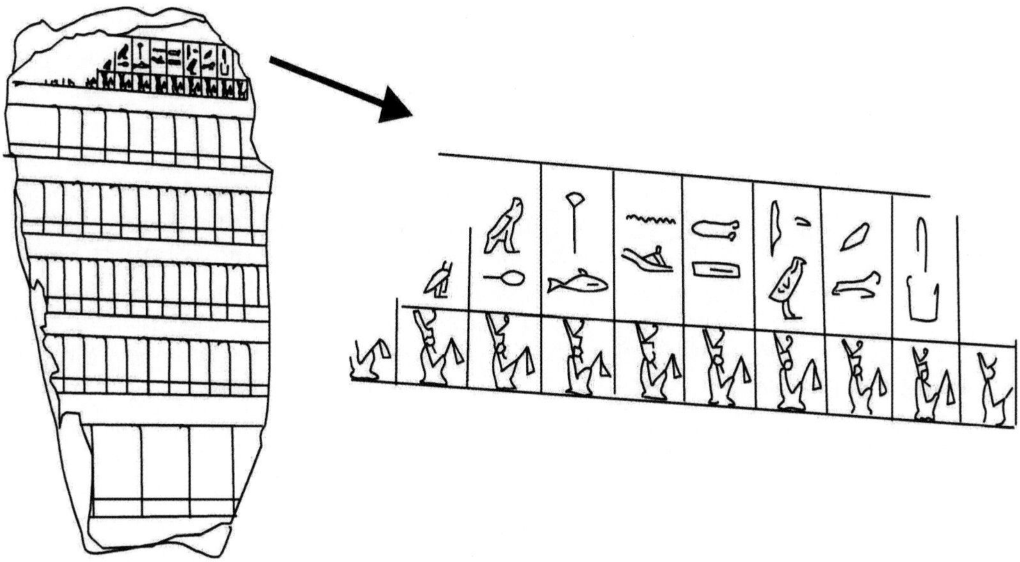

78 Der sogenannte "Palermostein". Dieser stellt das größte und besterhaltendste Bruchstück eines Annalensteins aus der Zeit der 5. Dynastie um 2470v.Chr. dar. Auf diesem Stein sind die Könige Ägyptens mit ihren Namen und Regierungszeiten aufgelistet. In der obersten Zeile erscheinen die Namen von einigen prädynastischen Königen. Die entsprechenden Regierungszeiten waren zu der Zeit, als der Annalenstein entstand, wohl nicht mehr bekannt. Interessanterweise tragen sämtliche prädynastischen Herrscher die Rote Krone. Die Annahme der meisten Ägyptologen, daß es sich dabei um unterägyptische Herrscher gehandelt habe, ist vermutlich falsch. Die erwähnten Könige dürften einer frühen Epoche angehören, als allein eine Rote Krone von Naqâda aus über das prädynastische Reich regierte und eine Weiße Krone vermutlich noch gar nicht existierte. Die Teilung in zwei unabhängige Königreiche dürfte erst später erfolgt sein. Das Bruchstück befindet sich heute im Museum von Palermo, weshalb die Bezeichnung "Palermostein" entstand. (nach einer Photographie in Seidlmayer[366])

Was aber genau war nun unter "TEHENU" zu verstehen und wo lokalisierten es die ägyptischen Quellen der geschichtlichen Zeit? Und was hatte dies alles mit unserer Suche nach dem Volk der Atlanter zu tun?
Die Ägyptologen übersetzen "Tehenu" meistens verallgemeinernd mit "Libyen" und beziehen diesen Namen damit gerne auf das nordafrikanische Wüstengebiet westlich des Niltals. Somit wären die Bewohner TEHENUS überwiegend ein Volk umherziehender Wüstennomaden gewesen[367]. Diese Vorstellung aber ist abwegig, denn TEHENU wird zum einen als besonders fruchtbares Land und zudem als erbitterter Gegner Ägyptens bereits während der Reichseinigungszeit geschildert. Beides läßt sich nicht mit einem nichtseßhaften Wüstenvolk vereinbaren. Richtig jedoch ist die Annahme, daß TEHENU im Westen Ägyptens gelegen hat, denn auch in der geschichtlichen Zeit taucht TEHENU immer wieder in den ägyptischen Quellen als bedeutender Gegner auf und mehrere dieser Quellen weisen darauf hin, daß TEHENU im Westen zu finden war. Am deutlichsten geht dies aus einem Relief aus dem Totentempel des ägyptischen Königs Sahure (5.Dynastie), aus der Zeit um 2480v.Chr. hervor. Dieses Relief stellt erneut einen Siegeszug gegen Feinde aus TEHENU dar. Ähnlich wie auf der TEHENU-Palette sind auch hier mehrere Reihen erbeuteten Viehs, Rinder, Esel, Schafe und Ziegen zu sehen. Das erbeutete Vieh wird auch in Zahlen mitgeteilt: Von gigantischen 123.440 Rindern, 223.400 Eseln, 232.413 Ziegen und 243.688 Schafen ist dort die Rede.[368,369] Oberhalb und unterhalb dieser Beute sind die gefangenen TEHENU-Libyer dargestellt. Als charakteristisches Merkmal fällt sofort die von diesen getragene Phallustasche auf. Daneben steht die Göttin des Westens und übergibt die Gefangenen dem ägyptischen König. In einer begleitenden hieroglyphischen Inschrift heißt es dazu:

"Ihre Worte: Ich habe dir die Fürsten von Tehenu überantwortet" [370]

Da es die Göttin des Westens ist, die die *"Fürsten von Tehenu"* an Ägypten ausliefert, kann dies nur bedeuten, daß TEHENU im Westen gelegen war - so wie es bereits auch im vorangegangenen Kapitel vermutet wurde. Rechts der Göttin des Westens steht, wie eine zugehörige Inschrift erläutert, nun auch noch der *"libysche Gott „Ash, der Herr von Tehenu“, der ... alle Güter der Fremdländer übergibt."*[371,372]

79 Erhaltenes Bruchstück aus dem Relief des Totentempels König Sahures in Abusir, Altes Reich, 5. Dynastie, ca. 2480v.Chr. (aus Borchardt[373]). Im mittleren Teil ist die reiche Beute an Vieh aus dem Lande TEHENU dargestellt. Oberhalb und unterhalb dieser Beute sind jeweils Gefangene, die man von dort mitgebracht hat, abgebildet. Unten sind die Gemahlin (oder Tochter) und zwei Söhne des besiegten Fürsten von TEHENU dargestellt. Rechts daneben befinden sich die Göttin des Westens, die dem König die Fürsten von TEHENU übergibt, sowie der libysche Gott Ash, der "Herr von Tehenu". Im oberen Teil stehen über den Gefangenen die Namen von zwei Teilgebieten TEHENUS, welche mit "Basch" und "Baket" übersetzt wurden[374].

Das Erscheinen des Gottes eines angeblich fremden Landes auf einem ägyptischen Relief bestätigt, daß einst eine äußerst enge Verbindung zwischen diesen beiden Ländern existiert haben muß. Auch zwei charakteristische Merkmale in der Darstellung der TEHENU-Gefangenen machen diese enge Verwandschaft der beiden Völker deutlich: So zeigt ein weiterer Teil des Sahure-Reliefs mehrere Gefangene, darunter zwei bärtige TEHENU-Gefangene, zu erkennen an den vor der Brust gekreuzten Bändern und der Phallustasche, die auch einen am Gürtel befestigten Tierschwanz tragen. Der Tierschwanz aber gehörte, wie uns die Narmer-Palette zeigte, ebenso zur Tracht der frühen ägyptischen Könige. Darüber hinaus sind die Gefangenen aus TEHENU zum Teil mit einer Art Stirnlocke dargestellt, die sehr der ägyptischen Uräus-Schlange an der Stirn der ägyptischen Könige ähnelt[375]. Diese charakteristischen Gemeinsamkeiten sind einzig durch die schon zuvor geschilderte Abstammung der NAQÂDA-KULTUR vom Volke TEHENUS sinnvoll zu erklären.

80 Ausschnitt des Sahure-Reliefs, Abusir, Altes Reich, 5. Dynastie, ca. 2480v.Chr. (aus Borchardt[376]). Abgeführte bärtige Feinde, die vermutlich alle aus Gebieten TEHENUS stammen, von denen jedoch nur die Gefangenen eins und vier die charakteristische Ausstattung der TEHENU zeigen, wie etwa die Phallustasche, den am Gürtel befestigten Tierschwanz, die über der Brust gekreuzten Bänder und ein breites Band um den Hals. Von besonderem Interesse ist die Stirnlocke des ersten TEHENU-Gefangenen, die nichts anderes als die Uräus-Schlange darstellen dürfte, die sonst nur bei den ägyptischen Königen zu sehen ist. Wahrscheinlich war dieses nur Fürsten oder Könige auszeichnende Symbol aus TEHENU nach Ägypten gelangt und dort ebenso wie der Tierschwanz beibehalten worden.

Doch es ist der Punkt erreicht, wo die Frage zu stellen ist, was diese detailierten und sicherlich nicht immer leicht zu verstehenden Ausführungen über die Entstehung des ägyptischen Staates und das dabei in Erscheinung getretene Land TEHENU mit der zentralen Aufgabe dieses Buches, nämlich der Suche nach dem rätselhaften Volk der Atlanter zu tun hatte? Diese Frage wird sich bereits mancher Leser gestellt haben - doch die Antwort auf diese Frage dürfte sich vielen auch bereits erschlossen haben:
Das rätselhafte Land TEHENU, welches bereits in prädynastischer Zeit mächtig erscheint und dann beinahe die gesamte ägyptische Geschichte hindurch ein bedrohlicher Gegner Ägyptens bleibt, ist vermutlich nichts anderes gewesen, als der von Platon überlieferte Insel-Staat "Atlantis". Die Indizien, die diese Schlußfolgerung nahelegen, sollen im folgenden noch einmal dargelegt werden:

Atlantis war eine fruchtbare Insel:
Auch TEHENU war offenbar eine Insel; darauf jedenfalls deutet das hieroglyphische Zeichen hin, mit dem der Name TEHENU in ältester Zeit geschrieben wurde - gemeint ist das Insel-Oval. Wie Platons Insel Atlantis wird auch TEHENU als besonders fruchtbares Land dargestellt (siehe Beute Sahure-Relief). In einer altägyptischen Inschrift ist zudem von einem "Seebecken des Landes Tehenu" die Rede[377]. Es ist naheliegend zu vermuten, daß es sich hierbei um das Atlantische Meer handelt.

Die besondere Frucht von Atlantis:
Die TEHENU-Palette dokumentiert eine kostbare Besonderheit des Landes TEHENU, den Olivenbaum. Von diesem scheint auch Platons KRITIAS als eben solche Besonderheit zu berichten. Insbesondere geht es um die Stelle, wo es in Bezug auf die Früchte von Atlantis heißt: *"[...] ferner die, welche baumartig wächst und Trank und Speise und Salböl zugleich liefert [...]"*[378]. Die Olive war im Altertum so wenig verbreitet und deshalb so kostbar gewesen, daß selbst die griechische Mythologie die Einführung der Olive in Griechenland durch Athene (Neith) für erwähnenswert hielt[379]. TEHENU jedoch schien geradezu das Ursprungsland der Olive gewesen zu sein[380].

Die Athene vom Tritonsee und die Neith aus TEHENU:
Einer der deutlichsten Hinweise darauf, daß TEHENU und Atlantis vermutlich ein und dasselbe waren, ergibt sich aus der Identität der Göttin Neith und der griechischen Göttin Athene. Den ältesten griechischen Mythen zufolge wurde Athene an den Ufern des Tritonsees geboren. Der Tritonsee jedoch war, wie in diesem Buch gezeigt werden konnte, nichts anderes als das "Atlantische Meer" der Platonschen Überlieferung.

"DIE ATHENE VOM UFER DES TRITONSEES"

wäre daher gleichbedeutend mit

"DIE ATHENE VOM UFER DES ATLANTISCHEN MEERES".

Dies wäre auch zu verstehen als

"DIE ATHENE VON DER INSEL ATLANTIS".

Wenn nun die Annahme Atlantis=TEHENU tatsächlich richtig sein sollte, dann hätte der Ausdruck "Die Athene von der Insel Atlantis" in der Sprache der Ägypter etwa lauten müssen:

"DIE NEITH AUS TEHENU".

Und genau diese Worte erscheinen in den frühen ägyptischen Inschriften: Dort heißt es in der Form der für Ägyptologen gebräuchlichen Umschrift *"Nt-ṯḥ.nw"* [381], was unter Hinzufügung der Vokale "Neith-Tehenu" ausgesprochen wird. "Neith-Tehenu" wurde leider zu verallgemeinernd mit *"die libysche Neith"* [382] übersetzt, doch präzise muß es heißen "Die Neith aus Tehenu". "TEHENU" war daher vermutlich eine urtümliche Bezeichnung für den im Nordwesten Afrikas gelegenen Maghreb ("die Insel des Westens").

Die Atlanter waren ein Seefahrer-Volk:
Unter anderem war es das Zeichen der Neith auf den dekorierten Vasen der NAQÂDA-II-Keramik gewesen, das den Schluß zuließ, daß die dort abgebildeten vielrudrigen Schiffe, so wie die Neith selbst, aus TEHENU stammten. TEHENU mußte daher ein Land mit einer zivilisierten Kultur gewesen sein, das bereits lange Zeit vor der Entstehung des ägyptischen Pharaonenstaats über eine weitentwickelte Schifffahrt verfügte. Platons Dialoge TIMAIOS und KRITIAS, welche die Atlanter ebenfalls als ein technologisch weit entwickeltes Seefahrervolk beschreiben, wären daher auf TEHENU bezogen absolut zutreffend.

Die Atlanter herrschten über Libyen bis nach Ägypten:
Platons Überlieferung spricht davon, daß Atlantis über Libyen bis nach Ägypten geherrscht hätte. Dies scheint eine durchaus zutreffende Beschreibung für den Herrschaftsbereich TEHENUS zu sein. Der gesamte Westen Nordafrikas wird den frühen ägyptischen Quellen zufolge ohne geographische Einschränkung von der rätselhaften Macht TEHENU beherrscht,

die für das dynastische Ägypten stets eine erhebliche Bedrohung darstellte und immer wieder für Auseinandersetzungen sorgte. In prädynastischer Zeit erstreckte sich das Einflußgebiet TEHENUS offenbar auch über weite Teile des Niltales. Während der Auseinandersetzungen der Reichseinigungszeit wurde TEHENU vermutlich zurückgedrängt und kontrollierte von da an nur den Norden Ägyptens. Mit dem Beginn der ersten Dynastien herrschte es von Westen her mindestens bis an die Grenzen Ägyptens heran.

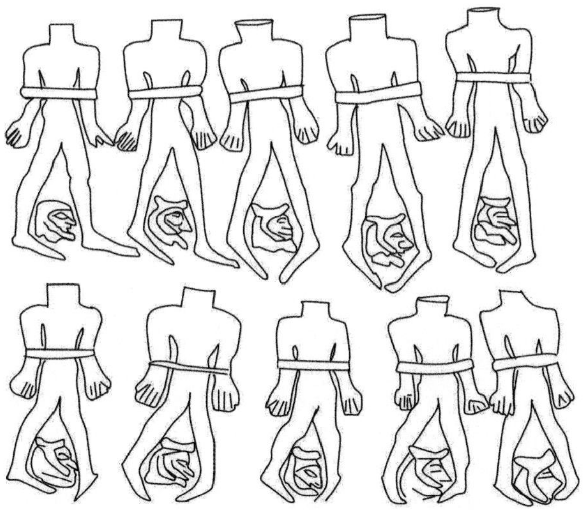

81 Detail-Ausschnitt von der Rückseite der Narmer-Palette. Abgebildet sind zehn enthauptete bärtige Feinde. Die besondere Kopfbedeckung unterscheidet diese von den ansonsten auf der Narmer-Palette dargestellten Feinden aus TEHENU und macht es daher wahrscheinlich, daß es sich um zehn Herrscher TEHENUS handelt. Hat die Anordnung in einer Doppelreihe vielleicht die symbolische Bedeutung von fünf Zwillingspaaren? Sind hier symbolhaft die fünf Zwillingspaare von Atlantis dargestellt, von denen im KRITIAS die Rede ist?[383]

Neben diesen bereits bekannten Hinweisen, tauchen in den altägyptischen Quellen aber noch eine ganze Reihe weiterer Indizien und Übereinstimmungen auf, die die Annahme stützen, daß das Land, das die alten Ägypter "TEHENU" nannten, nur eine andere Bezeichnung für Platons "Atlantis" war.

Kehren wir daher wieder zurück zu den frühen geschichtlichen Quellen Ägyptens und werfen nochmals einen Blick auf die bereits erwähnte Narmer-Palette. Auf deren Rückseite ist im oberen Teil König Narmer triumphierend, in Besitz der erbeuteten Roten Krone abgebildet. Rechts davon, in der gleichen Zeile, sind insgesamt zehn enthauptete bärtige Feinde, offenbar aus TEHENU,

dargestellt. Die abgetrennten Köpfe liegen zwischen den Beinen der getöteten Feinde. Was aber ist das besondere an dieser Szene? Die Anzahl und die Anordnung der abgebildeten Feinde sollten unsere Aufmerksamkeit erwecken. Es sind, wie erwähnt, insgesamt 10 enthauptete Personen, die von erheblicher Bedeutung gewesen sein müssen, denn sie sind zusammen mit dem triumphierenden König Narmer in der gleichen Zeile dargestellt. Sie werden die eigentlichen Widersacher des Königs gewesen sein. Deutlich unterscheiden sie sich von den gewöhnlichen Feinden durch ihre Kopfbedeckung, so daß es sich offenbar um zehn Herrscher TEHENUS handelt. Im Gegensatz zu anderen Abbildungen von geschlagenen Feinden, in denen jene Personen eher zufällig über die freie Fläche des Reliefs verteilt sind, wurden diese zehn Herrscher TEHENUS gezielt paarweise übereinander angeordnet. Ist der Gedanke daher so abwegig, daß es sich hierbei um eine symbolhaft zu verstehende Darstellung der Hinrichtung der zehn Könige von Atlantis handeln könnte?
Wäre es nicht denkbar, daß die Abbildung in Form von fünf übereinander angeordneten Paaren ganz einfach die Bedeutung von fünf Zwillingspaaren besitzt, nämlich von jenen zehn königlichen Zwillingen, die Platon in seinem Atlantis-Text erwähnt?

> *"An männlicher Nachkommenschaft aber erzeugte er [Poseidon] fünf Zwillingspaare und zog sie auf, zerlegte sodann die ganze Insel Atlantis in zehn Landgebiete und teilte von ihnen dem Erstgeborenen des ältesten Paares den Wohnsitz seiner Mutter und das umliegende Gebiet, als das größte und beste, zu und bestellte ihn auch zum König über die anderen Söhne; aber auch diese machte er zu Herrschern, indem er einem jeden die Herrschaft über viele Menschen und vieles Land verlieh."* [384]

Platons Überlieferung zufolge war die Insel Atlantis in zehn Gebiete unterteilt. Wie sich aber aus den ägyptischen Quellen schließen läßt, bestand auch TEHENU aus mehreren Teilgebieten, welche offenbar von solcher Größe und Bedeutung waren, daß es die Ägypter der 5. Dynastie für nötig erachteten, diese gesondert aufzuführen. So liefert beispielsweise das hier bereits erwähnte Sahure-Relief mindestens zwei Ländernamen aus dem Reich TEHENU: Das Land "Basch" und das Land "Bakht"[385]. Vielleicht nannte dieses Relief aus dem Totentempel des Pyramidenkomplexes des Königs Sahure in Abusir ursprünglich noch weitere Namen von Teilgebieten TEHENUS, doch das Relief war bereits an den entsprechenden Stellen zerstört, als es der deutsche Ägyptologe Ludwig Borchardt Anfang des 20.Jahrhunderts ausgrub. Aber ist es nicht verwunderlich, daß die Ägypter derart gut über das angebliche

Feindland bescheid wußten, daß nicht nur die Götter dieses Landes, sondern auch dessen Teilgebiete in den Reliefs Erwähnung fanden? Die empfundene Überaschung über die herausragende Bedeutung, die die Ägypter dem Land TEHENU offensichtlich beimaßen, setzt sich weiter fort, wenn man sich den ältesten religiösen Texten der Ägypter zuwendet, den Pyramidentexten und dem sogenannten Totenbuch, und dabei feststellt, daß TEHENU seltsamerweise auch in der ägyptischen Mythologie und im Jenseitsglauben erscheint. Während die Pyramiden der 3. und 4. Dynastie, zu denen auch die drei Pyramiden von Gizeh zählen, keinerlei Dekoration der Innenwände aufweisen, entdeckte man hingegen bei der Erforschung der späteren Pyramiden der 5., 6. und 8. Dynastie eine aufwendige Verzierung der Wände mit Sternen und hieroglyphischen Texten. Die darin wiedergegebenen Sprüche und rituellen Formeln, die dazu dienen sollten, dem verstorbenen König in die Jenseits-Existenz am Firmament zu verhelfen, werden als sogenannte Pyramidentexte bezeichnet[386]. Die Inhalte mancher dieser Texte lassen darauf schließen, daß sie zum Teil bereits aus prädynastischer Zeit stammen. Ähnliche Spruchsammlungen wurden seit der 18. Dynastie auch auf Papyrus geschrieben und dem Toten in das Grab beigelegt. Man bezeichnet diese daher auch als das ägyptische Totenbuch. Auch hierbei handelt es sich um Zusammenstellungen von Texten, die zum Teil aus sehr viel früherer Zeit stammen.
In den Texten der Pyramide des Königs Pepi aus der 6. Dynastie findet sich der folgende interessante Spruch:

> *"Oh Ihr Götter des Himmels, Ihr unvergänglichen, die Ihr in Euren Booten hinübersegelt über das Land von Tehenu, und diese Boote mit Hilfe des Uas Szepters navigiert, dieser Pepi navigiert sein Boot mit Euch"* [387]

Es stellt sich die Frage, warum der verstorbene König auf seinem Weg zu seiner Existenz im Jenseits ausgerechnet nach TEHENU oder darüber hinweg reisen mußte. Vielleicht war der einzige Grund in der Tatsache zu sehen, daß TEHENU im fernen Westen lag, also dort, wo die Sonne unterging und das Reich der Toten gedacht wurde. Aber erscheint das nicht sehr seltsam, daß ein verstorbener König auf seiner letzten und bedeutendsten Reise quasi als "Wegbeschreibung" den Namen eines Feindlandes genannt bekommt? Hätte es nicht eine andere treffendere Beschreibung für den Weg nach Westen geben müssen, etwa durch den Lauf der Sonne? Warum sollte der angebliche Feind TEHENU in solcher Weise aufgewertet werden? Warum sollten sogar die Götter über das Land von TEHENU hinübersegeln? Vielleicht gibt es eine ganz andere Erklärung für diese "Wegbeschreibung" zum Lande TEHENU. Man

möge sich an das erinnern, was Diodor von Sizilien über Atlantis schrieb: Es sei das Land der Atlanter gewesen, das einst die Götter hervorgebracht habe. Wenn die angeführte Mutmaßung, über die Identität von TEHENU und Atlantis richtig war, dann wäre demnach TEHENU die "Wiege der Götter" gewesen. Tatsächlich stammten, wie bereits erwähnt, die Urmutter Ägyptens, die Göttin Neith, ebenso auch der Gott Ash und eine ganze Reihe weiterer Götter, wie Horus und Sachmet, aus TEHENU[300]. Sollte der verstorbene ägyptische König vielleicht deshalb TEHENU passieren, um dadurch zum Ursprungsort der Götter zu gelangen? Diese Interpretation jedenfalls würde das mehrfache Erwähnen TEHENUS in den Pyramidentexten sehr viel plausibler erklären als die Annahme, daß "TEHENU" nur als reine Ortsangabe gedient haben soll.
Die rätselhafteste, aber vielleicht zugleich bedeutendste Erwähnung TEHENUS findet sich in den Pyramidentexten unter der Bezeichnung "Spruch 301". In der Übersetzung durch den englischen Ägyptologen R.F. Faulkner lautet dieser:

" *ADDRESS TO THE RISING SUN*

Take the Wrrt-crown from the great and mighty talkers(?)
who preside over Libya [Tehenu] and (from) Sobk, Lord of Bakhu" [389]

Ins Deutsche übersetzt, lautet dieser Satz und dessen Betitelung etwa:

" AN DIE AUFGEHENDE SONNE GERICHTET

Nimm die Wrrt-Krone von den großen und mächtigen Sprechern(?)
die über Libyen [Tehenu] herrschen und (von) Sobk, dem Herrn von Bakhu"

Das Wort "Wrrt" besaß die Bedeutung "die große Krone", und bezog sich an dieser Stelle offenbar auf die oberägyptische Krone[390]. Der Spruch 301 war demnach als Ausdruck des Strebens Oberägyptens nach Unabhängigkeit von TEHENU zu verstehen: Die Große Krone solle den Herrschern TEHENUS und *Sobek, dem Herrn von Bakhu* entrissen werden, damit Oberägypten Freiheit und Selbständigkeit erlangen konnte. Wie dieser Spruch aus den Pyramidentexten vermuten läßt, sollten die Herrscher von TEHENU die ursprünglichen Herrscher über das prädynastische Ägypten gewesen sein.
Als der in Spruch 301 zum Ausdruck kommende Freiheitskampf erfolgreich beendet war, entstand im Süden das prädynastische Königreich Oberägypten, von nun an durch die Weiße Krone repräsentiert, während die Vertreter der Roten Krone auf das Deltagebiet zurückgedrängt wurden und damit das unterägyptische Königreich mit dem Zentrum in Sais entstand. Die Rote Krone

kann daher nicht isoliert als die Krone Unterägyptens angesehen werden, sondern ist möglicherweise als ein Hoheitszeichen TEHENUS anzusehen. Dies wird auch deutlich durch die Narmer-Palette: Dort war König Narmer zunächst auf der Vorderseite mit der Weißen Krone Oberägyptens zu sehen, auf der Rückseite jedoch, trug er nach siegreichem Kampf gegen TEHENU plötzlich – seine hinzugewonnene Macht symbolisierend – die Rote Krone. Dies sollte doch als deutliches Indiz dafür gewertet werden, daß die Rote Krone ursprünglich ein Zeichen für die Herrschaft TEHENUS war. Es ist kein Zufall, daß die Göttin Neith, die ebenfalls aus TEHENU stammte, in den ägyptischen Darstellungen stets die Rote Krone trägt. Nur so ist auch zu erklären, warum die Rote Krone bereits zur frühen NAQÂDA-Zeit in Oberägypten auftauchte, später jedoch zum Symbol für das unterägyptische Reich im Norden wurde: TEHENU hatte NAQÂDA im frühen 4.Jahrtausend v.Chr. gegründet. Aufkeimende Unruhen führten jedoch zu einem Bruderkampf unter den Machtzentren der NAQÂDA-KULTUR. Offenbar strebte ein Teil der Machtinhaber nach der Unabhängigkeit von TEHENU. Diese Auseinandersetzungen hatten zur Folge, daß die Anhänger und Vertreter TEHENUS (die sogenannten "*Ḥ.3tjw-ᶜ* von Tehenu"[391]) und damit auch die Rote Krone in den Norden zurückgedrängt wurden. Erst jetzt wurde die Rote Krone zu einem Symbol für das im Norden gelegene Unterägypten. Schließlich führten die Kämpfe der Reichseinigungszeit offenbar zu weiterem Machtverlust Tehenus, so daß beide Landesteile, der Norden und der Süden am Ende von oberägyptischen Herrschern regiert wurden und damit das dynastische Ägypten entstand.

Der in Spruch 301 erwähnte "Sobk" oder "Sobek" war für die Ägypter ein Gott, der häufig in Form eines Mannes mit Krokodilkopf dargestellt wurde. Interessant ist, daß er der ägyptischen Mythologie zufolge der Sohn der Neith war und von den Ägyptern auch als Sonnengott "Sobek-Re" verehrt wurde[392]. Da die Göttin Neith bereits aus TEHENU stammte, ist die in Spruch 301 zum Ausdruck kommende Verbindung ihres Sohnes Sobek mit dem Land TEHENU alles andere als unplausibel. Ein weiteres mal ist damit ein bislang als ägyptisch angenommener Gott mit dem Land TEHENU verknüpft.

Sobek wird in dem Spruch als "Herr von Bakhu" bezeichnet. Dieses "Bakhu" ist identisch mit dem Land "Basch", welches bereits auf dem Sahure-Relief als ein Teilgebiet TEHENUS aufgetaucht war[393]. Wie aber sollte das möglich sein, daß der in der Ägyptologie immer als rein ägyptischer Gott verstandene Sobek nun der Herrscher über ein Teilgebiet TEHENUS war? Es scheint immer deutlicher und wahrscheinlicher zu werden, daß ein großer Teil des Götterkults der alten Ägypter gar keinen tatsächlich ägyptischen Ursprung besaß, sondern bereits in sehr viel früherer Zeit mit den aus TEHENU kommenden Seefahrern ins Niltal gelangt war.

Das Land "Basch" oder "Bakhu" muß ein sehr bedeutendes Teilgebiet TEHENUS gewesen sein, denn es begegnet in den ägyptischen Quellen noch an verschiedenen anderen Stellen. Die Verfolgung des Namens "Bakhu" in den ägyptischen Totentexten führt uns schließlich zu einer weiteren äußerst interessanten Stelle, die nun auf überaschend deutliche Weise eine kaum zufällige Parallele zum Atlas-Mythos bildet. In Spruch 108 des ägyptischen Totenbuches heißt es in der englischen Übersetzung von R.O. Faulkner:

> *"SPELL FOR KNOWING THE SOULS OF THE WESTERNERS*
> *As for that mountain of Bakhu on which the sky rests, it is in the east of the sky; it is three hundred rods long and one hundred and fifty rods broad. Sobk, Lord of Bakhu, is in the east of that mountain ;his temple is of cornelian. A serpent is on the top of that mountain; it is thirty cubits long, eight cubits of its forepart are of flint, and its teeth gleam. I know the name of this serpent which is on the mountain; its name is 'He who is in his burning'. [...] I know the Souls of the Westerners, who are Atum, Sobk the Lord of Bakhu, and Hathor the Lady of the Evening"* [394]

Ins Deutsche übersetzt lauten der Spruch und dessen Titel:

> "SPRUCH FÜR DAS KENNENLERNEN DER SEELEN DER WESTLICHEN
> Was jenen Berg Bakhu, auf dem der Himmel lastet, anbetrifft, ist er im Osten des Himmels; er ist dreihundert Ruten lang und einhundertundfünfzig Ruten breit. Sobk, der Herr von Bakhu, ist im Osten dieses Berges; sein Tempel ist aus Karneol. Eine Schlange befindet sich auf diesem Berg; sie ist 30 Ellen lang, acht Ellen ihres Vorderteils sind aus Flintstein und ihre Zähne leuchten. Ich kenne den Namen dieser Schlange, welche sich auf dem Berg befindet; ihr Name lautet 'Er der in seinen Flammen lebt' [...] Ich kenne die Seelen der Westlichen, welche da sind Atum, Sobk der Herr von Bakhu, und Hathor die Herrin des Abends"

Wie wir hieraus erfahren, gab es also nicht nur ein Land Bakhu, sondern in diesem gelegen befand sich auch ein Berg gleichen Namens. Aus dem Zitat geht ferner hervor, daß man diesen Berg Bakhu für die Stütze des Himmels hielt. Der Titel des Spruches läßt darüber hinaus keinen Zweifel daran, daß er im äußersten Westen gelegen war. Dasselbe aber wurde auch über den Berg Atlas im Land der Atlanter gesagt. Man möge sich an jene Stelle in Herodots Geschichtswerk erinnern, in der er über das im fernen Westen gelegene libysche Volk der Atlanter schrieb:

"An diesen Salzhügel aber grenzt ein Gebirge, namens Atlas, das steil und kreisförmig ist und so hoch sein soll, daß man seine Gipfel gar nicht sehen kann. Niemals würden sie frei von Wolken, nicht im Sommer und nicht im Winter. Die Bewohner des Landes sagen, dies Gebirge sei die Säule des Himmels. Nach ihm sind sie auch benannt, sie heißt Atlanten." [395]

Es ist kaum anzunehmen, daß sich die Idee, eines im äußersten Westen gelegenen Berges, der die Säule des Himmels sei, unabhängig voneinander auf zwei verschiedene Berge bezogen haben könnte. Vielmehr ist davon auszugehen, daß der in einem Teilgebiet von TEHENU gelegene Berg Bakhu identisch war mit dem Berg Atlas im Lande der Atlanter. Dies alles spricht dafür, daß TEHENU tatsächlich das Land der Atlanter war. Sobek, der Herr von Bakhu, so erfahren wir aus Spruch 108, besaß einen Palast aus Karneol (Rosenquarz), der sich östlich des Berges Bakhu befand. Auf dem Berg Bakhu, so heißt es, existierte eine Schlange, deren Vorderteil zum Teil aus Flintstein bestand, während ihre Zähne "leuchteten". Es kann sich bei dieser Schlange daher nur um eine auffällige Gesteinsschicht-Formation gehandelt haben, welche aus dunklem Flintstein und einem sich davon abhebenden leuchtend roten Gestein bestand, derart, daß es aus der Ferne betrachtet offenbar den Eindruck einer Schlange erweckte. Man fühlt sich erinnert an die Beschreibung der verschieden farbigen Felsschichten in Platons Bericht von Atlantis. Auch auf dem in diesem Buch vorgestellten Landsat5TM-Satellitenbild von der algerischen Hodna-Gegend erscheint eine gewaltige mehrfarbige Gesteinsschicht-Formation, die man in der Tat für eine Schlange mit leuchtend rotem Maul halten könnte. Jedoch in Anbetracht der Tatsache, daß solche verschieden farbigen Felsschichten vielerorts zu entdecken sind und die Abmessungen der Gesteinsschichten in den Hodna-Bergen sich nicht mit den entsprechenden Dimensionen aus dem ägyptischen Text decken, ist dieser Vergleich nur eben "reizvoll", aber nicht weiterführend.

82 Die farbigen Gesteinsschichten auf den Hängen der Hodna-Berge müssen schon von Weitem sichtbar sein. Ob man jedoch vom Boden aus betrachtet ebenso wie auf dem Satellitenbild eine zusammenhängende Struktur erkennen kann, welche der in Spruch 108 des Ägyptischen Totenbuches beschriebenen Schlange mit glühenden Zähnen ähnelt, ließe sich nur anhand einer Besichtigung vor Ort beantworten.[396]

14 Die Namen der Atlantischen Könige

Mit den vorangegangenen Ausführungen wurden einige deutliche Hinweise dafür erbracht, daß TEHENU, der mächtige Gegner Ägyptens, mit großer Wahrscheinlichkeit jener rätselhafte Staat war, der in Platons Dialogen den Namen Atlantis trägt. Die Frage, die man sich nun aber stellen muß, lautet: Warum gab es allem Anschein nach für ein und dasselbe Volk zwei verschiedene Namen? Warum wurden die Atlanter von den Ägyptern "TEHENU" genannt? Die Ägyptologen sind sich darin sicher, daß "Tehenu" (Ṯḥnw) ein ägyptisches Wort und nicht etwa ein Wort aus einer fremden Sprache darstellt. Man kennt ähnliche altägyptische Wörter, die den gleichen Konsonantenbestand "ṯḥn" aufweisen[397]. Diese haben Bedeutungen wie *"glänzen"*, *"leuchten"*, *"erhellen"*[398]. So trug auch die bereits seit prädynastischer Zeit bekannte Fayence, eine mit einer dünnen Glasschicht überzogene Tonerde, bei den Ägyptern die Bezeichnung "ṯḥnt" = "*das Glänzende*"[399]. Man gelangt daher zu dem Schluß, daß die Bevölkerung von TEHENU in den Augen der Ägypter "DIE GLÄNZENDEN", oder "DIE HELL SCHEINENDEN" waren. Vielleicht gab man ihnen diese Bezeichnung aufgrund ihrer besonders hellen Haut. Es fällt auf, daß in zahlreichen farbigen Wandmalereien die Libyer jeweils mit gelber oder weißer Farbe dargestellt wurden, während der Ägypter sich selbst im Unterschied dazu in rötlicher Farbe wiedergab. Es macht also Sinn, anzunehmen, daß das Wort "Tehenu" eine rein ägyptische Bezeichnung für dieses Volk aus dem Westen darstellte. Der Name, mit dem dieses libysche Volk sich selbst bezeichnete, wird daher ein ganz anderer gewesen sein. Die TEHENU waren ein Volk, das wir als Vorfahren der heutigen Berber ansehen können. Ihre Eigennamen sollten daher am ehesten im berberischen Sprachstamm zu suchen sein. Damit sind wir bei der zentralen Frage angelangt, woher eigentlich der Name "Atlas" stammt.

Eine der bedeutendsten ernsthaften Auseinandersetzungen mit dem Atlantis-Rätsel dürfte die Arbeit des deutschen Geographen Paul Borchardt sein. In seiner Veröffentlichung *"Platos Insel Atlantis"* aus dem Jahre 1927 wies Borchardt bereits darauf hin, daß das verschlammte Atlantische Meer aus Platons Bericht identisch sein mußte mit dem Tritonsee der griechischen Mythologie und folglich als das Gebiet der Salzseen im Süden des Maghrebs angesehen werden konnte[400]. Obwohl er anfangs auf der richtigen Fährte war und in mehreren Sätzen den Inselcharakter des Maghrebs beschrieb, stellte er darauffolgend jedoch die Behauptung auf, daß die riesige Ebene von Atlantis, im Hinterland der kleinen Syrte, des Golfs von Gabes, also südlich des Maghrebs zu suchen sei. Die kleine Insel mit der Königsburg sei im Atlantischen Meer untergegangen und müßte demzufolge unter den Sand- und Salzmassen des Chott el-Djerid verborgen liegen. Er mißachtete dabei leider vollständig, daß Platon die Insel Atlantis mit ihrer Ebene als sehr hochgelegen und steil aus dem Meer emporragend beschrieben hatte. Vielleicht war dies mit einer der Gründe dafür, daß seine Arbeit seiner Zeit nicht die Beachtung erzielte, die sie verdient hätte, und heute schließlich vollends in Vergessenheit geraten ist. Von großer Bedeutung ist Borchardts Arbeit insbesondere deshalb, weil er erkannte, daß die in Platons KRITIAS überlieferten Eigennamen der Atlanter berberischen Ursprungs sein mußten. Sein Versuch, diese Namen zu deuten und abzuleiten soll nun in den wichtigsten und vielversprechendsten Stellen wiedergegeben werden. Zuvor jedoch ist es erforderlich, die relevanten Passagen aus Platons KRITIAS, in denen die Namen der Atlanter erwähnt werden, noch einmal zu zitieren. In Platons Dialog wird der Bericht über Atlantis von Kritias vorgetragen. Dieser beginnt seinen Vortrag mit einer einleitenden Erklärung zu den griechischen Namen, die der Vortrag beinhaltet:

> *"Indessen muß ich meinem Berichte noch die Bemerkung unmittelbar voraufschicken, daß ihr euch nicht etwa wundern möget, wenn ihr ungriechischen Männern griechische Namen geben hört: denn ihr sollt den Grund davon erfahren. Da nämlich Solon ja diese Erzählung zu einem Gedichte zu verwenden bezweckte, so forschte er nach der Bedeutung der Namen, und da fand er nun, daß jene alten Ägypter, welche sie zuerst aufgezeichnet, sie in ihre eigene Sprache übersetzt hatten, und so nahm er seinerseits gleichfalls wieder den Sinn jedes Namens vor und schrieb ihn so nieder, wie er in unsere Sprache übertragen, lautete."* [401]

Der Atlantis-Bericht erwähnt nun die Namen der atlantischen Könige und die ihrer Vorfahren:

> *"Auf diesem nun wohnte einer von den daselbst im Anfang aus der Erde entsprossenen Männern, Namens Euenor, zusamt seiner Gattin Leukippe, und sie hatten eine einzige Tochter, Kleito, erzeugt. Als nun dies Mädchen in das Alter der Mannbarkeit gekommen war, starben ihr Mutter und Vater; Poseidon aber ward von Liebe zu ihr ergriffen und verband sich mit ihr. [...] An männlicher Nachkommenschaft aber erzeugte er fünf Zwillingspaare und zog sie auf, [...]*
> *Auch legte er allen Namen bei, und zwar dem ältesten und dem Könige den, von welchem auch die ganze Insel und das Meer, welches ja das Atlantische heißt, ihre Benennungen empfingen; nämlich Atlas ward dieser erste damals herrschende König*

geheißen. Dem nach ihm geborenen Zwillingsbruder ferner, welcher den äußersten Teil der Insel, von den Säulen des Herakles bis zu der Gegend, welche jetzt die gadeirische heißt und von der damals so genannten diese Bezeichnung empfangen hat, als seinen Anteil erhielt, gab er in der Landessprache den Namen Gadeiros, welcher auf griechisch Eumelos lauten würde und auch jene Benennung des Landes hervorrufen sollte. Von dem zweiten Paare sodann nannte er den einen Ampheres und den anderen Euaimon, von dem dritten den erstgeborenen Mnaseas und den folgenden Autochthon, von dem vierten den ersten Elasippos und den zweiten Mestor, von dem fünften endlich empfing der Frühgeborene den Namen Azaës und der letztgeborene den Namen Diaprepes." [402]

Der Erläuterung Kritias zufolge müßte man davon ausgehen, daß die ursprüngliche Bedeutung der atlantischen Namen nach einer ersten Übersetzung ins Ägyptische und einer anschließenden Übersetzung vom Ägyptischen ins Griechische erhalten geblieben sein sollte. Der Geograph Paul Borchardt ging jedoch davon aus, daß es nicht tatsächlich eine feste Bedeutung war, die mit jedem Namen assoziiert war, sondern daß es sich vielmehr stets um eine dem Klang des Namens entsprechende Übersetzung gehandelt haben mußte. Das würde bedeuten, daß Solon griechische Namen eingesetzt hätte, die dem Klang des jeweiligen ägyptisch umschriebenen Namen am ehesten entsprachen. Wir suchen also nach der ursprünglichen Form für die Liste folgender Namen:

EUENOR
LEUKIPPE
KLEITO
POSEIDON
ATLAS
GADEIROS / GRIECHISCH: EUMELOS
AMPHERES
EUAIMON
MNASEAS
AUTOCHTHON
ELASIPPOS
MESTOR
AZAËS
DIAPREPES

EUENOR:

Paul Borchardt erläutert den Namen "Euenor" wie folgt:

> *"Euenor ist ein alter libyscher Name. Wir hören von Ibn Khaldoun, der sich auf Ibn Coteiba bezieht, daß der Stammvater der Berber Goliat war und von diesen Uennur (Ouennour) genannt wurde. Er kennt sogar noch den Stamm der Uennour (Ouannougha) (Bd. II, S.4), der zwischen den Sanhadja im Gebiete bei Medea hauste. [...] Aber auch heute noch ist dieser Berbername in Gebrauch. Die berühmten heißen Quellen Hammam - Ksema in Algier heißen auch Hammam Ouennougha (gh = r), ebenso wird das ganze Gebiet zwischen den Orten Aumale und Bordj bou Arreridj mit dem Namen Ouennougha bezeichnet. Dieses Gebiet ist ein uraltes Siedlungsgebiet, in dem wir viele alte Berberruinen und megalithische Gräber finden."* [403]

Wie Borchardt hier aus zuverlässiger Quelle mitteilt, galt Uennur als Stammvater der Berber. In der Atlantis-Überlieferung ist es Euenor, der gewissermaßen den Urvater der Atlanter darstellt. Es handelt sich also um eine sehr deutliche und kaum zufällige Übereinstimmung. Die Annahme eines berberischen Ursprungs der atlantischen Namen scheint somit richtig zu sein. Auch das von Borchardt erwähnte algerische Gebiet namens Ouennougha (Ouennour) ist hier von besonderer Bedeutung, denn die Berge von Ouennougha grenzen unmittelbar an die Hodna-Berge an und sind nur etwa 50km vom Chott el-Hodna entfernt, von dem Ort also, in dem die versunkene Metropole von Atlantis vermutet wird. Der Urvater "Euenor" hätte sich demnach tatsächlich in unmittelbarer Nähe der Metropole von Atlantis befunden. Borchardts Annahme, daß es sich in Platons Überlieferung nur um eine klangähnliche Übersetzung der Namen handelte, scheint auf diesen Namen bezogen absolut zutreffend zu sein.

LEUKIPPE:

Borchardt gibt zu, den Namen Leukippe nicht erklären zu können.

KLEITO:

Diesen Namen leitet Borchardt ab von einem in Algerien noch oft zu findenden Stammnamen, den *"Kel-Ait"*, was übersetzt *"Volk der Söhne"* bedeute[404]. Am Beispiel "Euenor", abgeleitet von "Ouennour", hatte sich gezeigt, daß es sich bei dieser Namensübersetzung um die Erhaltung des Wortklanges handelte. Es ist aber nicht gesagt, daß dieses Übertragungs-Schema von Solon auch bei allen anderen Namen angewandt worden war. Wenn man davon ausgeht, daß manche Namen der Atlanter vielleicht einfach nur Eigennamen ohne faßbare Bedeutung darstellten, ein anderer Teil der Namen jedoch eine feste Bedeutung besaß, dann hätte es sich für Solon angeboten, die nicht erklärbaren Eigennamen durch einen möglichst ähnlich klingenden griechischen Eigennamen zu ersetzen. In den übrigen Fällen jedoch konnte es sein, daß Solon tatsächlich eine mit dem Namen assoziierte Bedeutung in das Griechische übersetzt hatte. Möglicherweise hatte Borchardt mit seiner Ableitung des Namen "Kleito" von "Kel-Ait" recht, aber man sollte ebenso überprüfen, ob es nicht auch eine andere Erklärung und Übersetzung gibt. Der Name "Kleito" läßt sich mit "die Berühmte" übersetzen, abgeleitet von griechisch "kleitos" = "berühmt". Doch leider hilft auch diese Übersetzung nicht wirklich weiter. Somit erscheint es angebracht, einmal nicht allein nur den Namen zu betrachten, sondern auch auf die besondere Bedeutung der Kleito in der Überlieferung einzugehen: Zusammen mit dem Gott Poseidon war Kleito die Erzeugerin des Geschlechts der atlantischen Herrscher. Sie war also die Urmutter der Atlanter und wurde auch als solche verehrt: Der Atlantis-Bericht Platons macht dies deutlich durch die Erwähnung eines Tempels, der zu Ehren der Kleito errichtet worden war, und der nur von den Priestern betreten werden durfte. Wenn nun die Schlußfolgerungen des letzten Kapitels richtig waren, und das Inselreich Atlantis aus Platons Überlieferung übereinstimmte mit dem Inselland TEHENU aus den ägyptischen Quellen, dann kann Kleito aufgrund ihrer Rolle als Urmutter von Atlantis eigentlich niemand anderes gewesen sein, als die Neith aus TEHENU (Athene). Wenn man sie in der Überlieferung also als "die Berühmte" bezeichnete, dann steht dies nicht im Widerspruch zu ihrem sonstigen Namen "Neith", sondern könnte als ehrfurchtsvolle Umschreibung verstanden werden. In ägyptischen Wandmalereien und Flachreliefs sind TEHENU-Krieger mehrfach mit eintätowierten Neith-Symbolen dargestellt. Dies zeigt deutlich, daß bei diesem libyschen Volk die Neith als ihre Urmutter verehrt wurde.

Ein Indiz, das diesen vermuteten Zusammenhang zwischen Kleito und Neith/Athene stützt, liefert der griechische Reiseschriftsteller Pausanias in seiner berühmten Beschreibung Griechenlands. Dort schreibt er über ein Standbild der Athene:

> *"Als ich aber sah, daß die Statue der Athena blaue Augen habe, fand ich, daß das der Mythos der Libyer sei. Denn diese sagen, daß sie eine Tochter des Poseidon und des tritonischen Sees sei und deshalb blaue Augen habe wie Poseidon."* [405]

Athena oder Neith sei also der libyschen Erzählung zufolge aus der Verbindung Poseidons und des Tritonsees hervorgegangen. Nahezu dieselbe

Aussage läßt sich in Bezug auf Kleito auch in Platons Überlieferung wiederfinden: Als Kleito herangewachsen war, verlor sie beide Eltern und so nahm sich Poseidon ihrer an. Er erzeugte eine von Wasser umflossene Insel, unmittelbar an einem "Meer" gelegen, welches wohl auch als Tritonsee bezeichnet wurde. Der Sprache der Mythen entsprechend wäre Kleito daher als Tochter Poseidons und des Tritonsees aufzufassen. Ich gehe deshalb davon aus, daß Pausanias Mitteilung und die entsprechende Darstellung in Platons KRITIAS sich auf denselben libyschen Schöpfungsmythos beziehen. Hinter dem Namen "Kleito", "die Berühmte" scheint sich also die Göttin Athene/Neith zu verbergen. Borchardts Ableitung des Namen Kleito halte ich aus diesem Grund für weniger wahrscheinlich.

POSEIDON:
Von Herodot ist zu erfahren, daß Poseidon ein den Ägyptern unbekannter Gott war, dessen Ursprung libysch war[406]. Doch die Bedeutung seines Namens bleibt bis heute unbekannt. Weder Borchardt noch irgend jemand anderes konnte bislang die Ethymologie des Namens Poseidon liefern.

ATLAS:
Der bedeutendste von Solon überlieferte Name ist der des "Atlas". Borchardt sieht in diesem Namen ebenfalls eine Abstammung aus dem Berberischen, nämlich von "AT-TALA". Er schreibt dazu:

> *"Tala (Thala) bedeutet im berberischen „Quelle", At = Söhne, [...]".* [407]

Die AT-TALA wären demzufolge die "SÖHNE DER QUELLE" gewesen. Auf den ersten Blick mag diese Herleitung dem einen oder anderen sehr beliebig vorkommen, aber sie ist vermutlich vollkommen richtig und deshalb von größter Bedeutung. Denn erinnern wir uns: Bereits im fünften Kapitel dieses Buches war von den "ATALA" die Rede gewesen. Diese nämlich tauchten in einer der Fremdvölkerlisten aus dem 13.Jahrhundert v.Chr. im ägyptischen Karnak auf und wurden in jener Inschrift als Insel- oder Küstenvolk angedeutet.[408]
Im letzten Kapitel war erläutert worden, daß "TEHENU" vermutlich eine ägyptische Bezeichnung für Atlantis war und etwa die Bedeutung "DIE HELL-SCHEINENDEN" besaß. Der richtige libysch-berberische Name jedoch, mit dem dieses Volk sich selbst bezeichnete, war den Ägyptern vielleicht aber nur wenig geläufig, so daß "ATALA" offenbar nur das eine mal auf der erwähnten Fremdvölkerliste erscheint. Es gibt vielleicht aber doch noch eine weitere schriftliche ägyptische Quelle, die von den AT-TALA oder den Atlantern spricht,

ohne, daß dies bislang jemandem aufgefallen wäre. Gemeint ist der bereits zitierte Spruch 301 aus den ägyptischen Pyramidentexten. Darin hieß es:

> *" AN DIE AUFGEHENDE SONNE GERICHTET*
> *...nimm die Wrrt-Krone von den großen und mächtigen Sprechern(?) die über Libyen [Tehenu] herrschen und (von) Sobk, dem Herrn von Bakhu..."* [409]

Der englische Ägyptologe Faulkner, der diesen Spruch aus der Hieroglyphenschrift übersetzte, war sich an der durch das Fragezeichen markierten Stelle offenbar sehr unsicher gewesen in Bezug auf die korrekte Übersetzung der entsprechenden Hieroglyphen. Von irgendwelchen mächtigen Herrschern von TEHENU war dort die Rede. Er übersetzte die Stelle im englischen Original mit *"mighty talkers"* [410], im Deutschen also "mächtige Sprecher" oder "mächtige Erzähler" bedeutend. Obwohl er sich offenbar nicht sicher war, weil ihm diese Stelle sehr ungewöhnlich vorkam, glaubte er jedoch besser übersetzt zu haben als einige Zeit vor ihm der deutsche Ägyptologe Kurt Sethe. Sethes Übersetzung für das gleiche Wort hatte *"Quellenorten"* [411] gelautet. Faulkner war deshalb mit Sethes Übersetzung nicht einverstanden gewesen, weil der Gesamtzusammenhang des Satzes eine Beschreibung von Personen und nicht eine Beschreibung von Orten erforderte[412]. Er übersah dabei jedoch, daß es sich bei diesem Wort auch um einen Eigennamen und dadurch auch um eine Beschreibung von Personen handeln konnte. Vielleicht war die von Sethe gewählte Übersetzung gar nicht so verkehrt, denn auch der Ägyptologe Piankoff übersetzte die entsprechende Stelle als *"fountainheads"*[413], was im Deutschen "Quellenköpfe" bedeuten würde. Ist dies purer Zufall, muß man da fragen, daß die mächtigen Herrscher von TEHENU in ihrem Namen tatsächlich das Wort "Quelle", berberisch "tala" trugen? War die richtige Bezeichnung daher nicht vielleicht sogar "Söhne der Quelle"? Wie es scheint hatten die ägyptischen Verfasser dieses Pyramidentextes die Bedeutung eines ursprünglich berberischen, aus TEHENU stammenden Titels in das Ägyptische übersetzt. Vermutlich war hier von den "Söhnen der Quelle" und damit von den AT-TALA die Rede. Der Spruch aus den Pyramidentexten hatte demnach etwa folgenden Wortlaut:

> *"...nimm die Große Krone von den großen und mächtigen Atalanten die über Tehenu herrschen und (von) Sobk, dem Herrn von Bakhu..."*

Borchardts Ableitung des Namens Atlas von berberisch "At-Tala" scheint somit korrekt zu sein.

GADEIROS (EUMELOS):

Platons Überlieferung zufolge gab es im äußersten Teil der Insel Atlantis ein Gebiet, das in der Landessprache *"das Gadeirische"* genannt wurde. Der Zwillingsbruder des Atlas erhielt diesen äußeren Bereich der Insel als seinen Anteil zugesprochen und wurde der Bezeichnung des Landes folgend *"Gadeiros"* genannt. Paul Borchardt hat sich auch mit diesem Namen auseinandergesetzt. Es gelang ihm zwar nicht, den Namen Gadeiros vollständig zu erklären, doch wies er zumindest darauf hin, daß "gader" im Hebräischen ebenso wie "agadir" im Punischen die Bedeutung von "Mauer" oder "Befestigung" besitzt[414]. Auch im Berberischen existiert das Wort "agadir" im Sinne von "Umhegung" oder "Befestigung", bestens bekannt durch die Stadt Agadir im Süden Marokkos[415]. Die schriftlichen Aufzeichnungen Solons, die uns Platon in seinen Texten überlieferte, enthielten nun eine wichtige zusätzliche Information: Der Name Gadeiros nämlich hätte seiner Bedeutung entsprechend auf griechisch *"Eumelos"* lauten müssen und auch eine solche Bezeichnung des Landstriches hervorrufen sollen. Das griechische Wort "eumêlos" läßt sich übersetzen mit "reich an Schafen". Man könnte also zunächst daraus schließen, daß die gadeirische Gegend eine besonders fruchtbare Gegend war, die große Schafherden nährte. Wir hätten damit jedoch noch keinen wirklich engeren Zusammenhang der Namen "Gadeiros" und "Eumelos" gefunden. Mir ist kein einziges Werk der Atlantis-Literatur bekannt, welches den Namen "Gadeiros" mit Hilfe der von Platon genannten griechischen Ergänzung "Eumelos" auf irgendeine sinnvolle Weise erklärt hätte. Doch es scheint, daß sich bei Diodor von Sizilien ein entscheidender Hinweis findet, der dieses kleine Rätsel möglicherweise auflöst. Im vierten Buch seines Geschichtswerkes geht er auf eine der Mythen ein, die sich um den Atlas ranken:

> *"Aber wir dürfen nicht vergessen, zu erwähnen, was die Mythen über Atlas und die Rasse der Hesperiden mitzuteilen haben. Die Erzählung darüber lautet in etwa so: In dem als Hesperitis bekannten Lande gab es zwei Brüder, die über alle Grenzen hinweg berühmt waren, Hesperus und Atlas. Diese Brüder besaßen Schafherden, welche von außerordentlicher Schönheit waren und eine goldgelbe Farbe besaßen, was zugleich den Grund dafür darstellte, daß die Dichter, wenn sie von diesen Schafen als MELA sprachen, sie sie als goldene MELA bezeichneten."* [416]

Es war die Absicht Diodors von Sizilien mit diesem Absatz die Entstehung des Begriffs der "GOLDENEN ÄPFEL DER HESPERIDEN" zu erläutern, von denen insbesondere im Herakles-Mythos die Rede ist. Dort heißt es, daß in der Nähe

des Berges Atlas der Garten der Hesperiden gelegen hätte, in welchem es Bäume mit goldenen Äpfeln gegeben haben soll. Zum Schutz vor Plünderung, so heißt es im Mythos, soll Atlas feste Mauern um diesen Garten gebaut haben[417]. Diodor erklärt nun in dieser Passage, daß die "Goldenen Äpfel" aus dem Garten der Hesperiden eigentlich nicht Äpfel, sondern in Wirklichkeit goldgelb leuchtende Schafe gewesen seien. Die Dichter hätten diese schönen Schafe mit "mela" bezeichnet. Griechisch "mela" bedeutet übersetzt auch "der Apfel". Damit offenbart sich nun der gesuchte Zusammenhang zwischen "Gadeiros" und "Eumelos":
Im Namen "Gadeiros" verbirgt sich der berbersprachliche Begriff des ummauerten, befestigten Gartens bzw. des gesicherten Weidelandes, ebenso stößt man auch durch die Verfolgung des Namens "Eumelos" auf besondere Gärten, nämlich die berühmten "Gärten der Hesperiden", welche durch besondere Fruchtbarkeit und den Reichtum an Schafen hervorstachen. Das "gadeirische" Gebiet war offenbar identisch mit den "Gärten der Hesperiden". Die griechischen Mythen haben daher ganz richtig von der Nähe der Gärten der Hesperiden zum Berg Atlas gesprochen. Aus den goldenen Schafen ließen die Mythen "die goldenen Äpfel" werden. Die gadeirische Landschaft war also ein besonders fruchtbares, vielleicht in Teilen befestigtes Weideland, in dem es große Schafherden gab. Der von Diodor als "Hesperus" bezeichnete Bruder des Atlas wäre somit kein anderer gewesen als "Gadeiros". Man gelangt somit zu der Feststellung, daß die griechischen Mythen in weitaus größerem Umfang, als dies bislang erkannt wurde, sich immer wieder auf Landschaften, Personen und Geschehnisse im Westen Nordafrikas bezogen.

Wo aber genau lag nun die gadeirische Gegend? Bei Platon heißt es, daß Gadeiros den äußersten Teil der Insel erhielt, beginnend bei den Säulen des Herakles bis hin zu jener Gegend, die als die Gadeirische bezeichnet wurde. Im Südosten des Maghrebs im heutigen Golf von Gabes befanden sich die Säulen des Herakles, die den Eingang zum Atlantischen Meer (den Tritonsee) bildeten. Es gibt nun nur zwei Möglichkeiten, entweder erstreckte sich das Territorium des Gadeiros von den Säulen des Herakles nach Norden, der tunesischen und anschließend der algerischen Küste entlang, doch dann wären große Teile des westlichen Territoriums schroffes Bergland und würden daher wenig an ein ausgedehntes Weidegebiet erinnern. Oder, - und diese zweite Möglichkeit erscheint sehr viel wahrscheinlicher - es handelte sich um die Landschaft, die den Bergzügen des Sahara-Atlas im Süden vorgelagert war und noch heute von Tunesien bis Algerien eine Kette fruchtbarer Oasen hervorbringt. Während dieses Hoheitsgebiet des Gadeiros im Osten, nahe den Säulen des Herakles, bedingt durch die Ausdehnung des damaligen

Atlantischen Meeres, wohl nur einen vergleichsweise schmalen Streifen gebildet haben dürfte, wird sich dieses Territorium nach Westen hin, durch die allmählich ansteigende Landschaft zunehmends verbreitert haben. Bei der von Platon genannten gadeirischen Gegend dürfte es sich um das Gebiet südwestlich von Biskra handeln. Vor wenigen tausend Jahren, als das Klima in dieser Gegend noch deutlich feuchter war, flossen die Niederschläge aus den Bergen des Sahara-Atlas in diese vorgelagerte "gadeirische Gegend" ab und ermöglichte dort eine vielfältige Flora und Fauna. Es ist vielleicht kein Zufall, daß noch heute, 300km in südwestlicher Richtung von Biskra entfernt eine auf einem Hügel gelegene Stadt namens Ghardaïa existiert. Sie wurde im 11. Jahrhundert unserer Zeit von arabisierten Berbern gegründet. Wollte man den Namen aus dem Arabischen ableiten, dann hätte er etwa die Bedeutung von "Höhle der Daïa", andere gehen aber davon aus, daß der Name ursprünglich einem berberischen Dialekt entspringt[418]. Es ist daher möglich, daß sich die Bezeichnung der gadeirischen Gegend noch heute in dem Namen Ghardaïa wiederfindet.

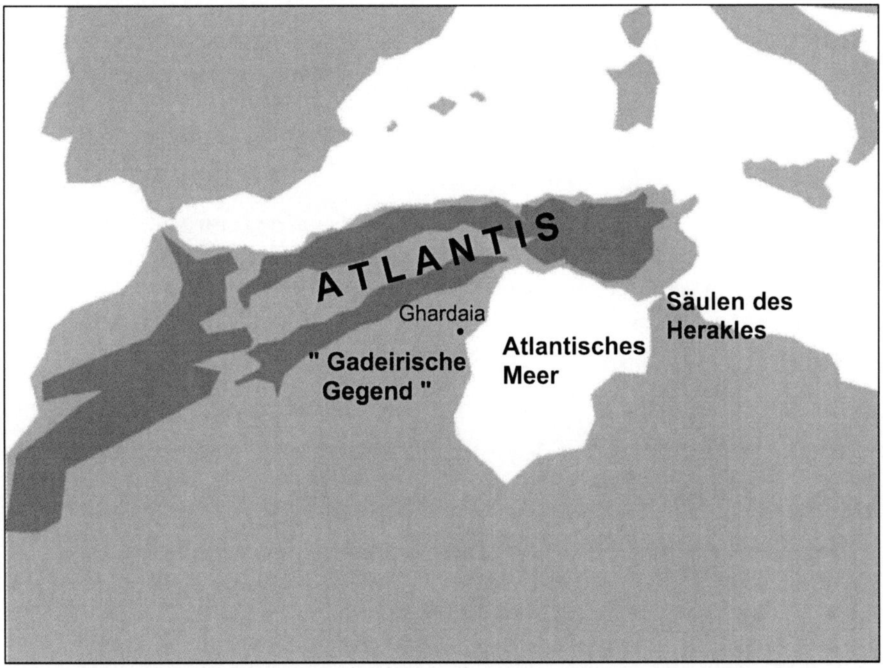

83 Mögliche Lage der "gadeirischen Gegend". Der Bruder des Atlas bekam vermutlich das Gebiet südlich der Atlas-Berge, im Osten beginnend bei den Säulen des Herakles, bis zur gadeirischen Gegend im Westen, zugesprochen.

AMPHERES:

"Ampheres" leitet Borchardt ab von einem Berberstamm namens "Am-Phares". Hierzu schreibt er:

> *"Sie sind ohne Zweifel die Pharusii des Ptolemäus (IV,6,17) im Wadi Draa südlich des Atlas. Am bedeutet Volk. Der Name ist noch heute sehr verbreitet. "* [419]

Damit lokalisiert Borchardt das Gebiet des "Ampheres" am südwestlichen Rand des Maghrebs, im heutigen Marokko, südlich des bis zu 2500m hohen Anti-Atlas-Gebirges.

EUAIMON:

Auch bei diesem Namen scheint es sich nicht um die Übersetzung eines Wortes mit einer bestimmten Bedeutung zu handeln, sondern stattdessen erneut um eine klangerhaltende Übertragung ins "Griechische". Borchardt leitet auch diesen Namen auf plausible Weise aus dem Berberischen ab:

> *"Euaimon verkörpert den alten Stamm der Ua-Imanan. Imanan ist der Plural von amanokal im Berberischen und bedeutet König, Fürst oder Herrscher, der Stammname also Volk (Ua) der Königlichen."* [420]

Die Verbindung der Ua-Imanan mit den nördlichen Tuaregs bringt Borchardt dazu, das Gebiet des Euaimon am ehesten in der Gegend um die Oase Djanet, im Südosten Algeriens, nahe der Grenze zu Libyen zu sehen. Demzufolge hätte das Territorium des Euaimon jedoch nicht auf der eigentlichen Insel Atlantis, dem Maghreb gelegen.

MNASEAS:

Die Konsonantenfolge "n s" sei berberisch, so Borchardt, und bedeute "Lager". Er erklärt dazu weiter:

> *"Wir finden sie in vielen Namen Nordafrikas, und ich würde den heutigen Berberstamm der Mnasir oder Mecacer an der Meeresküste bei Orleansville für die Nachkommen des alten Stammes Mnaseas halten."* [421]

AUTOCHTHON:

Die Erklärung dieses Namens bereitet Borchardt Mühe. Er äußert die Vermutung, daß Autochthon abzuleiten sein könnte von den Ait-ouchta, einem großen Berberstamm bei Fez, im Norden Marokkos.

Auch die verbleibenden Namen Elassipos, Mestor, Azaes und Diaprepes vermag Borchardt nicht mehr überzeugend durch Namen von Berberstämmen aufzuzeigen. Grundsätzlich scheint jedoch sein Ansatz, die von Platon überlieferten Namen der atlantischen Zwillingspaare mit den berberischen Eigennamen verschiedener Stämme und Territorien des Maghrebs in Verbindung zu bringen, richtig zu sein.

15 Der Krieg gegen die Völker innerhalb der "Säulen"

Es scheint, daß man nun mit einiger Sicherheit davon ausgehen kann, daß es sich bei dem hoch entwickelten Volk der Atlanter um die Vorfahren der heutigen Berber gehandelt hat. Nachdem die geographische Lage von Atlantis geklärt und auch das Volk der Atlanter identifiziert zu sein scheint, ist es nun an der Zeit, sich mit dem Krieg zu befassen, den Platons Atlantis-Bericht erwähnt. Die Hinweise auf diesen Krieg enthält bereits der Dialog TIMAIOS. Platon gibt darin die an Solon gerichteten Worte des ägyptischen Priesters wieder:

> *"Unsere Bücher erzählen nämlich, eine wie gewaltige Kriegsmacht einst euer Staat gebrochen hat, als sie übermütig gegen ganz Europa und Asien zugleich vom Atlantischen Meere heranzog."* [422]

Kurz darauf heißt es in einer weiteren Stelle:

> *"Auf dieser Insel Atlantis nun bestand eine große und bewundernswürdige Königsherrschaft, welche nicht bloß die ganze Insel, sondern auch viele andere Inseln und Teile des Festlandes unter ihrer Gewalt hatte. Außerdem beherrschte sie noch von den hier innerhalb liegenden Ländern Libyen bis nach Ägypten und Europa bis nach Tyrrhenien hin. Indem sich nun diese ganze Macht zu einer Heeresmasse vereinigte, unternahm sie es, unser und euer Land und überhaupt das ganze innerhalb der Mündung liegende Gebiet mit einem Zuge zu unterjochen. Da wurde nun, mein Solon, die Macht eures Staates in ihrer vollen Trefflichkeit und Stärke vor allen Menschen offenbar. Denn vor allen andern an Mut und Kriegskünsten hervorragend, führte er zuerst die Hellenen; dann aber ward er durch den Abfall der anderen gezwungen, sich auf sich allein zu verlassen, und als er so in die äußerste Gefahr gekommen, da überwand er die Andringenden und stellte Siegeszeichen auf und verhinderte so die Unterjochung der noch nicht Unterjochten und gab den andern von uns, die wir innerhalb der herakleïschen Grenzen wohnen, mit edlem Sinne die Freiheit zurück."* [423]

Schließlich nimmt auch der Dialog KRITIAS ein weiteres mal Bezug auf diesen Krieg und überliefert darin zugleich jene unglaubhafte zeitliche Angabe:

"Vor allem nun wollen wir uns zunächst das ins Gedächtnis zurückrufen, daß es im ganzen neuntausend Jahre her sind, seitdem, wie angegeben worden, der Krieg zwischen denen, welche jenseits der Säulen des Herakles und allen denen, welche innerhalb derselben wohnten, entstand, welchen ich jetzt vollständig zu erzählen habe. Nun wurde schon angeführt, daß an der Spitze der letzteren unsere Stadt stand und den ganzen Krieg zu Ende führte, während über die ersteren die Könige der Insel Atlantis herrschten,[...]*"* [424]

In dem genannten Krieg standen sich also zwei große Pateien gegenüber. Der Text weist darauf hin, daß nicht nur die Atlanter selbst, sondern auch jene Länder, die sich unter der Herrschaft der Atlantischen Könige befanden, zur angreifenden Macht gehörten. So wird neben *"Libyen"* explizit auch der Name *"Tyrrhenien"* erwähnt. Der Herrschaftsbereich der atlantischen Könige erstreckte sich der Beschreibung nach über sämtliche Landmassen rund um das westliche Mittelmeer. Wenn daher der Text von weiteren Inseln spricht, die ebenfalls zum atlantischen Großreich gehörten, wird es sich dabei vermutlich um die Inseln des westlichen Mittelmeeres, die Balearen, Sardinien, Korsika, Sizilien, Malta etc. gehandelt haben. Der Text berichtet, daß sich diese Völker zu einer einzigen Streitmacht zusammenschlossen. Es handelte sich bei den Angreifern nicht notwendigerweise um einen homogenen großen Staat mit einer einzigen schon vorher existierenden Streitmacht, sondern vielleicht eher um eine Gruppe verschiedener Völker des westlichen Mittelmeer-Raumes, die jeweils über eigene Streitmächte verfügten, die sie nun offenbar der Führung der Atlanter unterstellten.
Den Angreifern gegenüber standen die europäischen und asiatischen Völker des östlichen Mittelmeerraumes. Genauer hingewiesen wird auf Hellenenstämme, die von den Kriegern Athens angeführt wurden. Platon erwähnt jedoch, daß auch zahlreiche ungriechische Völker an der Auseinandersetzung beteiligt gewesen seien:

"Ein Bild nun der vielen übrigen ungriechischen Völker und sämtlicher Hellenenstämme, welche es damals gab, wird der Verfolg unserer Erzählung im einzelnen, wie es gerade die Gelegenheit mit sich bringt, entrollen;" [425]

Trotz dieser Ankündigung blieb Platon den detailierten Bericht über den Krieg und die verschiedenen daran beteiligten Völker schuldig und brach sein Werk leider unvollständig ab. Festzuhalten bleibt aber, daß Platons Andeutungen zufolge eine Vielzahl verschiedener Völker am Krieg beteiligt waren.

Das völlig verfehlte, in der Atlantis-Erzählung mitgeteilte Datum des Krieges von etwa 9500v.Chr. wurde an anderer Stelle bereits erläutert. Mit großer Wahrscheinlichkeit hatte der ägyptische Priester in Sais, der Solon von Atlantis berichtete, diesen Fehler verursacht, indem er eine zweite Quelle mythischen Inhalts hinzugezogen und dabei ein solch fernes Datum in den Atlantis-Bericht eingefügt hatte. Nach wie vor bleibt deshalb die Frage zu klären, wann tatsächlich sich dieser Krieg zwischen Atlantis und den Völkern innerhalb der Säulen des Herakles ereignet haben konnte. Als verwertbare Anhaltspunkte der Atlantis-Erzählung, die das in Frage kommende Zeitalter etwas einzugrenzen helfen, sind anzusehen die Erwähnung der bereits hoch entwickelten Metallverarbeitung (Gold, Silber, Goldkupfererz (Messing), Zinn), die Existenz von Schiffen mit bis zu drei übereinander liegenden Ruderbänken, sowie die Verwendung zweispanniger Streitwagen. Würde man diese Errungenschaften (von Messing einmal abgesehen) ebenso bei den Gegnern von Atlantis, also den Völkern des östlichen Mittelmeeres voraussetzen, dann hätte man es mit der späten Bronzezeit zu tun, folglich könnte man den Krieg frühestens zur Mitte des 2.Jahrtausends v.Chr. annehmen. Wie wir jedoch annehmen, besaß TEHENU offenbar bereits eine hochentwickelte Schifffahrt zu einer Zeit, als der ägyptische Staat noch nicht einmal existierte und so müssen wir die Möglichkeit in Betracht ziehen, daß auch die anderen technischen Errungenschaften in TEHENU früher vorhanden waren als bei den Völkern des östlichen Mittelmeeres. So gesehen könnte der Krieg, über den Platon im KRITIAS berichtet, vielleicht auch schon früher stattgefunden haben. In jedem Fall ist davon auszugehen, daß sich diese Auseinandersetzung zur geschichtlichen Zeit Ägyptens ereignet haben muß. Wenn es diesen Krieg also tatsächlich gegeben hat, dann muß er als herausragendes und gleichermaßen einschneidendes Ereignis auch in den ägyptischen Quellen Erwähnung gefunden haben. Es ist daher naheliegend und sinnvoll, den weiteren Verlauf der geschichtlichen Beziehung zwischen Ägypten und TEHENU zu verfolgen:

Obwohl viele ägyptische Texte eine Verknüpfung des ägyptischen Götterkreises mit TEHENU zu erkennen geben, war den Ägyptern das Bewußtsein für ihre enge Verwandtschaft mit dem Volk TEHENUS vermutlich bereits zu Beginn der dynastischen Zeit um etwa 3000v.Chr. abhanden gekommen. In engstem Zusammenhang mit der eigentlichen Entstehung des ägyptischen Staates wurde das einstige Mutterland TEHENU offenbar frühzeitig zum Gegner Ägyptens. Manches spricht aber dafür, daß erhebliche Teile des ägyptischen Nordens, insbesondere das westliche Nildelta, noch über eine längere Epoche der frühen geschichtlichen Zeit hinweg von TEHENU kontrolliert wurden[426]. Auch die Stadt Sais, jener Ort im Nildelta, in dem der ursprüngliche Atlantis-Bericht in aller Genauigkeit aufgezeichnet worden war, dürfte lange Zeit zum TEHENU-Territorium gehört haben[427]. In frühester geschichtlicher Zeit schon war hier ein Heiligtum der Neith-Tehenu errichtet worden. Die Tatsache, daß es in Platons Dialogen hieß, der Atlantis-Bericht sei von den Priestern aus einer fremden Sprache in das Ägyptische übersetzt worden, legt die Vermutung nahe, daß erhebliche Teile des Berichts ursprünglich sogar in der Sprache der TEHENU-Libyer verfasst worden waren[428].

Obwohl TEHENU in den ägyptischen Reliefs schon früh als Feind dargestellt wurde, können Ägyptens Beziehungen zu TEHENU jedoch nicht allein kriegerischer Natur gewesen sein, denn offenbar bestanden zwischen beiden Ländern auch Handelsbeziehungen. So ist in den frühen ägyptischen Quellen immer wieder vom *"Öl aus Tehenu"* [429] die Rede. Tehenu war das Land der Olivenhaine. Das aus den Früchten gewonnene Öl muß vor knapp 5000 Jahren ein extrem wertvolles und einzigartiges Produkt gewesen sein, auf das nicht umsonst auch die Atlantis-Überlieferung Bezug nahm.

Während des sogenannten "Alten Reiches" Ägyptens (die Zeit von 2740 bis 2180v.Chr.) trat TEHENU durchweg als zu bekämpfender Feind in Erscheinung. Mehrere Reliefs und Inschriften aus dieser Zeit berichten darüber, daß Ägypten erfolgreiche Feldzüge gegen TEHENU unternommen hat. Hierzu gehört unter anderem auch das bereits erwähnte Relief vom Grabdenkmal des Königs Sahure (um 2475v.Chr.). Eine ähnliche Quelle schildert einen Feldzug gegen Tehenu mit 1100 Gefangenen und einer Beute von 13000 Stück Vieh[430]. Es ist möglich, daß es sich hierbei aber um Feldzüge gegen den Norden, insbesondere das Westdelta gehandelt hat. Es ist kaum vorstellbar, daß die frühen Dynastien Ägyptens zu dieser Zeit in der Lage gewesen wären, einen solchen Feldzug gegen Gebiete im fernen Westen zu unternehmen und dabei noch Beute in solchem Ausmaß in die Heimat zu überführen. Im Vordergrund dürfte vielmehr die Sicherung des eigenen Territoriums innerhalb der natürlichen Grenzen Ägyptens gestanden haben. In Frage zu stellen ist jedoch, ob alle diese Berichte über angeblich erfolgreiche Feldzüge Ägyptens gegen TEHENU auch tatsächlich auf wahren Ereignissen beruhten, denn die Darstellungen des Sahure-Reliefs erscheinen nicht nur einmal, sondern als nur wenig abgewandelte Kopien auch noch unter den Königen Niuserre (um 2420v.Chr.) und Pepi II (um 2180v.Chr.)[431]. Es wäre daher möglich, daß auch das Sahure-Relief bereits eine Kopie darstellte und sich alle diese Reliefs auf einen einzigen erfolgreichen Befreiungskampf bezogen, der bereits in früherer Zeit, vermutlich schon in prädynastischer Zeit stattgefunden hatte und später zum Mythos wurde[432]. Allen diesen Darstellungen ist der vermittelte Eindruck gemeinsam, daß die betroffenen Gebiete TEHENUS ohne große Gegenwehr unterlagen. In keinem einzigen dieser Reliefs ist ein TEHENU zu entdecken, der im Besitz einer Waffe gewesen wäre. Die ägyptischen Quellen nennen auch keinerlei Hinweise auf eine Bedrohung durch TEHENU, die einen solchen Feldzug begründet hätten. Die unwahrscheinlich große Anzahl an erbeutetem Vieh im Verhältnis zu der Zahl der Gefangenen spricht eher dafür, daß die Menschen in den besiegten Gebieten TEHENUS eine sehr erfolgreiche Viehzucht betrieben hatten aber offenbar kaum auf kriegerische Auseinandersetzungen vorbereitet waren. Man muß also den Eindruck gewinnen, daß die TEHENU bis dahin ein eher friedvolles und zivilisiertes Volk waren. Von kriegerischen Überfällen oder gar einem geplanten großen Kriegszug TEHENUS gegen Ägypten ist trotz solcher erlittener Niederlagen weder in den ägyptischen Quellen des Alten Reiches noch denen des Mittleren Reiches (2081-1759v.Chr.) die Rede. Interessanterweise gibt es jedoch einen mysteriösen Hinweis auf eine möglicherweise lang anhaltende Präsenz TEHENUS auf ägyptischem Territorium. An einer Pyramide in Sakkara-Süd, die eigentlich dem ägyptischen König Ibi Qa-ka-re aus der achten Dynastie (ca.2140v.Chr.) zugeschrieben wird, entdeckte man auf einem Stein die in roter Farbe angebrachte Aufschrift: *"Der Prinz von Tehenu"* [433]. Niemand weiß bis heute, wie sich eine solche Aufschrift auf ägyptischem Gebiet ereignen konnte und was diese wirklich zu bedeuten hatte. Es scheint jedoch, daß der ägyptische Norden noch lange Zeit hindurch erheblichem libyschem Einfluß ausgesetzt war. Den ägyptischen Quellen läßt sich entnehmen, daß sich der Begriff "TEHENU" schon zur Zeit des Alten Reiches einem Wandel unterzogen haben muß. Während TEHENU in den allerfrühesten Quellen zunächst nur die geographische Bezeichnung einer fruchtbaren Insel im äußersten Westen darzustellen schien, erlangte dieser Name rasch eine sehr viel umfassendere Bedeutung, in dem er zu einer Bezeichnung des gesamten nordafrikanischen Raumes westlich des Niltals wurde. Das politische Weltbild Ägyptens setzte sich damit aus "Asien" im Osten, "Nubien" im Süden und "TEHENU" im Westen zusammen[434]. In diesem Zusammenhang mag man sich daran erinnern, daß das Verbreitungsgebiet der nordafrikanischen Felsbildzeichnungen, in denen das Pferd in Verbindung mit dem Streitwagen auftaucht, an der Atlantik-Küste beginnend nach Osten bis in 2500km entferntes Gebiet im heutigen Libyen reicht und eine fast ebenso große Nord-Süd-Ausdehnung besitzt. Der Streitwagen gehörte laut Platon zu einem der besonderen Merkmale der Atlanter. Wir wissen leider nicht, aus welcher Zeit die Felsbilder mit den Streitwagen exakt datieren, doch ihr Verbreitungsgebiet deckt sich offensichtlich recht gut mit dem anscheinend riesigen Herrschaftsgebiet TEHENUS.

Fast zeitgleich mit der Veränderung des Begriffs TEHENU tritt ein neuer Name für ein im Westen gelegenes Land und gleichnamiges Volk in den ägyptischen

Quellen auf: Dieser lautet "TEMEHU". Er erscheint erstmals bereits zum Ende des Alten Reiches Ägyptens während der 6. Dynastie etwa um 2250v.Chr. in den ägyptischen Texten. Der Ägyptologe Wilhelm Hölscher schreibt über sie:

> *"[Temehu] Das sind die hellhäutigen Berber."* [435]

Besonders interessant ist, daß Hölscher diese hellhäutigen Berber zudem als rotblond und blauäugig beschreibt und mit den prädynastischen Kulturen Ägyptens in Verbindung bringt:

> *"Aber es sieht fast so aus, als seien diese Temehu die bedeutendsten und eigentlichen Träger dessen, was man als libysche Kultur schlechthin bezeichnen kann, und man wird sich fragen müssen, ob die Bestandteile der vorgeschichtlichen Kulturen Ägyptens, die man als libysch erkannt hat, nicht in hohem Maße eben auf diese Temehu zu beziehen sind."* [436]

Hölscher beschreibt damit einen Zusammenhang, der auch in diesem Buch detailiert dargelegt wurde, mit dem kleinen Unterschied jedoch, daß Hölscher die TEMEHU und nicht, wie hier beschrieben, die TEHENU mit den prädynastischen Kulturen Ägyptens in Verbindung bringt. Wir fragen also, wer waren die TEMEHU und was unterschied die TEMEHU von den TEHENU?
Aus der Grabinschrift eines hohen oberägyptischen Beamten, namens Herchuf, etwa aus der Zeit um 2200v.Chr. entnimmt man, daß TEMEHU ebenso wie TEHENU im fernen Westen gelegen haben muß. In der Inschrift wird von einem Feldzug gegen die TEMEHU berichtet, um diese *"bis zur westlichen Ecke des Himmels zu schlagen"* [437]. Von einer Reisedauer des Landweges dorthin von über 8 Monaten ist die Rede[438]. Diese große Entfernung spricht dafür, daß wir es bei den TEMEHU tatsächlich wieder mit den hellhäutigen Berbern des Maghrebs zu tun haben. Schließlich verrät ein weiterer ägyptischer Text aus etwas späterer Zeit, daß im Lande TEMEHU offenbar TEHENU lebten[439]. Am ehesten scheint es daher so zu sein, daß TEMEHU ein Teil TEHENUS und damit eine geographische Untermenge war. Vielen wird diese Schilderung nun auf Anhieb sehr verwirrend erscheinen, doch es könnte eine einfache und plausible Erklärung für die Verwendung zweier verschiedener Namen geben, die sich anscheinend auf das gleiche Volk bezogen: Der Name TEHENU, ursprünglich nur eine Bezeichnung für die Insel des Westens, den Maghreb, wandelte sich, wie beschrieben, spätestens zur Zeit des Alten Reiches Ägyptens zu einer Bezeichnung für das gesamte von TEHENU regierte Reich, das westliche Nordafrika. Damit existierte jedoch für die ursprüngliche Insel TEHENU, den Maghreb und seine besondere

Bevölkerung, keine eindeutige Bezeichnung mehr. Aus diesem Grund entstand vermutlich im gleichen Zug ein geographisch präzisierender Begriff, der die im Norden gelegene "Insel" innerhalb des gleichnamigen Großreiches TEHENU abgrenzte. Es ist also kein Zufall, daß der neue Name "TEMEHU" zur selben Zeit auftauchte, als auch der Wandel der Bezeichnung "TEHENU" sich vollzog. Verschiedene Ägyptologen kamen bereits auf den Gedanken, daß es sich bei dem Namen "TEMEHU" um die Bedeutung von "Nordland" handeln könnte[440]. Eine solche Annahme würde Sinn ergeben: Da sich das Reich TEHENU den Felsbildern der Pferdeperiode nach zu urteilen sehr weit nach Süden ausgedehnt haben muß, offenbar bis zum Nigerbogen, erhielt die ursprüngliche Insel TEHENU, der Maghreb, bei den Ägyptern die zutreffende Bezeichnung "Nordland" = "TEMEHU". Die TEMEHU ("die Nordländer") besaßen ein sehr auffälliges Aussehen, denn neben ihrer hellen Haut wurden sie in den ägyptischen Malereien z.T. mit rotblonden Haaren und blauen Augen dargestellt[441,442]. Die Männer besaßen Bärte und trugen ein oder mehrere Federn auf dem Kopf[443]. Die vielleicht früheste geschichtliche Darstellung einer Angehörigen dieser Berberrasse wurde auf einem ägyptischen Wandgemälde in einem Grab aus der 4. Dynastie entdeckt. Dort abgebildet ist Hetepheres II., Tochter des berühmten Königs Cheops. Ihre Haut war weiß, während ihr Haar leuchtend gelb mit roten Strähnen dargestellt wurde. Offenbar war eine der Frauen, mit der Cheops vermählt war, ebenfalls eine TEMEHU gewesen. Basierend auf der Feststellung, daß in den ägyptischen Königshäusern, unerwartet häufig hellhäutige, rothaarige Personen dokumentiert sind, in einigen Fällen bezeugt anhand von Wandbildern, in anderen Fällen durch die bis heute erhaltenen rotblonden Haare der Mumien, muß man annehmen, daß die ägyptischen Pharaonen ein besonderes Interesse für die rothaarigen TEMEHU-Libyerinnen besessen haben müssen. Möglich erscheinen aber auch politische oder religiöse Gründe für die Vermählung eines ägyptischen Königs mit einer TEMEHU-Frau.

Eine sehr detailierte Darstellung der TEMEHU wurde im Grab des ägyptischen Pharaos Sethos I. aus der Zeit um 1280v.Chr. gefunden. Die abgebildeten bärtigen Männer tragen jeweils zwei Federn im Haar. Besonders charakteristisch ist eine geflochtene Locke, die von der rechten Kopfseite vor dem Ohr herunter fällt.

84 Ausschnitt eines Wandbildes aus dem Grab Sethos I. (19. Dyn., Regierungszeit 1290-1279v.Chr.)[444]. Die hellhäutigen bärtigen Männer sind Angehörige der TEMEHU. Charakteristische Merkmale sind Seitenlocke, Federschmuck und die langen asymmetrischen dekorierten Gewänder. Die TEMEHU waren an Armen und Beinen mit Symbolen tätowiert. Von besonderem Interesse ist das Zeichen der Neith, zwei gegeneinander gestellte Bögen, die durch ein schraffiertes Rechteck verbunden werden. Dasselbe Symbol existierte auch bei den Ägyptern als Hieroglyphe. Dies bestätigt erneut die enge Verwandschaft der beiden Völker miteinander.

Dazu trugen die TEMEHU aufwendig dekorierte lange Gewänder, die jeweils eine Schulter unbedeckt ließen. Das Wandgemälde aus dem Grab Sethos I. läßt deutlich erkennen, daß die TEMEHU an Armen und Beinen tätowiert waren. Eines dieser tätowierten Zeichen, zwei gegeneinander gestellte Bögen, die durch ein Kreuz- oder Zickzack-Muster miteinander verbunden sind, stellt das Symbol der Göttin Neith dar[445]. Der libysch-berberische Ursprung des Neith-Kults wird auch hieran noch einmal deutlich.

85 Das Symbol der Göttin Neith. Links ist das Zeichen dargestellt, wie es auf Armen und Beinen der Temehu-Libyer eintätowiert war. Rechts ist die ägyptische Hieroglyphe dargestellt, wie sie im Pyramidentext der Gemahlin König Pepis II. erscheint.[446]

Doch kehren wir zurück zu den geschichtlichen Ereignissen während des 13. Jahrhunderts v.Chr.: Das plötzliche Erscheinen der Temehu-Libyer auf den Wandmalereien war kein Zufall, sondern vielmehr ein bestätigendes Indiz dafür, daß während der Herrschaft Sethos I. eine neue Situation ihren Anfang nahm, indem von Westen her zunehmend libysche Völker in das Delta-Gebiet eindrangen und sich dort niederließen. Sethos I. war offenbar gezwungen, lange Zeit im Gebiet des Nildeltas zu verbringen um an der Spitze des dort zusammengezogenen Heeres Ägypten gegen die eindringenden Libyer zu verteidigen[447]. Die Kämpfe gegen die Libyer wurden auf den Wandreliefs des Tempels in Karnak festgehalten. In einer Bildunterschrift dort heißt es:

"Das Schlagen der Herrscher von Tehenu" [448]

Sich in kühner und übertriebener Weise darstellen zu lassen als heldenhafter Sieger im Kampf gegen die Fremdländer gehörte stets zur Tradition ägyptischer Pharaonen. Anders als diese Inschrift jedoch suggeriert, war der Feind aus dem Westen keineswegs geschlagen, denn Sethos I. sah sich nur wenig später ein weiteres mal gezwungen, einen erneuten Angriff der Libyer abzuwehren[449]. Doch diese Auseinandersetzungen, die vermutlich in den Jahren nach 1289v.Chr. stattfanden, waren offenbar nur die ersten Vorboten eines noch bevorstehenden, sehr viel weitreichenderen Konfliktes.

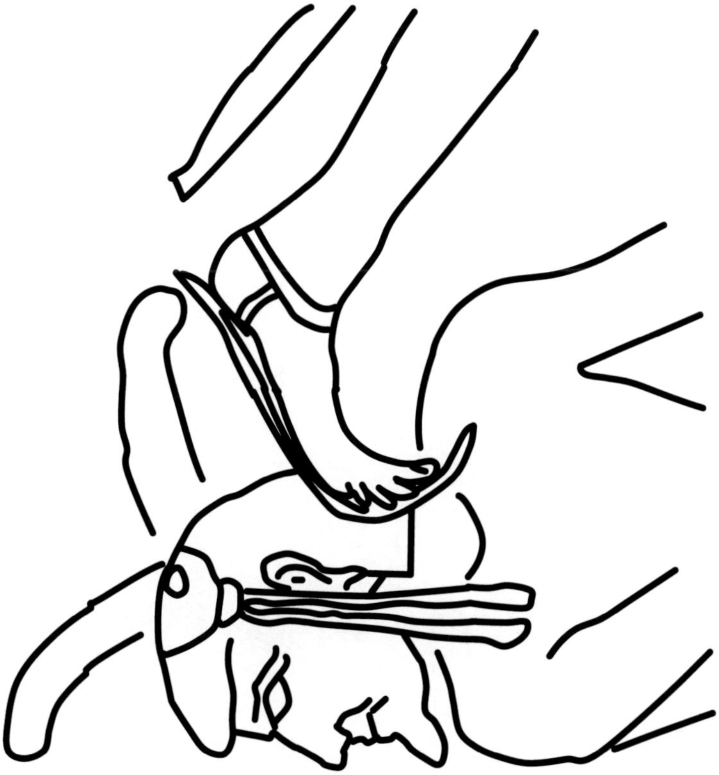

86 Ausschnitt eines Wandreliefs des Amun-Tempels in Karnak. Sethos I. zertritt einen libyschen Feind. Kinnbart, Federschmuck und Seitenlocke deuten auf einen Temehu-Libyer hin. (nach einer Zeichnung aus Breasted[450])

Im Jahre 1279v.Chr. trat Ramses II. die Nachfolge seines Vaters Sethos I. an und wurde ägyptischer König. Mehrere Wandreliefs im Tempel von Abu Simbel bezeugen, daß die Gefahr im Westen weiterhin nicht gebannt war und auch er gegen die herein drängenden Tehenu kämpfen mußte. In einer begleitenden Inschrift ist von den *"rebellierenden Ländern Tehenus"* die Rede[451]. Offenbar gab es schon unter Ramses II. deutliche Anzeichen dafür, daß sich ein Teil der Länder Tehenus gegen Ägypten verschwor und zur ernsten Kriegsgefahr wurden. Die im Tempel von Abu Simbel dokumentierten Auseinandersetzungen mit Tehenu-Libyern können aber noch keine große Intensität gehabt haben, da es Ramses II. immerhin möglich war, außer Landes zahlreiche andere Kriege, insbesondere im Nordosten gegen die Hetither zu führen.

87 Ausschnitt aus einem Flachrelief im Tempel von Abu Simbel (nach einer farbigen Zeichnung in Belzoni[452]). Ramses II. tötet zwei Krieger aus den "*rebellierenden Ländern Tehenus*"[453]. Die dargestellten Libyer besitzen die Scherpen der Tehenu (wenn auch nicht gekreuzt) und die Seitenlocke der Temehu. Im Original ist deutlich zu erkennen, daß die Libyer mit erheblich hellerer Haut dargestellt wurden als die Ägypter.

Erstaunlicherweise vergingen anschließend offenbar mehrere Jahrzehnte ohne erwähnenswerte Auseinandersetzungen mit Tehenu. Doch die Ruhe war trügerisch, denn als um 1213v.Chr. Merenptah, der dreizehnte Sohn Ramses II., die Nachfolge als ägyptischer König antrat, hatte sich die Situation wohl bereits bedrohlich verschärft. Auf den Wänden des Amun-Tempels in Karnak, nördlich von Luxor gelegen, berichten noch heute die hieroglyphischen Inschriften davon, daß sich eine große feindliche Koalition gegen Ägypten gebildet hatte. Dabei tritt noch ein weiteres libysches Volk in Erscheinung, nämlich das der "LEBU". Die Lebu waren vermutlich westlich des Nildeltas, in weiter Entfernung vom Maghreb ansässig. Von den Griechen wurden sie in späterer Zeit "LIBUES" genannt, wovon sich der noch heute existierende Landesname "LIBYEN" ableitet. Lebu war offensichtlich eines der rebellierenden Länder Tehenus, von denen bereits unter Ramses II. die Rede war. In einer der Karnak-Inschriften heißt es:

> *"Der elende, gefallene Anführer der Lebu, Meryey, Sohn des Ded, ist mit seinen Bogenschützen über das Land Tehenu hergefallen"* [454]

Allem Anschein nach war es unter einigen Ländern Tehenus zu Unruhen gekommen. Meryey, der Anführer der Lebu war vermutlich über solche Gebiete Tehenus hergefallen, die zwischen Ägypten und den Lebu lagen, um sich den Zugang für einen Feldzug gegen Ägypten zu schaffen. Den ägyptischen Quellen zufolge war es dem Führer der Lebu gelungen, eine umfangreiche Koalition zu bilden und diese in einen Krieg gegen Ägypten anzuführen. In der leider unvollständigen Karnak-Inschrift werden weitere beteiligte Länder dieses Bündnisses erwähnt:

> *"[...] Sherden, Shekelesh, Ekwesh, Luka, Teresh, requirierten sie die besten aller Kämpfer und jeden Krieger ihres Landes. [...] und er [Meryey] hat die Grenzen im Westen im Gebiet von Perire erreicht."* [455]

An einer anderen Stelle der Inschrift lautet es ebenfalls ganz ähnlich:

> *"[...], Ekwesh, Teresh, Luka, Sherden, Shekelesh, Nordvölker aus allen Ländern".* [456]

Das gesamte Bündnis bestand demnach neben Ländern Tehenus auch aus den im Text genannten Sherden, Shekelesh, Ekwesh, Luka, Teresh und eventuell weiteren, nicht näher beschriebenen Nordvölkern. Neben einer gewissen Namensähnlichkeit hat man weitere gute Gründe dafür gefunden, in den "SHERDEN", die Sardinier zu sehen. Ebenso geht man davon aus, daß sich hinter dem Namen "SHEKELESH" die Sizilier verbergen und mit den "TERESH" die Tyrrhenier (Italien) gemeint waren[457,458]. Die "EKWESH" wurden von den Ägyptern als "Völker des Meeres" bezeichnet und waren offenbar erfahrene Seefahrer[459]. Es handelte sich also um eine Vereinigung libysch berberischer Völker mit Völkern des westlichen Mittelmeeres und solchen aus möglicherweise noch weiter nördlich gelegenen Teilen Westeuropas.

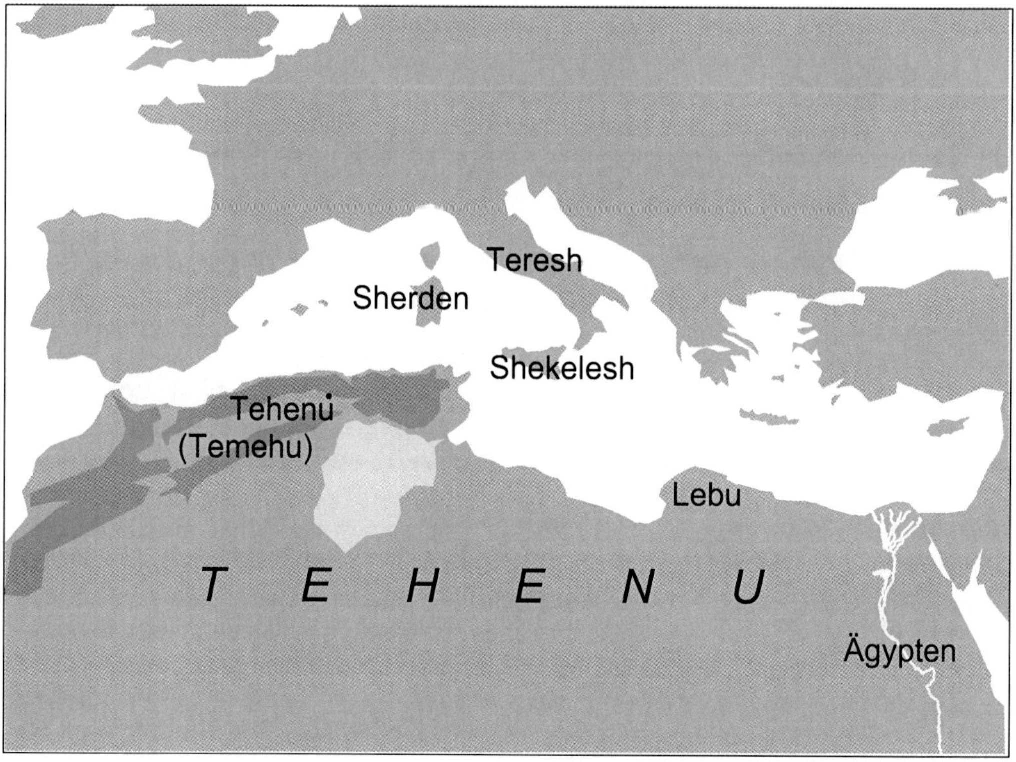

88 Karte zur Veranschaulichung des westlichen Bündnisses, das im 13. Jahrhundert v.Chr. unter der Führung des Lebu-Fürsten Meryey vereint in den Krieg gegen Ägypten zieht. Neben den Libyern sind offenbar Sardinier (Sherden), Sizilier (Shekelesh), Tyrrhenier (Teresh), Luka (?) und Ekwesh (?) beteiligt. Die deutliche Übereinstimmung mit Platons Beschreibung des atlanischen Herrschaftsraumes ist offensichtlich.

Es ist nun unschwer zu erkennen, daß es sich hierbei offenbar um jenes Bündnis handelte, von dem uns auch Platons Atlantis-Erzählung berichtet. Die Beschreibung des atlantischen Herrschaftsbereiches nämlich deckt sich nicht nur auf nordafrikanischer Seite mit dem Herrschaftsbereich Tehenus, sondern wie uns die Karnak-Inschrift durch Auflistung der an der feindlichen Allianz beteiligten Völker Sardiniens, Siziliens und Tyrrheniens bestätigt, stimmt auch der von Platon genannte atlantische Herrschaftsbereich auf europäischer Seite *"bis nach Tyrrhenien hin"* [460] mit den ägyptischen Berichten überein. Diese kongruente Konstellation kann kein Zufall sein. Der Krieg zwischen den Ländern jenseits und diesseits der Säulen des Herakles, den Platon in seinen

Dialogen erwähnte, muß demzufolge gegen Ende des 13. Jahrhunderts v.Chr. bis Anfang des 12. Jahrhunderts v.Chr. stattgefunden haben.
Die ägyptischen Quellen dieser Zeit berichten tatsächlich von mehreren Angriffswellen, die sich über einen längeren Zeitraum hinweg, im Abstand mehrerer Jahre ereignet haben sollen. Der erste große Kriegszug des westlichen Bündnisses gegen Ägypten fand zur Regierungszeit Merneptahs um das Jahr 1218 v.Chr. statt und wurde vom Lande her geführt. Die von den Küsten des westlichen Mittelmeeres stammenden seefahrenden Verbände waren anscheinend zunächst an der nordafrikanischen Küste gelandet, um sich dort mit den Kriegern der Lebu-Libyer zu einer großen Heeresmacht zu vereinen. Gemeinsam drangen sie von Westen her immer weiter in das Nildelta ein. Überaschenderweise kann man den ägyptischen Inschriften entnehmen, daß die Verbündeten zusammen mit ihren Frauen und Kindern losgezogen waren und offenbar die Absicht hatten, sich im fruchtbaren Norden Ägyptens niederzulassen[461,462]. Möglicherweise war eine ausgeprägte Dürreperiode und damit einhergehende Hungersnot der eigentliche Anlaß für die beabsichtigte Invasion gewesen. Ägyptische Quellen berichten nämlich, daß Merenptah nur einige Jahre zuvor, aus Gründen einer Hungersnot Schiffsladungen von Getreide an die in Asien beheimateten Hethiter entsandt hatte[463]. Dem ägyptischen König Merenptah gelang es allem Anschein nach, innerhalb weniger Tage seine Streitkräfte im westlichen Nildelta zusammenzuziehen und die einfallenden Libyer samt ihren Verbündeten jenseits der ägyptischen Grenzen, auf Tehenu-Territorium entscheidend zu schlagen. Die ägyptischen Quellen berichten von 6359 getöteten Lebu, 222 Shekelesh, 742 Teresh und weiteren 2370 gefallenen Ekwesh[464]. Meryey, der Führer der Lebu wurde in die Flucht geschlagen, während seine Familie und sein Besitz den Ägyptern in die Hände fiel. Im Text einer ägyptischen Stele wird folgendermaßen über Meryeys Flucht berichtet:

> *"Der elende Fürst, der Feind aus Libyen war geflohen in die Tiefe der Nacht, ganz allein, ohne Feder auf seinem Kopf, seine Füße waren nackt. Fortgeführt waren seine Frauen vor seinen Augen, weggenommen waren die Mehlvorräte seines Proviants und er hatte kein Schlauchwasser, um sich am Leben zu erhalten. Der Blick seiner Brüder war grimmig, (bereit) ihn zu töten, der eine bekämpfte seinen Gefährten unter seinen Anführern. Angezündet wurde ihr Zeltlager, so daß es zu Asche wurde, und all sein Besitz war (nun) Unterhalt der ägyptischen Truppen. Als er in sein Land gelangte, war er voller Trauer, ein jeder, der in seinem Land zurückgeblieben war, war unwillig ihn zu empfangen."* [465]

Die gleiche Inschrift erwähnt zudem an einer späteren Stelle einen nicht uninteressanten Hinweis auf die angebliche Zerstörung der Stammessitze der Tehenu-Fürsten:

> *"Schlimm ergeht es Libyen! Sie haben aufgehört, zu leben in der angenehmen Weise des Umherstreifens in den Feldern. Genommen wurde ihre Bewegung an einem einzigen Tage, die Tjehenu sind zur Ruhe gebracht worden in einem einzigen Jahr. Seth hat ihrem Fürsten seinen Rücken zugekehrt, ihre Stammessitze wurden auf sein Wort hin ausgelöscht."* [466]

Dieser Absatz verdient eine besondere Beachtung, weil darin berichtet wird, daß der von den Lebu begangene Frevel gerächt wurde, in dem der gemeinsam von Ägyptern und Libyern verehrte Gott Seth sich vom Fürsten der Lebu oder vom Fürsten der Tehenu abwandte und deren Stammessitze auslöschte. Das gleiche Schema, nämlich erst das Vergehen, dann die Abkehr der Götter, und schließlich der Untergang der Hauptstadt durch den Urteilsspruch der Götter, findet sich auch in Platons Erzählung über das Ende von Atlantis. War in der ägyptischen Inschrift mit der erwähnten Auslöschung der Stammessitze durch die Götter tatsächlich bereits der Untergang Tehenus und damit der Untergang von Atlantis gemeint? Oder handelte es sich einzig um die Abstrafung der Lebu durch die Ägypter? War dies tatsächlich bereits jene entscheidende Schlacht gewesen, von der Platon in seinen Dialogen berichtete?

Festzustellen ist, daß dieser Krieg zur Zeit Merneptahs offenbar nicht, wie zu erwarten wäre, von der gesamten Macht Tehenus, sondern nur von den Lebu, also nur einem kleinen Teil Tehenus ausgegangen war. Wenn es zudem bei Platon geheißen hatte, die angreifende zusammengeschlossene Kriegsmacht sei vom Atlantischen Meere her kommend in das Gebiet innerhalb der Säulen des Herakles eingedrungen, dann assoziiert man dies nicht, wie gerade geschildert, mit einem Angriff, nur zu Land, sondern eher mit einem solchen zur See. Während diese Bemerkungen eher gegen die Annahme sprechen, daß dies bereits die entscheidende Schlacht gewesen sei, bleibt die in der ägyptischen Inschrift erwähnte Abkehr der Götter und Zerstörung der Tehenu-Stammessitze als eine bemerkenswerte Übereinstimmung mit Platons Überlieferung jedoch bestehen, insbesondere deshalb, weil eine Verwüstung Tehenus noch ein weiteres mal inschriftlich bekundet wird, nämlich auf der Siegesstele Merneptahs:

*"Alle Fürsten haben sich niedergeworfen und sagen >>Schalom!<<
Nicht einer erhebt sein Haupt unter den Neunbogenvölkern [den Feinden Ägyptens].
Verwüstet ist Tjehenu, Hithitien ist befriedet,
geplündert ist Kanaan mit allem Übel,
genommen ist Askalon, gepackt ist Gezer,
Yenoam ist gemacht zu dem, was nicht ist, [...]"* [467]

In Zweifel gezogen wird die Annahme des bereits zu Merneptahs Zeit erfolgten Untergangs Tehenus (Atlantis) allerdings durch die Tatsache, daß in der nun folgenden Zeit - wenn man den ägyptischen Quellen glauben darf - weder die libyschen Völker noch die Ägypter zur Ruhe kamen. Vielmehr muß man sogar davon ausgehen, daß nun offenbar sämtliche Völker rund um das Mittelmeer in Unruhe gerieten, denn die ägyptischen Inschriften aus der Regierungszeit Ramses III (1187v.Chr.-1156v.Chr.) im Tempel von Medinet Habu berichten von einem erneuten Angriff des feindlichen Bündnisses, welches nicht nur Ägypten, sondern offenbar die gesamte östliche Mittelmeerwelt bedrohte:

"Die Bergländer [die Fremdländer] – sie machten ein Bündnis auf ihren Inseln; es zogen fort und verstreut sind im Kampfgewühl die Länder [d.h. die Invasoren] [...] auf einen Schlag; nicht hielt irgendein Land vor ihren Armen stand, (und) <die Länder von> Hatti, Qadi, Karkemiš, Arzawa und Alašia [Zypern] an waren (nun) entwurzelt auf {einen Schlag}. {Es wurde} ein Lager {aufgeschlagen} an einem Ort innerhalb von Amurru; sie vernichteten seine Leute und sein Land, als ob sie nie existiert hätten; sie kamen heran, obwohl die Flamme vor ihnen bereitet war, vorwärts nach Ägypten [...]– sie legten ihre Hände auf die Länder bis zum Umkreis der Erde." [468]

Das Bündnis aus Insel-Völkern des westlichen Mittelmeeres zog mit einer vermutlich sehr großen Zahl an Schiffen und Landstreitkräften der Küstenlinie des europäischen Kontinents entlang ostwärts nach Kleinasien und hinterließ dort den ägyptischen Inschriften zufolge eine Spur der Verwüstung. Dieser Ansturm der Westvölker führte zum Untergang des Hethiter-Reiches (Hatti) im Herzen Anatoliens und zur Vernichtung weiterer Stadtstaaten von Nordsyrien bis in den Süden Palästinas (Qadi, Karkemisch und Arzawa). Ausgrabungen an diesen Orten haben einheitlich das Ergebnis einer systematischen Brandzerstörung der königlichen Burganlagen und Paläste für die Zeit um 1200 v.Chr. geliefert[469]. In gleicher Weise fiel auch Zypern in die Hände der

Angreifer. Schließlich erreichten die Land- und Seestreitkräfte des westlichen Bündnisses auch den Nordosten Ägyptens. In den ägyptischen Inschriften von Medinet Habu werden die Angreifer als PELESET, TJEKER, SHEKELESH, DANUNA und WESHESH bezeichnet. Die Shekelesh waren bereits zu Pharao Merneptahs Regierungszeit als Verbündete der Lebu-Libyer erschienen und stammten wie die Tjeker vermutlich von der Insel Sizilien[470]. Den ägyptischen Quellen zufolge griff ein Teil der feindlichen Streitkräfte von der Landseite her mit Streitwagen und Ochsenkarren Ägypten an, während ein anderer Teil mit Schiffen in die Nilmündung eindrang und dort ebenfalls auf die schon vorbereiteten ägyptischen Verteidiger stieß. Auf den Wänden des ägyptischen Tempels von Medinet Habu ist in zwei großen Reliefs sowohl die Landschlacht als auch die Seeschlacht abgebildet[471]. Diesen Darstellungen zufolge trugen die verbündeten Angreifer, trotz ihrer Zusammensetzung aus verschiedenen Stämmen eine überwiegend einheitliche Tracht, die aus einem kurzen Schurz, einem Lederbrustpanzer und einer sonst zu keiner Zeit der Geschichte beobachteten "Federkrone" bestand. Der seeseitige Angriff wurde zudem offenbar unterstützt durch die Sardinier, von den Ägyptern "Sherden" genannt. In ihren Gesichtszügen, dem Brustpanzer und dem Schurz nicht von den übrigen Angreifern zu unterscheiden, trugen die Sardinier jedoch keine "Federkrone" sondern einen mit zwei Hörnern versehenen Helm. Obwohl der Angriff des feindlichen Bündnisses bis dahin überaus siegreich verlaufen war, indem man u.a. einen so bedeutenden Gegner wie das Hethiter-Reich vernichtet hatte, war es nun offenbar den Ägyptern unter Ramses III. gelungen, ihr weiteres Vordringen zu stoppen. Die in den Reliefs dargestellten Kampfszenen geben nur noch das Ende der Schlachten wieder. Den Bildern zufolge fielen die Angreifer schaarenweise dem Pfeilhagel der Ägypter zum Opfer, während die Überlebenden in Gefangenschaft gerieten.

89 Seeschlachtszene aus den ägyptischen Reliefs von Medinet Habu. Dargestellt sind fünf Schiffe des westlichen Bündnisses denen vier Verteidiger-Schiffe gegenüber stehen. Im unteren Teil des Reliefs werden die Gefangenen abgeführt. (aus Velikovsky[472])

90 Ausschnitt des großen Seeschlacht-Reliefs von Medinet Habu. Die verbündeten Angreifer trugen eine seltsame, völlig unbekannte Kopfbedeckung, eine Art "Federkrone". Links im Bild sind die im Kampf siegreichen Verteidiger Ägyptens dargestellt, die ungewöhnlicherweise keinen ägyptischen Schurz sondern den gleichen Schurz wie die Angreifer tragen. Im unteren Teil der Abbildung sind zwei getötete Angreifer, vermutlich die Sherden (Sardinier) dargestellt, die keine Federkrone sondern einen Hörnerhelm trugen. (aus Hölscher[473])

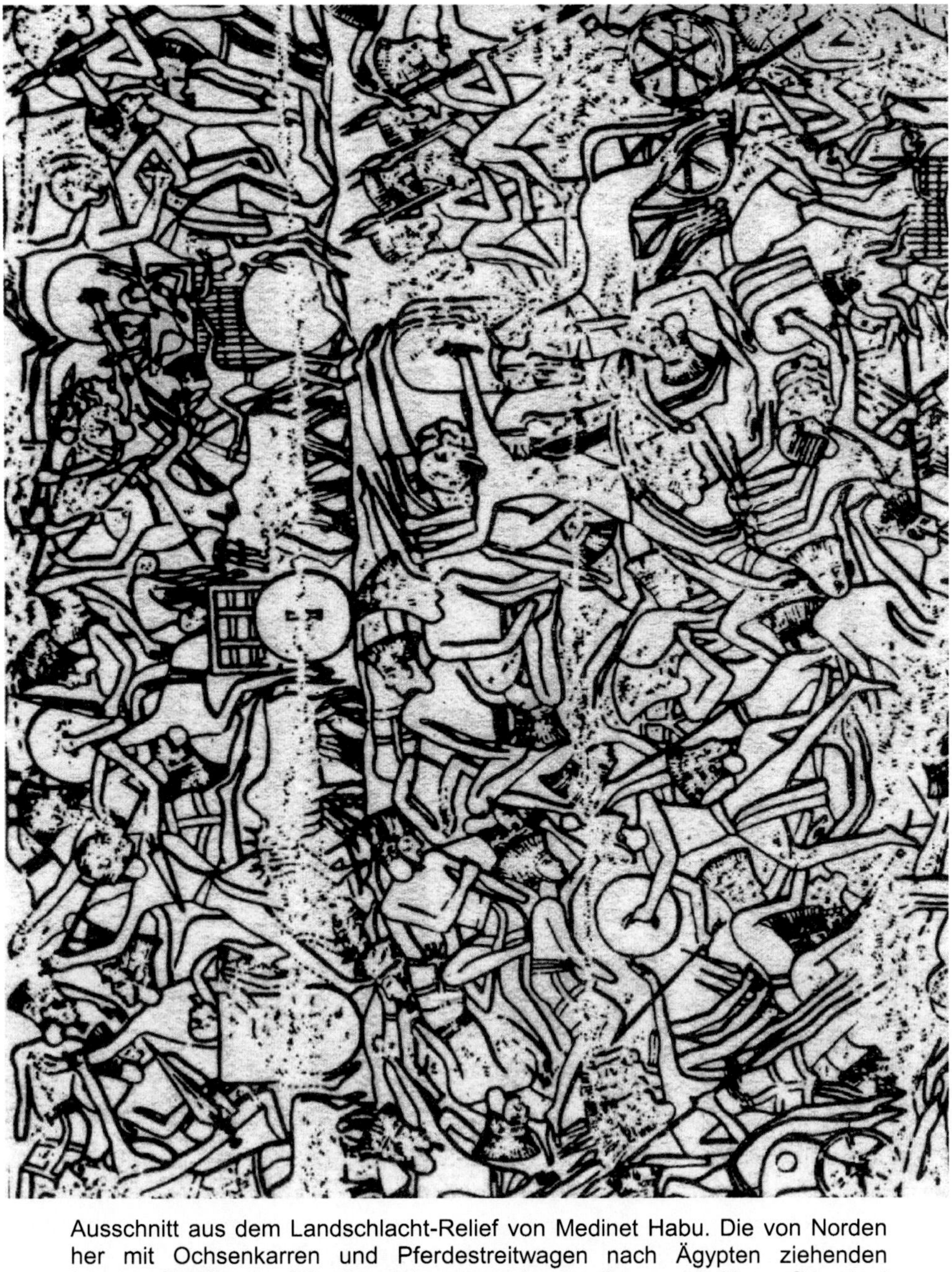

91 Ausschnitt aus dem Landschlacht-Relief von Medinet Habu. Die von Norden her mit Ochsenkarren und Pferdestreitwagen nach Ägypten ziehenden Landstreitkräfte des Westbündnisses werden in einem gewaltigen Gemetzel von den Ägyptern und Ägyptens fremdländischen Hilfstruppen besiegt. (aus Velikovsky[474])

Der Krieg gegen die Länder des östlichen Mittelmeeres war aber nicht allein auf der europäischen Seite begonnen worden, sondern zugleich hatte man auch auf nordafrikanischer Seite erneut eine große Streitmacht zusammen gezogen und war gegen Ägypten marschiert. Zur direkten Bedrohung Ägyptens kam es ab etwa 1183 v.Chr., als eine vereinte libysche Streitmacht von Westen her zu Lande erneut in den Norden Ägyptens eindrang. Dieses mal schienen sich die libyschen Länder in größerem Umfang an dem Kriegszug beteiligt zu haben als zur Zeit Merenptahs, denn in einer Inschrift des Tempels von Medinet Habu heißt es über deren Kriegsvorbereitung:

> *"Das Land von Temehu kommt an einem Ort in Libyen zusammen, —, und Meshwesh,* [...]*"* [475]

Bei den hier aufgeführten "MESHWESH" handelte es sich, wie man annimmt, um das libysche Volk der Maxyer, von denen auch noch Herodot in seinen Historien berichtete. Herodot zufolge lag die Heimat der Maxyer in der bergigen Gegend westlich vom Tritonsee - also bereits innerhalb des Maghrebs, vermutlich im Gebiet des heutigen Tunesiens[476]. Neben den Temehu, den Libu und den Meshwesh, wird ferner noch ein weiterer libyscher Stamm mit dem Namen "Seped" erwähnt, über den jedoch nichts näheres bekannt ist[477]. Es handelte sich also um eine nordwestafrikanische Streitmacht, die eine ganze Reihe verschiedener Stämme, welche wohl alle zu Tehenu gehören dürften, in sich vereinte. In ebenso aufwendigen Reliefs wurde auch dieser von Westen her geführte Landkrieg auf den Wänden der Tempelanlage Ramses III. in Medinet Habu festgehalten. Die libysche Streitmacht war offenbar mit einer großen Zahl zweispänniger Streitwagen an den Grenzen Ägyptens erschienen. Wie es also scheint, hatte das westliche Bündnis in Übereinstimmung mit den Schilderungen Platons tatsächlich den Versuch unternommen, die Länder des östlichen Mittelmeeres in einem Schlag zu unterjochen, indem man gleichzeitig südlich und nördlich des Meeres den Küsten entlang nach Osten vordrang. Möchte man den durch Platon überlieferten Schilderungen des ägyptischen Priesters Glauben schenken, dann war es der westlichen Allianz zunächst offenbar gelungen, den Norden Ägyptens, ebenso wie eine Reihe weiterer Länder, zu besetzen. Allein den Athenern sei es dann jedoch zu verdanken gewesen, daß Ägypten und die anderen schon zuvor unterjochten Länder ihre Freiheit wieder zurückerlangt hätten. Man muß daher der Frage nachgehen, ob es irgendeinen Anhaltspunkt dafür gibt, daß Griechen, speziell die Athener, an den Kämpfen beteiligt waren und in besonderer Weise den Ausgang des Krieges beeinflußt haben könnten.

92 Ausschnitt aus dem Relief von Medinet Habu, Landschlacht gegen die Libyer. Die ägyptischen Truppen wurden im Kampf gegen die Libyer von Kämpfern mit Federkrone und solchen mit Hörnerhelmen unterstützt. Die Ägypter hatten offenbar Gefangene aus früheren Schlachten in ihre eigene Streitmacht mit aufgenommen. Die einstigen Verbündeten der Libyer standen ihnen nun im Kampf offenbar gegenüber. (aus Velikovsky[478])

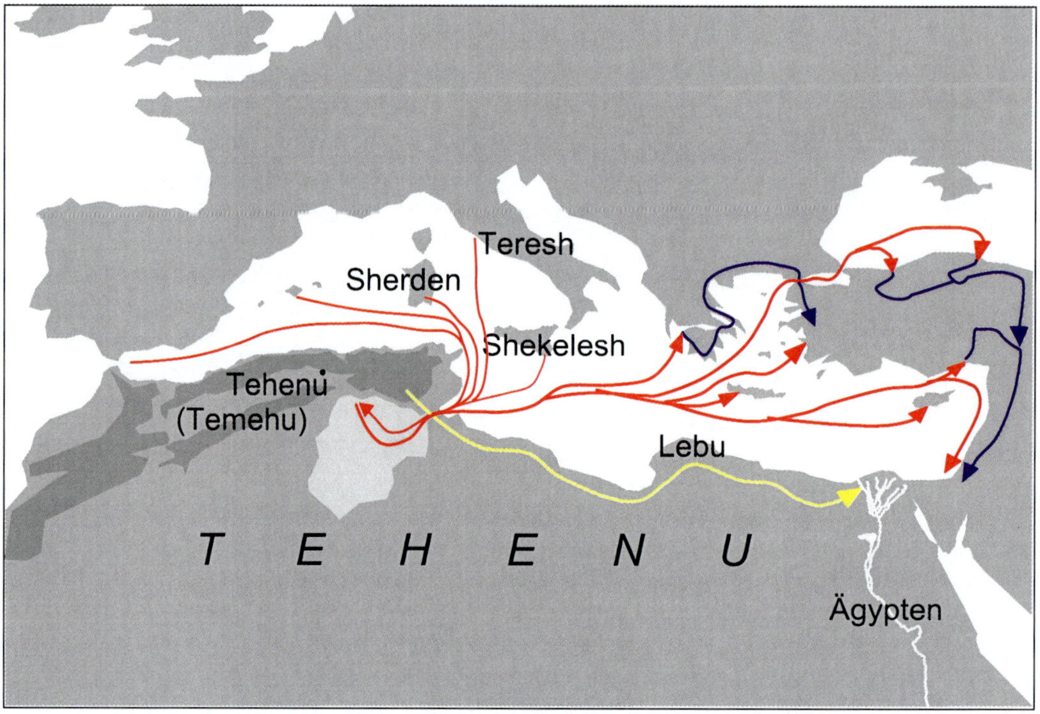

93 Mutmaßlicher Verlauf des Angriffs der Völker jenseits der SÄULEN DES HERAKLES gegen die Völker des östlichen Mittelmeeres um 1200v.Chr.. Möglicherweise wurden die Streitmächte südlich des Maghrebs zusammengezogen, instruiert und von dort aus gezielt in den Krieg entsandt. Es war offenbar die Absicht der Führung des Westbündnisses, die östlichen Mittelmeer-Völker gleichzeitig von zwei Seiten her, nördlich und südlich des Mittelmeeres anzugreifen, um sie so "auf einen Schlag" (ein Zeitraum von mehreren Jahren) zu unterjochen. Rote Linien: Seestreitkräfte (Peleset, Tjeker, Shekelesh, Sherden, Danuna, Weshesh,...); Blaue Linien: Landstreitkräfte (ebenfalls aus den genannten Völkern bestehend), denen vermutlich über 47Machtzentren zum Opfer vielen[479]; Gelbe Linie: Vereinte libysch-berberische Landstreitmacht (Temehu, Tehenu, Meshwesh, Lebu).

Mit Sicherheit waren auch die Griechen ebenso wie alle anderen Völker des östlichen Mittelmeeres von der aus dem Westen kommenden Angriffswelle um etwa 1200v.Chr. betroffen gewesen und es scheint, als hätte man die Bedrohung aus dem Westen damals bereits rechtzeitig erkannt. Bei den Ausgrabungen einer griechischen Palastanlage bei Pylos am Westrand der Peloponnes entdeckte man ein Archiv von Tontafeln, deren Texte in Linear-B Schrift verfaßt waren und aus der Zeit um 1200v.Chr. stammten. Aus den Tontafel-Texten geht hervor, daß man sich gegen einen bedeutenden, jedoch ungenannten Feind rüstete. Insbesondere werden umfangreiche Schutzmaßnahmen entlang der Westküste der Peloponnes erwähnt[480]. Das heißt, im griechischen Pylos wußte man offenbar, daß ein mächtiger Feind westlich von Griechenland beheimatet war und in absehbarer Zeit von der See her angreifen würde. Und so ist es wohl auch kein Zufall, daß besonders auf der Peloponnes, aber auch auf dem griechischen Festland etwa zur selben Zeit, nur wenige Jahre vor dem Erscheinen des Westbündnisses mit dem Bau zyklopischer Mauern begonnen wurde, aus denen die Fluchtburgen von Mykene, Tiryns, Argo, Midea und Athen entstanden. Irgendwann in der Zeit um 1200v.Chr. kam es zu jenem Angriff aus dem Westen, in dessen Folge die frühgriechischen Machtzentren auf der Peloponnes darunter auch der bereits erwähnte Palast von Pylos zerstört und verbrannt wurden. Das nordöstlich der Peloponnes, auf der attischen Halbinsel gelegene Athen blieb damals im Schatten der Auseinandersetzungen von den Verwüstungen verschont. Völlig unklar bleibt, ob und wie Athen in die späteren Kämpfe, insbesondere die Kämpfe um Ägypten verwickelt worden sein konnte. Anhand der archäologischen Fakten, die eine Verwüstung der griechischen Burgen und Paläste nachweisen, wäre das Eingreifen des unversehrt gebliebenen Athens jedenfalls plausibel.

Platons Überlieferung zufolge waren es eine ganze Reihe griechischer (hellenischer) Stämme gewesen, die sich den Angreifern des westlichen Bündnisses entgegen gestellt hatten. Dabei seien sie von den Athenern angeführt worden. Später jedoch seien die übrigen Hellenen abgefallen und die Athener seien somit auf sich allein gestellt gewesen. Dennoch, so heißt es in Platons Bericht, hätten die Athener schließlich einen bedeutenden Sieg errungen.

Die ägyptischen Inschriften des Tempels Ramses III. in Medinet Habu erwähnen tatsächlich ein Volk, bei dem es sich mit großer Wahrscheinlichkeit um Griechen handelte: Gemeint sind die bereits erwähnten "DANUNA". Der deutsche Althistoriker Gustav Lehmann assoziiert diese Bezeichnung mit den frühgriechischen Bewohnern der Peloponnes[481]. Ganz ähnlich sieht der Amerikaner Robert Drews, ebenfalls Althistoriker, in dem Namen "Danuna" etwas allgemeiner die ägyptische Bezeichnung für die "Griechisch-Sprechenden". Darüber hinaus wagt er die Vermutung, daß die Ägypter diesen Namen verwendet haben könnten, um damit das griechische "Athenaioi", also "die Athener" klanglich zu duplizieren[482]. Wir können vermutlich davon ausgehen, daß die Athener und einige weitere Hellenenstämme tatsächlich an den Auseinandersetzungen beteiligt waren. Problematisch ist dabei jedoch, daß die ägyptischen Texte, anders als bei Platon dargestellt, die Danuna als Mitglied des feindlichen Bündnisses anführen, so daß sie daher kaum als Retter Ägyptens in Frage kämen.

Vielleicht muß man aber auch die Möglichkeit in Betracht ziehen, daß die Hellenen unter der Führung Athens zunächst gemeinsam den Kampf gegen die Invasoren aufnahmen, dann jedoch, als sich die Ziele mehr und mehr auf andere Staaten im östlichen Mittelmeer verlagerten, Teile dieses Bündnisses abfielen und sich unter Umständen sogar den Angreifern anschlossen, während die Athener ihren Widerstand weiterhin aufrecht erhielten. Dies jedoch bleibt pure Spekulation. Die ägyptischen Begleit-Inschriften zu den Reliefdarstellungen liefern leider keinerlei Information über den Verlauf der Schlachten und die Bedeutung der verschiedenen beteiligten Völker. Tatsache ist, daß keines der in dem ägyptischen Seeschlacht-Relief abgebildeten feindlichen Schiffe aus der mykenisch-ägäischen Welt stammt, sondern allesamt einen bis dahin völlig unbekannten Typ darstellen[483].
Auf allen hier abgebildeten Reliefs von Medinet Habu ist jedoch zu erkennen, daß die Ägypter in ihrem Verteidigungskampf tatsächlich von fremden Kriegern unterstützt wurden und es ist daher nicht auszuschließen, daß Krieger Athens vielleicht doch einen entscheidenden Anteil am Sieg gegen das westliche Bündnis hatten. So sind auf dem Landschlacht-Relief, das den Kampf zwischen den Federkronen-Trägern und den Ägyptern zeigt, einige wenige unbekannte Krieger zu erkennen, die einen Helm mit einer kleinen Sonnenscheibe zwischen zwei Hörnern besitzen und gegen die Federkronen-Träger kämpfen.
Im Seeschlacht-Relief gibt es zwar seitens der Verteidiger keine so auffallend fremden Figuren, jedoch läßt sich feststellen, daß die Ruderschiffe der "Ägypter" bis auf wenige Ausnahmen mit Kriegern besetzt sind, die zwar ägyptische Haartracht besitzen, überraschenderweise jedoch keinen ägyptischen Schurz, sondern exakt den gleichen Schurz wie die Invasoren tragen. Im unteren Teil des Reliefs, wo die Gefangenen abgeführt werden, hingegen sind alle Ägypter auch mit ägyptischem Schurz dargestellt. Was also hat diese unägyptische Bekleidung zu bedeuten? Wäre es Absicht der ägyptischen Bildhauer gewesen, die Besatzung eindeutig als Ägypter darzustellen, dann hätte man den abgebildeten Kriegern wohl auch einen ägyptischen Schurz "verpaßt" und damit keinen Zweifel an ihrer Identität aufkommen lassen. Ein solcher Schurz, wie ihn die Verteidiger tragen, war aber ebenfalls typisch für die Völker der Ägäis. Die Frage wäre also zu stellen, ob die Ruderschiffe und deren Besatzung nicht doch etwas mit den Athenern zu tun haben konnten. Leider gibt es in den ägyptischen Quellen keine weiterführenden Informationen, die eine Antwort auf diese Frage geben könnten.
Schließlich wurde den Ägyptern ein weiteres mal fremde Hilfe zuteil, denn auch das Relief, das den Kampf der Ägypter gegen die von Westen her eindringenden Libyer dokumentiert, überrascht durch die darin auftauchenden

fremdländischen Hilfstruppen. Es sind Federkronen-Träger und Hörnerhelm-Träger, also einstmalige Verbündete der Libyer, die offenbar die Seite gewechselt hatten und nun den Ägyptern dazu verhalfen, die einfallende libysche Streitmacht ein letztes mal zu besiegen. Auch hierzu findet man in den Begleitinschriften keine erläuternden Hinweise. Vielleicht aber waren es Gefangene aus füheren Kämpfen, die die Ägypter in ihre eigene Streitmacht aufgenommen hatten. Eine solche Praxis geht aus einigen ägyptischen Quellen hervor.[484]

Damit jedoch war der Versuch des Westbündnisses, die gesamte östliche Mittelmeerwelt in einem Schlag zu erobern, offenbar kurz vor dem Erfolg doch noch gescheitert. Die in Medinet Habu allein nur aus der Sicht der Ägypter dokumentierten Kriege aus der Zeit um 1200v.Chr. hinterließen jedoch allerorts deutliche Spuren und führten zum Untergang einer Reihe von Kulturen im östlichen Mittelmeerraum. Tatsächlich fand die mykenische Kultur Griechenlands zu jener Zeit ihr abruptes Ende. Die Griechen verloren die Fähigkeit des Schreibens und auch die Erinnerung an den Besitz dieser ehemaligen Fähigkeit – exakt so wie es der ägyptische Priester Solon gegenüber geschildert hatte. Griechenland stürzte damit in das "DUNKLE ZEITALTER", eine sich über mehrere Jahrhunderte hinweg erstreckende Epoche, in der die archäologischen Spuren nicht nur die Schriftlosigkeit, sondern auch den Verlust technischer und kultureller Errungenschaften offenkundig dokumentieren.
Der Angriff aus dem Westen führte aber nicht nur zum Untergang der mykenischen Kultur (Festland, Peloponnes, Kreta), sondern bereitete ebenso dem hethitischen Imperium und zahlreichen kleineren Staaten Kleinasiens, Nordsyriens, Zyperns und der Levante ein Ende. Darüber hinaus läßt sich den ägyptischen Darstellungen entnehmen, daß auch Ägypten nur mit Hilfe verbündeter Fremdvölker einer Niederlage entkam. Es wäre daher keineswegs übertrieben, diese Katastrophe als Weltkrieg der Bronzezeit zu bezeichnen. Kein anderer Krieg dürfte die Ägypter so tief in Furcht und Schrecken versetzt haben, wie jene Ereignisse um 1200v.Chr.. Aus dieser Perspektive heraus erscheinen die vom ägyptischen Priester vorgetragenen Schilderungen einer alles andere an Größe und Kühnheit übertreffenden Heldentat der Athener nun mehr als plausibel.

Einige Archäologen gehen nun davon aus, daß die geschilderte Invasion aus dem Westen nicht die alleinige Ursache für den Untergang der Bronzezeit-Kulturen des östlichen Mittelmeeres gewesen sein kann, sondern daß sich mehrere starke Erdbeben in der Zeit kurz nach 1200 v.Chr. ereignet haben müßten[485]. Es gibt offenbar nicht viele wissenschaftliche Belege für diese

Theorie, aber es würde umso vollkommener zu Platons Schilderungen passen, denen zufolge sich unmittelbar anschließend an den atlantischen Kriegszug gegen die Völker innerhalb der Säulen des Herakles eine verheerende Erdbeben- und Überschwemmungskatastrophe ereignet haben soll, die nicht nur die Vernichtung der Athener, sondern auch den Untergang der Insel Atlantis verursacht haben soll:

"Späterhin aber entstanden gewaltige Erdbeben und Überschwemmungen, und da versank während eines schlimmen Tages und einer schlimmen Nacht das ganze streitbare Geschlecht bei euch scharenweise unter die Erde, und ebenso verschwand die Insel Atlantis, indem sie im Meere unterging." [486]

Der Untergang von Atlantis stellt das Ende von Platons Erzählung dar. Somit sind auch wir nun am Ende unserer Suche angelant.

Ich für meinen Teil gehe davon aus, daß Platon bei allem, was er in seiner Atlantis-Erzählung berichtete, stets bei der Wahrheit blieb.

16 Schlußwort

Der Krieg des Westbündnisses gegen die östliche Mittelmeerwelt und eine sich vermutlich im Anschluß daran ereignete Erdbeben- und Flutkatastrophe bereiteten zahlreichen Bronzezeitkulturen des Mittelmeeres ein abruptes Ende. Mit dieser tiefen Zäsur verband sich zugleich aber auch ein Neuanfang, der u.a. auch in den Überlieferungen des Alten Testaments der Bibel festgehalten ist: Im letzten Kapitel war im Zusammenhang mit dem Krieg gegen die Völker des östlichen Mittelmeeres bereits von den sogenannten "Peleset" die Rede gewesen. Mehrfach wurden sie in den ägyptischen Quellen als Bestandteil des angreifenden Westbündnisses erwähnt und mit den charakteristischen Federkronen geschmückt in den altägyptischen Reliefs des Tempels von Medinet Habu dargestellt. Sie stammen vermutlich aus dem westlichen Mittelmeerraum, doch bis heute ist ihre genaue Herkunft unbekannt und somit Freiraum für Spekulationen. Nach ihrem lange Zeit erfolgreichen Kampf gegen europäische und kleinasiatische Küstenvölker wurde ihr Ansturm durch den ägyptischen Verteidigungskampf unter RamsesIII. schließlich gestoppt. Einige der Überlebenden unter ihnen siedelten sich offenbar im Gebiet des heutigen Israels an. Im Alten Testament erscheinen sie unter dem Namen "PHILISTER". Das Buch Samuels erwähnt den Kampf des Israeliten Davids gegen den riesigen Philister Goliath. Dieser Name des Philisters ist höchst interessant und könnte vielleicht ein wichtiges Indiz für die Herkunft der Philister bzw. Peleset darstellen. Goliat nämlich galt als der Stammvater der Berber und war identisch mit Uennur (Ouennougha).[487] Hiermit übereinstimmend lehrte im 11. Jahrhundert unserer Zeit El-Bekri im islamisierten Spanien, daß unter dem israelitischen König David die Berber aus Syrien vertrieben worden seien[488]. Das würde darauf hindeuten, daß die "Philister" des Alten Testaments oder die "Peleset" der altägyptischen Quellen ebenso wie die uns bereits bekannten libyschen Völker zu den Berbern zu zählen waren und ursprünglich vermutlich aus dem Maghreb kamen.

Mit großer Wahrscheinlichkeit sind diese "Peleset"-Berber während ihres Ansturmes auf die Völker des östlichen Mittelmeeres auch in Griechenland gelandet und haben sich auch dort vermutlich niedergelassen. Vielleicht hat man sie dort mit den Pelasgern in Verbindung zu bringen[489]. Dies würde möglicherweise erklären, warum sich in der griechischen Mythologie ein so intensiver Bezug zu dem weitentfernten Libyen erhalten hat.

Zum Ende dieses Buches sei noch einmal die Frage gestellt, wie es überhaupt dazu kommen konnte, daß ein ägyptischer Priester über derart detailierte Informationen über das Feindland Atlantis verfügte. Für ägyptische Texte wäre es typisch und zu erwarten gewesen, daß darin allein die Taten Ägyptens gerühmt werden, völlig unerklärlich erscheint jedoch die detailierte Schilderung der Insel Atlantis und der Entstehung des atlantischen Königsgeschlechts. Welchen Sinn hatte eine solche Aufzeichnung auf ägyptischem Boden?
Plausibel läßt sich diese Frage aus meiner Sicht nur so beantworten, daß es in diesen Texten gar nicht darum ging, ein Feindland zu schildern, sondern einzig darum, den Ursprung und die Herrkunft der Neith darzustellen. Der Tempel der Neith war mit großer Wahrscheinlichkeit ein altes libysches und kein urtümlich ägyptisches Heiligtum. Die Neith selbst war wie zuvor dargelegt vermutlich die Urmutter der Atlanter (Kleito) und hatte dem Entstehungs-Mythos zufolge mit Poseidon die fünf Zwillingspaare erzeugt. Im Tempel von Sais wurden die daraus hervorgegangenen Geschlechter detailiert beschrieben und offenbar auch alle ihre Taten aufgezeichnet. Daher macht es absolut Sinn, wenn der ägyptische Priester berichtete, daß die Atlantis-Schilderung aus einer fremden Sprache in das Ägyptische übersetzt worden war.

Abschließend möchte ich sagen, daß ich mir im klaren darüber bin, daß dieses Buch sicher nicht frei ist und auch nicht frei sein kann von Fehlern. Auch nach 8 Jahren der Auseinandersetzung mit diesem Thema bin und bleibe ich in fast allen der in diesem Buch gestreiften Disziplinen ein absoluter Laie. Wenn man somit fremdes Terrain betritt, dann muß man natürlich auch damit rechnen, in entsprechender Weise Kritik dafür zu ernten. Doch selbst dann, wenn sich die eine oder andere Mutmaßung als falsch herausstellen sollte, hege ich dennoch die Hoffnung, daß dieses Buch dazu beiträgt, daß man Platons Atlantis-Erzählung in Zukunft auch von wissenschaftlicher Seite her nicht mehr als Fiktion ansehen wird.
Nicht minder wünschenswert wäre es, wenn sich in Zukunft besonders von wissenschaftlicher Seite her ein größeres Interesse und eine intensivere Auseinandersetzung mit den frühen Kulturen des Westen Nordafrikas entwickeln würden.

Danksagung

Dieses Buch erarbeiten, niederschreiben und tatsächlich auch fertigstellen zu können verdanke ich der besonderen Unterstützung, Geduld und Toleranz, die mir von meiner Familie während vieler Jahre entgegen gebracht wurde. Ich selbst – dessen bin ich mir wohl bewußt – wäre im vergleichbar umgekehrten Fall wahrscheinlich ein sehr viel ungeduldigerer Mensch.
Gedankt sei den Mitarbeiterinnen und Mitarbeitern zahlreicher Bibliotheken, deren Dienste ich für umfangreiche Literaturbeschaffungen in Anspruch genommen habe. Besonders zu Dank verpflichtet bin ich in dieser Hinsicht Frau Einfeldt und ihren Kolleginnen für ihr hohes Engagement. Es war für mich keineswegs selbstverständlich und daher äußerst hilfreich und erfreulich, daß eine Stadtbibliothek mir Möglichkeiten bot, wie ich sie sonst nur in Universitätsfachbibliotheken erwarten konnte.
Heiner Örtel möchte ich für seine Unterstützung danken, für seine Korrektur- und Verbesserungsvorschläge zu meinem Manuskript und für eine ganze Reihe interessanter Diskussionen.
Carin Weinhold sei gedankt für die mögliche Einsicht des AVHRR-Posters.
Danken möchte ich außerdem meinem Bruder Martin, der als kritischer Wissenschaftler tatsächlich so etwas wie "die letzte Hürde" darstellte. Ich danke ihm für die Begutachtung des Manuskriptes und seine für mich sehr wertvolle Einschätzung.
Mein Dank gilt auch Bruno, der mich erstmals mit Platons Dialogen in Kontakt kommen ließ und später über Jahre hinweg versuchte herauszubekommen, warum ich mich für dieses Thema interessierte.
Schließen möchte ich mit dem Dank, den ich an meine Eltern richte.

Ulrich Hofmann, 2004

Register

Kommentar- / Literaturverzeichnis

1 Robert Bauval und Adrian Gilbert, *Das Geheimnis des Orion*, München 1996
2 Zeichnung nach einer Marmorbüste im Vatikan-Museum
3 Platon *Timaios,* übersetzt von Franz Susemihl 1856, (n. Stephanus 21e-25d)
4 Platon *Kritias,* übersetzt von Franz Susemihl 1857, (n. Stephanus 108e-121c)
5 Burchard Brentjes, *Atlantis - Geschichte einer Utopie*, Köln1994
6 Hans Herter, *Platons Atlantis,* Bonner Jahrbücher C133/134, Bonn 1928, S. 28-47
6 Diogenes Laertios, *Leben und Meinungen berühmter Philosophen*, übers. von O. Apelt, Hamburg 1967, III, 4
8 Platon: *Der siebente Brief*, Philipp Reclam jun. Stuttgart 1998
9 Platon: *Sämtliche Werke V: Politea*, Insel Verlag Frankfurt am Main und Leipzig 1991
10 Platon *Timaios*, übersetzt von Franz Susemihl 1856, (n. Stephanus 19b-c)
11 Platon *Timaios*, übersetzt von Franz Susemihl 1856, (n. Stephanus 20d-e)
12 Platon *Timaios*, übersetzt von Franz Susemihl 1856, (n. Stephanus 26c-d)
13 Barbara Pischel, *Die Atlantische Lehre – Übers. und Interpretation d. Platon-Texte aus Timaios und Kritias,* Europ. Hochschulschriften Reihe 19 Bd. 23, Peter Lang, Frankfurt am Main, 1982
14 Platon *Kritias,* übersetzt von Franz Susemihl 1857, (n. Stephanus 119a-120d, 116c)
15 Platon *Kritias,* übersetzt von Franz Susemihl 1857, (n. Stephanus 119c)
16 Platon *Kritias,* übersetzt von Franz Susemihl 1857, (n. Stephanus 116c)
17 Platon *Timaios*, übersetzt von Franz Susemihl 1856, (n. Stephanus 25c-d)
18 Platon *Kritias,* übersetzt von Franz Susemihl 1857, (n. Stephanus 121b-c)
19 Platon *Timaios*, übersetzt von Franz Susemihl 1856, (n. Stephanus 20d)
20 Platon *Timaios*, übersetzt von Franz Susemihl 1856, (n. Stephanus 26d-e)
21 Platon *Timaios*, übersetzt von Franz Susemihl 1856, (n. Stephanus 26e)
22 Platon *Timaios*, übersetzt von Franz Susemihl 1856, (n. Stephanus 21a-b)
23 Platon *Timaios*, übersetzt von Franz Susemihl 1856, (n. Stephanus 26b-c)
24 Platon *Kritias*, übersetzt von Franz Susemihl 1857, (n. Stephanus 115a)
25 Platon: *Sämtliche Werke IX: Nomoi*, Insel Verlag Frankfurt am Main und Leipzig 1991, (n.Stephanus 677a-b)
26 Platon: *Sämtliche Werke IX: Nomoi*, Insel Verlag Frankfurt am Main und Leipzig 1991, (n.Stephanus 656e-657a)
27 Burchard Brentjes, *Atlantis - Geschichte einer Utopie*, Köln1994
28 Hans-Jürgen Ruppert, *Mythos Atlantis - Von Platos Utopie bis zur religiösen Gegenwartskultur*, Evangelische Zentralstelle für Weltanschauungsfragen, EZW-Texte Nr. 158, 2001
29 Proclus, *Platonis Timaeum commentarii,* Herausgeber: ed. E. Diehl, 3 vols., Leipzig (T.) 1903, 1904, 1906
30 Herodot, *Historien*, Kröner Verlag Stuttgart, 1971, §170, S.174

31 Herodot, *Historien*, Kröner Verlag Stuttgart, 1971, §175, S.176
32 Herodot, *Historien*, Kröner Verlag Stuttgart, 1971, §29-30, S.12
33 Herodot, *Historien*, Kröner Verlag Stuttgart, 1971, §177, S.177
34 Herodot, *Historien*, Kröner Verlag Stuttgart, 1971, §178, S.177
35 Alexander Scharff, *Ägypten und Vorderasien im Altertum*, Bruckmann Verlag München, 1950
36 Diodor von Sicilien: *Historische Bibliothek*, übers. v. F.J. Wurm, 3 Bde., Stuttgart, 1827
37 Burchard Brentjes, *Atlantis - Geschichte einer Utopie*, Köln1994
38 Hans-Jürgen Ruppert, *Mythos Atlantis - Von Platos Utopie bis zur religiösen Gegenwartskultur*, Evangelische Zentralstelle für Weltanschauungsfragen, EZW-Texte Nr. 158, 2001
39 Dieter Kessler, "Tanis und Theben – Die politische Geschichte der 21. bis 30. Dynastie" in *Ägypten – Die Welt der Pharaonen*, herausg. v. R. Schulz und M. Seidel, Könemann Verlag, Köln, 1997
40 Platon *Timaios*, übersetzt von Franz Susemihl 1856, (n. Stephanus 20d-21b)
41 Zeichnung nach einer Photographie in E. Siebert, Die Bewältigung der Vergangenheit - Zur Kunst der Spätzeit, in: *Ägypten – Die Welt der Pharaonen*, herausg. v. R. Schulz und M. Seidel, Könemann Verlag, Köln 1997, S. 286, Abb. 26
42 Die "Apaturien" waren ein dreitägiges Fest im November.
43 Warman Welliver, *Character, Plot and Thought in Plato´s Timaeus-Critias*, Philosophia Antiqua 32, E. J. Brill, Leiden, 1-6, 1977
44 A.E. Taylor, *A Commentary on Plato´s Timaeus*, Oxford Clarendon Press, 1-700, (1928)
45 Platon *Timaios*, übersetzt von Franz Susemihl 1856, (n. Stephanus 21c-d)
46 Platon *Kritias*, übersetzt von Franz Susemihl 1857, (n. Stephanus 113a-b)
47 Platon *Timaios*, übersetzt von Franz Susemihl 1856, (n. Stephanus 24e-25d)
48 Otto Muck, *Alles über Atlantis*, Knaur, München 1976
49 Ignatius Donnely, *Atlantis - Myths of the Antediluvian World*, London, 1882
50 Barbara Pischel, *Die Atlantische Lehre – Übers. und Interpretation d. Platon-Texte aus Timaios und Kritias,* Europ. Hochschulschriften Reihe 19 Bd. 23, Peter Lang, Frankfurt am Main, 1982
51 Otto Muck, *Alles über Atlantis*, Knaur, München 1976
52 Zdenek Kukal, *Atlantis in the light of modern research,* Tschechoslowakische Akademie der Wissenschaften, Prag, 1984
53 Platon *Timaios*, übersetzt von Franz Susemihl 1856, (n. Stephanus 24e-25a)
54 Platon *Timaios*, übersetzt von Franz Susemihl 1856, (n. Stephanus 25d)
55 Herodot, *Historien*, Kröner Verlag Stuttgart, 1971, §202, S. 92
56 W.F. Otto, Einleitung in: Herodot, *Historien*, Kröner Verlag Stuttgart, 1971
57 Herodot, *Historien*, Kröner Verlag Stuttgart, 1971 (geht aus zahlreichen Stellen hervor)
58 D. Detlefsen, *Die Geographie Afrikas bei Plinius und Mela und ihre Quellen*,

Quellen und Forschungen zur alten Geschichte und Geographie, Bd. 14, Berlin 1908, S. 10

59 Plinius Secundus d. Ä., *Naturkunde*, Bd. III, 3, Artemis Verlag, München 1988

60 Pindar, *Oden*, Reclam, Stuttgart, 1986, S.25

61 Pindar, *Oden*, Reclam, Stuttgart, 1986, S.189

62 Platon *Timaios*, übersetzt von Franz Susemihl 1856, (n. Stephanus 24e-25a)

63 In der beim Insel-Verlag erschienenen Ausgabe der Dialoge Timaios und Kritias ist der altgriechische Originaltext jeweils mit abgedruckt. Zu "pontos" siehe: Platon, *Timaios,Kritias*, insel taschenbuch, Frankfurt a.M., 1991, S.226

64 Man denke an dieser Stelle auch an PONTOS EUXENUS als Bezeichnung für das Schwarze Meer, welches ebenfalls ein Binnenmeer darstellt. Mit der Unterscheidung der vershiedenen Meeresflure hat sich besonders auseinandergesetzt: Barbara Pischel, *Die Atlantische Lehre – Übers. und Interpretation d. Platon-Texte aus Timaios und Kritias,* Europ. Hochschulschriften Reihe 19 Bd. 23, Peter Lang, Frankfurt am Main, 1982

65 A.E. Taylor, *A Commentary on Plato´s Timaeus*, Oxford Clarendon Press, 1-700, (1928)

66 Platon *Timaios*, übersetzt von Franz Susemihl 1856, (n. Stephanus 25a)

67 Platon *Kritias*, übersetzt von Franz Susemihl 1857, (n. Stephanus 113b)

68 Platon *Kritias*, übersetzt von Franz Susemihl 1857, (n. Stephanus 113e-114b)

69 Robert v. R.-Graves, *Griechische Mythologie – Quellen und Deutung*, Rowohlt Verlag, Reinbek bei Hamburg, 1984

70 Gustav Schwab, *Griechische Sagen*, nachbearb. v. R. Carstensen, dtv, München 1998

71 Gustav Schwab, *Griechische Sagen*, nachbearb. v. R. Carstensen, dtv, München 1998

72 Robert v. R.-Graves, *Griechische Mythologie – Quellen und Deutung*, Rowohlt Verlag, Reinbek bei Hamburg, 1984

73 Herodot, *Historien*, Kröner Verlag Stuttgart, 1971, IV.Buch, §181-184, S.318-320

74 Herodot, *Historien*, Kröner Verlag Stuttgart, 1971, II.Buch, §42, S.118

75 Herodot, *Historien*, Kröner Verlag Stuttgart, 1971, II.Buch, §32, S.112

76 Herodot, *Historien*, Kröner Verlag Stuttgart, 1971, IV.Buch, §172, S.316

77 Herodot, *Historien*, Kröner Verlag Stuttgart, 1971, IV.Buch, §183, S. 319

78 G.Camps, M. Hachid, Un quadrige peint dans la region de Djelfa, in: G.Camps et M.Gast, *Les chars préhistoriques du Sahara*, Actes du Colloque de Sénanque, 21-22 mars 1981

79 J.Kunz, Contribution a l'etude des chars rupestres du Tassili-N-Ajjer occidental, in: G.Camps et M.Gast, *Les chars préhistoriques du Sahara*, Actes du Colloque de Sénanque, 21-22 mars 1981

80 H.W. Haussig, Erläuterungen in: Herodot, *Historien*, Kröner Verlag Stuttgart, 1971, S. 698.

81 Oric Bates, *The Eastern Libyans*, London 1914, S.53f.

82 Malika Hachid, *Les Premiers Berbères*, Édisud, Aix-en-Provence, 2000,

S.125

83 Henri Lhote, Les chars rupestres du Sahara et leurs rapports avec le peuplement dans les temps protohistoriques, in: G.Camps et M.Gast, *Les chars préhistoriques du Sahara*, Actes du Colloque de Sénanque, 21-22 mars 1981

84 H. Brugsch, *Die Geographie des Alten Ägyptens,* Band2, *Die Geographie der Nachbarländer Ägyptens*, Leipzig 1858, S.7

85 H. Brugsch, *Die Geographie des Alten Ägyptens,* Band2, *Die Geographie der Nachbarländer Ägyptens*, Leipzig 1858, S.7

86 Herodot, *Historien*, Kröner Verlag Stuttgart, 1971, II.Buch, §50, S. 123

87 Diodorus Siculus, *Library of History,* vol. II, Harvard University Press, 2000

88 *Strabos Erdbeschreibung*, Bd. 4, übers. v. A. Forbiger, Langenscheidtsche Verlagsbuchhandlung, Berlin 1915

89 Plinius Secundus d. Ä., *Naturkunde*, Bd. VI., Artemis&Winkler, Zürich 1996

90 Platon *Kritias*, übersetzt von Franz Susemihl 1857, (n. Stephanus 118a)

91 Platon *Timaios*, übersetzt von Franz Susemihl 1856, (n. Stephanus 24e-25d)

92 Zdenek Kukal, *Atlantis in the light of modern research,* Tschechoslowakische Akademie der Wissenschaften, Prag 1984

93 P. Borchardt, *Platos Insel Atlantis*, Petermann's Mitteilungen, Gotha 1927. S.19-32

94 H.H. Lamb, *Klima und Kulturgeschichte*, Rowohlt Verlag, Reinbek bei Hamburg 1989

95 Robert v. R.-Graves, *Griechische Mythologie – Quellen und Deutung*, Rowohlt Verlag, Reinbek bei Hamburg 1984

96 A. Hermann, *Unsere Ahnen und Atlantis*, Berlin 1934

97 Herodot, *Historien*, Kröner Verlag Stuttgart, 1971, IV.Buch, §179, S.317

98 Platon *Timaios*, übersetzt von Franz Susemihl 1856, (n. Stephanus 25)

99 Robert v. R.-Graves, *Griechische Mythologie – Quellen und Deutung*, Rowohlt Verlag, Reinbek bei Hamburg 1984

100 A.E. Nordenskiöld, *Periplus: an essay on the early history of charts and sailing-directions*, Stockholm: Norstedt 1897

101 Platon *Timaios*, übersetzt von Franz Susemihl 1856, (n. Stephanus 25a)

102 P. Borchardt, *Platos Insel Atlantis*, Petermann's Mitteilungen, Gotha 1927, S.19

103 P. Borchardt, *Platos Insel Atlantis*, Petermann's Mitteilungen, Gotha 1927. S.19-32

104 Herodot, *Historien*, Kröner Verlag Stuttgart, 1971, §180, S. 318.

105 H.J Hugot, M. Bruggmann, *Zehntausend Jahre Sahara*, Wissenschaftl. Buchgesellsch. Darmstadt, 1984

106 Platon *Timaios*, übersetzt von Franz Susemihl 1856, (n. Stephanus 24e-25a)

107 P. Borchardt, *Das Erdbild der Juden nach dem Buche der Jubiläen*, Petermanns Geogr. Mitteilungen 1925, Heft11/12, S. 244-250

108 P. Borchardt, *Das Erdbild der Juden nach dem Buche der Jubiläen*, Petermanns Geogr. Mitteilungen 1925, Heft11/12, S. 244-250

109 P. Borchardt, *Platos Insel Atlantis*, Petermann's Mitteilungen, Gotha 1927. S.19-32

110 Roudaire, *Rapport sur la dernière Expédition des Chotts*, Arch. Miss. Scient., Ser. 3, Bd. VII, Paris 1888, S. 314f.

111 A. Hermann, *Unsere Ahnen und Atlantis*, Berlin 1934

112 Diodorus Siculus, *Library of History,* vol. II, Harvard University Press, 2000

113 Diodorus Siculus, *Library of History,* vol. II, Harvard University Press, 2000

114 Platon *Timaios*, übersetzt von Franz Susemihl 1856, (n. Stephanus 25c-d)

115 Daß die von Diodor wiedergegebene Lokalisierung der "Amazonen" am Tritonsee (heutiges Chott el-Djerid) absolut Sinn ergibt, ließe sich aus der Namensähnlichkeit von "Amazonen" mit den heute dort lebenden "Amazigh" (Plural "Imazighen") folgern. So nämlich nennt sich selbst das von uns mit "Berber" bezeichnete Volk. "amazigh" hat die Bedeutung von "adelig" oder "frei". Dies spräche somit für die Glaubwürdigkeit Diodors Berichtes über Amzonen und Atlanter.

116 Diodorus Siculus, *Library of History,* vol. II, book III, Harvard University Press, 2000, S.251f

117 Übersetzung und Nacherzählung der §53,54,56,57 aus dem dritten Buch der "Bibliothek der Geschichte" von Diodorus Siculus. Dieser Nacherzählung zu Grunde lag auch hier die Ausgabe: Diodorus Siculus, *Library of History,* vol. II, Harvard University Press, 2000, die genauen Seitenzahlen werden im folgenden einzeln erwähnt

118 Diodorus Siculus, *Library of History,* vol. II, book III, Harvard University Press, 2000, S.253

119 Diodorus Siculus, *Library of History,* vol. II, book III, Harvard University Press, 2000, S.253

120 Anmerkung: der an das Himmelsfirmament versetzte Uranos ist vermutlich ein Sternbild gewesen. Ich gehe davon aus, daß es sich dabei um das auffällige Sternbild des Orion handelte. Orion war ein Sohn Poseidons! Robert Graves leitet den Namen Orion ab von "Urion" bzw. "ourein". Uran(os) könnte eine Variante von ourein sein. Robert v. R.-Graves, *Griechische Mythologie – Quellen und Deutung*, Rowohlt Verlag, Reinbek bei Hamburg, 1984

121 Diodorus Siculus, *Library of History,* vol. II, book III, Harvard University Press, 2000, S.263-265

122 Diodorus Siculus, *Library of History,* vol. II, book III, §61, Harvard University Press, 2000, S.285

123 Herodot, *Historien*, Kröner Verlag Stuttgart, 1971, §50, S. 122

124 Burchard Brentjes, *Atlantis - Geschichte einer Utopie*, Köln1994, S.41, Brentjes zitiert aus Aristoteles "Politik"

125 Platon *Kritias*, übersetzt von Franz Susemihl 1857, (n. Stephanus 108e-109a)

126 Platon *Timaios*, übersetzt von Franz Susemihl 1856, (n. Stephanus 25b)

127 Platon *Kritias*, übersetzt von Franz Susemihl 1857, (n. Stephanus 113e-114b)

128 Dieses Bild entstand unter Verwendung von GTOPO30-Daten.

GTOPO30 ist ein globales digitales Höhenmodell mit einem horizontalen Meßwertabstand von 30 Bogensekunden (entspricht etwa 1km). Diese Daten werden vertrieben durch das Land Processes Distributed Active Archive Center (LP DAAC), welches im EROS Data Center des U.S. Geological Survey http://edcdaac.usgs.gov untergebracht ist.
This image was rendered using GTOPO30 data. GTOPO30 is a global digital elevation model (DEM) with a horizontal grid spacing of 30 arc seconds (approximately 1 kilometer). These data are distributed by the Land Processes Distributed Active Archive Center (LP DAAC), located at the U.S. Geological Survey"s EROS Data Center http://edcdaac.usgs.gov

129 Platon *Kritias*, übersetzt von Franz Susemihl 1857, (n. Stephanus 114e-115a)

130 Heinz G. Horn, Christoph B. Rüger, *Die Numider: Reiter und Könige nördlich der Sahara*, Rheinisches Landesmuseum Bonn, 1979, Abbildung 119 S.192 und Tafel 144 S. 647

131 Heinz G. Horn, Christoph B. Rüger, *Die Numider: Reiter und Könige nördlich der Sahara*, Rheinisches Landesmuseum Bonn, 1979

132 Platon *Kritias*, übersetzt von Franz Susemihl 1857, (n. Stephanus 115a)

133 Platon *Kritias*, übersetzt von Franz Susemihl 1857, (n. Stephanus 115a)

134 F. Stuhlmann, *Ein kulturgeschichtlicher Ausflug in den Aures*, Hamburg 1912

135 Platon *Kritias*, übersetzt von Franz Susemihl 1857, (n. Stephanus 115a-b)

136 Robert v. R.-Graves, *Griechische Mythologie – Quellen und Deutung*, Rowohlt Verlag, Reinbek bei Hamburg, 1984, S. 52

137 Platon *Kritias*, übersetzt von Franz Susemihl 1857, (n. Stephanus 114d-e)

138 Platon *Kritias*, übersetzt von Franz Susemihl 1857, (n. Stephanus 116b)

139 J. Savornin, Etude geologique de la region du Hodna et du plateau Setifien Ancienne Maison Bastide-Jourdan, Jules Carbonel, imprimeur-editeur, Alger, 1920

140 Platon *Kritias*, übersetzt von Franz Susemihl 1857, (n. Stephanus 116c)

141 Aussage von Prof. Ernst Pernicka, Lehrstuhl für Archäometallurgie in Freiberg (Sachsen), zitiert in: Der Spiegel Ausgabe Nr.53/1998, "*Mythos Atlantis*", S.161

142 A. Boutaleb, D.E. Aissa , B. Touahri, *Les gîtes plombo-zincifères du Hodna: minéralisations comparables au type "Vallée du Mississipi" (Nord-Est Algérien)* [Distribution of lead-zinc in Hodna region (North Eastern Algeria)]. Bulletin du Service Géologique de l'Algérie, 10 (1) (1999) 55-71.

143 Théodore Monod, Der Madjen Ijafen - Ein Karawanendepot aus dem 12.Jahrhundert, in: *Sahara - 10.000Jahre zwischen Weide und Wüste*, Handbuch zur Ausstellung des Museums für Völkerkunde der Stadt Köln, S.344

144 Platon *Kritias*, übersetzt von Franz Susemihl 1857, (n. Stephanus 113c-114a)

145 Platon *Kritias*, übersetzt von Franz Susemihl 1857, (n. Stephanus 117e-118a)

146 Dieses Bild entstand unter Verwendung von GTOPO30-Daten.
GTOPO30 ist ein globales digitales Höhenmodell mit einem horizontalen Meßwertabstand von 30 Bogensekunden (entspricht etwa 1km). Diese Daten

werden vertrieben durch das Land Processes Distributed Active Archive Center (LP DAAC), welches im EROS Data Center des U.S. Geological Survey http://edcdaac.usgs.gov untergebracht ist.
This image was rendered using GTOPO30-data. GTOPO30 is a global digital elevation model (DEM) with a horizontal grid spacing of 30 arc seconds (approximately 1 kilometer). These data are distributed by the Land Processes Distributed Active Archive Center (LP DAAC), located at the U.S. Geological Survey"s EROS Data Center http://edcdaac.usgs.gov

147 Platon *Kritias*, übersetzt von Franz Susemihl 1857, (n. Stephanus 118b)

148 Dieses Bild entstand unter Verwendung von GTOPO30-Daten. GTOPO30 ist ein globales digitales Höhenmodell mit einem horizontalen Meßwertabstand von 30 Bogensekunden (entspricht etwa 1km). Diese Daten werden vertrieben durch das Land Processes Distributed Active Archive Center (LP DAAC), welches im EROS Data Center des U.S. Geological Survey http://edcdaac.usgs.gov untergebracht ist.
This image was rendered using GTOPO30-data. GTOPO30 is a global digital elevation model (DEM) with a horizontal grid spacing of 30 arc seconds (approximately 1 kilometer). These data are distributed by the Land Processes Distributed Active Archive Center (LP DAAC), located at the U.S. Geological Survey"s EROS Data Center http://edcdaac.usgs.gov

149 Platon *Kritias*, übersetzt von Franz Susemihl 1857, (n. Stephanus 118b)

150 Herodot, *Historien*, Kröner Verlag Stuttgart, 1971, IV.Buch, §184, S.320

151 H.W. Haussig, Erläuterungen in: Herodot, *Historien*, Kröner Verlag Stuttgart, 1971, S. 698.

152 Dieses Bild entstand unter Verwendung von GTOPO30-Daten. GTOPO30 ist ein globales digitales Höhenmodell mit einem horizontalen Meßwertabstand von 30 Bogensekunden (entspricht etwa 1km). Diese Daten werden vertrieben durch das Land Processes Distributed Active Archive Center (LP DAAC), welches im EROS Data Center des U.S. Geological Survey http://edcdaac.usgs.gov untergebracht ist.
This image was rendered using GTOPO30-data. GTOPO30 is a global digital elevation model (DEM) with a horizontal grid spacing of 30 arc seconds (approximately 1 kilometer). These data are distributed by the Land Processes Distributed Active Archive Center (LP DAAC), located at the U.S. Geological Survey"s EROS Data Center http://edcdaac.usgs.gov

153 Platon *Kritias*, übersetzt von Franz Susemihl 1857, (n. Stephanus 113d)

154 Geo-Magazin Special, *Sahara*, Nr.6/1992, S.161

155 Dieses Bild findet man in der "OUR EARTH AS ART"-Gallerie des NASA Landsat Science Office und USGS EROS Data Center unter http://landsat.gsfc.nasa.gov/earthasart

156 H.H. Lamb, *Klima und Kulturgeschichte*, Rowohlt Verlag, Reinbek bei Hamburg, 1989

157 Platon *Kritias*, übersetzt von Franz Susemihl 1857, (n. Stephanus 113e)

158 Platon *Kritias*, übersetzt von Franz Susemihl 1857, (n. Stephanus 115e-116a)

159 Platon *Kritias*, übersetzt von Franz Susemihl 1857, (n. Stephanus 115c)

160 Platon *Kritias*, übersetzt von Franz Susemihl 1857, (n. Stephanus 115d)

161 Platon *Kritias*, übersetzt von Franz Susemihl 1857, (n. Stephanus 113e)

162 Hans Strelocke, *Algerien - Kunst, Kultur und Landschaft*, DuMont Verlag, Köln 1989

163 NOAA, Abkürzung für National Oceanic and Atmospheric Administration AVHRR, Abkürzung für Advanced Very High Resolution Radiometer, Der AVHRR-Sensor überträgt 10 verschiedene Bänder und ist sowohl für Wellenlängen des sichtbaren, des nahinfraroten Spektralbereichs als auch für Wärmestrahlung (Ferninfrarotstrahlung) empfindlich.

164 Das AVHRR-Satellitenbild (Europa/Nordafrika) wurde als Diatransparent vom Deutschen Fernerkundungsdatenzentrum der DLR e.V. in Weßling bezogen. Informationen zu Satellitenbild-Produkten sind per Email erhältlich über helpdesk-dfd@dlr.de

165 M. Kebiche, *Le bassin versant du Hodna* , Travaux de l´institut de geographie de Reims; Vol. 22; N° 85-86-1994

166 This image was rendered using GTOPO30-data. GTOPO30 is a global digital elevation model (DEM) with a horizontal grid spacing of 30 arc seconds (approximately 1 kilometer). These data are distributed by the Land Processes Distributed Active Archive Center (LP DAAC), located at the U.S. Geological Survey"s EROS Data Center http://edcdaac.usgs.gov

167 Landsat5TM, Dieser Erderkundungssatellit der NASA erfäßt gleichzeitig 7Spektralkanäle:

Kanal 1: 0,45 - 0,52µm (blau). Dies sind Wellenlängen, die besonders stark von klarem Wasser reflektiert werden. Dieser Spektralkanal dient u.a. der Unterscheidung von Böden und Vegetation.

Kanal 2: 0,52 - 0,60µm (grün). In diesem Spektralbereich befindet sich das Maximum der Grünreflexion der Vegetation. Daher dient dieser Kanal bevorzugt der Unterscheidung verschiedener Vegetationstypen.

Kanal 3: 0,63 - 0,69µm (rot). Da dasChlorophyll der Grünpflanzen in diesem Spektralbereich besonders stark absorbiert, dient auch dieser Kanal bevorzugt der Unterscheidung von Vegetation.

Kanal 4: 0,76 - 0,90µm (nahes infrarot) Dieser Spektral-Kanal eignet sich besonders zur Differenzierung von Vegetation, Land und Wasser.

Kanal 5: 1,55 - 1,75µm (mittleres infrarot) Dieser Spektralbereich kann wichtige Hinweise zum Feuchtegehalt von Böden liefern.

Kanal 6: 10,4 - 12,5µm (thermisches infrarot) Dieser Kanal mißt die von Oberflächen emittierte Strahlung und liefert damit ein Maß für die Temperatur der Oberfläche.

Kanal 7: 2,08 - 2,35µm (mittleres infrarot) Dieser Spektralbereich kann besonders der Unterscheidung verschiedener Gesteine dienen.

Auf einer Umlaufbahn in einer Höhe von 705 km überfliegt der Satellit alle 16 Tage die gleiche Oberfläche, so dass ca. 20 Landsat Aufnahmen eines Ortes pro Jahr entstehen. (Quelle dieser Erläuterung: Dissertation Stefan Belz

Nutzung von Landsat Thematic Mapper Daten zur Ermittlung hydrologischer Parameter, Karlsruhe 2000, S. 17)

168 Wiedergegeben ist ein aus drei der insgesamt 7 Farbkanäle zusammengesetztes Bild. Um in die Nähe einer Echtfarbendarstellung zu gelangen, wurden Rot (Kanal3), Grün (Kanal2) und Blau (Kanal1) des sichtbaren Spektralbereichs verwendet. Allerdings ist dies nur in der farbigen Version des Buches zu sehen.

169 These data are distributed by the Land Processes Distributed Active Archive Center (LP DAAC), located at the U.S. Geological Survey"s EROS Data Center http://edcdaac.usgs.gov

170 Platon *Kritias*, übersetzt von Franz Susemihl 1857, (n. Stephanus 118c)

171 Platon *Kritias*, übersetzt von Franz Susemihl 1857, (n. Stephanus 118c-d)

172 Diese Aufnahme des Corona-Satelliten wurde über das U.S.Geological Survey bezogen.

173 Platon *Kritias*, übersetzt von Franz Susemihl 1857, (n. Stephanus 118c)

174 These data are distributed by the Land Processes Distributed Active Archive Center (LP DAAC), located at the U.S. Geological Survey"s EROS Data Center http://edcdaac.usgs.gov

175 These data are distributed by the Land Processes Distributed Active Archive Center (LP DAAC), located at the U.S. Geological Survey"s EROS Data Center http://edcdaac.usgs.gov

176 Platon *Kritias*, übersetzt von Franz Susemihl 1857, (n. Stephanus 116a-b)

177 These data are distributed by the Land Processes Distributed Active Archive Center (LP DAAC), located at the U.S. Geological Survey"s EROS Data Center http://edcdaac.usgs.gov

178 Auch bei Diodor v.Sizilien (III,69f) gibt es einen Bericht, in dem solche farbigen Gesteinsschichten auf besondere Weise Erwähnung finden: Diodor gibt eine Erzählung der Libyer wieder, in der von einer Stadt namens "Nysa" die Rede ist. Nysa habe auf einer vom Tritonfluß umflossenen Insel gelegen. Die Insel sei reich an Früchte bringenden Bäumen, wildem Wein, Wiesen, Quellen und Bächen gewesen. Auf der Insel habe es eine kreisrunde Aushöhlung von besonderer Größe und Schönheit gegeben. Vor dieser Aushöhlung habe ein hoher Felsen gestanden, der aus verschieden farbigen Gesteinen bestand. Die farbigen Steine, so wird in der Erzählung berichtet, hätten in Bändern übereinander gelegen und hell geleuchtet. Ammon, der König dieser im äußersten Westen Libyens gelegenen Landschaft gewesen sei, habe seinen Sohn Dionysus zur Sicherheit nach Nysa gebracht, wo er u.a. von Athena behütet aufgewachsen sei....

Der Name Nysa ist noch heute im Namen Tunesien (Tunis) zu finden und stammt offenbar aus dem Berberischen (s.P.Borchardt). Dionysus wurde in Ägypten Orion bzw. Osiris genannt, während später die Römer die gleiche Gestalt als "Bacchus" bezeichneten. Dieser Erzählung folgend wäre Osiris ein libyscher Gott gewesen, der von einer Insel im Tritonfluß stammte, auf der es besonders auffällige farbige Gesteinsschichten gab. Ist der von den Römern benutzte Name "Bacchus" da noch ein Wunder, wo doch schon die Ägypter in den Pyramiden- und Totentexten den Herrn von Bakhu erwähnten und den Berg Bakhu als "die Säule des Himmels" bezeichneten?

179 Platon *Timaios*, übersetzt von Franz Susemihl 1856, (n. Stephanus 25c-d)

180 Platon *Timaios*, übersetzt von Franz Susemihl 1856, (n. Stephanus 24e)

181 M. Sary, *Géographie Physique d'une Haute Plaine Algérienne: Le Hodna*. Université Louis Pasteur de Strasbourg. Unité d'enseignement et de recherche de Géographie. Centre de Géographie appliquée. Thèse de 3ième cycle. 1976

182 These data are distributed by the Land Processes Distributed Active Archive Center (LP DAAC), located at the U.S. Geological Survey"s EROS Data Center http://edcdaac.usgs.gov

183 These data are distributed by the Land Processes Distributed Active Archive Center (LP DAAC), located at the U.S. Geological Survey"s EROS Data Center http://edcdaac.usgs.gov

184 These data are distributed by the Land Processes Distributed Active Archive Center (LP DAAC), located at the U.S. Geological Survey"s EROS Data Center http://edcdaac.usgs.gov

185 These data are distributed by the Land Processes Distributed Active Archive Center (LP DAAC), located at the U.S. Geological Survey"s EROS Data Center http://edcdaac.usgs.gov

186 These data are distributed by the Land Processes Distributed Active Archive Center (LP DAAC), located at the U.S. Geological Survey"s EROS Data Center http://edcdaac.usgs.gov

187 These data are distributed by the Land Processes Distributed Active Archive Center (LP DAAC), located at the U.S. Geological Survey"s EROS Data Center http://edcdaac.usgs.gov

188 M. Sary, *Géographie Physique d'une Haute Plaine Algérienne: Le Hodna*. Université Louis Pasteur de Strasbourg. Unité d'enseignement et de recherche de Géographie. Centre de Géographie appliquée. Thèse de 3ième cycle. 1976

189 J. Savornin, *Etude geologique de la region du Hodna et du plateau Setifien* Ancienne Maison Bastide-Jourdan, Jules Carbonel, imprimeur-editeur, Alger, 1920,

190 Die prädestinierten wissenschaftlichen Disziplinen haben es bis heute nicht vermocht, die Aufklärung dieses Rätsel zu liefern - was man ihnen bisher nicht zum Vorwurf gemacht hat - hingegen werden sie sich den Vorwurf gefallen lassen müssen, daß sie, von ganz wenigen Ausnahmen abgesehen, jede ernsthafte Auseinandersetzung mit dem Thema gemieden, und das Feld somit den Spekulanten überlassen haben. Die größten Versäumnisse werden dabei wohl im Zuständigkeitsbereich der Ägyptologen zu Tage treten, denn sie verfügen schon seit Jahrzehnten über diejenigen Quellen, die den Weg zur Lösung des Rätsels vermutlich hätten liefern können. Bequemer war es stattdessen zu argumentieren, der Philosoph

Platon habe uns mit einer frei erfundenen Erzählung ganz einfach zum besten halten wollen. Atlantis war nach Meinung der Geschichtswissenschaften nur eben eine Fiktion!

191 Hätte sich während der Zeit der klassischen Antike nicht eine entsprechende Verwechselung ereignet, dann würden wir heute korrekterweise die Salzseen im Süden des Maghrebs und nicht etwa das Meer westlich von Gibraltar als "Atlantik" bezeichnen!

192 *Tunesien*, Verlag Karl Baedeker, Ostfildern 1997

193 Obwohl manche Frühgeschichtsforscher die Entstehung der altlibyschen Schrift gerne an die Ankunft der Phönizier an Nordafrikas Küsten geknüpft sehen wollen (stets nach dem Motto, Fortschritt kann immer nur vom Osten getriggert worden sein :-), scheinen die Felsbildfunde der Sahara, in denen man ebenfalls auf jene Schriftzeichen stieß, diesem zu widersprechen. Der Sahara-Prähistoriker und Direktor des Tassili des Ajjer-Nationalparks Malika Hachid ist daher davon überzeugt, daß sich die altlibysche Schrift schon vor Ankunft der Phönizier in Nordafrika selbständig entwickelt hatte und daher älter als 3000Jahre sein müsse. S. dazu:
Malika Hachid, *Les Premiers Berbères*, Aix-en-Provence 2000

194 Platon *Kritias*, übersetzt von Franz Susemihl 1857, (n. Stephanus 108e)

195 Glyn Daniel, *Enzyklopädie der Archäologie*, Bergisch Gladbach, 1980

196 Dieter Jäckel, Eine Klimakurve für die Zentralsahara, in: *Sahara - 10.000Jahre zwischen Weide und Wüste*, Ausstellungshandbuch des Museums der Stadt Köln

197 H.H. Lamb, *Klima und Kulturgeschichte*, Rowohlt Verlag, Reinbek bei Hamburg, 1989

198 Rudolf Nehren, *Zur Prähistorie der Maghrebländer: (Marokko, Algerien, Tunesien)*, Teil 1, Mainz, 1992

199 Rudolf Nehren, *Zur Prähistorie der Maghrebländer: (Marokko, Algerien, Tunesien)*, Teil 1, Mainz, 1992

200 H.H. Lamb, *Klima und Kulturgeschichte*, Rowohlt Verlag, Reinbek bei Hamburg, 1989

201 Große Teile der damaligen Niederschläge und Schmelzwassermassen versickerten im Boden und lagern noch heute als riesige Wasserreservoirs in einer porösen Gesteinsschicht unterhalb des Saharasandes. Mit Hilfe der Radiokarbon-Methode ließ sich zeigen, daß das Wasser aus den Feuchtphasen der letzten Eiszeit stammte.
Siehe dazu: Geo Special *Sahara,* Band 6/92

202 Rudolf Nehren, *Zur Prähistorie der Maghrebländer: (Marokko, Algerien, Tunesien)*, Teil 1+2, Mainz, 1992

203 Rudolf Nehren, *Zur Prähistorie der Maghrebländer: (Marokko, Algerien, Tunesien)*, Teil 1+2, Mainz, 1992

204 Rudolf Nehren, *Zur Prähistorie der Maghrebländer: (Marokko, Algerien, Tunesien)*, Teil 1+2, Mainz, 1992

205 Interessanterweise fand man solche Abfallhaufen auch in Dänemark und im

norddeutschen Schleswig-Holstein. Dort beträgt die Dicke dieser als Kökenmöddinger bezeichneten Abfallhaufen bis zu 2m bei einer Länge von mehreren hundert Metern und einer Breite von bis zu 30m. In diesen Haufen fanden sich vorwiegend Muschel- und Schneckenschalen, aber auch Knochen, Steinwerkzeuge und Keramikscherben. Siehe hierzu auch: C. Schuchhardt, *Alteuropa*, von Walter de Gruyter, Berlin und Leipzig, 1926

206 Leo Frobenius, Hugo Obermaier, *Hadschra Maktuba. Urzeitliche Felsbilder Kleinafrikas*, München, 1925

207 Rudolf Nehren, *Zur Prähistorie der Maghrebländer: (Marokko, Algerien, Tunesien)*, Teil 1+2, Mainz, 1992

208 Walter Resch, *Das Rind in den Felsbilddarstellungen Nordafrikas*, Wiesbaden 1967

209 G. Camps, Les civilisations préhistoriques de l'Afrique du Nord et du Sahara, Paris, 1974

210 H.H. Lamb, *Klima und Kulturgeschichte*, Rowohlt Verlag, Reinbek bei Hamburg, 1989

211 C. Schuchhardt, *Alteuropa*, von Walter de Gruyter, Berlin und Leipzig, 1926

212 Rudolf Nehren, *Zur Prähistorie der Maghrebländer: (Marokko, Algerien, Tunesien)*, Teil 1, Mainz, 1992

213 Rudolf Nehren, *Zur Prähistorie der Maghrebländer: (Marokko, Algerien, Tunesien)*, Teil 1, Mainz, 1992

214 Rene Guiraud, *Evolution post-triasique de l'avant-pays de la chaîne alpine en Algerie, d'apres l'etude du Bassin du Hodna et des voisines, Office national de la geologie*, Alger, Algerie, 1990

215 Eine solche Gips-Kruste scheint auch große Bereiche Tunesiens zu bedecken. Einige unter dieser Gips-Kruste bei Gabes im Süden Tunesiens gefundene Capsien-Artefakte veranlassten sogar dazu, von einer weiteren, neben *Capsien* und *Iberomaurusien* separat einzuordnenden Kultur mit der Bezeichnung "*Horizon Collignon*" zu sprechen (s. Rudolf Nehren). Möglich wäre daher, daß es ebenso eine Fülle von Fundorten unter der Gipskruste im Hodna-Areal zu finden gibt.

216 Henri Lhote, Die Felsbilder der Sahara, in: *Sahara - 10.000Jahre zwischen Weide und Wüste*, Handbuch zur Ausstellung des Museums für Völkerkunde der Stadt Köln

217 Rudolph Kuper, Sieben Fragen zur Felsbildkunst, in: *Sahara - 10.000Jahre zwischen Weide und Wüste*, Handbuch zur Ausstellung des Museums für Völkerkunde der Stadt Köln

218 Rudolf Nehren, *Zur Prähistorie der Maghrebländer: (Marokko, Algerien, Tunesien)*, Teil 1, Mainz, 1992

219 Fabrizio Mori, Zur Chronologie der Sahara-Felsbilder, in: *Sahara - 10.000Jahre zwischen Weide und Wüste*, Handbuch zur Ausstellung des Museums für Völkerkunde der Stadt Köln

220 Henri Lhote, *Les gravures rupestres de l'atlas saharien*, Office Du Parc National du Tassili, Alger, 1984, Abb.42

221 Rudolph Kuper, Sieben Fragen zur Felsbildkunst, in: *Sahara - 10.000Jahre zwischen Weide und Wüste*, Handbuch zur Ausstellung des Museums für Völkerkunde der Stadt Köln

222 Leo Frobenius, Hugo Obermaier, *Hadschra Maktuba. Urzeitliche Felsbilder Kleinafrikas*, München, 1925

223 E.Brunner-Traut, *Aspektivische Kunst*, Antaios, Band IV, Nr.4, Stuttgart 1964

224 Walther Resch, *Die Felsbilder Nubiens*, Graz 1967

225 Malika Hachid, *Les Premiers Berbères*, Aix-en-Provence 2000

226 Anzumerken wäre an dieser Stelle, daß die geübte Verwendung des Begriffs "*fruchtbarer Halbmond*" zur Erklärung des raschen kulturellen Aufstiegs des Ostens im Sinne einer Alleinstellung in sich sehr zweifelhaft, widersprüchlich und daher irreführend ist. Ein Fruchtbarkeit begünstigendes Klima ist heute wie damals im wesentlichen eine Frage des Breitengrades und schon deshalb kaum durch die Form eines Halbmondes sinnvoll zu beschreiben. Möchte man hingegen die besondere Fruchtbarkeit von Niltal und Mesopotamien allein durch die dortigen Flüsse erklären, dann setzt man doch anscheinend gleichzeitig eine eher unfruchtbare Landschaft in der Umgebung dieser Flüsse voraus, was den Ausdruck gleichermaßen verfehlt wirken läßt. Wenn man allerdings tatsächlich die landschaftliche Fruchtbarkeit so wesentlich in den Mittelpunkt der neolithischen Revolution setzt, dann müßte man doch mit ebenso großer Konsequenz und Aufmerksamkeit diejenigen Territorien untersuchen, die erwiesenermaßen über deutlich größere Zeiträume hinweg eine sogar weitaus größere Fruchtbarkeit als im sogenannten "*fruchtbaren Halbmond*" hervorbrachten, wie etwa der Maghreb und der südlich daran angrenzende Sahararaum. Dies nur eine kleine Kritik an dem bislang vorherrschenden trägen "Einbahnstraßen"-Denken der Frühgeschichtsforschung, die aus den Zwängen der entwickelten Schemata heraus jeden erkennbaren vorgeschichtlichen Fortschritt stets an Ursprünge im nahen und mittleren Osten knüpfen muß, und sei es noch so abwegig. Ein vom Osten völlig unabhängiges Neolithikum in Nordwestafrika erscheint mir jedenfalls sehr viel wahrscheinlicher.

227 Walter Resch, *Das Rind in den Felsbilddarstellungen Nordafrikas*, Wiesbaden 1967

228 Leo Frobenius, Hugo Obermaier, *Hadschra Maktuba. Urzeitliche Felsbilder Kleinafrikas*, München, 1925

229 Leo Frobenius, Hugo Obermaier, *Hadschra Maktuba. Urzeitliche Felsbilder Kleinafrikas*, München, 1925

230 Malika Hachid, *Les Premiers Berbères*, Aix-en-Provence 2000

231 Dieter Kessler, Die politische Geschichte der 18. bis 20. Dynastie, in *Ägypten – Die Welt der Pharaonen*, herausg. v. R. Schulz und M. Seidel, Könemann Verlag, Köln 1997

232 St. Gsell, *Histoire ancienne de l'Afrique du Nord*, Tome I (3e édition), Paris, 1921

233 *Manetho*, translated by W.G. Waddell, Harvard University Press, Cambridge,

Massachusetts1997
234 Leo Frobenius, Hugo Obermaier, *Hadschra Maktuba. Urzeitliche Felsbilder Kleinafrikas*, München, 1925, S. 49 in Obermaiers Beitrag
235 Walter Resch, *Das Rind in den Felsbilddarstellungen Nordafrikas*, Wiesbaden 1967
236 Verantwortlich für diese Erneuerung des Kults in Ägypten dürfte dabei der Kontakt zu den westlich des Niltals in den Oasen ansässigen libyschen Völkern gewesen sein, die den widderköpfigen Ammon verehrten: Dem griechischen Geschichtsschreiber Herodot zufolge besaßen die libyschen *Ammonier* (!), welche westlich der ägyptischen Stadt Theben in der Oase Siwa ansässig waren, ein Heiligtum des widderköpfigen Ammon.
s. Herodot, *Historien*, Kröner Verlag Stuttgart, 1971, S. 319.
237 Henri Lhote, *Les gravures rupestres de l'atlas saharien*, Office Du Parc National du Tassili, Alger, 1984
238 Walter Resch, *Das Rind in den Felsbilddarstellungen Nordafrikas*, Wiesbaden 1967
239 Walther Resch, *Die Felsbilder Nubiens*, Graz 1967
240 Leo Frobenius, Hugo Obermaier, *Hadschra Maktuba. Urzeitliche Felsbilder Kleinafrikas*, München, 1925
241 Walter Resch, *Das Rind in den Felsbilddarstellungen Nordafrikas*, Wiesbaden 1967, Tafel 12b
242 Walter Resch, *Das Rind in den Felsbilddarstellungen Nordafrikas*, Wiesbaden 1967, Tafel 4
243 H.J. Hugot, M. Bruggmann, *Zehntausend Jahre Sahara* , Wissenschaftliche Buchgesellschaft Darmstadt, 1984
244 Henri Lhote, *Die Felsbilder der Sahara - Entdeckung einer 8000jährigen Kultur*, Würzburg 1958
245 Rudolf Nehren, *Zur Prähistorie der Maghrebländer: (Marokko, Algerien, Tunesien)*, Teil 1, Mainz, 1992
246 Henri Lhote, Die Felsbilder der Sahara, in: *Sahara - 10.000Jahre zwischen Weide und Wüste*, Ausstellungshandbuch des Museums der Stadt Köln
247 Rudolph Kuper, Sieben Fragen zur Felsbildkunst, in: *Sahara - 10.000Jahre zwischen Weide und Wüste*, Ausstellungshandbuch des Museums der Stadt Köln
248 Henri Lhote, *Les gravures rupestres de l'atlas saharien*, Office Du Parc National du Tassili, Alger, 1984, fig.31,32, S.103
249 G. Camps, *Les civilisations préhistoriques de l'Afrique du Nord et du Sahara*, Paris, 1974, Fig. 99, S.336
250 H.J. Hugot, M. Bruggmann, *Zehntausend Jahre Sahara* , Wissenschaftliche Buchgesellschaft Darmstadt, 1984, Abb. 62, S.53
251 H.J. Hugot, M. Bruggmann, *Zehntausend Jahre Sahara* , Wissenschaftliche Buchgesellschaft Darmstadt, 1984, Abb. 79, S.58
252 Henri Lhote, *Die Felsbilder der Sahara - Entdeckung einer 8000jährigen Kultur*, Würzburg 1958, Abb.33

253 Leo Frobenius, Hugo Obermaier, *Hadschra Maktuba. Urzeitliche Felsbilder Kleinafrikas*, München, 1925, Abb S.78
254 Henri Lhote, *Die Felsbilder der Sahara - Entdeckung einer 8000jährigen Kultur*, Würzburg 1958, Farbtafel zugehörig zu Abb.21
255 Henri Lhote, *Die Felsbilder der Sahara - Entdeckung einer 8000jährigen Kultur*, Würzburg 1958, Abb.22
256 David Randall-MacIver, Anthony Wilkin, *Libyan Notes*, London 1987
257 Nicholas Reeves, Richard Wilkinson, *The complete valley of the kings*, London 1996
258 A. Sèbe, *tikatoutine - 6000 Jahre Felsbildkunst in der Sahara*, Freiburg i. Br. 1991,
259 Nicholas Reeves, Richard Wilkinson, *The complete valley of the kings*, London 1996, S.177
260 Henri Lhote, *Die Felsbilder der Sahara - Entdeckung einer 8000jährigen Kultur*, Würzburg 1958
261 Henri Lhote, *Die Felsbilder der Sahara - Entdeckung einer 8000jährigen Kultur*, Würzburg 1958, Abb.26
262 Hans A. Winkler, *Völker und Völkerbewegungen im vorgeschichtlichen Oberägypten im Lichte neuer Felsbildfunde*, Stuttgart 1937
263 Henri Lhote, *Die Felsbilder der Sahara - Entdeckung einer 8000jährigen Kultur*, Würzburg 1958
264 Häufig wird für diese galoppierenden Pferde der Begriff "*fliegender Galopp*" benutzt, ursprünglich um einen Zusammenhang der PERIODE DER KRIEGSWAGEN mit Kreta herzustellen, weil dort Pferde in ähnlicher Weise dargestellt wurden. Kampfwagen und Pferd seien von kretischen Einwanderern um 1200v.Chr. nach Nordafrika gebracht worden, so wurde behauptet. Vergessen wurde dabei anscheinend, daß man bei dem Export von Pferd und Wagen auch gleich noch eine ganze Horde kretischer Künstler hätte mitverschiffen müssen, die sich daraufhin auch noch in viele verschiedene Bereiche der Sahara begeben mußten, um überall Pferde im "fliegenden Galopp" an die Wände zu pinseln! Nein, es waren sicherlich die gleichen Menschen der Sahara, die möglichst wirklichkeitsnah das festzuhalten versuchten, was sie beeindruckte, weil es neu, unbekannt und vermutlich furchteinflößend war. Die Annahme, daß die Felsbildkünstler der Sahara den Darstellungsstil von ein paar Einwanderern aus Kreta hätten übernehmen sollen ist absurd!
265 H.J. Hugot, M. Bruggmann, *Zehntausend Jahre Sahara* , Wissenschaftliche Buchgesellschaft Darmstadt, 1984, Abb. 150, S.97
266 Henri Lhote, *Die Felsbilder der Sahara - Entdeckung einer 8000jährigen Kultur*, Würzburg 1958
267 F. Braunstein-Silvestre, Coup d'oeil sur le cheval et le char dans l'egypte du novel empire, in: Camps, Gast, *Les chars préhistoriques du sahara*, Aix-en-Provence 1982
268 Alessandra Nibbi, *Notes on the so-called Eastern Libyans, ancient Egypt and*

the horse and chariot, Sahara Band 10, Pyramids snc Mailand, 1998

269 J.P. Jacob, F. Outurquin, Chars peints de la region de Zaouaten-laz - Tassili n'Ajjer - Algerie, in: Camps, Gast, *Les chars préhistoriques du sahara*, Aix-en-Provence 1982

270 Malika Hachid, *Les Premiers Berbères*, Aix-en-Provence 2000, siehe Abb. 190, S. 139, Giraffe ist zeitlich nachfolgend über galoppierendes Reitpferd gemalt!

271 Platon *Kritias*, übersetzt von Franz Susemihl 1857, (n. Stephanus 118e-119b)

272 Henri Lhote, *Die Felsbilder der Sahara - Entdeckung einer 8000jährigen Kultur*, Würzburg 1958, Abb.87

273 Henri Lhote, *Die Felsbilder der Sahara - Entdeckung einer 8000jährigen Kultur*, Würzburg 1958

274 G. Camps, "Le cheval et le char dans la prehistoire nord-africaine et saharienne", in: *Les chars préhistoriques du sahara*, Acte du Colloque de Sénanque, 21-22mars 1981, Aix-en-Provence 1982,

275 G. Camps, "Le cheval et le char dans la prehistoire nord-africaine et saharienne", in: *Les chars préhistoriques du sahara*, Acte du Colloque de Sénanque, 21-22mars 1981, Aix-en-Provence 1982, Fig. 10, S.20

276 Dieter Jäkel, Eine Klimakurve für die Zentralsahara, in: *Sahara - 10.000Jahre zwischen Weide und Wüste*, Ausstellungshandbuch des Museums der Stadt Köln, S. 395, Abb.18

277 Dieter Jäkel, Eine Klimakurve für die Zentralsahara, in: *Sahara - 10.000Jahre zwischen Weide und Wüste*, Ausstellungshandbuch des Museums der Stadt Köln

278 Dieter Jäkel, Eine Klimakurve für die Zentralsahara, in: *Sahara - 10.000Jahre zwischen Weide und Wüste*, Ausstellungshandbuch des Museums der Stadt Köln

279 Platon *Timaios*, übersetzt von Franz Susemihl 1856, (n. Stephanus 23d-e)

280 Herodot, *Historien*, Kröner Verlag Stuttgart, 1971, S.161, §142

281 Platon *Timaios*, übersetzt von Franz Susemihl 1856, (n. Stephanus 25a-b)

282 W. Helck, E. Otto, *Kleines Lexikon der Ägyptologie*, Wiesbaden 1999

283 *Manetho*, translated by W.G. Waddell, Harvard University Press, Cambridge, Massachusetts1997

284 Hans Alexander Winkler, *Völker und Völkerbewegungen im vorgeschichtlichen Oberägypten im Lichte neuer Felsbildfunde*, Stuttgart 1937

285 Pavel Cervicek, *Felsbilder des Nord-Etbai, Oberägyptens und Unternubiens*, Wiesbaden 1974

286 A.J. Spencer, *Early Egypt - The Rise of Civilisation in the Nile Valley*, London 1993

287 A.J. Spencer, *Early Egypt - The Rise of Civilisation in the Nile Valley*, London 1993

288 Jürgen Seeher, *Maadi - eine prädynastische Kulturgruppe zwischen*

Oberägypten und Palästina, Praehistorische Zeitschrift, Band 65, S.123f, 1990

289 Yves Coppens, M.-C. Chamla, Die frühen Menschenfunde in der Sahara, in: *Sahara - 10.000Jahre zwischen Weide und Wüste*, Ausstellungshandbuch des Museums der Stadt Köln

290 Rudolf Nehren, *Zur Prähistorie der Maghrebländer: (Marokko, Algerien, Tunesien)*, Teil 1+2, Mainz, 1992

291 G. Camps, *Les civilisations préhistoriques de l'Afrique du Nord et du Sahara*, Paris, 1974

292 Guy Brunton, Gertrude Caton-Thompson, *The Badarian Civilisation and Predynastic Remains near Badari*, BSAE 46, London 1928

293 A.J. Spencer, *Early Egypt - The Rise of Civilisation in the Nile Valley*, London 1993

294 W.M. Flinders Petrie, J.E. Quibell, *Naqada and Ballas*, BSAE I. , London 1896, S.18 §38

295 W.M. Flinders Petrie, J.E. Quibell, *Naqada and Ballas*, BSAE I. , London 1896, S.38 §59

296 Donald A. Mackenzie, *Egyptian Myth and Legend*, London 1907

297 Barbara Adams, *Predynastic Egypt*, Cromwell House, Bucks., 1988

298 A.J. Spencer, *Early Egypt - The Rise of Civilisation in the Nile Valley*, London 1993

299 Stephan Seidlmayer, Ägyptens Weg zur Hochkultur, in: *Ägypten – Die Welt der Pharaonen*, herausg. v. R. Schulz und M. Seidel, Könemann Verlag, Köln 1997

300 Dorothee Gruner, *Die Berber-Keramik am Beispiel der Orte Afir, Merkalla, Taher, Tiberguent und Roknia*, Wiesbaden 1973

301 Zur Begutachtung der NAQÂDA-I-Keramik sei der Online-Katalog des Petrie Museums empfohlen.

302 Im folgenden werden als Beispiele Keramik-Gegenstände (Quellenangaben) genannt, die diese Muster zeigen und damit den Vergleich zwischen Naqâda-I Keramik und Berber-Keramik ermöglichen. Als Quelle für Naqâda-I-Keramik dient der Online-Katalog des Petrie-Museums, während die folgenden Bücher als Quelle für die Berber-Keramik dienen:

Q1) Dorothee Gruner, *Die Berber-Keramik am Beispiel der Orte Afir, Merkalla, Taher, Tiberguent und Roknia*, Wiesbaden 1973

Q2) Dorothee Gruner, *Berber-Keramik*, Handbuch zur Ausstellung in der Jahrhunderthalle Höchst, 1986

Q3) *Les grands symboles mediterranéens dans la poterie algérienne*, Société Nationale d'Edition et de Diffusion 3, bd Zirout Youcef, Alger 1976

Beispiele zu Muster a: Naqâda-I: (Petrie-Museum: Nr.15300), Berber: Q2, Abb.42

Beispiele zu Muster b: Naqâda-I: (Petrie-Museum: Nr.15323), Berber: Q3, S.39; Q1, Tafel XXXVII, Fig. 2c,d

Beispiele zu Muster c: Naqâda-I: (Petrie-Museum: Nr.15285), Berber: Q2, Abb.36
Beispiele zu Muster d: Naqâda-I: (Petrie-Museum: Nr.15295), Berber: Q1, Tafel XLV, Fig. 3c

303 D. Randall-MacIwer, A. Wilkin, *Libyan Notes*, Darf Publishers, London 1987

304 Henri Lhote, *Die Felsbilder der Sahara - Entdeckung einer 8000jährigen Kultur*, Würzburg 1958

305 Henri Lhote, *Les gravures rupestres de l'atlas saharien*, Office Du Parc National du Tassili, Alger, 1984

306 Malika Hachid, *Les Premiers Berbères*, Aix-en-Provence 2000

307 Alexander Scharff, *Die Altertümer der Vor- und Frühzeit Ägyptens*, Berlin 1931

308 Barbara Adams, *Predynastic Egypt*, Cromwell House, Bucks., 1988, S. 69

309 linke Zeichnung nach einer Photographie des Petrie Museums (Online-Katalog), rechte Zeichnung nach einer Photographie in: *Ägypten – Die Welt der Pharaonen*, herausg. v. R. Schulz und M. Seidel, Könemann Verlag, Köln 1997, S.15, Abb.12

310 A.J. Spencer, *Early Egypt - The Rise of Civilisation in the Nile Valley*, London 1993

311 Hans A. Winkler, *Völker und Völkerbewegungen im vorgeschichtlichen Oberägypten im Lichte neuer Felsbildfunde*, Stuttgart 1937

312 Hans A. Winkler, *Völker und Völkerbewegungen im vorgeschichtlichen Oberägypten im Lichte neuer Felsbildfunde*, Stuttgart 1937, Abb. 35

313 Walther Resch, *Die Felsbilder Nubiens*, Graz 1967, Tafel 12a

314 Walther Resch, *Die Felsbilder Nubiens*, Graz 1967, Tafel 12c

315 Walther Resch, *Die Felsbilder Nubiens*, Graz 1967, Tafel 18a

316 W.M. Flinders Petrie, J.E. Quibell, *Naqada and Ballas*, BSAE I., London 1896

317 A.J. Spencer, *Early Egypt - The Rise of Civilisation in the Nile Valley*, London 1993

318 W.M. Flinders Petrie, *Prehistoric Egypt*, London 1920

319 E.J. Baumgartel, *The cultures of prehistoric egypt*, London 1955

320 Joann Fletcher, *Hair: Unraveling the Secrets of the Locks*, Nekhen News Vol. 9, Milwaukee Public Museum 1997

321 Joel D. Irish, *Preliminary Report on Analyses of the Hierakonpolis Human Remains*, Nekhen News Vol. 12, Milwaukee Public Museum 2000

322 Auch hier wird die Bezeichnung "libysch" nur in der Bedeutung von berberisch, nordwestafrikanisch oder im weitesten Sinne die Gebiete westlich Ägyptens bezeichnend verwendet.
Der Ursprung des Wortes "Libyen" stammt ab von dem griechischen Namen "lebues" als Bezeichnung für ein westlich Ägyptens wohnendes nordafrikanisches hamitisches Volk und dürfte daher genau genommen erst für die sehr viel spätere geschichtliche Zeit Ägyptens verwendet werden.

323 A.J. Spencer, *Early Egypt - The Rise of Civilisation in the Nile Valley*, London

1993
324 W.M. Flinders Petrie, *Prehistoric Egypt*, London 1920
325 Wilhelm Hölscher, *Libyer und Ägypter*, Glückstadt 1934
326 Leo Frobenius, Hugo Obermaier, *Hadschra Maktuba. Urzeitliche Felsbilder Kleinafrikas*, München, 1925, Tafel 78
327 Henri Lhote, *Les gravures rupestres de l'atlas saharien*, Office Du Parc National du Tassili, Alger, 1984, Abb.13,14
328 Leo Frobenius, Hugo Obermaier, *Hadschra Maktuba. Urzeitliche Felsbilder Kleinafrikas*, München, 1925, Tafel 17
329 Franz Trost, *Pinturas - Felsbilder des Ahaggar (Algerische Sahara)*, Graz 1997
330 Franz Trost, *Pinturas - Felsbilder des Ahaggar (Algerische Sahara)*, Graz 1997, Fig.73
331 Henri Lhote, *Die Felsbilder der Sahara - Entdeckung einer 8000jährigen Kultur*, Würzburg 1958, Abb.38
332 Malika Hachid, *Les Premiers Berbères*, Aix-en-Provence 2000
333 W.M. Flinders Petrie, *Prehistoric Egypt*, London 1920
334 W.M. Flinders Petrie, *Prehistoric Egypt*, London 1920, XXIII, 5
335 Stephan Seidlmayer, Die Entstehung des Staates bis zur 2. Dynastie, in: *Ägypten – Die Welt der Pharaonen*, herausg. v. R. Schulz und M. Seidel, Könemann Verlag, Köln 1997
336 Stephan Seidlmayer, Die Entstehung des Staates bis zur 2. Dynastie, in: *Ägypten – Die Welt der Pharaonen*, herausg. v. R. Schulz und M. Seidel, Könemann Verlag, Köln 1997, S. 31, Abb. 43
337 Kurt Sethe, *Urgeschichte und älteste Religion der Ägy*pter, Leipzig 1930
338 H. Brugsch, *Die Geographie des Alten Ägyptens*, Leipzig 1857
339 P. Kaplony, *Die Inschriften der ägyptischen Frühzeit*, Wiesbaden, 1963, S.534
340 P. Kaplony, *Die Inschriften der ägyptischen Frühzeit*, Wiesbaden, 1963
341 W.M. Flinders Petrie, *Prehistoric Egypt*, London 1920
342 Oric Bates, *The Eastern Libyans*, London 1914
343 Wilhelm Hölscher, *Libyer und Ägypter*, Glückstadt 1934, S.9
344 Herodot, *Historien*, Kröner Verlag Stuttgart, 1971, S. 173/174, §169-170
345 Robert v. R.-Graves, *Griechische Mythologie – Quellen und Deutung*, Rowohlt Verlag, Reinbek bei Hamburg, 1984
346 Diodorus Siculus, *Library of History,* vol. I, Harvard University Press, 2000
347 Herodot, *Historien*, Kröner Verlag Stuttgart, 1971, S. 321, §188-189
348 Robert v. R.-Graves, *Griechische Mythologie – Quellen und Deutung*, Rowohlt Verlag, Reinbek bei Hamburg, 1984
349 NAQADA-I und NAQADA-II gehen dabei vermutlich auf zwei aufeinander folgende Einwanderungswellen verwandter Stämme aus dem gleichen westlichen Ursprungsland zurück. Nur so lassen sich die Gemeinsamkeiten in so wesentlichen Dingen wie Bestattungsform und Göttersymbolik sinnvoll erklären. Es handelte sich daher vermutlich um zwei Berbervölker.

350 Diese Vermutung gründet auf der Tatsache, daß in den oberägyptischen und unternubischen Felsbildern neben den Schiffen und Darstellungen der "Invasoren" auch das Rind mit der Sonnenscheibe auftaucht und damit die Auseinandersetzung mit den Gestirnen zum Ausdruck kommt.

351 Toby A. H. Wilkinson, *Early dynastic Egypt*, Routledge 1999

352 Stephan Seidlmayer, Die Entstehung des Staates bis zur 2. Dynastie, in: *Ägypten – Die Welt der Pharaonen*, herausg. v. R. Schulz und M. Seidel, Könemann Verlag, Köln 1997, S.26, Abb.31

353 Toby A. H. Wilkinson, *Early dynastic Egypt*, Routledge 1999

354 Wilhelm Hölscher, *Libyer und Ägypter*, Glückstadt 1934

355 Wilhelm Hölscher, *Libyer und Ägypter*, Glückstadt 1934

356 J.E. Quibell, *Hierakonpolis I*, Egyptian Research Account, London 1900

357 Wilhelm Hölscher, *Libyer und Ägypter*, Glückstadt 1934

358 Georg Möller, *Die Ägypter und ihre libyschen Nachbarn*, Zeitschrift der Morgenländischen Gesellschaft, Leipzig LXXVIII, 1924

359 J.E. Quibell, *Hierakonpolis I*, Egyptian Research Account, London 1900

360 Wilhelm Hölscher, *Libyer und Ägypter*, Glückstadt 1934

361 A.J. Spencer, *Early Egypt - The Rise of Civilisation in the Nile Valley*, London 1993

362 Vielleicht ist in diesem "Bruderkampf" die Grundlage für den Mythos vom Kampf zwischen Horus und Seth zu sehen. Hierakonpolis (Nekhen) war die Stadt des Gottes Horus, während in Naqâda (Ombos) der (rote) Gott Seth verehrt wurde.

363 Stephan Seidlmayer, Die Entstehung des Staates bis zur 2. Dynastie, in: *Ägypten – Die Welt der Pharaonen*, herausg. v. R. Schulz und M. Seidel, Könemann Verlag, Köln 1997

364 Die Annahme mancher Ägyptologen, der vollständige Annalenstein hätte ursprünglich auch prädynastische Herrscher mit weißer Krone abgebildet, halte ich für verkehrt, weil es in jener Epoche vermutlich noch gar kein in Ober- und Unterägypten geteiltes Land gab. Einziges Herrschaftssymbol der Naqada-Kultur war vermutlich die Rote Krone. Damit wäre es zugleich falsch, wenn man, wie es häufig der Fall ist, die auf dem Palermostein abgebildeten prädynastischen Herrscher als unterägyptische Herrscher bezeichnet, denn deren Machtzentrum dürfte sich im südlichen Niltal befunden haben.

365 A.J. Spencer, *Early Egypt - The Rise of Civilisation in the Nile Valley*, London 1993

366 Stephan Seidlmayer, Die Entstehung des Staates bis zur 2. Dynastie, in: *Ägypten – Die Welt der Pharaonen*, herausg. v. R. Schulz und M. Seidel, Könemann Verlag, Köln 1997, S.24, Abb.29

367 G. Fecht, *Die h3tjw-^{c} in Ṯhnw, eine ägyptische Völkerschaft in der Westwüste*, ZDMG 106, (1956)

368 L. Borchardt, *Das Grabdenkmal des Königs Sahuré*, Band II, *Die Wandbilder*, Hinrichssche Buchhandlung, Leipzig 1913

369 Georg Möller, *Die Ägypter und ihre libyschen Nachbarn*, Zeitschrift der

Morgenländischen Gesellschaft, Leipzig LXXVIII, 1924
370 Wilhelm Hölscher, *Libyer und Ägypter*, Glückstadt 1934, S.16
371 Wilhelm Hölscher, *Libyer und Ägypter*, Glückstadt 1934, S.17
372 Der Gott Ash, Herrscher über Tehenu, ist mit großer Wahrscheinlichkeit identisch mit dem auch in Ägypten verehrten rothaarigen Gott Seth. Denn in einer anderen ägyptischen Darstellung erscheint Ash mit der Tiermaske des Seth-Tieres (Windhund-Kopf oder Erdferkel).
373 L. Borchardt, *Das Grabdenkmal des Königs Sahuré*, Band II, *Die Wandbilder*, Hinrichssche Buchhandlung, Leipzig 1913
374 Wilhelm Hölscher, *Libyer und Ägypter*, Glückstadt 1934
375 Georg Möller, *Die Ägypter und ihre libyschen Nachbarn*, Zeitschrift der Morgenländischen Gesellschaft, Leipzig LXXVIII, 1924, S.43f.
376 L. Borchardt, *Das Grabdenkmal des Königs Sahuré*, Band II, *Die Wandbilder*, Hinrichssche Buchhandlung, Leipzig 1913
377 H. Brugsch, *Die Geographie der Nachbarländer Ägyptens*, Leipzig 1858, S.78
378 Platon *Kritias*, übersetzt von Franz Susemihl 1857, (n. Stephanus 115b)
379 Robert v. R.-Graves, *Griechische Mythologie – Quellen und Deutung*, Rowohlt Verlag, Reinbek bei Hamburg, 1984
380 P.E. Newberry, *Ancient Egypt* 2, 1915, S.96-102; Newberry übersetzt "Tehenu" gar mit "Olivenland"!
381 P. Kaplony, *Die Inschriften der ägyptischen Frühzeit*, Wiesbaden, 1963, S.534
382 P. Kaplony, *Die Inschriften der ägyptischen Frühzeit*, Wiesbaden, 1963, S.534
383 Von frühester Zeit an existiert im dynastischen Ägypten der Begriff der "Neun Bogenvölker" oder "Neun Bögen". Besonders in späterer Zeit ist dies ein Begriff für die Feinde Ägyptens. Auch, wenn es an dieser Stelle reine Spekulation ist, so wäre es doch denkbar, daß die Entstehung dieses Ausdrucks u.U. auf die zehn Herrschaftsbereiche von Atlantis zurückzuführen sein könnte. Wenn wie hier dargelegt, das Niltal einst zum Reich Tehenu gehörte und Tehenu mit Atlantis zu identifzieren war, dann hätte der Unabhängigkeitskampf Oberägyptens möglicherweise dazu geführt, daß sich einer der ursprünglich zehn Bögen vom Rest gelöst hatte. Damit wären die verbliebenen neun Bögen automatisch zum Inbegriff des Feindes geworden.
384 Platon *Kritias*, übersetzt von Franz Susemihl 1857, (n. Stephanus 113e-114a)
385 L. Borchardt, *Das Grabdenkmal des Königs Sahuré*, Band II, *Die Wandbilder*, Hinrichssche Buchhandlung, Leipzig 1913
386 W. Helck, E. Otto, *Kleines Lexikon der Ägyptologie*, Wiesbaden 1999
387 E.A.Wallis Budge, *Osiris & the Egyptian Resurrection*, Vol.II, Wiederauflage der Originalausgabe von 1911, New York 1973, Übersetzung des englischen Zitats von S. 342: *"O ye gods of the Sky, ye imperishable ones, who sail over the Land of Tehenu in your boats, and direct them with your sceptres, this Pepi directeth his boat with you by means of the Uas sceptre [...]"*

388 W. Helck, E.Otto, *Lexikon der Ägyptologie*, Wiesbaden 1980, darin Spalte 1015-1033: Osing, J. :"Libyen, Libyer"

389 R.O. Faulkner, *The Ancient Egyptian Pyramid Texts*, Clarendon Press, Oxford 1969, S. 90-91

390 R. Hannig, *Großes Handwörterbuch Ägyptisch - Deutsch*, Mainz 1995, S.205/206, Die Hieroglyphen dieses Spruches der Pyramidentexte verwenden in der Schreibung des Wortes Wrrt das Symbol der Weißen Krone Oberägyptens. Da der Spruch, als er etwa in der Zeit um 2350v.Chr. in die Wände der Pyramide des Unas übertragen wurde, bereits ein 800 bis 1000Jahre zurückliegendes Ereignis wiedergab und dementsprechend ein solch hohes Alter besaß, dürfte unklar sein, ob mit "Wrrt" bereits wirklich die spätere Weiße Krone Oberägyptens gemeint war, oder ob es sich im ursprünglichen Text nicht sogar um die damals vermutlich noch allein existierende Rote Krone des noch ungeteilten prädynastischen Ägyptens (NAQÂDA) handelte.

391 G. Fecht, *Die h3tjw-^{c} in Ṯhnw, eine ägyptische Völkerschaft in der Westwüste*, ZDMG 106, (1956)

392 G. Rachet, *Lexikon des alten Ägypten*, Zürich 2002

393 Wilhelm Hölscher, *Libyer und Ägypter*, Glückstadt 1934

394 R.O.Faulkner, *The Ancient Egyptian Book of the Dead*, University of Texas Press, Austin 1999, S. 101/102; (Zu den darin enthaltenen Längenmaßen: 1 rod = ca. 5m; 1cubit = ca. 50cm)

395 Herodot, *Historien*, Kröner Verlag Stuttgart, 1971, S. 320, Abschnitt 184

396 These data are distributed by the Land Processes Distributed Active Archive Center (LP DAAC), located at the U.S. Geological Survey"s EROS Data Center http://edcdaac.usgs.gov

397 Wilhelm Hölscher, *Libyer und Ägypter*, Glückstadt 1934, S.17

398 G. Fecht, *Die h3tjw-^{c} in Ṯhnw, eine ägyptische Völkerschaft in der Westwüste*, ZDMG 106, (1956), S. 46

399 R. Hannig, *Großes Handwörterbuch Ägyptisch - Deutsch*, Mainz 1995, S.960

400 P. Borchardt, *Platos Insel Atlantis*, Petermann's Mitteilungen, Gotha 1927. S. 19-32

401 Platon *Kritias*, übersetzt von Franz Susemihl 1857, (n. Stephanus 113a-b)

402 Platon *Kritias*, übersetzt von Franz Susemihl 1857, (n. Stephanus 113c-114c)

403 P. Borchardt, *Platos Insel Atlantis*, Petermann's Mitteilungen, Gotha 1927, S.23

404 P. Borchardt, *Platos Insel Atlantis*, Petermann's Mitteilungen, Gotha 1927

405 Pausanias, *Beschreibung Griechenlands*, Band1, übersetzt von Ernst Meyer, Artemis-Verlag Zürich, 1952, S.65

406 Herodot, *Historien*, Kröner Verlag Stuttgart, 1971

407 P. Borchardt, *Platos Insel Atlantis*, Petermann's Mitteilungen, Gotha 1927, S.24

408 H. Brugsch, *Die Geographie des Alten Ägyptens*, Leipzig 1857

409 R.O. Faulkner, *The Ancient Egyptian Pyramid Texts*, Clarendon Press,

Oxford 1969, S. 90-91
410 R.O. Faulkner, *The Ancient Egyptian Pyramid Texts*, Clarendon Press, Oxford 1969, S. 90-91
411 Kurt Sethe, *Übersetzung und Kommentar zu den altägyptischen Pyramidentexten*, Glückstadt 1961, Übersetzung 455c zu Spruch301 auf S.234
412 R.O. Faulkner, *The Ancient Egyptian Pyramid Texts*, Clarendon Press, Oxford 1969
413 Alexandre Piankoff, *The pyramid of Unas; texts translated with commentary*, Princeton Univ. Press, Princeton, N.J, 1969, S. 54
414 P. Borchardt, *Platos Insel Atlantis*, Petermann's Mitteilungen, Gotha 1927
415 F. Stuhlmann, *Ein kulturgeschichtlicher Ausflug in den Aures*, Hamburg 1912
416 Diodorus Siculus, *Library of History,* vol. II, Harvard University Press, 2000, S.429
417 Robert v. R.-Graves, *Griechische Mythologie – Quellen und Deutung*, Rowohlt Verlag, Reinbek bei Hamburg, 1984
418 H.E. Hagan, *The Shining Ones - An Etymological Essay On The Amazigh Roots Of Egyptian Civilization*, Xlibris Corp., USA 2000
419 P. Borchardt, *Platos Insel Atlantis*, Petermann's Mitteilungen, Gotha 1927, S.24
420 P. Borchardt, *Platos Insel Atlantis*, Petermann's Mitteilungen, Gotha 1927, S.24
421 P. Borchardt, *Platos Insel Atlantis*, Petermann's Mitteilungen, Gotha 1927
422 Platon *Timaios*, übersetzt von Franz Susemihl 1856, (n. Stephanus 24e)
423 Platon *Timaios*, übersetzt von Franz Susemihl 1856, (n. Stephanus 25a-c)
424 Platon *Kritias*, übersetzt von Franz Susemihl 1857, (n. Stephanus 108e)
425 Platon *Kritias*, übersetzt von Franz Susemihl 1857, (n. Stephanus 109a)
426 A. Nibbi, *Lapwings and Libyans in Ancient Egypt*, Oxford 1986
427 Georg Möller, *Die Ägypter und ihre libyschen Nachbarn*, Zeitschrift der Morgenländischen Gesellschaft, Leipzig 1924
428 Die von Platon wiedergegebene Atlantis-Erzählung dürfte aus mehreren Einzeltexten zusammengesetzt worden sein. So ist zu vermuten, daß die Beschreibung der Entstehung der Königsburg und der atlantischen Königsgeschlechter Teil eines überlieferten Gründungsmythos waren, in dem vor allem die Göttin Neith (Kleito) eine bedeutende Rolle spielte, während die Beschreibung des hochentwickelten Kriegsgegners aus sehr viel späterer Zeit stammen dürfte.
429 P. Kaplony, *Die Inschriften der ägyptischen Frühzeit*, Wiesbaden, 1963, S.306/7
430 G. Fecht, *Die h3tjw-^{c} in Ṯhnw, eine ägyptische Völkerschaft in der Westwüste*, ZDMG 106, (1956)
431 G. Fecht, *Die h3tjw-^{c} in Ṯhnw, eine ägyptische Völkerschaft in der Westwüste*, ZDMG 106, (1956)
432 Alan Schulman, *Narmer and the Unification: a Revisionist View*, Bulletin of the

Egyptological Seminar New York, 11. 1991, S.79-107

433 G. Jéquier, *La Pyramide d'Aba*, Le Caire, Imprimerie de l'institut francais, 1935, S.4

434 G. Fecht, *Die h3tjw-^{c} in Ṯhnw, eine ägyptische Völkerschaft in der Westwüste*, ZDMG 106, (1956)

435 W. Hölscher, *Libyer und Ägypter*, Glückstadt 1934, S. 24

436 W. Hölscher, *Libyer und Ägypter*, Glückstadt 1934, S. 24

437 W. Hölscher, *Libyer und Ägypter*, Glückstadt 1934, S. 25

438 W. Hölscher, *Libyer und Ägypter*, Glückstadt 1934

439 Die in mehreren Papyri überlieferte Erzählung des Sinuhe entstand während der 12. Dynastie. Die ansonsten hier eher unbedeutende Lebensgeschichte des Sinuhe berichtet an einer Stelle über einen Feldzug der Ägypter gegen die Temehu, der damit endet, daß man Gefangene der Tehenu mitbrachte.

440 A. Nibbi, *Lapwings and Libyans in Ancient Egypt*, Oxford 1986

441 P. Newbberry, *Beni Hasan I*, London 1893, pl. XLV

442 G. Davies, *The Tomb of Puyemrê at Thebes* I, New York 1922, pl. I

443 W. Hölscher, *Libyer und Ägypter*, Glückstadt 1934

444 Oric Bates, *The Eastern Libyans*, London 1914, Plate III.

445 Dieses Neith-Symbol erscheint in den Texten der Pyramide der Königin Neith, die die Gemahlin des ägyptischen Königs Pepi II. aus der 6. Dynastie war. Es verdient besondere Beachtung, weil es keineswegs selbstverständlich ist, daß dieses gegenüber dem älteren Neith-Symbol (zwei gekreuzte Pfeile) veränderte Zeichen, sowohl bei den Temehu-Libyern als auch bei den Ägyptern auftauchte. Zu vermuten ist, daß die Priesterinnen der Neith in Sais vielfach hellhäutige und rothaarige Temehu-Frauen waren und über sie der "Transport" des Neith-Symbols zu den Ägyptern stattgefunden hat. Der Gedanke liegt nicht fern, daß die Gemahlin Pepis II. eine Temehu und zugleich Neith-Priesterin war. Sehr wahrscheinlich zogen die rothaarigen, blauäugigen Temehu-Frauen mehr als andere Frauen das Interesse der ägyptischen Pharaonen auf sich. Vermutlich war auch Hetepheres I, die Frau Snofrus und Mutter des Cheops eine Temehu. Interessant ist in diesem Zusammenhang eine Notiz Diodors von Sizilien. Er berichtet nämlich, daß die Töchter des Atlas, die sogenannten Atlantiden von ganz besonderer Schönheit gewesen seien. Der ägyptische König Busiris, so schreibt Diodor, hätte alles versucht, die Töchter des Atlas in seinen Besitz zu bringen. Die Tatsache, daß zahlreiche Mumien ägyptischer Pharaonen rotblondes Haar besaßen, stärkt die Annahme, daß die ägyptischen Könige sich bevorzugt mit Temehu-Frauen vermählten und daher nicht selten rotblonde Nachkommen zeugten.

446 G. Jéquier, *Les Pyramides des Reines Neit et Apouit*, Le Caire, Imprimerie de l'institut francais, 1933

447 J.H. Breasted, *Ancient Records of Egypt*, Vol. III, Chicago, 1906

448 J.H. Breasted, *Ancient Records of Egypt*, Vol. III, Chicago, 1906, §132, S. 67

449 J.H. Breasted, *Ancient Records of Egypt*, Vol. III, Chicago, 1906

450 J.H. Breasted, *Ancient Records of Egypt*, Vol. III, Chicago, 1906, §124, S.61
451 J.H. Breasted, *Ancient Records of Egypt*, Vol. III, Chicago, 1906, §465, S.200
452 G.B. Belzoni, *Fourty four plates illustrative of the Researches and Operations of Belzoni in Egypt and Nubia*, London 1820
453 J.H. Breasted, *Ancient Records of Egypt*, Vol. III, Chicago, 1906, §465, S.200
454 J.H. Breasted, *Ancient Records of Egypt*, Vol. III, Chicago, 1906, §579, S.243
455 J.H. Breasted, *Ancient Records of Egypt*, Vol. III, Chicago, 1906, §579, S.243
456 J.H. Breasted, *Ancient Records of Egypt*, Vol. III, Chicago, 1906, §574, S.241
457 J.H. Breasted, *Ancient Records of Egypt*, Vol. III, Chicago, 1906, §570, S.239
Fußnote
458 R. Drews, *The end of the Bronze Age - Changes in warfare and the catastrophe ca. 1200 B.C.*, Princeton, New Jersey, 1993
459 J.H. Breasted, *Ancient Records of Egypt*, Vol. III, Chicago, 1906, §601, S.255
460 Platon *Timaios*, übersetzt von Franz Susemihl 1856, (n. Stephanus 25a-b)
461 J.H. Breasted, *Ancient Records of Egypt*, Vol. III, Chicago, 1906
462 Man kann davon ausgehen, daß libysche Völker den Norden Ägyptens, insbesondere das westliche Nildelta seit ältester Zeit besiedelt hatten und daher bis in das 12.Jahrhundert v.Chr. hinein als ihr eigenes Territorium angesehen haben. Die seit frühester Zeit im Norden wohnenden Libyer wurden von den Ägyptern vermutlich mit dem Namen "rhjt-Volk" (lapwings) bezeichnet. Siehe hierzu besonders: A. Nibbi, *Lapwings and Libyans in Ancient Egypt*, Oxford 1986. Unter dieser Voraussetzung ist die Tatsache, daß die unter der Führung Meryeys in das Nildelta eindringenden Libyer mit Familie und Ochsenkarren losgezogen waren eher zu verstehen.
463 J.H. Breasted, *Ancient Records of Egypt*, Vol. III, Chicago, 1906
464 J.H. Breasted, *Ancient Records of Egypt*, Vol. III, Chicago, 1906
465 T. von der Way, *Göttergericht und "Heiliger" Krieg im Alten Ägypten*, in: Beiträge zur Archäologie und Geschichte Altägyptens, Band 4, Heidelberger Orientverlag, Heidelberg 1992, S.89
466 T. von der Way, *Göttergericht und "Heiliger" Krieg im Alten Ägypten*, in: Beiträge zur Archäologie und Geschichte Altägyptens, Band 4, Heidelberger Orientverlag, Heidelberg 1992, S.91
467 T. von der Way, *Göttergericht und "Heiliger" Krieg im Alten Ägypten*, in: Beiträge zur Archäologie und Geschichte Altägyptens, Band 4, Heidelberger Orientverlag, Heidelberg 1992, S.99
468 E. Edel, *Der Seevölkerbericht aus dem 8.Jahre Ramses' III.*, S. 225
469 G.A. Lehmann, *Mykenische Welt und östliches Mittelmeer z.Z. der*

"Seevölker"-Invasionen, Opladen: Westdeutscher Verlag, 1985
470 R. Drews, *Medinet Habu: Oxcarts, ships, and migration theories*, Journal of Near Eastern Studies, 59, No. 3, Chicago 2000
471 H.H. Nelson, U. Hölscher, *Medinet Habu 1924-28*, University of Chicago Press, Chicago 1929
472 I. Velikovsky, *Die Seevölker*, Frankfurt a.M. 1978, Abb.3
473 H.H. Nelson, U. Hölscher, *Medinet Habu 1924-28*, University of Chicago Press, Chicago 1929, Abb.24
474 I. Velikovsky, *Die Seevölker*, Frankfurt a.M. 1978, Abb.10
475 J.H. Breasted, *Ancient Records of Egypt*, Vol. III, Chicago, 1906, S.22,§40
476 Herodot, *Historien*, Kröner Verlag Stuttgart, 1971, S. 322, §191
477 J.H. Breasted, *Ancient Records of Egypt*, Vol. III, Chicago, 1906, §52,S.29
478 I. Velikovsky, *Die Seevölker*, Frankfurt a.M. 1978, Abb.9
479 R. Drews, *The end of the Bronze Age - Changes in warfare and the catastrophe ca. 1200 B.C.*, Princeton, New Jersey, 1993
480 G.A. Lehmann, *Mykenische Welt und östliches Mittelmeer z.Z. der "Seevölker"-Invasionen*, Opladen: Westdeutscher Verlag, 1985, S.17
481 G.A. Lehmann, *Mykenische Welt und östliches Mittelmeer z.Z. der "Seevölker"-Invasionen*, Opladen: Westdeutscher Verlag, 1985
482 R. Drews, *Medinet Habu: Oxcarts, ships, and migration theories*, Journal of Near Eastern Studies, 59, No. 3, Chicago 2000
483 G.A. Lehmann, *Mykenische Welt und östliches Mittelmeer z.Z. der "Seevölker"-Invasionen*, Opladen: Westdeutscher Verlag, 1985
484 R. Drews, *The end of the Bronze Age - Changes in warfare and the catastrophe ca. 1200 B.C.*, Princeton, New Jersey, 1993
485 G.A. Lehmann, *Mykenische Welt und östliches Mittelmeer z.Z. der "Seevölker"-Invasionen*, Opladen: Westdeutscher Verlag, 1985
486 Platon *Timaios*, übersetzt von Franz Susemihl 1856, (n. Stephanus 25c-d)
487 P. Borchardt, *Platos Insel Atlantis*, Petermann's Mitteilungen, Gotha 1927
488 H. Reichard, *Westlich von Mohammed - Geschick und Geschichte der Berber*, Berlin 1957
489 H. Brugsch, *Die Geographie der Nachbarländer Ägyptens*, Leipzig 1858